웨딩 드레스

피에르 르메트르 장편소설 | 임호경 옮김

다산
책방

웨딩
드레스

물론 파스칼린에게.

그녀가 없었으면 이 책도 없었을 것이기에……

차례

소피

1

그녀는 벽에 등을 기댄 채 두 다리를 뻗고 널브러져 앉아 헐떡댄다. 그녀의 허벅지에 머리를 얹은 레오의 몸에는 움직임이 없다. 그녀는 한 손으로 그의 머리칼을 쓰다듬고, 다른 손으로는 눈물을 훔치려 하지만, 모든 동작이 어지럽기만 하다. 그녀가 흐느낀다. 오열은 때로 비명이 된다. 그녀는 거세게 울부짖는다. 배 속 깊은 곳에서 끓어오르는 절규다. 때로는 지독한 슬픔을 견디지 못하고 뒤통수로 벽을 쿵쿵 찧어댄다. 통증 덕분에 마음이 약간 가라앉는가 싶지만, 이내 그녀 안의 모든 것이 무너져 내린다. 레오는 착하게도 꼼짝도 하지 않는다. 그녀가 눈길을 돌려 레오를 내려다본다. 그리고 레오의 머리를 자신의 배에 꼭 끌어안고 흐느낀다. 지금 그녀가 얼마나 불행한지 아무도 상상하지 못하리라.

수많은 다른 아침과 마찬가지로, 그날 아침 역시 특별히 불안해할 이유가 없는데도 그녀는 눈물에 젖고 목이 꽉 멘 상태로 깨어났다. 그녀의 삶에서 눈물은 전혀 특별한 것이 아니다. 실성한 이후, 그녀는 매일 밤 운다. 아침마다 볼에 흘러내린 눈물과 꽉 멘 목만 아니라면, 간밤에 아무 일 없었고 잠도 푹 잤다고 생각할 수도 있으리라. 아침마다 발견하게 되는 눈물 젖은 얼굴과 꽉 메어 있는 목의 상태는 그저 어떤 정보일 따름이다. 언제부터였을까? 뱅상에게 사고가 나고부터? 그가 죽은 후부터? 그보다 훨씬 전으로 거슬러 올라가 첫 번째 죽음 이후부터?

그녀는 한쪽 팔꿈치를 괴고 몸을 일으켰다. 시트 자락으로 눈가를 훔치며 담배를 더듬어 찾던 그녀는 담배가 보이지 않자 불현듯 자신이 어디에 있는지 깨달았다. 모든 것이, 어제 저녁에 일어난 일들이 다시 떠오른다…… 동시에 이 집을 떠나야 한다는 사실도 기억난다. 일어나서 떠나야 한다. 하지만 그녀는 침대에 못 박혀버린 듯 손끝 하나 움직일 수 없다. 몸에 힘이 전혀 남아 있지 않다.

간신히 침대에서 몸을 빼내 비척비척 거실까지 가보니 제르베 부인이 소파에 차분히 앉아 키보드 위로 몸을 굽히고 있다.

"어때요, 잘 잤어요?"

"네, 잘 잤어요."

"안색이 별로 좋아 보이지 않네요."

"아침엔 항상 이래요."

제르베 부인이 파일을 저장한 뒤, 딸깍 하고 노트북 덮개를 닫았다.

"레오는 아직 자고 있어요." 제르베 부인이 외투걸이 쪽으로 또각또각 걸어가며 말했다. "잠을 깨울까봐 방에 들어가보진 못했어요. 오늘은 학교에 안 가니까 늦잠을 자는 것도 괜찮겠죠. 그래야 당신도 좀 쉴 수 있을 테고."

오늘은 학교에 안 간다…… 소피는 어렴풋이 떠올렸다. 그래, 학부모

회의 같은 게 있었지. 제르베 부인은 어느새 문가에 서서 외투를 걸치고 있다.

"자, 난 그만 나가봐야겠어요······"

소피는 자신의 결정을 알릴 용기가 없음을 느꼈다. 설령 용기가 있다 해도 그럴 시간이 없을 것이다. 제르베 부인은 벌써 밖으로 나가 현관문을 닫았다.

오늘 저녁에 말해야지······

소피는 또각또각 층계를 내려가는 제르베 부인의 발자국 소리를 듣는다. 크리스틴 제르베는 엘리베이터를 타는 법이 없다.

정적이 내려앉았다. 이 집에서 일하기 시작한 후 처음으로 소피는 거실 한가운데에서 담배를 피워물었다. 그러고는 어정거리기 시작했다. 대재앙에서 살아남은 사람처럼, 눈에 보이는 모든 것이 허망하게만 느껴진다. 떠나야 한다. 혼자 남아 담배까지 피우고 있으니 아까처럼 마음이 급하지는 않다. 하지만 레오 때문에 떠날 준비를 해야 한다는 걸 그녀는 알고 있다. 잠시 시간을 갖고 정신을 추스르기 위해 주방에 가서 주전자에 물을 붓고 전원을 켠다.

레오. 여섯 살.

아이는 처음 봤을 때부터 귀여웠다. 넉 달 전, 몰리에르 가街의 이 거실에서 있었던 일이다. 방으로 뛰어들어온 사내아이는 그녀 앞에 딱 멈춰 서더니 고개를 갸우뚱하게 기울이고는 그녀를 뚫어지게 쳐다보았다. 뭔가를 골똘히 생각할 때의 몸짓이었다. 아이 엄마가 간단하게 소개했다.

"레오, 이분이 내가 말한 소피 아줌마란다."

레오는 한참 동안 그녀를 관찰했다. 그러더니 "알았어요"라고 간단히 대답한 후, 다가와서 그녀의 볼에 뽀뽀를 했다.

레오는 착한 아이다. 조금은 변덕스러운 데가 있지만, 똑똑하고 너무도 활기차다. 소피가 하는 일은 아침에 아이를 학교에 데려다주었다가 점심때 그리고 늦은 오후에 다시 데려와 제르베 부인이나 그녀의 남편이 귀가할 때까지 돌봐주는 것이다. 부부의 귀가시간이 일정치 않아서, 소피의 퇴근시간은 오후 5시에서 새벽 2시까지 걸쳐 있다. 근무시간의 이러한 유연성은 그녀가 이 일자리를 얻는 데 결정적인 요인으로 작용했다. 그녀에게 특별히 중요한 사생활이 없다는 건 처음 만났을 때부터 알 수 있었다. 제르베 부인은 그런 자유로움을 남용하지 않으려 애썼지만, 생활이 원칙을 앞서기 마련이어서 채 두 달도 못돼 그녀는 이 가족의 삶에 없어서는 안 될 존재가 되고 말았다. 언제든 연락할 수 있었고, 그녀 역시 언제든 봉사할 준비가 되어 있었기 때문이다.

레오의 아빠는 훌쩍 큰 키에 딱딱하고 까칠한 성격을 지닌 사십대 남자로, 외무부에서 국장직을 맡고 있다. 역시 후리후리한 몸매에 믿을 수 없을 정도로 매력적인 미소를 지닌 우아한 여성인 레오 엄마는 감사회사에서 까다로운 업무를 처리하는 통계전문가로, 아이의 엄마 겸 장차 차관이 될 사람의 아내 역할을 자신의 일과 조화시키려 애쓰고 있었다. 두 사람 다 돈을 잘 벌었다. 그러나 소피는 현명하게도 월급협상 때 그 점을 이용하려 들지 않았다. 그들이 그녀가 필요로 하는 충분한 액수를 제의했으므로 그럴 필요가 없었다. 둘째 달이 지나자 제르베 부인은 월급을 올려주기까지 했다.

레오는 소피의 말을 너무도 잘 들었다. 엄마가 하려면 몇 시간 동안 씨름해야 하는 일도 소피는 매우 쉽게 해낼 수 있었다. 레오는 소피가 염려한 것처럼 폭군 같은 요구를 해대는 버릇없는 아이가 아니라, 남의 말에 귀 기울일 줄 아는 차분한 아이였다. 물론 고집이 아주 없지는 않지만, 아이가 생각하는 위계질서에서 소피는 괜찮은 위치, 즉 꽤 높은 곳을 점하고 있었다.

크리스틴 제르베는 매일 저녁 6시경에 전화를 걸어와 먼저 집 안 소식을 물어본 후, 난처한 어조로 귀가가 좀 늦어질 거라고 알린다. 늘 아들과 몇 분 정도 얘기를 나눈 다음 소피와 통화하는데, 그럴 때면 약간의 개인적인 말들을 소피에게 건네곤 한다.

그러나 그런 시도는 별 효과가 없다. 소피는 자신이 맡은 일에 관련된 일반적인 이야기만 했고, 대부분은 그날 있었던 일들에 대한 보고로 채워졌다.

레오는 매일 저녁 8시에 잠자리에 든다. 그것은 매우 중요한 사항이다. 소피는 아이가 없지만 나름의 확고한 원칙들을 갖고 있다. 소피는 아이에게 동화 한 편을 읽어준 뒤, 남은 저녁 시간은 커다란 평면 TV 앞에서 보낸다. 위성채널들이 거의 다 나오는 이 TV는 사실 일종의 선물이다. 자신이 몇시에 귀가하든 소피가 항상 TV 앞에 앉아 있는 것을 보고 제르베 부인이 소피가 일한 지 두 달 되던 때에 사준 것이다. 제르베 부인은 교양 있어 보이는 서른 살의 여자가 그렇게 보잘것없는 일을 소일거리 삼아 그 손바닥만 한 화면 앞에 몇 시간이고 죽치고 있다는 사실에 적잖이 놀라곤 했다. 처음 만났을 때 소피는 자신이 커뮤니케이션을 전공했다고 말했다. 제르베 부인이 좀 더 자세히 알고 싶어하자, 자신이 가진 기술전문대학 학위를 언급하면서 어느 영국계 회사에서 근무했으며(정확히 어떤 일을 했는지는 밝히지 않았다) 결혼한 적도 있지만 지금은 독신이라고 설명했다. 크리스틴 제르베는 그 몇 가

15

지 정보로 만족했다. 소피를 소개한 사람은 크리스틴 제르베의 어린 시절 친구 중 하나로, 지금은 직업소개소를 운영하고 있는 여자였다. 그 직업소개소 소장은 첫 면담 때 어떤 이유에선지 소피에게 호감을 느낀 모양이었다. 또 당시의 사정이 너무 급하기도 했다. 레오의 전 보모가 느닷없이 일을 그만두고 나갔던 것이다. 그런 일이 있었던 터라 소피의 차분하면서도 엄숙한 얼굴은 더욱 신뢰감을 불러일으켰다.

처음 몇 주 동안, 제르베 부인은 소피의 삶에 대해 좀 더 알아보고자 넌지시 질문을 하기도 했다. 하지만 소피의 대답을 통해 '어떤 끔찍한, 하지만 드러내 말할 수 없는 비극'이 그녀의 삶을 망가뜨렸음을 어렴풋이 느끼고는, 배려하는 마음에서 더 이상의 탐문을 포기했다. 그런 낭만적인 사연을 숨기고 사는 사람이 어디 한둘인가. 심지어 최상류층에도 그런 사람들은 없지 않다.

자주 그랬듯, 주전자 소리가 멈춘 뒤에도 소피는 여전히 깊은 상념에 잠겨 있었다. 그녀에겐 그런 상태가 꽤 오래가곤 했다. 일종의 멍한 상태라고나 할까…… 그럴 때면 뇌가 어떤 관념이나 이미지를 둘러싸고 그대로 굳어버리는 느낌이다. 생각이 마치 곤충처럼 그것들 주위를 천천히 맴돌고, 마침내 그녀는 시간 관념마저 잃어버린다. 그러고는 일종의 중력효과에 의해 다시 현재의 순간으로 떨어져 내린다. 그럴 때면 그녀는 정상적인 삶이 중단되었던 지점에서 그것을 다시금 이어나가곤 한다. 언제나 그런 식이다.

기묘하게도 이번에는 뜬금없이 브르베 박사의 얼굴이 튀어나왔다. 오래전부터 까맣게 잊고 있던 그 사람을 이런 식으로 떠올리게 될 줄은 정말 몰랐다. 전화 목소리로는 덩치 크고 권위적인 남자가 상상되었지만, 실제로 만나보니 볼품없는 사람이었다. 별로 중요하지 않은 고객을 맡아도 된다는 허락을 받고 잔뜩 흥분해서 기다리고 있는 공중인 사무소 서기 같은 모습이었다. 그의 옆에는 싸구려 상식품들로 꾸민 서가가 놓여 있었다. 소피는 앉아서 상담을 받고 싶었다. 그래서 들어가면서 말했다. 난 눕고 싶지 않아요. 브르베 박사는 상관없다는 뜻으로 손을 내저었다. 그러고는 "여기선 눕지 않아도 돼요"라고 덧붙였다. 소피는 할 수 있는 데까지 설명했다. "수첩을 하나 마련하세요." 마침내 의사가 처방을 내렸다. 그녀가 하는 일들을 거기에 모두 적으라는 거였다. "어쩌면 당신은 별로 심각하지 않은 건망증을 과장하고 있는 건지도 몰라요. 상황을 객관적으로 보도록 노력해야 돼요. 이런 방법을 통해 자신이 실제로 무엇을 잊어버리고 잃어버리는지 정확히 파악할 수 있을 거예요." 브르베 박사는 말했다. 그래서 소피는 모든 것을 메모하기 시작했다. 그것을 3주 동안 실행했다. 다음번 상담일까지 말이다. 그리고 그 기간 동안 그녀는 참으로 많은 것들을 잃어버렸다! 물건들을 잃어버렸고, 누군가와 만나기로 한 약속들을 잊어버렸으며, 브르베 박사와 만나기 두 시간 전에는 수첩까지 없어진 것을 알게 되었다. 어디 있는지 도저히 찾을 수가 없었다. 집 안을 다 뒤집어엎었지만 보이지 않았다. 그런데 뱅상의 생일선물을 찾아낸 게 바로 그날이었던가? 그를 깜짝 놀래주려고 했을 때는 정작 찾을 수 없었던 그것 말이다.

모든 것이 뒤죽박죽이고, 그녀의 삶은 엉망으로 꼬이고 있었다……

그녀는 잔에 물을 따르고 담뱃불을 껐다. 금요일. 학교에 가지 않는 날. 그녀가 레오를 종일 돌봐야 하는 날은 보통 수요일이고, 가끔 주말에도 그럴 때가 있었다. 그녀는 마음 내키는 대로, 혹은 이런저런 일들로 아이를 여기저기 데리고 다닌다. 둘은 종종 실랑이를 벌이기도 했지만 지금까지 제법 재미있게 지내왔다. 다시 말해 아무런 문제가 없었다.

모호하면서도 거북스러운 뭔가가 느껴지기 전까지는 적어도 그랬다. 그녀는 그런 느낌을 대수롭지 않게 여기고 싶었다. 하지만 고약한 파리를 쫓듯 쫓아버리려 해도 그런 느낌은 집요하게 다시 돌아왔다. 레오를 대하는 그녀의 태도는 그것에 영향을 받고 있었다. 처음에는 크게 우려할 만한 것이 없었다. 단지 은밀하고도 조용한 무언가가 어렴풋이 느껴질 뿐이었다. 그들 두 사람과 관련된 비밀스러운 어떤 것이었다.

그리고 어제, 당트르몽이라는 작은 공원에서 그것의 실체가 드러났다.

5월 말의 파리는 너무도 아름다웠다. 레오는 아이스크림을 먹고 싶어했다. 그녀는 벤치에 앉아 있었는데, 기분이 별로 좋지 않았다. 그 공원이 불쾌감의 원인이라고 생각했다. 그녀는 끊임없이 말을 걸어오는 동네 아줌마들을 피하며 시간을 보내야 하는 그 공원을 끔찍이 싫어했다. 몇 번 거절당한 여자들은 더 이상 다가오지 않지만, 처음 와서 사정을 잘 모르거나 어쩌다 들른 여자들, 그리고 할머니들을 상대해야 했다. 그녀는 그 공원이 싫었다.

그녀가 잡지를 건성으로 뒤적이고 있는데, 레오가 다가오더니 앞에 우뚝 섰다. 그러고는 별 생각 없이 그녀를 쳐다보면서 날름날름 아이스크림을 핥았다. 그녀도 마주 보았다. 바로 그 순간, 그녀는 깨달았다. 이유를 설명할 수는 없지만 아이가 끔찍하게 느껴지기 시작했고, 그 명백한 사실을 자신에게 더 이상 숨길 수 없음을 깨달았다. 아이가 여전히 빤히 쳐다보고 있는데, 자신은 그 아이의 모든 것이 견딜 수 없도록 싫다는 사실에 몸이 오싹해졌다. 아기천사처럼 통통한 얼굴, 탐욕스러운 입술, 천치 같은 미소, 그리고 우스꽝스러운 옷차림……

"자, 가자." 그녀가 말했다. 마치 "나 간다"라고 말하는 듯한 어조였다. 머릿속의 기계가 다시금 돌아가기 시작했다. 기억의 구멍들이 뻥뻥 뚫린 멍청하고도 한심한 기계가…… 집을 향해 황급히 걸음을 옮기는(레오는 그녀가 너무 빨리 걷는다고 투정을 부렸다) 그녀의 머릿속에 이미지들이 어지러이 밀려들었다. 나무둥치에 처박히며 우그러지는 뱅상의 자동차, 어둠 속에서 번쩍이는 경광등 불빛, 보석함 밑바닥에서 발견된 그의 손목시계, 계단을 뛰어내려가는 뒤게 부인, 한밤중에 맹렬히 울리는 경보음…… 이 이미지들이 한 방향으로 줄지어 지나가자, 또 다른 이미지들, 즉 더 오래된 이미지들이 다른 방향으로 줄줄이 흘러갔다. 현기증을 불러일으키는 기계가 그 끝없는 움직임을 재개한 것이다.

소피는 자신이 실성해서 살아온 세월을 정확히 계산해보지 않았다. 어쨌든 그 시점은 아주 오래전으로 거슬러 올라간다. 아마도 고통 때문이겠지만, 다른 시간보다 두 배는 길게 느껴지는 시간이었다. 처음에는 완만한 경사로 하강하다가, 몇 달이 지나자 미끄럼틀에서 내려오듯 맹렬한 속도로 굴러떨어졌다. 그 시절 소피는 결혼한 상태였다. 이제는 모두 옛 이야기가 되어버렸지만…… 뱅상은 참을성이 아주 많은 남자였다. 그의 모습을 떠올릴 때마다, 뱅상은 일종의 디졸브* 영상으로 나타난다. 젊고 미소 띤, 그리고 한결같이 차분한 뱅상의 모습이 마지막 몇 달간의 모습, 즉 기진맥진한 얼굴에 샛노란 안색, 흐릿한 눈빛을 한 모습과 겹치는 것이다. 결혼 초(당시에 살던 아파트의 모습이 그녀의 눈앞에 생생히 보인다. 어떻게 한 사람의 머릿속에 이처럼 엄청난

---

* 한 화면이 점차로 사라지면서 다른 화면이 서서히 나타나는 장면 전환 기법.

기억과 무수한 망각이 공존할 수 있는 것인지!)에는 주의가 약간 산만한 정도였다. 그렇다. 사람들은 말하곤 했다. "소피는 주의가 산만해"라고…… 그녀는 전부터 항상 그랬다고 자위했다. 그런데 그 산만함이 이상하게 변해갔다. 몇 달 사이에 모든 것이 급격히 망가졌다. 약속들, 사람과 사물들을 망각했고, 물건, 열쇠, 서류 등을 잃어버렸다가 우연히 다시 찾는 일이 반복되었으며, 몇 주 후에는 어처구니없는 장소에서 그런 일들이 발생했다. 뱅상은 차분함을 잃지는 않았지만 신경이 조금씩 팽팽해졌다. 충분히 이해할 수 있는 일이었다. 결국엔…… 피임약 복용도 잊어버리고, 기념일 선물과 성탄절 장식품까지 잃어버렸다. 참을성 많은 사람들조차 짜증 낼 만한 일이었다. 소피는 모든 것을 메모하기 시작했다. 금욕생활을 하는 마약 중독자처럼 세심하고도 철저하게 메모했다. 그런데 메모한 수첩마저 잃어버렸다. 자동차도, 친구들도 잃어버렸고, 절도혐의로 체포되기도 했다. 착란상태는 삶의 모든 영역으로 점차 확대되었다. 그녀는 알코올중독자처럼 자신이 저지른 잘못들을 숨기기 시작했다. 뱅상이나 다른 사람들이 아무것도 알아차리지 못하게끔 속이고 은폐했다. 어느 임상치료사가 입원하라고 권했지만 그녀는 거절했다. 그러한 광기 속에서 결국 죽음이 찾아올 때까지.

소피는 계속 걸으면서 핸드백을 열었다. 핸드백 속에 손을 집어넣고, 떨리는 손으로 담배에 불을 붙이고, 가슴 깊이 연기를 들이마셨다. 눈을 감았다. 머릿속이 윙윙거리고 당장 쓰러질 듯이 몸이 불편해져오는 가운데서도, 레오가 옆에 없다는 사실을 알아차렸다. 몸을 돌려보니 아이는 저쪽 뒤에 있다. 잔뜩 토라진 얼굴로 팔짱을 낀 채 따라오지 않고 고집스레 버티고 서 있다. 보도 한가운데 서서 입을 삐죽 내밀고 있는 아이의 모습을 보자 별안간 맹렬한 분노가 치밀었다. 그녀는 가던 길을 돌아가 아이 앞에 우뚝 멈춰 서서는 세차게 따귀를 한 대 갈겼다.

그 따귀 소리에 정신이 번쩍 들었다. 순긴 부끄러움에 휩싸이며 혹시 누가 보지 않았는지 주위를 둘러보았다. 아무도 없다. 거리는 한적하고, 그들 옆으로 오토바이 한 대가 지나갈 뿐이다. 그녀는 따귀 맞은 뺨을 어루만지는 아이를 바라보았다. 아이는 그녀를 빤히 마주 보기만 할 뿐 울지도 않는다. 이 모든 일이 자기와는 무관하다는 걸 어렴풋이나마 느끼는 듯한 눈빛이다.

"……들어가자." 그녀는 결론을 내리듯 말했다.

그게 다였다.

둘은 저녁 내내 아무 말도 나누지 않았다. 각자에겐 서로 다른 이유가 있었다. 그녀는 아이의 따귀를 때린 일 때문에 제르베 부인과 문제가 생기지는 않을까 하는 생각을 얼핏 했지만, 어떻게 되든 상관없었다. 그녀는 떠날 생각이었고, 이미 그 집 사람이 아닌 것처럼 시간을 보냈다.

그날 저녁, 크리스틴 제르베는 마치 일부러 그런 것처럼 밤늦게 귀가했다. 소피는 요란한 함성과 박수소리로 떠들썩한 농구경기가 방영되는 TV 앞 소파에 드러누워 자고 있었다. 제르베 부인이 TV를 껐고, 소피는 그 갑작스러운 정적에 놀라 잠에서 깨어났다.

"너무 늦었네요……" 제르베 부인은 늦게 들어온 것에 대해 사과했다.

소피는 자기 앞에 우뚝 서 있는 외투 차림의 실루엣을 쳐다보았다. 그러고는 "아, 벌써……"라고 힘없이 웅얼거렸다.

"오늘은 자고 갈래요?"

제르베 부인은 밤늦게 귀가할 때마다 자고 가라고 권했지만 소피는 거절했고, 그러면 제르베 부인은 소피의 손에 택시비를 쥐여주곤 했다.

바로 그 순간, 소피의 머릿속에 그날 저녁에 있었던 일들이 주마등처럼 떠올랐다. 소피와 레오는 말없이 서로의 시선을 피했다. 굳은 얼굴의 레오는 그녀가 읽어주는 이야기를 참을성 있게 듣고 있었지만, 생각은 딴 데 가 있는 게 분명했다. 레오가 마지막 입맞춤을 너무도 힘들게 받아들이는 모습을 보고 소피는 자신도 모르게 이렇게 말해버렸다.

"괜찮아, 우리 아기, 괜찮아! 내가 미안해……"

레오가 고개를 끄덕였다. 그 순간 그녀는 느꼈다. 이 아이의 우주에 어른의 삶이 난폭하게 침입했으며, 그로 인해 이 아이 역시 기진맥진해 있다는 사실을. 레오는 곧바로 잠이 들었다.

소피는 너무도 피곤해서 이번에는 자고 가라는 제의를 받아들였다.

마룻바닥에 눈물방울이 뚝뚝 떨어진다. 하지만 소피는 무표정한 얼굴로 이제는 차갑게 식은 찻잔을 두 손으로 꽉 움켜쥐고 있을 뿐이다. 한순간, 어떤 영상이 떠오른다. 나무문에 못 박혀 있는 고양이의 몸뚱이. 흰색과 검은색이 섞인 고양이이다. 또 다른 영상들도 떠오른다. 모두 죽은 이들이다. 그녀의 사연 속에는 죽은 이들이 많다.

시간이 되었다. 주방의 벽시계를 힐끗 본다. 9시 20분. 그녀는 자신도 모르게 또다시 담배 한 대를 피워문다. 그러고는 곧바로 신경질적으로 짓눌러 끈다.

"레오!"

그녀는 자신의 목소리에 소스라친다. 그 목소리에는 대체 어디서 왔는지 알 수 없는 불안감이 배어 있다.

"레오?"

그녀는 급히 아이의 방으로 달려간다. 침대 위에 이불이 롤러코스터처럼 볼록하게 솟아 있다. 그녀는 안도의 한숨을 내쉰다. 입가에는 희미한 미소마저 떠오른다. 두려움이 사라지자 자신도 모르게 고마운 마음이 일면서 따스한 애정마저 느껴진다.

그녀가 침대로 다가가며 말한다.

"어라, 우리 꼬마가 어디 있지?"

그녀는 뒤로 돌아선다.

"여기에 있나?"

곁눈으로 계속 침대를 주시하면서, 소나무 재질의 옷장 문으로 딸깍딸깍 가볍게 여닫는 소리를 낸다.

"아니야, 옷장 안엔 없네. 그럼 서랍 안에 있나……"

그녀가 서랍을 한 번, 또 한 번, 그리고 다시 한 번 닫으면서 말한다.

"여기에도 없고…… 여기에도 없고…… 여기에도 없네…… 대체 어디로 갔을까?"

그러고는 문 쪽으로 다가가며 좀 더 큰 소리로 말한다.

"아, 레오가 없으니까 아줌마는 그만 가야지……"

그녀는 밖으로 나가지는 않은 채 요란하게 문을 닫으면서, 침대와 이불의 형태를 응시한다. 이불에 조금이라도 움직임이 있는지 지켜본다. 그런데 문득 배 속이 서늘해지면서 뭔가 불편한 느낌이 엄습한다. 저 이불…… 저런 형태가 될 리는 없는데…… 그녀는 그 자리에 돌덩이처럼 굳어 있다. 눈물이 다시금 솟구치지만 아까와 같은 눈물이 아니다. 예전의 눈물, 핸들 위로 허물어진 남자의 피투성이 시체를 아롱져 보이게 했던 눈물, 노파가 계단을 굴렀을 때 그 등짝을 떠밀어버린 그녀의 두 손에 떨어졌던 눈물이다.

그녀는 기계적인 걸음걸이로 침대에 다가가서는 이불을 홱 젖혔다.

레오는 분명 거기에 있지만, 자고 있는 게 아니다. 발가벗긴 채 새우처럼 웅크리고 있다. 두 손과 두 발목은 한데 묶였고, 머리는 무릎 사이에 처박혀 있다. 옆으로 보이는 얼굴이 섬뜩한 색깔을 띠고 있다. 잠옷은 아이를 꽁꽁 묶는 데 사용되었다. 목에는 신발 끈이 묶여 있는데, 얼마나 세게 조였는지 살 속 깊이 파인 가느다란 홈처럼 보인다.

그녀는 주먹을 꽉 깨물어보지만 치미는 욕지기를 억누를 수가 없다. 그녀의 몸이 휘청하며 앞으로 기울어진다. 엉겁결에 아이의 몸을 붙잡으려고 하다가 마지막 순간에 몸을 피해 두 손바닥으로 침대를 짚고 만다. 그 바람에 아이의 조그만 몸이 그녀 쪽으로 기울어지면서, 아이의 머리통이 그녀의 무릎에 와서 부딪힌다. 그녀는 아이를 꼭 끌어안는다. 너무 세게 부둥켜안은 탓에 둘의 몸은 중심을 잃고 그대로 나뒹군다.

이제 그녀는 벽에 등을 댄 채 바닥에 앉아 있다. 힘없이 늘어진 레오의 차디찬 몸과 맞닿은 채로…… 자신의 거센 울부짖음이 마치 다른 사람에게서 나온 비명처럼 그녀의 가슴을 갈가리 찢는다. 그녀가 아이를 내려다본다. 눈물로 시야가 부옇게 흐려지는 가운데, 그녀는 재앙의 규모를 가늠해본다. 기계적인 동작으로 아이의 머리칼을 쓰다듬는다. 푸르뎅뎅한 실핏줄이 대리석무늬처럼 얽힌 베이지색의 얼굴이 그녀 쪽으로 돌려져 있지만, 고정된 두 눈은 허공을 향해 열려 있다.

2

시간이 얼마나 흘렀을까? 그녀는 알지 못한다. 다시 눈을 뜬다. 처음
그녀에게 다가오는 것은 티셔츠에 잔뜩 묻은 자신의 토사물 냄새다.

그녀는 여전히 벽에 등을 대고 널브러져 앉아 고집스레 방바닥만 내
려다보고 있다. 모든 게 멈춰버리기를 원하는 사람처럼. 머리도, 손도,
생각도 더 이상 움직이지 않기를 바라는 사람처럼. 그렇게 꼼짝 않고
거기 앉아 있다가 마침내 벽 속으로 녹아들어가고 싶은 사람처럼. 내가
멈추면 모든 게 멈춰버리지 않을까? 하지만 속을 온통 뒤집어놓는 이
냄새…… 그녀의 고개가 조금 움직인다. 오른쪽, 문이 있는 쪽으로 향
하는 최소한의 움직임이다. 몇시지? 이번엔 반대방향, 즉 왼쪽으로 향
하는 최소한의 움직임. 침대다리 하나가 눈에 들어온다. 이건 마치 퍼
즐과도 같다. 한 개의 조각만 더 있으면 전체가 맞춰질 것이다. 그녀는
고개를 움직이지 않은 채로 손가락만 겨우 움직여 아이의 머리칼을 만
진다. 그토록 끔찍한 것이 기다리고 있는 수면으로 다시 올라가보려 하
지만, 몸에 전류가 통하기라도 한 듯 몸짓을 뚝 멈춘다. 전화벨이 맹렬
히 울려대기 시작한 것이다.

이번에는 그녀의 머리가 머뭇거리지 않고 문 쪽으로 휙 돌아간다. 벨 소리는 그쪽에서 들려오고 있다. 가장 가까운 곳에 있는 전화기, 복도의 야생 벚나무 탁자에 놓인 전화기이다. 그녀는 힐끗 아래를 내려다본다. 아이의 시체를 보자 심장이 멎을 듯한 충격이 느껴진다. 아이는 모로 누워 머리를 무릎 사이에 처박은 채 미동도 하지 않는다. 마치 그림처럼 느껴진다.

무릎 위엔 죽은 아이가 모로 누워 있고 전화벨 소리는 좀처럼 멈추지 않는데, 평소에 아이를 돌보고 전화를 받던 소피는 벽에 등을 기대고 앉아 머리를 설레설레 흔들면서 자신의 토사물 냄새를 맡고 있을 뿐이다. 머리가 빙빙 돌면서 다시금 현기증이 밀려오는 게 금방이라도 기절할 것만 같다. 뇌가 녹아내리는 듯한 느낌에 조난당한 사람처럼 필사적으로 손을 쭉 내민다. 공황상태로 인한 착각이겠지만, 전화벨 소리가 한층 더 높아진 것 같다. 이제는 온통 그 소리만 들린다. 소리가 뇌 속을 뚫고 들어와 머릿속을 꽉 채우고 마비시킨다. 그녀는 뭔가 붙잡을 것을 찾으려고 두 손을 휘휘 저으며 앞과 옆을 더듬는다. 마침내 오른쪽에 뭔가 딱딱한 것이 잡힌다. 그대로 침몰해버리지 않으려면 이것에 꽉 매달려야 한다. 전화벨 소리는 도무지 멈추지 않고 계속 울려댄다…… 그녀의 손이 붙잡은 것은 레오의 머리맡 스탠드가 놓인 작은 탁자의 귀퉁이였다. 있는 힘을 다해 그것을 움켜쥐자, 근육의 움직임 때문에 다시금 현기증이 몰려온다. 그리고 전화벨이 멈춘다. 천년같이 느껴지는 일 초 일 초가 흘러간다. 그녀는 숨을 죽이고 있다. 그녀의 뇌가 천천히 센다. 4초, 5초, 6초…… 그렇다, 전화벨은 멈췄다.

그녀는 레오의 몸 아래로 한쪽 팔을 밀어 넣는다. 아이는 새털처럼 가볍다. 그녀는 아이의 머리를 바닥에 내려놓은 다음, 힘겹게 무릎을

끓는 데 성공한다. 정적이 돌아왔다. 손에 만져질 듯 깊은 정적이다. 그녀는 출산하는 여자처럼 단속적으로 숨을 몰아쉰다. 입가에 침이 길게 흘러내린다. 그녀는 고개를 돌리지 않은 채 허공을 노려본다. 그리고 누군가를 찾는다. 여기에, 이 아파트 안에 누군가 있다고 생각한다. 레오를 죽인 누군가, 그녀까지 죽일 누군가.

그때, 전화벨이 다시 요란하게 울린다. 또 한 번 전류가 밑에서 위로 그녀의 몸을 훑고 지나간다. 그녀는 두리번거린다. 뭔가를 찾아야 해! 빨리! 머리맡 스탠드. 그것을 붙잡고 확 당긴다. 그녀는 전선이 그대로 뽑혀 나온 스탠드를 횃불처럼, 무기처럼 쥐고 천천히 방 안을 나아간다. 이런 상황이 얼마나 우스꽝스러운지도 의식하지 못한 채, 벨이 울리는 쪽으로 한 발 한 발 내디딘다. 하지만 공간을 나사송곳처럼 후벼 오는 벨소리, 기계적이고 강박적으로 포효하고 울부짖는 저 전화벨 소리 때문에 누군가의 기척을 감지한다는 것은 불가능하다. 그녀가 방문께에 이르렀을 때, 느닷없이 정적이 내려앉는다. 계속 나아가던 그녀는 갑자기 어떤 확신에 사로잡힌다. 그렇다, 이 아파트 안에는 아무도 없다. 그녀 혼자뿐이다.

그녀는 깊이 생각하지도 않고, 다른 방들을 향해 서슴없이 복도 끝까지 걸어간다. 손끝에 매달린 스탠드가 흔들거리고, 전선은 바닥에 질질 끌린다. 그렇게 거실로 돌아온 그녀는 주방에 들어갔다가 다시 나와서는 방문들을 열어본다. 차례차례, 빠짐없이 열어본다.

그녀 혼자다.

그녀는 소파에 털썩 주저앉아, 마침내 머리맡 스탠드를 떨어뜨린다. 티셔츠의 토사물은 묻은 지 얼마 되지 않은 것 같다. 그녀는 티셔츠를 훌렁 벗어 바닥에 던진 다음, 곧바로 일어나 아이 방으로 돌아간다. 다시 거기에 쭈그리고 앉는다. 문틀에 등을 기댄 채, 모로 누운 조그만 시체를 내려다보면서, 드러난 젖가슴을 엇갈린 두 팔로 감싸 안고서 아주 천천히 흐느낀다…… 전화를 걸어야 한다. 이제는 아무 소용없는 일이지만, 그래도 전화를 걸어 사람을 불러야 한다. 경찰서? 구급대? 소방서? 이런 경우엔 어디에 걸어야 하지? 제르베 부인? 두려움이 배 속을 쥐어뜯는다.

움직이고 싶지만 그러질 못한다. 맙소사! 소피, 너 또 똥구덩이에 빠져버린 거야? 지금까지 충분하지 않아? 즉시 떠나야 해! 지금 당장! 다시 전화벨이 울리기 전에. 저애 엄마가 택시를 타고 달려와 울며불며 소란을 피우기 전에. 경찰이 들이닥쳐 이것저것 물으며 심문하기 전에.

소피는 어찌할 바를 모른다. 전화를 걸어야 하나? 아니면 여기를 떠나야 하나? 두 개의 가혹한 해결책 중 하나를 선택해야 한다. 그녀의 삶 자체가 그렇다.

마침내 그녀가 몸을 일으킨다. 그녀 안의 무언가가 결정을 내렸다. 그녀는 울면서 이 방 저 방을 뛰어다닌다. 그러나 동작에 두서가 없고, 이동에는 목적이 없으며, 아이처럼 신음하는 자신의 목소리만 들릴 뿐이다. 그녀는 애써 되뇐다. "소피, 정신 차려. 숨을 크게 쉬고 생각을 집중해봐. 옷을 입어. 먼저 세수를 하고 소지품을 챙겨. 빨리. 그리고 당장 떠나. 네 물건들을 몽땅 가져와 핸드백에 넣어. 서둘러." 그렇게 이 방 저 방을 얼마나 정신없이 뛰어다녔는지 방향감각이 조금 흐트러지고 만다. 레오의 방 앞을 지날 때, 그녀는 자신도 모르게 다시 멈춰 선다. 그리고 그녀가 본 것은 밀랍처럼 굳은 아이의 얼굴이 아니라, 아이의 목과 바닥에 뱀처럼 구불구불 흘러내린 밤색 끈이다. 그녀는 그것을 알아본다. 바로 그녀가 신고 다니는 등산화 끈이다.

3

이날 일어난 일들 가운데 그녀가 기억하지 못하는 부분이 있다. 그다음으로 그녀가 본 것은 11시 15분을 가리키는 생트 엘리자베트 교회의 시계였다.

햇빛이 쏟아져 내리고, 관자놀이의 혈관이 금방이라도 끊어질 듯 쿵쾅댄다. 물론 몸은 녹초가 되어 있다. 죽은 레오의 모습이 다시금 엄습한다. 다시 잠에서 깨어나는 느낌이다. 그녀는 붙잡으려 해본다…… 그런데 무엇을? 손바닥에 유리판이 느껴진다. 어느 상점의 쇼윈도이다. 유리는 차디차다. 겨드랑이 아래로 땀방울이 흘러내리는 게 느껴진다. 얼음같이 싸늘하다.

내가 여기서 뭘 하고 있지? 아니, 그보다 내가 지금 어디에 있지? 시간을 보려고 하는데, 손목시계가 보이지 않는다. 분명히 차고 있었는데…… 아니, 어쩌면 차고 있지 않았는지도…… 더는 기억이 나지 않는다. 탕플 거리이다. 세상에, 여기까지 오는데 한 시간 반이나 걸렸다니…… 그 시간 동안 대체 뭘 했지? 내가 어딜 갔었지? 그리고 소피, 넌 지금 어딜 가고 있는 거지? 몰리에르 가에서 여기까지 걸어온 거야? 아님 전철을 탔던 거야?

기억에 검은 구멍이 뚫렸다. 그녀는 자신이 미쳤다는 걸 알고 있다. 아니야, 시간이 좀 필요할 뿐이야. 잠시 집중하면 돼. 그래, 난 전철을 탔을 거야. 몸이 증발해버린 듯 더는 느껴지지 않고, 팔을 타고 줄줄 흘러내리는 땀방울들만 느껴진다. 그녀는 옆구리에 팔꿈치를 붙여 살을 엘듯 차디찬 그 땀방울들을 훔쳐낸다. 지금 내 옷차림이 어떻지? 혹시 미친 여자처럼 보이는 건 아닐까? 머릿속이 어지러운 이미지들로 꽉 차 윙윙거린다. 차분히 생각해야 해. 뭔가를 해야 해. 하지만 뭘?

그녀는 쇼윈도에 비친 자신의 실루엣과 마주치지만, 잘 알아보지 못한다. 처음에는 자기가 아니라고 생각한다. 아니, 분명히 내가 맞는데, 다만 거기엔 다른 무언가가 있다…… 다른 무언가. 그런데 그게 뭐지?

그녀는 거리로 눈길을 던진다.

자, 걸으면서 생각해보자. 하지만 그녀의 두 다리는 걸음을 떼기를 거부한다. 아직 조금이나마 기능하는 것은 머리뿐이므로, 그녀는 머릿속을 윙윙대는 영상들이며 단어들을 호흡을 고르며 다시 진정시키려 해본다. 바이스에 물린 듯 가슴이 꽉 죄어온다. 그녀는 한 손으로 쇼윈도를 짚은 채, 집중하려 애쓴다.

넌 도망쳐 나왔어. 그래, 맞아. 겁이 나서 도망쳐 나온 거야. 레오의 시체가 발견되면 사람들은 널 찾아 나설 거야. 그들은 네게 혐의를 씌우겠지…… 그걸 뭐라고 하더라? 무슨 '방조죄', 그런 거였는데…… 집중 좀 해봐!

사실은 간단한 이야기야. 네가 애를 보고 있었는데, 누군가가 와서 그애를 죽인 거야. 아, 레오……

하지만 잠깐! 도망쳐 나올 때 발견한 거지만, 아파트 문이 안에서 이

중으로 잠겨 있었던 건 어떻게 설명하지? 아냐, 그건 나중에 알아보기로 하자.

그녀가 눈을 든다. 이는 징조다. 그녀의 집에서 아주 가까운 곳이다. 그래, 알겠어! 넌 도망쳐 나와서 네 집으로 가고 있는 거야.

하지만 이곳으로 오는 건 미친 짓이다. 정신이 온전했다면 절대로 이곳에 돌아오지 않았으리라. 사람들이 그녀를 찾아 나설 테니까. 아니, 벌써부터 찾고 있을 것이다. 또다시 피로감이 엄습하고, 그녀는 휘청거린다. 오른편에 카페가 하나 보인다. 그녀는 카페로 들어간다.

카페 안쪽 구석에 가서 앉는다. 생각을 해보려고 필사적으로 애쓴다. 먼저 이 카페에서 자신이 앉은 위치부터 파악해야 한다. 그녀는 다가오는 웨이터의 얼굴을 떨리는 눈으로 응시한다. 만약의 경우 출구까지 어떤 경로로 뛰어야 하는지 보려고 재빨리 실내를 훑어보지만…… 아무 일도 일어나지 않는다. 웨이터는 아무것도 묻지 않고, 따분한 기색으로 그녀를 멀뚱히 쳐다보기만 한다. 그녀는 커피 한 잔을 주문한다. 웨이터가 피곤한 걸음걸이로 카운터 쪽으로 돌아간다.

자, 우선 현재의 내 위치를 정확히 알아야 한다.

탕플 가. 지금 나는 우리 집에서…… 전철로 세 정거장, 아니, 네 정거장 떨어진 곳에 있다. 그렇다, 네 정거장이다. 탕플 역, 레퓌블리크 역, 그다음 역에서 갈아타서…… 젠장, 네 번째 정거장이 뭐지? 매일 거기서 내리잖아. 그 노선을 수백 번 이용했잖아. 역의 입구, 철제난간이 있는 계단, 볼 때마다 "제길, 오늘 날씨 더럽네! 안 그래요?"라고 말하는 사내가 운영하는 한쪽 구석의 신문 가판대까지 선명하게 보이잖아. 빌어먹을!

웨이터는 커피를 가져다놓고, 그 옆에 게산서를 내려놓는다. 1위로

10센트. 잠깐, 나한테 돈이 있었던가? 앞을 보니 테이블 위에 핸드백이 놓여 있다. 그녀는 자신이 그걸 들고 있었다는 사실조차 모르고 있었다.

그녀는 기억 없이 행동한다. 몽롱한 정신으로 아무것도 의식하지 못한 채 기계적으로 움직인다. 모든 게 그런 식으로 이루어졌다. 이렇게 도망쳐 나온 것도 바로 그 때문이다.

정신을 집중하자. 그 빌어먹을 정거장 이름이 대체 뭐였지? 이렇게 여기까지 온 것, 핸드백, 손목시계…… 그녀 안의 무언가가 행동하고 있다. 마치 그녀가 둘인 것 같다. 그래, 난 둘이야. 하나는 식어가는 커피 앞에서 겁에 질려 떨고 있다. 그리고 다른 하나는 여기까지 걸어왔고, 핸드백을 꼭 쥐고 있었고, 손목시계 차는 걸 잊어버렸고, 지금은 아무 일 없었던 것처럼 집으로 돌아가고 있다.

그녀는 두 손으로 머리를 감싸 쥐고 눈물을 뚝뚝 떨어뜨린다. 웨이터가 짐짓 무관심한 표정을 지은 채 유리잔을 행주로 닦으며 그녀를 흘끔거린다. 난 미쳤고, 사람들도 그걸 알고 있어…… 이곳을 떠나야 해. 빨리 일어나서 떠나야 해.

갑자기 한 줄기 아드레날린이 그녀의 몸을 가득 채운다. 가만! 내가 미쳤다면 이 모든 이미지들은 가짜일 수도 있잖아! 어쩌면 이 모든 게 미친 내가 꾸는 백일몽, 선 채로 꾸는 악몽일 수도 있어! 내 정신이 잠시 다른 곳에 가 있었던 거야. 맞아, 이건 악몽일 뿐이야. 난 그 아이를 죽이는 꿈을 꾼 거야. 오늘 아침 내가 겁에 질려 도망쳐 나온 건 나 자신의 꿈이 무서워서 그랬던 거야. 그게 전부라고.

본누벨! 맞아, 전철역 이름은 본누벨이야! 가만, 그 바로 앞에 역이 하나 더 있었지. 이번에는 이름이 저절로 떠오른다. 스트라스부르-생드니.

그녀가 항상 내리는 역 이름은 본누벨이다. 확실하다. 이제 그 역 전체가 분명하게 보인다.

웨이터가 그녀를 이상한 눈으로 쳐다본다. 그녀가 큰 소리로 웃기 시작한 것이다. 조금 전까지 울던 사람이 갑자기 웃음을 터뜨리고 있다.

그런데 이게 정말로 현실일까? 알아봐야 한다. 분명히 확인해야 한다. 전화를 걸자. 오늘이 무슨 요일이더라? 금요일…… 레오는 학교에 가지 않는다. 그애는 집에 있다. 레오는 분명히 집에 있을 것이다.

혼자서.

난 도망쳐 나왔고, 아이만 혼자 남아 있다.

전화해야 한다.

그녀는 핸드백을 집어들어 찢어버릴 듯한 기세로 연다. 그러고는 핸드백 안을 뒤진다. 전화번호는 휴대폰에 입력되어 있다. 그녀는 눈을 비비고는 전화번호 목록을 들여다본다. 발신음이 들린다. 한 번, 두 번, 세 번…… 벨이 울리지만 아무도 전화를 받지 않는다. 오늘은 학교 수업이 없고, 레오 혼자 아파트에 있다. 벨은 울리지만 아무도 전화를 받지 않는다…… 다시 땀이 흐르기 시작한다. 이번에는 등이다. "젠장, 전화 좀 받아!" 그녀는 기계적으로 발신음 소리를 센다. 네 번, 다섯 번, 여섯 번. 딸깍 소리에 이어 잠시 정적이 흐르더니, 예상치 못했던 목소리가 들린다. 그녀는 레오가 받기를 기대했는데, 전화를 받은 사람은 레오의 엄마다. "안녕하세요, 크리스틴과 알랭 제르베의 집입니다……" 차분하면서도 단단한 목소리에 그녀는 뼛속까지 얼어붙는다. 대체 왜 곧바로 전화를 끊어버리지 못하는 걸까? 레오 엄마의 한마디 한마디가 그녀를 의자 위에 옴짝달싹 못하게 붙여놓는다. "지금 저희는 외출 중이오니……" 소피는 짓뭉개듯이 마침 버튼을 누른다.

아주 간단한 두 개의 관념을 논리적으로 연결하는 일이 왜 이리도 힘이 드는지…… 그래도 이 상황을 분석해야 한다. 이해해야 한다. 레오는 충분히 전화를 받을 수 있는 아이다. 아니, 그애는 다른 사람보다 먼저 뛰어와 전화기를 들어 응답을 하고 상대에게 누구냐고 묻는 걸 기쁨으로 여기는 아이다. 레오가 집에 있다면 전화를 받아야 옳다. 그렇지 않다면, 그건 레오가 집에 없기 때문이다.

빌어먹을! 이 바보 같은 녀석이 집에 없다면 대체 어디에 있는 걸까. 레오는 혼자서 문을 열지 못한다. 그애 엄마는 아이가 사방을 돌아다니기 시작했을 때 만일을 위해 문에 안전장치를 달아놓았다. 지금 레오는 집 밖에 있을 리가 없는데 전화를 받지 않는다…… 정말이지 있을 수 없는 일이다. 이 바보 같은 꼬마 녀석이 대체 어디에 가 있는 거지?

잘 생각해보자. 지금은 11시 30분이다.

테이블 위엔 그녀의 핸드백에서 쏟아져 나온 물건들이 널려 있다. 그중에는 생리용 탐폰까지 하나 섞여 있다. 이게 무슨 꼴인가. 카운터에서는 웨이터가 두 사내와 얘기를 나누고 있다. 아마도 그녀에 대해 말하고 있으리라. 그들이 슬금슬금 던지는 눈길이 그녀의 시선과 마주친다. 여기에 계속 앉아 있을 순 없다. 나가야 한다. 그녀는 테이블에 펼쳐진 모든 것을 핸드백에 쓸어 담고는 후다닥 출구로 향한다.

"어이, 1유로 10센트!"

그녀는 돌아선다. 세 사내가 이상한 표정으로 그녀를 쳐다본다. 핸드백을 뒤져 간신히 동전 두 개를 찾아 카운터 위에 올려놓고는 밖으로 나간다.

날씨는 여전히 화창하다. 그녀는 거리의 움직임을, 걸어가는 행인들, 지나가는 자동차들, 시동을 걸고 출발하는 오토바이들, 이 모든 광경을 기계적으로 훑어본다. 걷자. 걸으면서 생각해보자. 이번에는 레오의 이미지가 선명하게 나타난다. 아주 세세한 부분까지 구별할 수 있을 정도로. 그렇다, 이건 꿈이 아니다! 아이는 죽었고, 그녀는 도주하는 중이다.

정오에 가정부가 오기로 되어 있다! 정오 전까지는 아파트에 들어올 사람이 아무도 없다. 그다음엔 아이의 시체가 발견되리라.

떠나야 한다. 신중해야 한다. 위험은 언제 어디서든 발생할 수 있다. 한곳에 머무르지 말고, 계속 이동하고 걸어야 한다. 물건들을 다 챙겨, 사람들에게 붙잡히기 전에 빨리 달아나야 한다. 이렇게 생각하고 있을 시간에 멀리멀리 가야 한다. 이해하려고 이렇게 애쓸 시간에 움직여야 한다. 진정이 되면 이 상황을 분석해볼 수 있을 것이다. 그렇다, 그러면 모든 것을 설명할 수 있을 것이다! 하지만 지금은 떠나야 한다. 어디로 가야 할까?

그녀는 거리 한복판에 멈춰 선다. 뒤에서 따라오던 행인이 그녀와 부딪힌다. 그녀는 우물우물 사과한다. 보도 한복판에 서서 사위를 둘러본다. 대로는 활기차게 움직이고 있다. 햇볕이 따갑게 내리쬐고 있다. 그녀의 광기가 조금은 줄어든 느낌이다.

꽃가게와 인테리어 상점이 보인다. 빨리 행동해야 한다. 그녀의 시선이 인테리어 상점에 진열된 벽시계에 꽂힌다. 11시 35분. 아파트 건물에 뛰어들어간 그녀는 로비에서 핸드백을 뒤져 열쇠를 꺼낸다. 우편함에서 우편물을 수거한다. 시간을 허비해선 안 된다. 4층. 다시 열석를 꺼낸다. 우선 중간문 열쇠, 그리고 현관 열쇠다. 손이 떨려와 핸드백을 바닥에 내려놓는다. 숨을 깊이 들이마시고 다시 한 번 시도해본다. 마침내 열쇠가 돌아가면서 문이 열린다.

문이 활짝 열렸지만 그녀는 멈칫거리며 문턱에 서 있다. 문득 의혹이

인다. 지금까지 자신의 계산이 잘못될 수 있다고는 생각해보지 않았다. 하지만 누군가가 앞질러 와서 자신을 기다리고 있을 수도 있다…… 층계참에는 깊은 정적이 감돌고 있다. 아파트의 친숙한 빛이 그녀의 발치에까지 와 닿는다. 그녀는 그렇게 바짝 얼어서 그곳에 서 있지만, 들리는 거라곤 자신의 심장박동 소리뿐이다. 그녀가 갑자기 소스라친다. 어느 현관문에 꽂힌 열쇠가 눈에 들어온 것이다. 층계참의 오른쪽 문. 이웃 여자가 사는 곳이다. 그녀는 생각할 틈도 없이 황급히 자기 아파트로 들어간다. 그 뒤로 미처 붙잡을 새도 없이 문이 쾅 하며 닫힌다. 그녀는 동작을 멈추고 귀를 기울인다. 집 안은 텅 비어 있다. 평소엔 절망적으로 다가오던 이 공허함이 지금은 안도감을 준다. 그녀는 빈 실내를 천천히 나아간다. 알람시계를 힐끗 본다. 11시 40분. 아니, 대략 그 시각일 것이다. 이 알람시계는 한 번도 맞은 적이 없으니까. 그런데 늦었던가, 빨랐던가? 그녀의 기억으론 빨랐던 것 같다. 하지만 확실한 건 아니다.

　모든 작업이 동시에 시작된다. 옷장에서 여행가방을 꺼내고, 서랍장을 죄다 열어 선별도 하지 않고 쑤셔 넣는가 하면, 욕실로 달려가 선반 위에 있는 것들을 비닐봉지에 모조리 쓸어 담는다. 주위를 둘러본다. 서류들! 책상 속에 들어 있다. 여권, 현금. 돈은 얼마나 되지? 200유로. 그리고 수표책! 빌어먹을 수표책이 어디로 갔어? 맞아, 핸드백 안. 그녀는 확인해본다. 다시 주위를 휙 둘러본다. 재킷. 핸드백. 아 참, 사진들! 다시 돌아와 서랍장의 맨 위 서랍을 열어 앨범을 꺼낸다. 그녀의 눈길이 서랍장 위에 놓인 결혼사진에 가 닿는다. 그녀는 그것을 액자째로 집어 가방 속에 던진 다음, 가방을 닫는다.

　그녀는 바짝 긴장하여 문에 귀를 대고 바깥의 기척을 엿듣는다. 이번에도 그녀의 심장박동 소리만 공간을 쿵쿵 울린다. 두 손바닥을 문에 찰싹 붙인다. 집중해야 한다. 아무 소리도 들리지 않는다. 그녀는 가방 손잡이를 낚아채고는 다짜고짜 문을 연다. 층계참에 아무도 없는 걸 확인하고 등 뒤로 문을 당겨 닫지만, 열쇠로 잠글 생각은 하지 않는다. 층계를 뛰어내려간다. 택시 한 대가 지나간다. 그녀는 택시를 멈춰 세운다. 택시기사는 가방을 트렁크에 넣으려고 한다. 하지만 그럴 시간이 없다! 그녀는 가방을 뒷좌석에 쑤셔 넣고는 그 옆에 올라앉는다.

택시기사가 묻는다.

"어디로 갈까요?"

그녀는 모른다. 잠시 머뭇거린다.

"가르드리옹 역이요."

택시가 출발하자 그녀는 뒤쪽 차창 밖을 내다본다. 차량 몇 대, 행인 몇 사람. 특별한 건 전혀 눈에 띄지 않는다. 그녀는 호흡을 되찾는다. 지금 자신은 완전히 미친 사람처럼 보이리라. 백미러 속에서는 기사가 경계심에 찬 눈으로 그녀를 쳐다보고 있다.

4

희한하게도 이런 위급한 상황이면 필요한 생각들이 저절로, 줄줄이 떠오른다. 그녀가 날카롭게 외쳤다.

"차 세워요!"

깜짝 놀란 기사가 택시를 급정거했다. 채 100미터도 가지 않은 상황이었다. 기사가 고개를 돌렸지만, 그녀는 벌써 차에서 내린 뒤다.

"금방 돌아올 테니, 여기서 좀 기다려주세요!"

"글쎄, 그건 좀 곤란한데요……"

기사가 웅얼거린다.

기사는 그녀가 뒷좌석에 던져놓은 가방을 쳐다본다. 그 가방에서도, 손님에게서도 별로 신뢰감이 느껴지지 않는다. 그녀는 망설인다. 지금이 택시기사가 꼭 필요한데, 상황이 너무나 복잡하다. 그녀는 핸드백을 열고 50유로짜리 지폐 한 장을 꺼내 그에게 내민다.

"자, 이렇게 하면 되겠어요?"

기사는 지폐를 보지만 받지는 않는다.

"좋아요, 갔다 와요. 하지만 빨리 와야 해요!"

그녀는 거리를 가로질러 거래하는 은행에 들어간다. 은행 안은 거의 비어 있다. 카운터 뒤에는 그녀가 모르는 사람이 앉아 있다. 한 여직원 이다. 하기야 평소 여기에 들르는 일이 거의 없으니…… 그녀는 수표책 을 꺼내 그 여직원 앞에 내려놓는다.

"내 수표계좌의 재무상황을 확인하고 싶어요."

직원은 보란 듯이 벽시계를 쳐다본다. 그런 다음 수표책을 가져가 키 보드를 두드리고, 프린터가 찌지직거리며 서류를 출력하는 동안 손톱 을 꼼꼼히 다듬는다. 그러고는 자기 손톱과 손목시계를 들여다본다. 프 린터는 어마어마하게 어려운 작업이라도 수행하는 양 일 분 가까이 낑 낑거리더니, 겨우 십여 줄의 글자와 숫자 들을 내뱉는다. 소피가 관심 을 가지는 유일한 숫자는 맨 밑에 찍혀 있다.

"그리고 내 통장도……"

여직원이 한숨을 내쉰다.

"통장번호는 알고 계세요?"

"아뇨, 기억이 잘 안 나요. 미안해요……"

그녀는 아주 미안하다는 표정을 짓는다. 실제로 그런 감정이다. 벽시 계는 11시 56분을 표시하고 있다. 이제 고객은 그녀뿐이다. 카운터 뒤 쪽에 직원이 한 명 더 있다. 키가 아주 큰 그 남자가 벌떡 일어나 홀을 가로지르더니 셔터들을 내리기 시작한다. 병실 냄새를 풍기는 인위적 인 빛이 점차로 자연광을 대체한다. 흐릿하고도 눅눅한 빛과 함께, 먹 먹하고 파르르한 정적이 내려앉는다. 뭔가 느낌이 썩 좋지 않다. 아니, 전혀 좋지 않다. 프린터가 다시 찌지직거리기 시작한다. 숫자 두 개가 나타난다.

"이 수표계좌에서 6백 유로를 인출하겠어요. 그리고…… 그리고……

통장에서는 5천 유로를 인출하고요. 될까요……?"

그녀는 질문을 하듯, 혹은 허가요청을 하듯 문장을 끝맺었다. 주의해야 한다. 자신 있게 말해야 한다.

카운터 건너편에서 당황한 기색이 느껴진다.

"이 계좌들을 폐쇄하시려는 건가요?" 여직원이 묻는다.

"아, 아니에요……(정신 차려, 넌 고객이야. 결정권은 너에게 있다고) 현금이 좀 필요할 뿐이에요(그래, 바로 그거야. '현금'이라는 표현, 뭔가 진지하고도 어른 같은 느낌을 주잖아)."

"그게……"

여직원은 소피, 자신의 손에 들린 소피의 수표책, 정오를 향해 치닫고 있는 벽시계, 그리고 유리문 앞에 웅크린 채 문을 잠그고 마지막 셔터를 내린 뒤 이제는 노골적으로 조급해하는 얼굴로 두 사람을 지켜보고 있는 남자 동료를 차례로 쳐다본다. 어떻게 해야 할지 몰라 망설인다.

일이 예상보다 훨씬 더 복잡해졌다. 은행은 문을 닫았고, 정오가 됐으며, 택시기사는 은행 셔터가 내려지는 것을 보았을 것이다.

소피는 짐짓 미소를 지어 보이며 말한다.

"너무 급해서요……"

"잠깐만요. 한번 알아보죠……"

붙잡을 새도 없었다. 여직원은 어느새 카운터의 쪽문을 밀고 나와 맞은편에 있는 사무실 문을 두드렸다. 남자 직원의 시선이 소피의 등에 와서 꽂힌다. 이곳을 떠나 빨리 점심 식탁에 앉고 싶은 표정이 역력하다. 이렇게 등 뒤에 누군가의 따가운 시선을 느끼는 것은 불쾌한 일이다. 하지만 지금 이 상황에선 모든 게 불쾌하다. 특히 창구 여직원과 함께 걸어오고 있는 저 남자.

소피는 그 남자를 안다. 이름은 생각나지 않지만, 소피가 처음 계좌를 개설할 때 맞아준 남자다. 통통한 몸집에 약간 험상궂이 보이는 얼굴의 삼십대 남자다. 가족과 함께 휴가를 보내고, 시시껄렁한 농담과 함께 페탕크*를 즐기며, 양말 위에 샌들을 신고 다니는 남자. 향후 5년 안에 20킬로그램이 더 늘 것이고, 점심시간을 함께 보내기 위해 애인을 사귀면서 동료들에게 굳이 그 사실을 숨기지 않는 남자. 노란 와이셔츠 차림으로 "어서 오십시오, 고객님"이라고 끈적한 어조로 인사하는, 전형적인 카사노바 중견 은행원. 한마디로 머저리 같은 인간.

그 머저리가 지금 그녀 앞에 서 있다. 그의 옆에 선 여직원이 한결 왜소해 보인다. 권위의 효과인가? 소피는 그 남자가 어떤 종류의 인간인지 깨닫는다. 그에게서 나는 땀내가 주변에 진동한다. 정말이지 고약한 함정에 갇혀버렸다.

"듣자하니 고객님께서 인출을 원하신다고요." 이렇게 말하면서 남자는 그녀와 관련된 정보를 처음 접하기라도 하듯 컴퓨터 화면 쪽으로 몸을 굽힌다. "고객님의 잔고 거의 대부분을 말이죠."

"왜요, 안 되나요?"

말을 내뱉은 순간, 그녀는 자신의 선택이 좋지 못했음을 깨닫는다. 이런 머저리와 정면대결을 한다는 건 곧 전쟁을 의미하기 때문이다.

"오, 아닙니다. 안 되는 건 아니에요. 다만……"

남자는 몸을 돌려, 외투걸이 옆에 말뚝처럼 서 있는 여직원에게 자못 자상한 눈길을 던졌다.

---

* 쇠구슬치기 놀이. 프랑스의 전통놀이로, 공원이나 한적한 광장에서 주로 어른들이 즐긴다.

"쥘리에트, 자넨 그만 가봐도 돼. 문은 내가 닫을 테니 걱정 말고."

이름과는 전혀 어울리지 않게 생긴 여직원은 군말 없이 냉큼 사라져 버린다.

"뒤게 부인, 혹시 우리 지점의 서비스에 만족스럽지 않은 점이라도 있으신가요?"

문들이 소리를 내며 닫히자, 아까보다 훨씬 무거운 정적이 내려앉는다. 그녀는 최대한 빨리 머리를 굴려본다.

"오, 아니에요…… 단지…… 그래요, 여행을 떠나게 돼서 현금이 필요해요."

이제 '현금'이라는 말이 아까처럼 적절하게 들리지 않는다. 그 말은 급하고 서두르는 듯하며 뭔가 수상쩍은 느낌에 음모의 냄새마저 풍긴다.

"음, 현금이 필요하시다……" 남자가 되풀이한다. "그렇게 큰 액수를 취급할 때는 보통 고객과 미리 약속을 잡습니다. 정상업무 시간에요…… 보안상의 문제 때문입니다. 잘 아시겠지만."

이 말이 암시하는 바는 너무도 명백하다. 너무나 이 남자다운 행동이라서 소피는 따귀라도 갈겨주고 싶은 심정이다. 하지만 이 돈이 꼭 필요하다는 생각을 단단히 부여잡는다. 택시는 하루 종일 기다려주지 않을 테고, 자신은 반드시 이 상황을 헤쳐나가야 한다고 마음을 다잡는다.

"갑자기 여행을 떠나게 됐어요. 아주 갑작스럽게요. 꼭 떠나야 하고, 그 돈이 반드시 필요해요."

그녀는 남자를 쳐다본다. 안에서 뭔가가 스르르 주저앉는 느낌이다. 약간의 자존심이. 그녀는 한숨을 내쉰다. 하지만 이렇게 하지 않으면 안 된다. 왠지 자신이 역겹게 느껴진다.

"뮈쟁 씨, 당신의 난처한 입장은 저도 충분히 이해해요. (자신감이 조금 돌아온 것일까, 남자의 이름이 갑자기 떠올랐다) 미리 연락드릴 시간이 있었다면 그랬을 겁니다. 여행 떠나는 시간을 마음대로 정할 수 있었다면, 이렇게 문을 닫는 시간에 찾아오지 않았을 거예요. 또 제가 돈이 필요하지 않다면, 이렇게 폐를 끼치지도 않을 거예요. 하지만 전 돈이 꼭 필요합니다. 제 돈이 모두 필요해요. 지금 당장요."

뮈쟁이 거만스러운 미소를 지어 보였다. 그녀는 상황이 한결 나아진 걸 느꼈다.

"문제는 과연 저희에게 그만 한 액수의 현금이 있느냐 하는 거겠 죠……"

식은땀 한 줄기가 섬뜩하게 흘러내린다.

"하지만 제가 가서 한번 알아보겠습니다."

뮈쟁은 이렇게 말하고는 자기 사무실 안으로 들어갔다. 전화를 걸려 는 걸까? 돈은 금고 안에 있을 텐데, 왜 자기 사무실로 들어가는 걸까?

소피는 어찌할 바를 모르고 사방을 둘러보았다. 중앙 출입구. 내려진 블라인드. 직원 두 명은 점심식사를 하러 나갔고, 안쪽의 문은 강화문 특유의 철컹하는 소리를 내며 닫혔다. 다시 정적이 내려앉는다. 아까보 다 더 느릿하고 위협적으로 느껴지는 정적이다. 남자는 분명히 전화를 걸고 있다. 누구에게 거는 거지? 그런데 그가 벌써 돌아온다. 그녀에게 다가온다. 하지만 조금 전처럼 카운터 반대편이 아니라, 그녀가 있는 쪽으로 온다. 무척 상냥한 미소까지 머금고 그녀에게 가까이, 아주 가 까이 다가온다.

"뮈게 부인, 어떻게든 해드릴 수 있을 것 같네요."

그가 속삭이듯 말했다.

그녀는 억지로 미소를 지어 보인다. 남자는 움직이지 않는다. 그녀의 얼굴을 빤히 응시하면서 씩 웃을 뿐이다. 그녀 역시 움직이지 않고 계속 미소를 짓는다. 맞아, 이거였어. 이렇게 웃어줘야 했어. 이 남자가 원하는 대로 해줘야 해. 남자는 몸을 돌려 다시 멀어져갔다.

다시 혼자 남았다. 12시 6분. 그녀는 블라인드로 달려가 슬랫 몇 개를 들춰본다. 택시는 여전히 기다리고 있다. 기사의 모습이 잘 분간되지는 않지만, 거기 있는 것만은 분명하다. 어쨌든 빨리 처리해야 한다. 아주 빨리.

남자가 그의 소굴에서 다시 모습을 드러냈을 때, 그녀는 카운터에 팔꿈치를 기댄 채 고객의 자세로 돌아와 있다. 남자는 카운터 반대편에 서서 5,600유로를 센다. 그런 다음 여직원의 자리에 앉아 컴퓨터 자판을 두드린다. 프린터가 다시 끙끙대며 돌아가기 시작한다. 작업이 끝나기를 기다리면서 남자는 소피에게 은근한 미소를 던진다. 소피는 완전히 벌거벗은 느낌이다. 어쨌거나 마침내 영수증에 서명을 한다.

남자는 온갖 충고를 아끼지 않는다. 그러고 나서 돈을 봉투에 넣어서는 만족한 얼굴로 내민다.

"당신처럼 날씬하고 젊은 여자분이 이렇게 큰돈을 가지고 거리를 돌아다니면 안 되는데…… 그건 아주 신중치 못한 일이거든요……"

당신처럼 날씬한? 내가 지금 제대로 들은 거야?

그녀는 봉투를 받아든다. 몹시 두툼하다. 그녀는 잠시 어찌해야 할 바를 모르고 있다가, 그냥 재킷 안주머니에 쑤셔 넣는다. 뮈쟁이 의혹 어린 눈으로 그녀를 쳐다본다.

"택시 때문에요." 그녀가 더듬거린다. "밖에서 저를 기다리느라 불안해하고 있을 거예요…… 나중에 다시 정리해서 넣을 거예요……"

"물론 그러시겠죠."

뮈쟁이 대꾸한다.

그녀가 걸음을 옮긴다.

"잠깐!"

그녀는 돌아선다. 만약의 경우 무슨 짓이라도 할 심정으로, 심지어 그를 후려칠 준비까지 하고 돌아선다. 그런데 그는 미소를 짓고 있다.

"은행 문을 닫았을 때는 여기로 나가야 해요."

그가 자기 뒤쪽에 있는 문 하나를 가리킨다.

그녀는 홀 안쪽까지 그를 따라간다. 몹시 좁다란 복도를 지나자 그 끝에 출구가 나온다. 그가 도어록을 조작하자 미닫이문이 열렸지만, 완전히 열리지는 않았다. 남자가 그 앞에 버티고 서자, 열린 틈이 거의 가로막혔다.

"자, 나가시죠……"

그가 말했다.

"고맙습니다."

도대체 어떻게 해야 할지 알 수 없었다. 사내는 미소를 지으며 여전히 버티고 서 있다.

"이런 질문, 해도 될지 모르겠지만…… 여행은 어디로 떠나시죠?"

빨리 대답을 찾아내야 한다. 아무 대답이라도 해야 한다. 지금 나는 너무 오래 생각하고 있다. 뭔가 자연스러운 대답을 해야 하는데, 머릿속은 휭하기만 하다.

"남부 지방으로……"

그녀의 재킷은 완전히 잠겨 있지 않다. 지폐를 받아 넣을 때, 지퍼를 절반밖에 올리지 않았다. 뮈쟁은 그녀의 목을 들여다보며 끊임없이 미소를 짓고 있다

"남부 지방이라…… 좋죠……"

바로 그 순간, 그가 손을 내밀어 지폐가 든 봉투를 슬쩍 밀어 넣는다. 봉투의 한쪽 귀퉁이가 벌어진 옷깃 밖으로 삐져나와 있었던 것이다. 그러는 바람에 그의 손이 그녀의 젖가슴을 아주 잠시 스친다. 그는 아무 말도 하지 않지만, 손을 금방 거두려 들지 않는다. 이대로 이 남자의 따귀를 갈기지 않으면 죽을 것만 같은 심정이지만, 궁극적인 무언가가, 끔찍한 무언가가 그녀의 손을 제지한다. 바로 두려움이다. 심지어 이 인간이 그곳을 만지작거린다 해도, 나는 몸이 마비되어 아무 말도 할 수 없으리라는 생각마저 스친다. 내겐 이 돈이 꼭 필요하다. 그런데 내 속이 그렇게 빤히 들여다보이는 걸까?

"그래요, 맞아요." 뮈쟁이 말을 잇는다. "정말로 좋죠, 남부 지방……"

그는 손을 빼내더니, 이번에는 재킷의 깃을 천천히 어루만진다.

"전 바빠서요……"

그녀가 문이 있는 오른쪽으로 몸을 젖히며 이렇게 말한다.

"아, 그러시겠죠."

뮈쟁이 몸을 약간 비켜주며 대꾸한다.

그녀는 좁은 틈을 뚫고 출구 쪽으로 향한다.

"자, 그럼 여행 잘하세요, 뒤게 부인! 그리고…… 다시 뵐 수 있겠죠?"

그러면서 꽉 잡은 그녀의 손을 오랫동안 놓지 않는다.

"고맙습니다."

그녀는 서둘러 보도로 빠져나온다.

저능아 같은 저 은행원에게 휘둘리다가 영영 빠져나갈 수 없을지도 모른다는 두려움을 느낀 탓인지, 격렬한 증오가 파도처럼 밀려든다. 모든 것을 끝내고 밖으로 나오니, 저 인간의 머리를 벽에 찧고 싶은 충동이 치민다. 택시를 향해 뛰어가는 동안에도 자신의 몸을 스치는 그 인간의 손가락이 느껴지고, 그의 두 귀를 틀어쥐고 머리통을 벽에 박아버리는 통쾌한 느낌이 거의 물리적으로 느껴진다. 머저리 같은 인간들 중에서도 특히 견딜 수 없는 게 바로 저런 족속이다! 이 모든 것이 그녀 안에 맹렬한 분노를 불러일으킨다…… 자, 그자의 두 귀를 틀어쥐고 머리통을 벽에 찧어버린다. 머리통이 둔탁하면서도 끔찍한 소리와 함께 공처럼 퉁퉁 튀는 가운데, 그자는 너무나 어처구니없다는 표정으로 그녀를 멍하니 바라보지만, 그 표정은 곧 고통의 찡그림으로 바뀐다. 그녀는 그렇게 그자의 머리통을 벽에 대고 세 번, 네 번, 다섯 번, 열 번을 찧는다. 찡그림은 점차 얼어붙어가고, 그의 흐릿한 눈이 허공을 응시한다. 그녀는 조금 마음이 풀려 동작을 멈춘다. 양손이 그의 귀에서 흘러나온 선혈로 흥건히 젖어 있고, 그의 두 눈은 영화에 나오는 죽은 이들의 눈처럼 고정되어 있다.

그때, 그녀 앞에 레오의 얼굴이 불쑥 나타난다. 하지만 레오의 눈은 진짜로 죽은 사람의 눈으로, 영화에 나오는 것과는 전혀 다르다.

현기증이 인다.

5

"자, 손님, 이제 어떻게 하죠?"

그녀가 눈을 든다. 지금 그녀는 택시 앞에 우두커니 서 있다.

"어디 안 좋아요……? 그래가지고 괜찮겠어요?"

아니야, 괜찮을 거야. 소피, 빨리 택시를 타고 여길 떠나야 해. 진정해, 모든 게 잘돼가고 있으니까. 단지 조금 피곤할 뿐이야. 이 모든 것은 일시적인 시련일 뿐, 다 지나갈 거야. 그러니 집중하라고.

택시가 목적지까지 달리는 동안 기사는 끊임없이 백미러로 그녀의 얼굴을 흘끔거린다. 그녀는 익숙한 경치를 보면서 마음을 안정시키려 한다. 레퓌블리크 광장, 센 강 강변로, 그리고 저쪽에 보이는 오스테를리츠 다리. 호흡이 정상으로 돌아오기 시작한다. 심장 박동이 완만해진다. 무엇보다도 진정해야 한다. 이 모든 일과 거리를 두고 차분히 생각해야 한다.

택시가 가르드리옹 역에 닿았다. 그녀가 차문 앞에 서서 택시비를 계산하는 동안, 기사가 또다시 그녀를 빤히 쳐다본다. 그의 눈길에 어른거리는 저 빛은 무엇일까? 불안? 호기심? 두려움? 아니면 이 모든 것이다 섞였는지도 모른다. 어쩌면 안도하고 있는 것인지도. 택시기사는 그녀에게 받은 지폐들을 호주머니에 쑤셔 넣은 뒤 출발하고, 그녀는 가방을 집어들고 열차 시각표 쪽으로 간다.

담배를 피우고 싶다. 불안 때문에 떨리는 손으로 호주머니를 뒤진다. 담배에 대한 욕구가 너무도 절박해서 한가하게 찾고 있을 겨를이 없다. 담배 가게에 들어가니 앞에 세 사람이 줄을 서 있다. 마침내 담배 한 갑을, 아니 두 갑을 주문한다. 점원 아가씨가 몸을 돌려 두 갑을 집어서는 카운터에 내려놓는다.

"아니, 세 갑요……"

"도대체 몇 갑을 살 거예요? 한 갑이에요, 두 갑이에요, 아니면 세 갑이에요?"

"한 보루 줘요."

"확실해요?"

"사람 짜증나게 하지 마요! 그리고 라이터도 하나 줘요."

"어떤 거요?"

"아무거나 상관없어요."

그녀는 불안스러운 손으로 담배보루를 집어들고 호주머니를 뒤졌다. 그러고는 돈을 한 움큼 꺼내는데, 손이 어찌나 떨리는지 지폐들이 그만 카운터 앞에 쌓인 잡지들 위로 쏟아지고 만다. 그녀는 사방을 둘러보면서 50유로짜리 지폐들을 주워 호주머니마다 쑤셔 넣는다. 소피, 이러면 안 돼. 정말 안 된다고. 한 커플이 그녀를 이상한 눈으로 쳐다본다. 바로 옆에 선 뚱뚱한 남자는 거북한 표정으로 딴 데를 보는 척한다.

그녀는 한 손에 담배보루를 움켜쥐고 담배 가게를 빠져나온다. 소매치기를 조심하라고 여행객들에게 경고하는 뻘간 글씨의 일림판이 눈에 뜬다…… 이제 뭘 해야 하지? 할 수만 있다면 울부짖고 싶은 심정이다. 그런데 기묘하게도 바로 그 순간, 이후에도 종종 찾아오게 될 무언가가, 아주 이상하고 안도감마저 안겨주는 무언가가 느껴진다. 그것은 아이들이 커다란 공포를 느꼈을 때, 그 공포의 밑바닥에서 솟아오르는 아주 미약하지만 절대적인 확신과도 같은 것이다. 네가 지금 겪고 있는 이 모든 일은 사실은 아무것도 아니야, 이 두려움 너머에는 널 보호해 주는 뭔가가 있어, 저쪽 어딘가에서 알 수 없는 그 무엇이 널 지켜주고 있어, 라고 속삭이는 확신 말이다…… 잠시 아버지의 영상이 떠올랐다가 사라진다.

그냥 마술과도 같은 반사작용일 뿐이야.

소피는 너무나도 잘 알고 있다. 자신의 이런 반응은 안도감을 얻으려는 극히 유아적인 방법이라는 것을.

자, 이제 화장실에 가 헝클어진 머리를 매만지고 정신을 가다듬은 뒤, 목적지를 정하고 계획도 세워야 한다. 아니, 무엇보다도 담배부터 한 대 피워야겠다.

담배보루를 뜯자 담뱃갑 세 개가 바닥에 떨어진다. 그것들을 주워 한 갑만 남기고 나머지는 가방 위에 재킷과 함께 쌓아놓는다. 담배 한 개비를 빼내 불을 붙인다. 행복의 연기 한 줄기가 가슴속에 스며든다. 얼마 만에 맛보는 행복한 순간인가. 그리고 거의 동시에 머리가 핑 돈다. 그녀는 정신을 차리기 위해 눈을 꼭 감는다. 그렇게 잠시 있으니 조금 나아진다. 그렇게 되찾은 평화를 음미하듯 이삼 분 동안 담배를 피운다. 두 눈을 감고 피운다. 다 피운 뒤에는 담뱃불을 짓눌러 끄고 담배보루를 가방에 쑤셔 넣은 다음, 플랫폼 맞은편에 있는 카페로 향한다.

머리 위로 가르드리옹 역사의 명물인 트랭 블뢰 레스토랑이 올려다보인다. 나선형의 대형 계단, 유리문 뒤로 나타나는 천장이 호화로운 홀들, 새하얀 테이블들, 그런 장소 특유의 웅성거리는 소리, 반짝거리는 은제식기, 벽을 뒤덮은 구태의연한 장식벽화늘. 언젠가 뱅상이 그녀를 이곳에 데려온 적이 있다. 아주 오래전 얘기지만.

그녀는 테라스에서 빈 테이블 하나를 발견한다. 그녀는 커피 한 잔을 주문하고, 화장실의 위치를 묻는다. 가방은 거기에 놔두고 싶지 않다. 하지만 화장실까지 끌고 갈 수도 없는 노릇이다…… 그녀는 주위를 둘러본다. 오른쪽에 여자 한 명이 있고, 왼쪽에도 여자 한 명이 있다. 이런 일을 부탁하기엔 여자들이 낫다. 오른쪽 여자는 그녀와 나이가 비슷해 보인다. 담배를 피우면서 잡지를 뒤적이고 있다. 소피는 왼쪽 여자를 선택한다. 나이가 더 많고, 더 단단하며, 자신감 있어 보이는 여자다. 소피는 자기 가방을 가리킨답시고 신호를 보냈지만, 지금은 그녀의 얼굴 자체가 너무나 강한 메시지라서 뜻이 제대로 전달되었는지 확실치 않다. 어쨌든 여자의 눈빛은 이렇게 말하는 듯하다. '네, 다녀오세요. 내가 여기 있을 테니.' 게다가 희미한 미소까지 지어 보인다. 미소를 접해 보는 게 얼마 만인가! 미소 역시 여자들의 미소가 훨씬 낫다. 소피는 커피엔 입도 대지 않은 채 계단을 내려간다. 화장실 거울에 비치는 자신의 모습을 외면하고 곧바로 안쪽 칸에 들어간다. 문을 닫고, 청바지와 팬티를 내리고 주저앉아서는, 두 팔꿈치를 무릎 위에 올려놓고 울기 시작한다.

안쪽 칸에서 나와 비로소 거울에 비친 자신의 얼굴을 들여다본다. 말할 수 없이 황폐해져 있다. 어쩌면 이렇게 늙고 쇠약한 모습일까! 그녀는 손을 씻고, 이마에도 물을 적신다. 너무나 피곤하다…… 자, 이제 위

51

로 올라가 커피를 한잔 마시고 담배를 피우면서 잘 생각해보는 거다. 더 이상 겁에 질려 허둥대지 말고, 신중하게 행동하자. 상황을 정확히 분석해가면서. 말은 참 쉽다.

다시 계단을 올라간다. 테라스에 들어서자마자 그녀는 충격에 휩싸인다. 가방이 사라진 것이다. 그 여자도 온데간데없다. "빌어먹을!" 소피는 고함을 치고는, 주먹으로 테이블을 쾅쾅 내리친다. 커피 잔이 떨어져 산산조각이 나고, 모든 시선이 그녀에게 쏠린다. 소피는 오른쪽 테이블에 앉아 있는 다른 여자 쪽으로 몸을 돌린다. 그리고 얼핏 마주친 그녀의 눈을 통해 즉각 깨닫는다. 그렇다, 이 여자는 다 봤다. 모든 걸 보고 있으면서도 개입하지 않았다. 아무 말도 하지 않고, 손끝 하나 까딱 않고 앉아 있었다.

"그래, 물론 당신은 아무것도 못 봤겠지!"

회색 일색의 옷차림에 슬픈 얼굴을 한 서른 살가량의 여자다. 소피는 소맷부리로 눈물을 훔치며 여자에게 다가간다.

"그래, 넌 아무것도 못 봤지. 이 나쁜년아!"

그러고는 냅다 따귀를 갈긴다. 비명이 터져 나오고, 웨이터들이 달려온다. 볼을 감싸 쥔 여자는 말없이 울기 시작한다. 사람들이 "무슨 일이야?" 하면서 몰려들고, 소피는 졸지에 태풍의 눈이 되어 수많은 사람들에게 둘러싸인다. 웨이터가 그녀의 두 팔을 붙잡고 소리친다. "진정하지 않으면 경찰을 부를 거예요!" 그녀는 어깨를 흔들어 웨이터의 손에서 몸을 빼낸 뒤 달리기 시작한다. 웨이터가 고함을 치며 쫓아오고, 군중도 우르르 뒤를 따른다. 10미터, 20미터, 더는 어디로 가야 할지 알 수 없는데, 웨이터의 손이 그녀의 어깨 위로 턱 하니 얹힌다.

"커피 값 내야죠!"

그가 버럭 소리를 지른다.

그녀가 몸을 돌린다. 그는 잔뜩 흥분한 눈으로 그녀를 노려보고 있다. 둘의 시선이 팽팽하게 얽힌다. 그는 남자다. 소피는 그가 이 싸움에서 반드시 이기고야 말겠다는 각오를 다잡고 있는 것을 느낀다. 승리를 예감했는지, 벌써부터 얼굴이 벌게져 있다. 결국 그녀는 고액권만 가득 들어 있는 봉투를 꺼낸다. 담배 몇 개비가 떨어지고, 그녀는 그것을 모두 줍는다. 이제 그들 주위에는 너무나 많은 사람들이 몰려들어 있다. 그녀는 숨을 깊게 들이마신다. 콧물까지 들이마시며 손등으로 다시 눈물을 훔치고는 50유로짜리 지폐 한 장을 꺼내 웨이터의 손안에 쑤셔 넣는다. 그들은 역 구내 한가운데 서 있고, 그 주위에는 흥미로운 장면을 놓칠세라 멈춰 선 구경꾼과 여행객들이 커다란 원을 이루고 서 있다. 웨이터가 거스름돈을 주려고 조끼 호주머니에 손을 집어넣는다. 소피는 그 느릿느릿한 동작을 통해 그가 영광의 순간을 만끽하는 중임을 느낀다. 그는 한없이 꾸물거린다. 주위를 둘러보지도 않고 자신의 동작에만 집중하고 있다. 마치 이곳에 그들 외에 다른 사람은 존재하지 않는 것처럼. 자신은 여기서도 자신의 가장 자연스러운 역할, 즉 느긋하게 권위를 행사하는 역할에만 충실할 뿐이라는 듯이. 소피는 신경이 팽팽해지는 것을 느낀다. 두 손이 근질거린다. 역 안의 사람들이 모두 그들 주위에 모여든 것 같다. 웨이터는 지폐를 꼼꼼하게 세어 그녀의 떨리는 손바닥에 한 장 한 장 내려놓는다. 하지만 소피의 눈에 들어오는 것은 그의 허여멀건한 머리통, 그리고 드문드문 남아 있는 모근에 맺힌 땀방울들뿐이다. 울컥 구역질이 치민다.

잔돈을 받은 소피는 몸을 돌려 호기심에 찬 구경꾼들을 헤치고 나아간다. 완전히 넋이 나간 얼굴로.

그녀는 걷는다. 몸이 비틀거린다는 느낌이 들지만, 아니다. 그녀는 똑바로 걷고 있다. 단지 너무나 피곤할 뿐이다. 누군가의 목소리가 들려온다.

"내가 도와드릴까?"

걸걸하니 쉰 목소리다.

그녀는 돌아선다. 세상에, 이럴 수가! 그녀 앞에 주정뱅이 노숙자 하나가 흔들거리며 서 있다. 차마 마주 보기조차 힘든, 거지 중의 상거지다.

"아뇨, 고맙지만 괜찮아요……"

이렇게 내뱉고는 다시 걷기 시작한다.

"그렇게 뺄 필요 없다고! 똑같이 빵이치는 처지에……"

"사람 엿먹이지 말고 저리 비켜!"

사내는 즉각 물러나며 웅얼웅얼 뭐라고 투덜댔지만, 그녀는 알아듣지 못한 척했다. 소피, 어쩌면 저자의 말이 옳은지도 몰라. 넌 지금 잘난 척하고 있지만, 결국은 저들과 같은 신세일 수도 있어. 노숙자나 다름없다고.

'네 가방 안에 무엇이 들어 있었지? 옷가지 같은 자질구레한 것들이야. 하지만 제일 중요한 건 돈이지.'

그녀는 떨리는 손으로 호주머니를 뒤져보고는 안도의 한숨을 내쉰다. 신분증과 돈이 거기에 함께 있다. 가장 중요한 것은 잃어버리지 않았다. 자, 이제 어떻게 할지 다시 한 번 생각해보자. 그녀는 햇빛이 쏟아지는 역 밖으로 나온다. 앞쪽에 카페며 맥줏집들이 늘어서 있고, 사방에 여행객, 택시, 자동차, 버스 들이 보인다. 바로 옆에는 나지막한 콘크리트 연석을 따라 손님을 기다리는 택시들이 한 줄로 서 있다. 연석 위엔 사람 몇 명이 걸터앉아 있다. 어떤 이들은 뭔가를 읽고 있고, 남자 한 명은 무릎 위에 수첩을 펴놓고 휴대폰 통화에 열중하고 있다. 그녀도 다가가 연석에 앉는다. 담뱃갑을 꺼내고는 지그시 눈을 감고 담배를 피운다. 생각을 모으기 위해서다. 갑자기 휴대폰이 생각난다. 사람들은 휴대폰을 도청하려 들 것이다. 내가 제르베 부부의 집에 전화를 했는지 알아보려 할 것이다. 그녀는 떨리는 손으로 휴대폰 뒷면에서 유심 카드를 꺼내 차도변의 배수구에 집어던진다. 이 휴대폰도 버려야 하리라.

그녀는 반사적으로 가르드리옹 역에 왔다. 왜? 어딜 가려고? 알 수 없는 일이다…… 그녀는 이유를 찾아본다. 아, 그래, 생각났다! 마르세유! 아주 오래전에 뱅상과 함께 갔던 곳. 그들은 비유포르* 부근의 한 형편없는 호텔에 깔깔대며 들어갔었다. 빨리 함께 이불 속에 들어가고 싶은 마음이 굴뚝같은데, 다른 곳에선 빈 방을 찾을 수 없었기 때문이다. 데스크의 남자가 이름을 묻자, 뱅상은 그무렵 그들이 푹 빠져 있던 '슈테판 츠바이크'라는 작가 이름을 댔다. 철자를 한 자 한 자 불러줘야 했다. 남자는 그들에게 폴란드 사람이냐고 물었고, 뱅상은 "오스트리아 쪽이에요**……"라고 대답했다. 그들은 그렇게 어느 날 밤 가명으로 아무도 모르게 거길 다녀온 적이 있었던 것이다…… 바로 그때, 어떤 생각이 번쩍 스쳤다. 그녀가 반사적으로 취하려고 한 행동은 이미 한 번 갔던 곳으로 가는 거였다. 마르세유이든 다른 곳이든, 희미하게나마 알고 있는 곳, 그래서 보다 안심이 되는 곳으로. 하지만 사람들은 그 점을 예상하지 않겠는가? 그들이 어디서 그녀를 찾으려 하겠는가? 그녀가 갈 개연성이 가장 큰 곳이다. 따라서 그건 절대로 해서는 안 될 일이었다. 소피, 지금부턴 너의 모든 준거점들을 잊어버려야 해. 이건 너무나

---

* 마르세유의 한 구역. '구#항구'라는 뜻으로, 과거 마르세유의 중심지였다.
** 슈테판 츠바이크(1881~1942)는 유대계이 오스트리아 작가이다.

중요한 점이라고! 상상력을 발휘해야 해. 지금까지 한 번도 해보지 않았던 것들을 하고, 사람들이 전혀 예상할 수 없는 곳으로 가야 해. 이제 아버지 집에 갈 수 없다는 생각에 갑자기 공황감이 엄습한다. 아버지를 찾아뵙지 못한 지 여섯 달 가까이 되는데, 이제는 갈 수 없게 돼버린 것이다. 아버지 집은 감시받고 있을 테고, 전화 역시 도청되고 있을 것이다. 아버지의 한결같은 실루엣이 눈앞에 떠오른다. 참나무로 깎은 듯 홀쭉하고도 꼿꼿한 그 모습이. 나무만큼이나 늙었지만 강인한 그 모습이. 소피가 뱅상을 선택한 것은 그 점 때문이었다. 그 역시 아버지처럼 키가 크고, 침착하고, 차분했다. 이제 그녀에겐 그런 존재가 없을 것이다. 모든 것이 허물어졌을 때, 뱅상이 죽고 삶이 한 무더기의 폐허가 돼버렸을 때도 아버지만은 굳건하게 서 있었다. 하지만 이제 그녀는 아버지를 보러 가지 못하고 이야기를 나누지도 못할 것이다. 아버지마저 죽어버린 듯, 그녀는 완전히 혼자가 될 것이다. 아버지는 여전히 어딘가에 살아 있지만, 마치 그녀 자신이 죽기라도 한 듯 더 이상 아버지에게 말을 할 수도, 아버지의 말을 들을 수도 없게 되다니! 그렇게 살아가야 하는 세상은 과연 어떤 곳일까.

이런 예측을 하자 격심한 현기증이 인다. 돌아올 가망이 없는 세계로 들어서는 기분이다. 아는 거라곤 하나도 없고, 사방이 위험투성이인 적대적인 세계. 자연스러운 행동은 모두 버리고, 끊임없이 새로운 일들을 해내야 하는 세계. 그 어디에서도 안전하지 못할 것이며, 그 어느 곳에서도 내 이름을 밝힐 수 없을 것이다. 이제 소피는 그 누구도 아닌 존재가 되리라. 그저 한 명의 도망자, 삶이 아닌 생존만을 위해 살아가는, 다시 말해 짐승 같은 목숨을 간신히 이어가며 두려움에 덜덜 떠는 존재가 되리라.

순간, 힘이 쭉 빠져버렸다. 이렇게까지 할 필요가 있을까? 이제 내 삶은 어떻게 될까? 한곳에 머무르지 못하고 끊임없이 움직여야 하는 고단한 삶이겠지…… 그래봐야 결국엔 붙잡힐 테고, 나는 악착스럽게 싸울 수 있는 사람이 아니다. 한갓 범죄자일 뿐, 도망자의 능력은 타고나지 못했다. 결코 해내지 못할 것이다. 사람들은 너무도 쉽게 나를 찾아내리라…… 생각이 여기까지 이르자 마음이 조금 진정되면서 긴 한숨이 흘러나온다. 그래, 자수하자! 경찰서에 가서 사실대로 말하자. 난 아무 생각도 나지 않는다고 말하자…… 이 모든 게 언젠가는 일어나게 될 일이었다고, 내 안에는 세상에 대한 끔찍한 원한과 증오가 숨어 있었다고…… 그래, 여기서 모든 걸 멈추는 게 낫다. 날 기다리고 있는 그런 삶은 살고 싶지 않다. 하지만 이전의 삶은 어떠했던가? 그녀의 삶은 이미 오래전에 형체도 없이 박살났다. 지금 그녀는 쓸모없는 두 가지 삶 중에서 하나를 선택해야 하는 셈이다. 너무나 피곤하다. 그녀는 중얼거린다. "여기서 멈춰야 해." 처음으로 이 해결책이 올바르게 느껴진다. "자수하자." 살인범들이나 사용하는 표현이 자기 입에서 흘러나오는데도 그녀는 놀라지 않는다. 멀쩡했던 그녀가 미쳐버리는 데는 채 2년도 걸리지 않았다. 다시 하룻밤 만에 범죄자가 되었고, 두 시간 만에 쫓기는 여사가 되었다. 쫓기는 범죄자 특유의 공포와 의심과 술수와 불안과 계략과 예측이 그녀의 삶을 점령해버렸고, 이제는 그들의 어휘마저 자연스럽게 흘러나오고 있다. 이렇듯 평범한 삶이 순식간에 광기와 죽음으로 빠져드는 것을 보는 건 그녀에겐 두 번째이다. 다 끝났다. 여기서 끝내야 한다. 그녀는 마음이 아주 편안해지는 걸 느낀다. 정신병원에 처박힌다는 공포, 여태까지 그녀를 그토록 달리게 했던 그 공포마저도 흐릿해진다. 이제 정신병원은 더 이상 지옥이 아니라 일종의 달콤한 해결책으로 느껴진다. 그녀는 담배를 짓눌러 끄고, 다시 한 개비를 피워문다. 이것만 피우고 그곳으로 가리라. 그렇다, 이 담배를 피운 다음 전화를 걸리라. 17번을 누르리라. 그게 17번이었던가? 어찌 됐든 상관없어. 누가 전화를 받든 난 내 상황을 설명할 수 있을 거야. 그 무엇이라도 내가 겪은 지난 몇 시간보다는 나아. 그 어떤 것도 이 광기보다는 낫다고.

그녀는 담배 연기를 아주 멀리 내뿜는다. 여자의 목소리가 들린 것은 바로 그때였다.

6

"미안해요……"

회색 옷의 여자가 핸드백을 불안스레 쥐고 서 있다. 그녀가 어색한 미소를 지어 보인다. 소피는 별로 놀라지도 않는다.

대신 그녀를 잠시 쳐다보다가 말한다.

"괜찮아요. 신경 쓰지 마요. 그런 날도 있죠, 뭐."

"미안해요."

여자가 되풀이한다.

"어쩌겠어요? 신경 쓰지 마요."

하지만 여자는 바보 같은 모습으로 그 자리에 못 박혀 있다. 소피는 처음으로 그녀를 유심히 살펴본다. 그렇게 못생기지도, 처량해 보이지도 않는다. 서른 살 전후의 그녀는 얼굴이 약간 길쭉하지만 이목구비가 오목조목 예쁘고, 눈빛도 제법 총명해 보인다.

"제가 뭘 해드릴 수 있을까요?"

"내 가방을 가져다줘요! 그래요, 내 가방을 찾아다준다면 정말 좋겠네요!"

소피는 일어서서 여자의 팔을 붙잡는다.

"아까보다 나아졌으니 너무 걱정하지 마요. 난 이만 가봐야겠어요."

"값나가는 물건이 있었나요?"

소피는 몸을 돌린다.

"그러니까…… 가방 안에 값나가는 물건들이 들어 있었냐고요."

"가져가고 싶은 마음이 들 정도로는 들어 있었죠."

"어떻게 하실 건가요?"

제대로 물어봤다. 이런 경우 누구나 '집에 가야죠'라고 대답하리라. 하지만 소피는 묵묵부답이다. 아무데도 갈 데가 없으니까.

"제가 커피 한잔 살까요?"

젊은 여자는 집요하게 소피를 쳐다본다. 제안이라기보다는 애원에 가깝다. 이유는 모르지만, 소피는 그냥 이렇게 대꾸한다.

"뭐, 내 꼴이 이래서……"

역 맞은편에 맥줏집이 하나 보인다.

아마도 햇볕 때문인 듯, 여자는 곧바로 테라스 쪽으로 걸어가지만, 소피는 안쪽 구석자리를 원한다. "오가는 사람들한테 다 보이는 곳은 싫어요"라고 소피가 말하자, 여자는 미소 짓는다.

둘 다 무슨 말을 해야 할지 몰라 멍하니 커피만 기다리고 있다. 여자가 먼저 입을 연다.

"다른 곳에서 오는 길인가요, 아님 떠나려는 건가요?"

"네? 아, 오는 길이에요. 릴에서요."

"그런데 가르드리옹 역으로 왔다고요?"

시작부터 좋지 않다. 자리를 박차고 나가버리고 싶은 마음이 불쑥 치민다. 뒤늦게 발동한 죄책감에 주눅 든 얼굴로 앉아 있는 이 여자를 뒤로 하고서.

"중간에 역을 바꿨어요……"

소피는 즉흥적으로 대답한다. 그러고는 곧바로 말을 잇는다.

"그쪽은요?"

"아뇨, 난 여행하는 게 아니에요."

여자는 잠시 머뭇거리다가 화제를 바꾼다.

"난 파리에 살아요. 이름은 베로니크이고요."

"나도 그래요."

소피가 대답한다.

"당신도 이름이 베로니크라고요?"

일이 생각만큼 쉽지 않겠다는 생각이 든다. 이런 종류의 질문에 대비할 겨를도 없었지만, 생각해야 할 게 한두 가지가 아니다. 이제 완전히 다른 사람이 되지 않으면 안 된다.

그녀는 애매하게 고개를 끄덕인다. 어떤 의미로든 해석될 수 있는 동작이다.

"참 재밌네요!"

여자가 말한다.

"뭐, 그럴 수도 있죠……"

소피는 담배 한 개비를 피워문 다음, 담뱃갑을 내민다. 여자도 제법 세련되게 담배를 피워문다. 이 여자, 의외다. 제복 같은 회색 옷으로 중무장한 답답한 여자일 거라고 생각했는데, 가까이서 보니 다른 면이 있다.

"무슨 일을 하죠?" 소피가 묻는다. "그러니까 직업이⋯⋯?"

"번역가예요. 당신은요?"

그렇게 몇 분 동안 대화를 하면서 소피는 새로운 삶을 하나 꾸며냈다. 처음에는 조금 떨렸지만, 결국은 놀이 같은 것이어서 규칙만 잘 기억하고 있으면 된다. 갑자기 그녀에게 엄청난 선택의 가능성이 주어진다. 하지만 그녀는 인생을 완전히 바꿔버릴 수 있는데도 다른 사람들과 똑같은 집을 사고 마는 로또 당첨자들처럼 행동한다. 그리하여 소피는 릴의 어느 고등학교에서 미술을 가르치며, 파리 근교에 거주하는 부모님 댁에 며칠 머물 계획으로 찾아온 독신녀 베로니크가 되었다.

"릴의 예술고등학교는 벌써 방학인가요?"

진짜 베로니크가 묻는다.

바로 이런 게 문제다. 꼬리가 길면 밟히듯이, 말이 길어지면 허점이 생길 수 있다⋯⋯

"휴가를 냈어요. 아버지가 편찮으셔서. 사실은⋯⋯(그녀는 미소를 짓는다) 우리끼리 얘긴데요, 정말로 편찮으신 건 아니에요. 파리에 며칠 머무르고 싶어서 학교에 그렇게 말했어요. 좀 창피하네요⋯⋯"

"부모님은 어디 사세요? 내 차로 데려다줄 수 있어요."

"아뇨, 괜찮아요! 정말이에요. 고맙지만 괜찮아요⋯⋯"

"난 조금도 불편할 게 없으니 사양하지 마세요."

"정말 고맙지만 그럴 필요 없어요!"

소피가 단호하게 잘라 말하자, 두 사람 사이에는 다시 침묵이 내려앉는다.

"부모님이 기다리시지 않나요? 전화 드려야 하지 않을까요?"

"오, 아니에요!"

너무 빨리 대답했다. 소피, 진정해. 침착하게 행동하라고. 좀 여유를
가져. 아무렇게나 말하지 말란 말이야……

"사실 난 내일 아침에 도착하기로 되어 있어요."

"아!" 베로니크는 담뱃불을 눌러 끄면서 말했다. "식사는 하셨나요?"
이건 전혀 예상하지 못했던 질문이다.

"아뇨."

소피는 벽시계를 쳐다본다. 오후 1시 40분.

"그럼 점심식사에 초대하고 싶은데요. 사과하는 의미에서…… 가방
말이에요…… 난 바로 이 옆에 살아요…… 대단한 건 없지만, 그래도
냉장고를 뒤지면 뭔가 있을 거예요."

소피, 기억해, 이전에 하던 일은 절대로 해선 안 된다는 걸. 사람들이
전혀 예상할 수 없는 곳으로 가야 해.

"안 될 것 없죠."

소피가 대답했다.

둘은 미소를 나눈다. 베로니크가 음료값을 계산한다. 소피는 나오면
서 담배 두 갑을 사서 베로니크의 뒤를 따른다.

디드로 대로_{大路} 부터 나는 건물. 그들은 이런저런 시시한 얘기들을
나누면서 나란히 걸어왔다. 베로니크가 사는 건물 앞에 이르자마자 소
피는 후회하기 시작한다. 싫다고 해야 했다. 거절하고 그냥 떠났어야
했다. 지금쯤은 이미 파리에서 멀리 벗어나, 아무도 상상할 수 없는 방
향으로 가고 있어야 옳다. 초대를 받아들인 것은 나약한 행동이었다.
피곤해서 그런 것이다. 그녀는 기계적으로 베로니크를 따라 건물 로비
로 들어간다. 어쩌다 방문하게 된 사람처럼 주인이 인도하는 대로 따라
간다. 엘리베이터가 나타난다. 베로니크가 5층 버튼을 누르자 엘리베이

터는 끼익끼익, 덜컹덜컹 흔들리지만, 그래도 용케 올라가 딸꾹질을 하듯 덜컥 멈춰 선다. 베로니크가 미소 짓는다.

"시설이 그다지 좋지 않아요……"

베로니크는 핸드백을 열어 열쇠를 찾으며 사과한다.

시설이 그다지 좋지 않을지는 모르지만, 입구부터 돈 걱정 없는 부르주아 냄새가 확 풍긴다. 널찍한 아파트다. 정말로 널찍하다. 방 두 칸을 터서 만든 거실에는 창이 두 개나 나 있다. 오른쪽엔 황갈색의 소파, 왼쪽에는 그랜드피아노가 놓여 있으며, 안쪽에는 서가가 자리 잡고 있다.

"자, 들어와요."

소피는 미술관에 들어가는 기분으로 거실에 들어선다. 실내 풍경이 곧바로 몰리에르 가의 아파트를 떠올리게 한다. 그곳의 축소판 같은 느낌이다. 지금 거기에는……

소피는 기계적으로 시계를 찾고, 두 벽이 만나는 구석 벽난로 위에 있는 조그만 금빛 벽시계를 발견한다. 1시 50분.

베로니크는 도착하자마자 주방으로 달려간다. 갑자기 생기가 넘치고, 뭐가 그리 급한지 서두르기까지 한다. 소피는 주방에서 들려오는 그녀의 목소리에 건성으로 대답하며, 아파트 곳곳을 면밀히 관찰한다. 시선이 다시 조그만 벽시계에 가서 멈춘다. 시간이 좀처럼 흘러가질 않는다. 그녀는 숨을 깊이 들이마신다. 대답할 때 조심해. '네, 물론이죠……' 같은 식으로 대충 대꾸하면서 정신을 가다듬어보라고…… 마치 꿈자리가 사나운 잠에서 깨어나 낯선 장소에 앉아 있는 기분이다. 베로니크는 찬장을 열고, 전자레인지를 작동하고, 냉장고 문을 쾅 닫고, 식탁을 차리며 수선을 떨고 있다. 소피가 물었다.

"내가 도울 일이라도 있나요?"

"아니요, 아니에요."

베로니크가 대답한다.

완벽한 가정주부의 모습이다. 몇 분 만에 샐러드, 포도주, 그리고 새
것이나 다름없는 빵("어제 거예요." "아, 괜찮아요. 좋아요."……) 등으
로 식탁이 차려졌다. 베로니크는 사뭇 진지한 몸짓으로 빵을 자른다.

"저…… 번역을 하신다고……"

소피가 화제를 찾는다. 하지만 더는 그럴 필요가 없다. 자기 집에 들
어온 베로니크는 무척 수다스러워졌다.

"네, 영어와 러시아어 번역을 해요. 엄마가 러시아 분이에요. 도움이
많이 된답니다!"

"어떤 걸 번역하세요? 소설?"

"소설도 해보고 싶어요. 하지만 주로 기술적인 것을 작업해요. 서신
이나 광고책자 같은 것들요."

대화는 이런저런 화제들로 이어졌다. 주로 일이나 가족 이야기를 했
다. 소피는 이야기하면서 인간관계와 동료들과 가족을 즉흥적으로 꾸
며냈다. 현실과 최대한 멀어지려고 애쓰면서, 멋진 새 삶을 하나 만들
어냈다.

"그런데 부모님은 어디 사세요?"

베로니크가 물었다.

"실리 마자랭에요."

불쑥 튀어나온 대답이었다. 대체 왜 이 지명이 튀어나온 건지 스스로
도 알 수 없었다.

"무슨 일을 하세요?"

"은퇴하셨어요. 내가 그러라고 권했거든요."

베로니크는 포도주 마개를 뽑고, 채소와 훈제 삼겹살이 든 프리카세*를 소피에게 덜어준다.

"맛이 별로일 수도 있어요. 냉동식품을 데운 거라서……"

소피는 배가 고프다는 사실을 불현듯 깨닫는다. 그녀는 먹고 또 먹는다. 포도주를 마시니 기분 좋은 행복감이 밀려온다. 다행히도 베로니크는 쉴 새 없이 수다를 떨어준다. 주제는 일반적인 것들이지만, 소소한 일화들을 곁들여 대화를 이어가는 솜씨가 제법이다. 소피는 먹는 동안 베로니크의 신상에 대한 단편적인 정보들을 듣는다. 그녀의 부모, 학업, 남동생, 스코틀랜드 여행 등등…… 그러다 어느 순간 얘깃거리가 떨어진다.

"결혼하셨어요?"

베로니크가 소피의 손가락을 가리키며 묻는다.

스르르 엄습하는 불안감……

"지금은 아니에요."

"그런데도 반지를 끼고 계시네요?"

앞으로는 빼고 다니는 게 좋겠다. 소피는 즉흥적으로 꾸며댄다.

"아마도 습관 때문이겠죠. 당신은요?"

"나도 그런 습관을 들이고 싶었죠……"

베로니크는 어색한 미소를 지으며 대답한다. 여자들 간에 암묵적인 동조를 구하는 미소다. 다른 상황에서 이런 대화가 오갔다면 어쩌면…… 하지만 지금은……

"그런데요?"

---

* 채소와 육류 등을 잘게 썰어 넣고 소스와 함께 졸인 스튜 요리.

"언젠가 기회가 오겠죠."

그녀는 치즈도 가져온다. 자기 냉장고에 뭐가 들어 있는지 잘 모른다고 한 사람치고는 제법이다.

"그래서 지금은 혼자 사나요?"

소피가 다시 묻는다. 베로니크는 잠시 머뭇거린다.

"네……"

베로니크는 접시 위로 고개를 푹 숙이고 있다가, 다시 쳐들고 소피를 똑바로 쳐다본다.

"지난 월요일부터요…… 그렇게 오래되진 않았어요."

"아……"

소피는 더 이상 알고 싶지 않다. 남의 일에 끼어들고 싶지 않다. 빨리 식사를 마치고 떠나고 싶다. 기분이 좋지 않다. 떠나고 싶다.

"그럴 수도 있죠."

그녀가 별 생각 없이 내뱉는다.

"그래요."

그들은 조금 더 이야기를 나누지만, 대화 속에는 뭔가 깨어진 부분이 있다. 개인적이고 사소한 불행이 그들 사이에 내려앉은 것이다.

그리고 전화벨이 울린다.

베로니크는 복도 쪽으로 고개를 돌린다. 전화 건 사람이 방 안에 들어오길 기다리기나 하듯이. 그녀가 한숨을 푹 쉰다. 전화벨이 한 번, 또 한 번 울린다. 그녀는 양해를 구하고 일어서서는 복도로 나가 전화기를 집어든다.

소피는 잔을 다 비우고 다시 포도주를 따른 다음, 창밖을 내다본다. 베로니크는 나가면서 문을 닫아놓았지만, 그녀의 목소리가 조그맣게 거실까지 들려온다. 거북하기 짝이 없다. 베로니크가 있는 복도가 입구와 통하지만 않았어도, 소피는 재킷을 집어들고 그대로 떠나버렸을 것이다. 지금 당장, 아무 말 없이, 마치 도둑년처럼. 어쩔 수 없이 통화 내용을 몇 마디 듣게 된 소피는 기계적으로 대화를 재구성해본다.

베로니크의 음성은 나직하면서도 딱딱하다.

소피는 자리에서 일어나 문에서 멀어지기 위해 몇 걸음을 옮겨본다. 하지만 늘어난 거리는 아무런 도움도 되지 못하고, 이제는 숨죽여 말하는 베로니크의 목소리가 마치 그녀가 방 안에 있기라도 한 듯 또렷하게 들려온다. 흔히 있는 결별을 둘러싼 끔찍한 말들이다. 하지만 이 여자의 삶은 소피의 관심사가 아니다("끝났어! 내가 말했잖아, 우린 끝났다고!"). 이 여자의 실패한 사랑 따위엔 조금도 관심이 없는 소피는 창가로 다가간다("그 문제에 대해선 벌써 백 번은 얘기했어! 다시 얘기하고 싶지 않다고!"). 소피의 왼쪽에 시크리터리 데스크*가 하나 놓여 있다. 방금 소피의 머릿속에 한 가지 생각이 떠올랐다. 소피는 머리를 지그시 기울여 바깥의 대화가 어디까지 진행되었는지 가늠해본다. "나 좀 가만히 내버려두라고!" 이런 대화라면 시간이 조금 더 걸린다는 얘기다. 데스크의 상판을 살그머니 내리니, 안쪽에 가지런히 놓인 서랍 두 개가 나타난다. "분명히 말하는데, 그딴 것들 얘기해봤자 난 끄떡도 하지 않아!" 소피는 둘째 서랍에서 200유로짜리 지폐들을 찾아낸다. 그리 많지는 않고, 세어보니 모두 넉 장이다. 그녀는 서랍을 계속 뒤지면서 지폐를 호주머니에 쑤셔 넣는다. 손에 딱딱한 여권 표지가 닿는다. "그런 걸로 날 위협할 수 있다고 생각하는 거야?" 한번 펼쳐보지만,

---

* 상판이 뚜껑처럼 여닫히는 책상.

자세한 검토는 나중으로 미룬다. 그것도 호주머니에 집어넣는다. 소피는 처음 몇 장이 찢겨나간 수표책도 낚아챈다. 그러고 나서 지체 없이 소파로 달려가 모든 것을 재킷 안주머니에 쑤셔 넣고 있을 즈음, 대화는 "불쌍한 인간!"에까지 와 있다. 그다음에는 "불쌍한 놈!", 그리고 마침내 "불쌍한 자식!"에 이른다.

전화기를 거칠게 내려놓는 소리가 들린다. 정적이 흐른다. 베로니크는 복도에 서 있다. 소피는 재킷 위에 한 손을 올려놓은 채로 상황에 적합한 표정을 지어 보려 한다.

마침내 베로니크가 들어온다. 그녀는 어색하게 사과를 하고 억지 미소를 짓는다.

"미안해요, 불편하셨을 텐데…… 정말 미안해요……"

"괜찮아요."

소피는 곧바로 이어서 말한다.

"이젠 그만 가봐야겠어요."

"안 돼요, 내가 커피를 좀 만들게요."

"그만 가보는 게 좋을 것 같아요."

"잠깐이면 돼요. 정말이에요!"

베로니크는 손등으로 눈을 훔치고는 다시 미소를 지어 보이려고 애쓴다.

"아휴, 참 한심하죠……?"

소피는 딱 15분만 있기로 한다. 그 후에는 무슨 일이 있어도 떠날 것이다.

베로니크가 주방에서 상황을 설명해준다.

"사흘 전부터 계속 전화를 걸어와요. 안 받으려고 별짓을 다 했어요.

전화선을 뽑아놓기까지 했죠. 하지만 일 때문에 너무 불편해서…… 전화벨이 울리는 걸 듣고 있으면 정말이지 신경이 박박 긁히는 느낌이에요. 그래서 가끔씩 밖에 나가 커피를 마시곤 한답니다…… 언젠간 자기도 지치겠지만, 정말 웃기는 인간이에요. 말도 못하게 집요한 인간이죠……"

그녀는 거실의 낮은 탁자에 커피 잔들을 내려놓는다.

소피는 포도주를 과음했음을 깨닫는다. 주위의 배경이 천천히 움직이기 시작한다. 호화로운 아파트와 베로니크 등 모든 것이 뒤섞이기 시작한다. 곧이어 다른 것들도 나타난다. 레오의 얼굴, 벽난로 위의 시계, 식탁 위의 빈 포도주 병, 그녀가 아이 방에 들어갔을 때 봤던 불룩하게 솟은 이불이 덮인 침대, 덜컥덜컥 닫히던 서랍들, 그녀가 공포에 사로잡혔을 때의 그 정적. 눈앞에서 물건들이 춤을 추고, 재킷 속에 쑤셔 넣은 여권도 보인다. 그러다 어떤 물결이 그녀를 온통 삼켜버린다. 모든 것이 점차 꺼져가면서, 어둠 속으로 녹아들어가는 느낌이다. 멀리서 베로니크가 "괜찮아요?"라고 묻는다. 하지만 그것은 우물 밑바닥에서 올라오는 소리, 웡웡 메아리치는 소리이다. 몸이 흐물흐물해지면서 허물어져 내리는가 싶더니, 갑자기 모든 것이 꺼져버린다.

그것 역시 기억에 생생한 장면이다. 지금도 그리라면 모두 그려낼 수 있을 것이다. 그 가구들 하나하나를. 그 모든 세부를. 심지어 거실의 벽지까지도.

그녀는 한쪽 다리가 늘어져 바닥에 닿은 채로 소파에 길게 누워 있다. 실낱만 한 의식이라도 되찾아보려고 두 눈을 문지른다. 그렇게 하니 눈이 가끔씩 떠지긴 하지만, 그녀 안의 무언가가 저항한다. 그것은 모든 것으로부터 멀리 벗어나 잠 속에 잠겨 있고 싶어한다. 그녀는 기진맥진해 있다. 아침부터 너무나 많은 일들이 일어났다…… 마침내 팔꿈치를 짚고 몸을 일으킨 그녀는 거실 쪽으로 몸을 돌리고 천천히 눈을 뜬다.

베로니크의 몸뚱이가 식탁 바로 아래 피 웅덩이 속에 잠겨 있다.

소피가 한 최초의 동작은 손에 쥐고 있던 식칼을 놓은 것이었다. 식칼은 불길한 소리를 내며 마룻바닥에 떨어졌다.

마치 꿈속 같다. 그녀는 일어서서 비틀거린다. 기계적으로 오른손을 바지에 대고 문질러보지만, 피는 이미 말라붙어 있다. 마룻바닥 위로 서서히 퍼져나가는 피 웅덩이에 발이 미끄러졌고, 넘어지기 직전에 가까스로 식탁을 붙잡을 수 있었다. 몸이 잠시 기우뚱거린다. 사실 지금 그녀는 취한 상태다. 그녀는 자신도 모르는 사이에 자기 재킷을 붙잡아, 줄로 개를 끌 듯 혹은 전선으로 스탠드를 끌 듯 질질 끌고 갔다. 손으로 벽을 짚어가며 간신히 복도에 다다랐다. 그녀의 핸드백이 거기에 있다. 그녀는 다시 눈이 눈물로 부예진 채 흑흑 소리 내어 운다. 털썩 주저앉는다. 그러고는 구부린 두 팔 사이 재킷 안으로 얼굴을 파묻는다. 얼굴에 이상한 감촉이 느껴지자 다시 고개를 쳐든다. 그녀는 피 웅덩이 위로 끌고 온 재킷에 볼을 부빈 것이다…… 소피, 나가기 전에 얼굴을 씻어야 해. 어서 일어나!

하지만 힘이 없다. 도무지 감당하기가 힘들다. 이제 그녀는 머리를 현관문에 대고 바닥에 드러눕는다. 이 현실을 마주하느니 차라리 다시 잠에 빠져들고 싶다. 이 현실을 피할 수만 있다면 무슨 짓이든 할 수 있다. 그녀는 눈을 감는다. 그런데 갑자기 보이지 않는 손이 그녀의 양어깨를 잡아 일으켜주는 느낌이 들었다…… 그때 무슨 일이 일어났는지는 지금도 설명할 수 없지만, 그녀는 다시 일어나 앉아 있었다. 그리고 비틀거리긴 했지만 다시 서 있었다. 그녀는 자기 안에서 야성적인 결의가, 아주 동물적인 무언가가 치밀어 오르는 것을 느꼈다. 그녀는 거실로 나아갔다. 그녀가 선 위치에서는 식탁에 반쯤 가려진 베로니크의 다리만 보인다. 그녀는 다가간다. 시체는 모로 누워 있고, 얼굴은 어깨 뒤로 숨어 있다. 소피는 좀 더 다가가 몸을 굽혀본다. 블라우스 전체가 피로 시커멓다. 복부 한가운데 벌어진 커다란 상처, 바로 칼이 들어간 곳이다. 아파트는 괴괴하다. 그녀는 침실까지 나아간다. 그 열 걸음을 내딛기 위해 남은 에너지를 모두 써버린 탓에 침대 모퉁이에 털썩 주저앉는다. 침실의 한쪽 벽은 붙박이장의 문들이 온통 차지하고 있다. 소피는 손바닥으로 두 무릎을 지탱한 자세로 이를 악물고 어기적어기적 첫째 문까지 다가가 그것을 연다. 고아원 하나의 아이들을 전부 입힐 수 있을 만큼 옷이 가득하다. 그러고 보니 옷들의 사이즈가 거의 비슷하다. 소피는 둘째 문을 열고, 또 셋째 문을 열어 마침내 트렁크 하나를 찾아내서는 활짝 열어 침대 위에 던진다. 치마에 맞는 상의를 찾을 시간이 없기 때문에 그냥 원피스들로 골라잡는다. 닳은 청바지 세 벌도 쑤셔 넣는다. 이런 행동들은 그녀를 다시 삶의 수면으로 올라오게 한다. 그녀는 거의 무의식적으로 자신과 가장 어울리지 않은 옷들을 고른다. 문 뒤의 서랍에서 속옷들을 발견하고는 한 움큼 집어 트렁크에 던져 넣는다. 신발을 훑어보니 못생긴 것들, 너저분한 것들뿐이다. 어쨌든 신발 비슷하게 생긴 것 두 켤레와 테니스화 한 켤레를 뽑아낸다. 트렁크를 깔고 앉듯이 눌러 간신히 잠근 다음, 현관문까지 끌고 와 핸드백 옆에 팽개쳐놓는다. 그러고는 욕실에 들어가 얼굴도 보지 않고 볼을 씻는다. 하지만 재킷의 오른쪽 소매가 피로 꺼멓게 얼룩진 것이 언뜻 거울에 비치자, 불이라도 붙은 듯 황급히 벗어던진다. 침실로 돌아가 다시 붙박이장을 열어 재킷을 고르기 위해 4초를 고민하다가, 결국 아무런 특색 없는 파란 재킷을 선택한다. 자기 재킷 안에 있던 것들을 모두 꺼내 새 재킷 호주머니에 쑤셔 넣자마자 현관으로 달려가 문에 귀를 바짝 붙인다.

그 순간들이 아직도 눈에 선하다. 문을 살며시 연 다음, 한 손에는 트렁크를, 다른 손에는 핸드백을 들고서 서두르지 않고 내려간다. 이제 얼굴의 눈물은 말랐지만, 가슴이 울렁거리고 숨은 금방이라도 멎을 듯하다. 이놈의 트렁크는 왜 이리도 무거운지! 아마도 자신이 기진맥진해 있기 때문이리라. 엘리베이터에서 내려 몇 걸음 더 간 다음, 대문을 당겨서 연다. 그렇게 디드로 대로로 나와 곧바로 역을 등지고 왼쪽 방향으로 걷는다.

7

그녀는 여권의 사진이 나온 면을 세면대 위에 펼쳐놓고 거울을 본다. 그녀의 시선이 여권과 거울 사이를 여러 차례 오간다. 여권을 집어들어 발급일을 확인해본다. 1993년. 너무 오래돼서 통할지 의문이다. 베로니크 파브르, 1970년 2월 11일생. 자신과 큰 차이가 없다. 셰브로 출생. 셰브로는 대체 어디에 처박혀 있는 곳일까? 프랑스 중부의 어느 곳일까? 전혀 모르겠다. 좀 알아봐야 하리라.

번역가. 베로니크는 영어와 러시아어를 번역한다고 했다. 소피에게 외국어란 영어 약간, 스페인어 눈곱만큼 정도로, 그것도 아주 오래전의 얘기이다. 만약 이 직업을 증명해야 하는 일이 발생한다면 그야말로 낭패겠지만, 그런 재앙이 일어날 가능성은 희박해 보인다. 다른 희귀한 외국어를 찾아보는 건 어떨까? 리투아니아어? 에스토니아어?

사진은 짧게 커트한 머리에 평범한 용모의, 지극히 개성 없는 한 여자를 보여주고 있다. 소피는 거울 속 자신의 얼굴을 들여다본다. 이마가 더 넓고, 코는 더 퍼졌으며, 눈빛은 너무나도 다르다…… 그래도 뭔가를 해야 한다. 그녀는 몸을 굽혀, 방금 전 근처의 슈퍼마켓에서 산 물건들이 가득 찬 비닐봉지를 연다. 가위, 화장도구 세트, 선글라스, 머리 염색약. 마지막으로 거울을 쳐다본 다음, 작업에 들어간다.

8

소피는 자신의 운명을 읽어내려 애쓰고 있다. 열차 시각표 아래에 선 그녀는 트렁크를 옆에 내려놓고 행선지, 운행시간, 선로번호 등을 눈으로 훑는다. 행선지를 어디로 결정하느냐에 따라 모든 것이 달라질 수 있다. 우선, 한번 타면 꼼짝없이 갇히게 되는 고속열차는 피해야 한다. 그리고 쉽사리 몸을 숨길 수 있는 대도시를 찾아야 한다. 종점까지 가는 승차권을 사되, 매표창구 직원이 그녀의 행선지를 기억할 수도 있으므로 종점에 닿기 전에 내려야 한다. 그녀는 열차안내 팸플릿을 있는 대로 쓸어와 스낵바의 원탁에 펼쳐놓고, 파리에서 출발하여 여섯 번의 환승을 거쳐 그르노블에 도착하는, 꽤나 교묘한 경로를 만들어낸다. 긴 여행이 되겠지만, 그 시간 동안 휴식을 취할 수 있을 것이다.

자동 매표기 앞은 그야말로 북새통이다. 그녀는 매표창구들이 줄지어 있는 카운터 앞으로 간다. 창구 중 하나를 선택해야 한다. 창구직원이 여자면 안 된다. 여자가 남자보다 관찰력이 뛰어나다는 말이 있으니까. 너무 젊은 남자도 좋지 않다. 남자가 그녀에게 막연한 호감이라도 느낄 경우, 기억에 오래 남을 수도 있는 일이다. 카운터 끝 쪽에서 적합한 직원을 발견한 그녀는 대기 줄에 선다. 그런데 이곳 시스템은 한 줄로 서서 기다리다가 어느 창구에 자리가 나면 위치에 상관없이 거기로 가게 되어 있다. 그녀가 원하는 직원에게 가려면 교묘하게 행동하지 않으면 안 된다.

그녀는 선글라스를 벗는다. 사람들의 눈에 띌 수도 있기 때문에 진즉 벗었어야 했다. 이제는 좀 더 신경 써야 하리라. 대기 줄은 길었지만, 그녀의 예상보다 약간 이르게 차례가 돌아왔다. 어떤 여자가 어물어물 앞으로 나가면서 새치기하는 것을 못 본 척했더니, 때맞춰 원하는 창구에 자리가 났다. 범죄자들에게도 신神이 있는 모양이다. 그녀는 핸드백 속을 뒤지는 척하면서, 목소리를 가다듬어 그르노블 행 18시 30분발 열차 승차권 한 장을 요청했다.

"글쎄요, 어디 남은 좌석이 있는지 한번 보죠."

직원은 고개를 갸웃하면서 곧바로 단말기 자판을 두드리기 시작한다.

이건 예상 못 한 일이었다. 그렇다고 즉석에서 행선지를 바꾸거나, 승차권 구입을 아예 포기해버릴 수도 없는 노릇이다. 그런 사소한 행동이 지금 본부의 답변을 기다리며 모니터에 눈을 박고 있는 직원의 기억에 새겨질 수도 있기 때문이다. 도대체 어떻게 해야 하나? 곧바로 몸을 돌려 다른 역으로 가서, 다른 목적지로 떠나버릴까?

"죄송합니다." 드디어 직원이 처음으로 그녀를 보면서 답변한다. "그 열차는 꽉 찼네요."

그는 다시 자판을 두드린다.

"20시 45분 열차는 몇 좌석 남아 있습니다만……"

"아뇨, 필요 없어요……!"

대답이 너무 빨리 튀어나왔다. 그녀는 애써 미소를 지어본다.

"좀 생각해볼게요……"

그녀는 자신의 대답이 매끄럽지 않았음을 느꼈다. 그녀가 한 말은 조금 이상했다. 보통 열차 승객이라면 이런 식으로 대답하지는 않을 것이다. 하지만 다른 답변이 전혀 생각나지 않았다. 빨리 여기서 물러나야 한다. 그녀는 핸드백을 집어든다. 벌써 다음 승객이 뒤에 와서 그녀가 창구를 떠나기만 기다리고 있다. 꾸물대면 안 된다. 그녀는 몸을 돌려 총총히 자리를 뜬다.

이제 다른 창구, 다른 목적지를 찾아야 한다. 전략도 달리해야 한다. 처음부터 제대로 해서, 뜻밖의 상황이 와도 우물쭈물하지 않고 거침없이 선택해야 한다. 그러나 아무리 선택을 잘해도 직원이 자신을 기억할 거라는 생각이 들자 몸이 바짝 굳는다. 바로 그때, 역사 한쪽에 있는 헤르츠*의 로고가 그녀의 눈에 들어온다. 지금쯤 사람들은 그녀의 이름을 알아내 추적하고 있겠지만, 베로니크 파브르의 이름은 수사선상에 올라 있지 않을 것이다. 또 렌터카 비용은 현금이나 수표로 결제할 수 있다. 무엇보다도 차가 한 대 있으면 곧바로 자율성과 자유로운 움직임이 보장된다. 생각이 거기에 미치자 그녀는 벌써 렌터카 대리점의 유리문을 밀고 있었다.

그로부터 25분 후, 의심깨나 많은 대리점 직원은 블루마린 색 포드 피에스타를 시운전하며 차 상태를 확인시켜주었다. 그녀는 매우 적극적인 미소로 화답했다. 생각할 시간을 조금 가진 덕분인지 몇 시간 만에 처음으로 힘이 솟았다. 아마도 사람들은 그녀가 재빨리 파리를 떠났을 거라고 예상할 것이다. 따라서 당장의 전략은 다음의 두 가지였다.

---

* 렌터카 회사 이름.

첫째, 오늘 밤은 파리 근교의 호텔에서 묵는다. 둘째, 내일은 차 번호판 두 개와 그것들을 갈아 끼우는 데 필요한 물건들을 산다.

차를 몰고 파리 근교 깊숙이 들어가노라니, 약간의 해방감이 느껴졌다.

"난 살아 있어."

다시 눈에 눈물이 차오르기 시작한다.

9

소피 뒤게는 어디로 갔는가?

「르 마탱」 2003년 2월 13일 14시 08분

전문가들의 의견은 분명했다. 그리고 향후의 예상은 매체에 따라 몇 시간의 차이를 보일 뿐 한결같았다. 소피 뒤게가 늦어도 보름 안에는 검거되리라는 것이었다.

그런데 1급 수배대상인 이 여인이 사라진 지 벌써 8개월이 넘었다.

경찰 수사국과 법무부는 공식성명과 기자회견이 있을 때마다 서로에게 책임을 계속 미루고 있다. 다음은 이 사건의 요약이다.

지난해 5월 28일 정오가 조금 못 된 시각, 제르베 부부의 가정부는 부부의 여섯 살 난 아들 레오의 시신을 발견했다. 아이는 자신의 침대에서 등산화 끈 두 줄로 목이 졸려 숨져 있었다. 사건은 곧바로 신고되었고, 혐의는 아이를 돌보다가 종적을 감춰버린 28세의 보모 소피 뒤게(처녀 시절 이름은 소피 오베르네)를 향했다. 1차 사실 확인 결과는 이 젊은 여성에게 극히 불리하게 나타났다. 아파트에는 외부침입의 흔적이 전혀 없으며, 제르베 부인은 아이가 아직 자고 있다고 생각하고 오전 9시경에 소피 뒤게를 아파트 안에 남겨놓고 외출했던 것이다…… 부검 결과에 따르면, 그 시각 아이는 이미 사망한 상태였다고 한다. 아마도 밤에 자고 있다가 교살된 것으로 보인다.

경찰 수사국이 범인의 조속한 검거를 바랐던 것은, 무엇보다도 이 범죄가 사회 전반에 거센 분노를 불러일으켰기 때문이다. 이 사건이 언론의 집중조명을 받게 된 데는 어린 희생자가 외무부 장관 최측근 동료의 아들이라는 점이 크게 작용했을 것이다. 당시 파스칼 마리아니를 위시한 극우세력과 단체들이(그중 몇몇은 이미 해체된 것으로 알려져 있지만) 이 사건을 계기로 '특별히 가증스러운 범죄들'에 대해 사형제를 부활시킬 것을 강력히 요구했으며, 이들의 뒤를 이어 우파 의원 베르나르 스트로스도 목소리를 높였던 것을 우리는 기억하고 있다.

내무부 장관의 말을 따르면, 이 도주극이 오래갈 가능성은 전혀 없었다. 경찰의 신속한 대응 덕에 아마도 소피 뒤게가 국외로 빠져나가는 사태는 막았을 것이다. 모든 공항과 역들이 비상경계 태세를 유지하고 있었다. 수사국의 베르트랑 경정은 "도주극이 성공하는 경우는 극히 드물며, 풍부한 경험과 치밀한 준비가 있어야만 가능한 일"이라고 자신 있게 단언했다. 게다가 소피 뒤게의 재정적 수단은 극히 제한되어 있었으며, 그녀에게 도움을 줄 수 있는 사람도 전혀 없는 상황이었다. 그녀의 아버지인 은퇴한 건축가 파트리크 오베르네가 유일한 예외인데, 그는 사건이 일어난 직후부터 경찰의 감시를 받는 처지였다.

법무부 장관에 따르면, 그녀를 검거하는 것은 '며칠'이면 끝날 일이었다. 심지어 내무부는 최대 '8일에서 10일'의 기한을 예측하기까지 했다.

경찰은 보다 신중한 태도를 보이며 '길어봐야 몇 주 정도……'라는 표현을 쓰기도 했다. 그런데 이 모든 일이 있고 나서 8개월이 훨씬 넘었다.

대체 무슨 일이 일어난 것일까? 상황을 정확히 아는 사람은 아무도 없다. 하지만 한 가지 분명한 사실은 소피 뒤게가 말 그대로 증발해버렸다는 것이다. 이 젊은 여성은 놀라울 정도의 침착성을 보이며 어린 레오의 시신이 누워 있는 아파트를 떠났다. 그녀는 자신의 거처로 가서 신분증과 옷가지를 챙긴 다음, 거래 은행에 들러 자신이 가진 돈의 거의 대부분을 인출했다. 그녀가 가르드리옹 역에 나타난 것이 확인되었고, 그 후에는 완전히 종적을 감춘 상태이다. 수사관들은 이 모든 것, 즉 아동 살해나 도주가 사전계획에 따른 것이 아니라고 확신하고 있다. 다시 말해 소피 뒤게는 즉흥적으로 어떤 행동이든 할 수 있다는 얘기고, 이 점이 우려의 원인이 되고 있다.

이 사건의 거의 모든 것이 아직까지 의문에 싸여 있다. 예를 들어 소피 뒤게의 아동 살해 동기는 알려지지 않은 상태이다. 수사관들은 기껏해야 그녀가 가까운 두 사람의 잇따른 죽음으로 큰 충격을 받았으리라는 점을 언급할 뿐이다. 그녀가 깊은 애착을 가졌던 것으로 여겨지는 그녀의 어머니 카트린 오베르네 박사는 2000년 2월 암이 전신에 퍼져 사망했고, 그녀의 남편인 31세의 화학공학자 뱅상 뒤게는 교통사고 후유증으로 전신마비 상태에 있다가, 그 이듬해 자살했다. 그녀의 아버지(현재 그녀의 유일한 옹호자일 것이다)는 이러한 가설에 대해 회의적인 태도를 보이고 있으나, 언론을 통한 공식 성명은 거부하고 있다.

이 사건은 곧바로 수사 당국의 큰 두통거리로 비화했다. 다시 말해 어린 레오가 살해된 지 이틀 후인 5월 30일, 31세의 번역가 베로니크 파브르라는 여성이 파리의 자택에서 그녀의 남자친구 자크 브뤼세에 의해

변사체로 발견됐다. 피해자는 복부를 여러 차례 칼에 찔린 상태였다. 곧바로 행해진 부검 결과, 이 범죄는 소피 뒤게가 도주한 바로 그날, 아마도 이른 오후에 행해진 것으로 밝혀졌다. 그리고 범죄현장에서 채취한 DNA를 분석한 결과, 피해자의 아파트에 소피 뒤게가 있었다는 사실이 증명되었다. 한편, 베로니크 파브르의 자택에서 도난된 신분증을 지닌 한 여성이 이날 자동차 한 대를 렌트했다. 이런 상황에서 모든 의혹이 소피 뒤게에게 쏠리는 것은 너무도 당연한 일이다.

도주한 지 이틀 만에 소피 뒤게는 벌써 두 건의 살인 혐의를 받게 되었다. 추격에 박차를 가했지만 아무런 소득이 없었다.

증인들을 소환하고, 그녀가 피신할 만한 모든 장소를 감시하고, 수많은 정보원을 동원하는 등 모든 방법을 취했지만 지금까지 수사는 진전을 보지 못하고 있으며, 혹시 소피 뒤게가 프랑스를 빠져나가는 데 성공한 것은 아닌지 자문하고 있을 정도이다. 사법당국과 경찰당국은 서로에게 은근히 책임을 전가하는 분위기이지만, 그러함에 있어서 큰 열의를 보이지는 않고 있다. 왜냐하면 이 도주극이 (현재까지) 성공할 수 있었던 것은 양측의 미흡한 대응 때문이라기보다는, 소피 뒤게의 결의, 치밀하게 계산된 행동(경찰의 가정과는 반대된다), 혹은 예외적인 순발력에서 비롯된 걸로 보이기 때문이다. 경찰청은 수사보강을 위해 위기대응 전문가의 도움을 청했다는 소문을 부인했다.

사방에 그물을 쳐놓았다고 너나없이 입을 모아 장담한다. 바꿔 말하면, 이제는 기다리는 일만 남았다는 얘기다. 경찰 수사국에서는 소피 뒤게에 관련된 다음 소식이 또 다른 살인이 아니기만을 두 손 모아 빌고 있다. 이제는 예측하기도 지극히 조심스러워졌다. '내일', '모레', 그리고 '영영' 사이에서 망설이고 있는 것이다.

10

소피는 기계적으로 걷는다. 엉덩이가 흔들리지도 않는다. 마치 용수철 장난감처럼 앞만 보며 똑바로 걷는다. 그렇게 뚜벅뚜벅 오랫동안 걷다 보면 서서히 걸음걸이가 느려진다. 그러면 거기가 어디든 우뚝 멈춰 선다. 멈춰 섰다가 다시 출발한다. 여전히 기계 같은 걸음걸이로.

최근 들어 그녀는 몸이 눈에 띄게 야위었다. 거의 먹지 않는데다, 먹더라도 아무거나 대충 먹는다. 대신 담배를 많이 피우고, 잠은 잘 못 잔다. 아침이면 갑자기 잠이 깨어 벌떡 몸을 일으키고는, 아무 생각 없이 얼굴에 묻은 눈물을 닦으면서 첫 번째 담배를 피워문다. 오래전부터 이런 식이다. 3월 11일, 그날 아침도 다른 날들과 다를 바 없었다. 소피는 어느 변두리 동네의 가구 딸린 아파트에서 지낸다. 그녀는 그 집에 개인적 손질을 조금도 하지 않았다. 퇴색한 벽지며 허옇게 닳은 카펫, 탄력이라곤 조금도 없는 소파 등이 입주할 때의 모습 그대로이다. 일어나자마자 하는 일은 TV를 켜는 것이다. 어느 채널을 켜든 하얀 눈이 내리는 화면이 나오는, 그야말로 호랑이 담배 먹던 시절의 유물이다. 그녀가 보든 안 보든(사실 그녀는 TV 수상기 앞에서 상당히 많은 시간을 보낸다) TV는 항상 켜져 있다. 심지어 외출할 때도 TV를 켠 채 소리만 꺼놓는다. 그녀는 밤늦게 귀가할 때가 많은데, 그럴 때 거리에서 보면 아파트 창문이 타닥타닥 튀는 푸르스름한 빛들로 밝혀져 있다. 집 안에 들어오면서 그녀가 처음으로 하는 일은 TV 소리를 다시 켜는 것이다. 밤새 TV를 켜놓는 경우도 많다. 그리하면 정신이 TV 소리에 연결되어 악몽 꾸는 걸 피할 수 있다고 상상하기 때문이다. 다 쓸데없는 짓이다. 그래도 어쨌든 그녀는 뭔가 막연한 존재 옆에서 잠을 깰 수 있다. 아침을 시작하는 일기예보, 두 시간쯤 후 잠기운이 완전히 물러갈 때면 홈쇼핑 방송이 시작되고, 그녀는 그 앞에 몇 시간이고 못 박혀 앉아 있다. 그런 식으로 자신을 녹초로 만들고 나면 정오 뉴스……

2시경, 소피는 소리를 끄고 밖으로 나간다. 계단을 내려가 대문을 밀어 열기 전에 담배 한 대를 피워물며, 이제는 습관이 되었지만 끊임없이 떨리는 증상을 감추려 두 손을 호주머니에 찔러 넣는다.

"그 무거운 궁둥이 좀 빨리 움직이지 못하겠어? 아님 내가 한 번 후려쳐줄까?"

피크타임이다. 패스트푸드점은 분주한 벌집처럼 소란스럽다. 때 지어 몰려온 가족들은 카운터 앞에 길게 줄을 서고, 주방에서 흘러나오는 냄새들이 홀을 가득 채운다. 여종업원들은 이리 뛰고 저리 뛰고, 고객들은 쟁반을 테이블 위에 놓고 간다. 이런 난장판도 흡연자석에 비하면 양반이다. 그곳에는 짓뭉개진 담배꽁초가 그득한 일회용 플라스틱 그릇이며 엎어진 소다수 잔들이 어지러이 널려 있다. 심지어 테이블 밑까지 수북하다. 지금 소피는 대걸레질을 시작한 참이다. 고객들은 식판을 든 채로 걸레를 껑충 뛰어넘고, 등 뒤에서는 한 무리의 고등학생들이 끔찍할 정도로 시끄럽게 떠들고 있다.

"신경 쓰지 마." 잔이 지나가면서 한마디 던진다. "저 인간은 돼지 같은 머저리일 뿐이야."

마른 몸매에 얼굴이 약간 제멋대로인 아가씨 잔은 이곳에서 소피가 친해진 유일한 사람이다. 한편 '돼지 같은 머저리'는 조금도 뚱뚱하지 않다. 한 서른 살쯤 되었을까. 머리는 짙은 갈색이고, 큰 키에 저녁마다 보디빌딩을 하는, 그리고 백화점 점장들처럼 넥타이를 매는 그는 특히 세 가지 영역에서 한 치의 오차도 없다. 근무시간, 월급, 그리고 여종업원들의 엉덩이. 그는 지금처럼 정신없는 시간이면 외인부대원처럼 엄격하게 '자기 패거리를 이끌다가', 한가한 오후가 되어 종업원 대부분이 재빨리 출구를 빠져나가면, 가장 인내심 많은 여자애들의 엉덩이에 손을 갖다 댄다. 그가 자기 직위를 이용해 무슨 짓거리를 하는지는 만인이 다 아는 바다. 그에게 위생이란 장식적인 개념에 불과하다는 것 그리고 그가 왜 그토록 자기 직업을 좋아하는지도 모두가 알고 있다. 그는 한 해에 평균 잡아 2만 유로 정도를 뒤로 챙기며, 대략 열다섯 명의 종업원을 덮친다. 모든 면에서 열악하기 짝이 없는 일자리 하나를 얻기 위해서라면, 혹은 잃지 않기 위해서라면 무슨 짓이라도 할 준비가 되어 있는 그 불쌍한 애들을. 대걸레로 타일 바닥을 문지를 때면, 소피는 그가 자신을 쳐다보는 것을 느낀다. 사실, 그냥 쳐다보는 게 아니다. 평가하고 있다. 원하면 언제든지 취할 수 있는 물건처럼 지그시 훑어보고 있다. 그의 시선에는 감정이 너무나도 분명히 드러나 있다. 그의 '여자애'들은 그의 물건인 것이다. 소피는 빨리 다른 일자리를 찾아봐야겠다고 생각하며 일을 계속한다.

여기서 일한 지 6주째이다. 그는 처음 만났을 때부터 무례하기 짝이 없었지만, 그녀가 노상 겪는 문제에 대해서는 매우 편리한 해결책을 제시해주었다.

"급여명세서를 원해, 아니면 그냥 돈을 원해?"

"돈요."

"이름은 뭐야?"

"쥘리에트."

"좋아, 그럼 쥘리에트로 가지."

그녀는 당장 다음 날부터 일을 시작했다. 고용계약서도 없었고, 월급은 현금으로 받기로 했다. 그녀가 근무시간을 정하는 법은 없었다. 오후 브레이크타임이 제멋대로여서 집에 들어갈 수도 없었고, 다른 사람이 펑크 낸 야간근무도 주로 그녀에게 떠맡겨져서 밤중에 퇴근하는 일이 허다했다. 그녀는 몹시 힘들어하는 척했지만 사실은 그녀가 바라는 바였다. 그녀가 구한 방은 밤이 되면 창녀들이 점령하는, 대로 끄트머리께에 위치한 변두리 동네에 있었다. 동네에서 그녀를 아는 사람은 없었다. 아침 일찍 집을 나와, 주민들이 TV 앞에 붙잡혀 있거나 잠자리에 든 밤늦은 시간에 들어가기 때문이다. 저녁에 일이 너무 늦게 끝나 버스도 끊기면 택시를 탔다. 오후의 브레이크타임에는 새로운 환경을 둘러본다든지, 아니면 그녀에게 아무것도 요구하지 않을 새로운 거처, 새로운 일자리를 찾는다든지 하며 시간을 보냈다. 그것이 바로 그녀가 처음부터 사용해온 테크닉이었다. 어딘가에 내려앉게 되면 그 즉시 또 다른 낙하지점을, 즉 또 다른 일자리와 방을 찾기 시작하는 것이다. 절대로 한곳에 머무르지 말 것, 끊임없이 돌아다닐 것…… 처음에는 신분증 없이 돌아다니는 것이 몹시 고단했지만, 시간이 지나자 견딜 만했다. 잠은 항상 조금씩만 잤고, 어디에 살든 동선을 일주일에 최소 두 번은 바꾸려고 노력했다. 머리가 자라나 다른 스타일로 바꿀 수 있게 되었다. 도수 없는 안경도 샀다. 그녀는 모든 점에 주의를 기울였다. 규칙적으로 삶을 바꿀 것…… 그렇게 벌써 네 도시를 거쳤다. 이 도시는 그 중 가장 불쾌한 곳은 아니었다. 가장 불쾌한 것은 바로 일이었다.

월요일은 가장 복잡한 날이다. 아무렇게나 페어 맞춘 세 번의 브레이크타임, 그리고 다 합해서 열여섯 시간이나 되는 근무시간. 오전 11시경, 거리를 걷던 그녀는 어느 카페 테라스에 몇 분간 앉아('더 이상은 안 돼, 소피. 10분이 최대야.') 커피를 한 잔 마시기로 결정했다. 카페 입구에서 요란한 광고들로 채워진 무가지 한 부를 집어들고 들어가서 담배 한 대를 피워물었다. 하늘이 구름으로 덮이기 시작했다. 그녀는 커피를 마시면서 앞으로 맞이할 주週들에 대해 생각하기 시작했다('항상 앞날을 대비하고 있어야 해, 항상!'). 그녀는 신문을 건성으로 넘겼다. 휴대폰 광고, 헤아릴 수 없는 중고차 광고들로 도배된 페이지들…… 그러다 별안간 그녀는 동작을 멈췄다. 이어서 잔을 내려놓고 담뱃불을 짓눌러 끄더니 가늘게 떨리는 손으로 다시 담배 한 개비에 불을 붙였다. 그녀는 눈을 지그시 감았다. '소피, 이건 말도 안 되는 얘기야. 잘 생각해보라고!'

하지만 아무리 생각해봐도 결론은 같다…… 지금 그녀가 보고 있는 것은 복잡하긴 하지만 어쩌면 여기서 벗어날 수 있는 좋은 방법인지도 모른다. 결정적인 해결책. 비싼 대가가 필요하겠지만 더없이 확실한 해결책일 수 있다.
이 마지막 장애물(제법 크긴 하지만)만 넘으면 모든 게 바뀔 수 있다.

소피는 꽤 오랫동안 생각에 잠긴다. 정신이 어찌나 거세게 들끓어 오르는지 메모하고 싶은 생각까지 들지만, 그것은 스스로에게 금한 일이나. 그녀는 며칠 더 생각해보기로 한다. 그러고 나서도 괜찮은 해결책이라고 느껴지면 필요한 절차를 밟아나가리라.

그녀는 처음으로 규칙을 어겼다. 한 장소에 15분 이상을 머문 것이다.

소피는 좀처럼 잠을 이루지 못한다. 이제 비교적 안전한 집 안에 있으므로 생각을 정리해보기 위해 위험을 무릅쓰고 메모를 한다. 이제 모든 요소들이 한데 모였다. 모두 다섯 줄로 요약된다. 그녀는 다시 담배에 불을 붙이고, 방금 쓴 내용을 다시 한 번 읽어본 후, 쓰레기 배출구*에 넣고 태워버린다. 이제 모든 것은 두 가지 조건에 달려 있다. 첫째, 적합한 사람을 찾아낼 수 있는가? 둘째, 충분한 돈을 가지고 있는가? 어느 지역에 도착할 때 그녀가 맨 처음 취하는 조치는 도주할 때 필요한 모든 것이 든 가방 하나를 역의 수하물 보관함에 넣어두는 것이었다. 그 안에는 옷가지며 외모를 바꾸는 데 필요한 모든 것(염색약, 안경, 화장 도구 등등) 외에도 11,000유로의 현금이 들어 있었다. 하지만 이 일에는 돈이 얼마나 들지 감이 잡히지 않는다. 만일 지금 가진 돈으로 충분치 않다면?

카드로 쌓아올리는 이 성이 어떻게 제대로 설 수 있을까? 이건 미친 짓이다. 너무 많은 조건들이 필요하다. 가만히 생각해보니, 그녀는 어떤 난관을 마주할 때마다 "뭐, 괜찮을 거야……"라고 얼버무렸다. 하지만 각각 볼 때는 사소한 듯한 조건들을 모두 모아놓고 보니, 계획 전체가

---

* 외부의 대형 쓰레기통과 연결되도록 아파트 내부에 설치한 철제 서랍.

완전히 비현실적인 것으로 느껴진다.

그녀는 최근 몇 년 동안 자신을 의심하는 법을 배웠다. 어쩌면 그녀가 가장 잘하는 일이 그것일 것이다. 그녀는 숨을 한 번 깊이 들이마시고는 담배를 찾다가, 이제 딱 한 개비만 남은 것을 알게 된다. 알람시계는 아침 7시 30분을 가리키고 있다. 그녀의 업무는 오전 11시에야 시작된다.

밤 11시경, 그녀는 패스트푸드점을 나온다. 오후에 비가 내려서 밤공기가 맑고 신선하다. 이 시간이라면, 그리고 운만 조금 따라준다면…… 그녀는 대로를 따라 걸으며 심호흡을 한다. 다른 방법은 없는지 마지막으로 자문해본다. 그러나 그녀는 잘 알고 있다. 자신에게 주어진 몇 안 되는 해결책들을 하나도 빠짐없이 검토해봤다는 것을. 그리고 이 방법이 최선이라는 사실을. 이제 모든 건 그녀의 직감에 달려 있다. 그렇다, 직감이다……

자동차들이 배회하다가 멈춰 서서 차창유리를 내린다. 요금을 알아보고 상품도 감정해보기 위해서다. 대로 끝까지 갔다가 유턴하여 돌아오는 차들도 있다. 처음에는 밤늦게 귀가할 때 이곳을 지나는 게 꺼려졌다. 하지만 우회하기에는 길이 너무 멀었고, 사실 이 길이 그렇게 불쾌하지만은 않다는 것을 깨닫게 되었다. 외부세계와의 관계를 최소한으로 축소한 그녀로서는 이 여자들이 자신을 알아보듯 슬며시 인사를 던지고, 서로 알아가기 시작하는 한 동네 주민으로서 그 인사에 화답할 때마다 뭔가 따스한 위로 같은 것을 느꼈던 것이다. 더구나 이들도 그녀처럼, 내가 과연 이 지옥에서 벗어날 수 있을까, 라고 자문하는 사람들이 아니겠는가.

대로 군데군데에 불이 밝혀져 있다. 가장 앞쪽은 에이즈의 거리이다. 나이 어린 여자애들이 늘 다음번 주사만을 기다리는 마약쟁이처럼 잔뜩 흥분하여 벌벌 떨고 있다. 그 여자애들은 불빛 아래서 유혹해도 될 만큼 충분히 예쁘다. 그 너머에는 다른 여자들이 어스름 속에 몸을 숨기고 있다. 다시 좀 더 가면 칠흑에 가까운 어둠 속에 트랜스젠더들의 장소가 있다. 이들은 가끔씩 볼을 파랗게 칠하고 짙게 화장한 얼굴로 카니발의 가면들처럼 어둠 속에서 불쑥 튀어나오곤 한다.

거기에서도 더 들어간 곳, 더 조용하고 음울한 동네가 소피가 사는 곳이다. 그녀가 생각하고 있는 여자는 바로 거기에 있다. 나이는 쉰 살 정도. 탈색한 금발에 키는 소피보다도 크고, 터질 듯 풍만한 상체는 모종의 고객들을 끌 수 있을 듯하다. 두 여자가 서로를 쳐다보고, 소피는 그녀 앞에 걸음을 멈춘다.

"죄송한데요…… 한 가지 문의할 게 있어서요."

소피는 맑고도 명확하게 울리는 자신의 목소리를 듣는다. 그 가운데 느껴지는 자신감이 스스로도 놀랄 정도다.

그리고 여자가 미처 대꾸하기도 전에,

"보수는 드릴 수 있어요"라고 덧붙이면서 손바닥 안에 쥐고 있던 50유로짜리 지폐를 슬쩍 내보인다.

여자는 그녀를 짧게 한 번 훑어보더니 주위를 둘러본다. 그러고는 설핏 미소를 지으며 담배 때문에 바짝 쉰 목소리로 말한다.

"그야 무얼 문의하느냐에 달렸죠……"

"증서가 하나 필요해요."

"어떤 증서?"

"출생증명서요. 아무 이름이나 상관없어요. 내가 관심 있는 건 생년월일이에요. 그러니까…… 출생년도가 중요해요. 이런 일을 부탁할 만한 사람을 혹시 알고 계실까 해서……"

이상적인 시나리오에서는 여자가 동정심, 심지어는 공모의식 같은 것을 느끼게 되어 있었다. 하지만 그것은 낭만적인 생각이었다. 이것 역시 사업관계일 뿐이었다.

"전 그걸 꼭 구하고 싶어요. 합리적인 조건으로요…… 당신은 그 일을 하는 사람의 이름과 주소만 알려주시면 돼요……"

"그런 식으로 일을 하진 않아!"

여자는 소피가 뭐라고 대꾸하기도 전에 몸을 홱 돌렸다. 소피는 막연한 심정으로 그 자리에 우두커니 서 있었다. 잠시 후 여자가 다시 몸을 돌리며 툭 내뱉었다.

"다음 주에 다시 와. 한번 알아볼 테니……"

여자는 손바닥을 내밀고는 소피의 눈에 시선을 박은 채 묵묵히 기다렸다. 소피가 머뭇거리다가 핸드백을 뒤져 두 번째 지폐를 꺼내자, 여자는 그것을 받아들고 곧바로 사라져버렸다.

이제 전략이 결정되었고, 그것보다 나은 해결책은 있을 법하지 않기 때문에, 소피는 첫 단계의 결과를 기다리지 않고 곧바로 둘째 단계로 들어갔다. 운명의 흐름을 바꾸고 싶은 은밀한 욕망이 작용했을 것이다. 이틀 뒤 오후 브레이크타임에 그녀는 탐사를 떠났다. 신중을 기하기 위해 행선지는 패스트푸드점에서도, 자기 거처에서도 멀리 떨어진, 도시 반대편 끝에 있는 곳으로 골랐다.

페데르브 대로에서 버스를 내린 그녀는 한참 동안 걸었다. 사람들에게 길 묻는 일을 피하기 위해 지도를 보면서 찾아갔다. 문제의 소개소에 이르자, 그냥 그 앞을 천천히 지나가면서 안을 힐끗 들여다보았다. 서류철 몇 개와 벽에 걸린 포스터 몇 장이 보일 뿐, 사무실은 텅 비어 있다. 그녀는 길을 건넌 다음 유턴을 하여, 소개소의 전면이 훤히 건너다보이지만 이쪽 모습은 보이지 않는 한 카페로 들어간다. 카페에서의 관찰 결과도 지나가면서 본 것과 다를 바 없다. 한마디로 특별한 점이 전혀 없는 전형적인 장소, 방문자들을 주눅 들지 않게 하려고 일부러 밋밋하게 꾸며놓은 소개소이다. 몇 분 후, 소피는 커피 값을 계산하고, 단호한 걸음걸이로 길을 건너가서는 소개소의 문을 연다.

사무실은 여전히 텅 비어 있지만, 출입구의 종이 울리자 곧바로 쉰 살 정도의 여자 하나가 나타났다. 머리를 적갈색으로 물들였지만 약간 실패한 느낌이다. 장신구로 주렁주렁 치장한 그녀는 어린 시절부터 아는 사이라도 되는 양 친밀하게 손을 내밀었다.

"미리암 데클레예요."

그녀가 자신을 소개한다.

그녀의 이름은 머리색만큼이나 가짜처럼 느껴진다. 소피는 '카트린 게랄'이라는 이름을 댔는데, 오히려 이게 더 자연스럽게 들릴 정도이다.

이 결혼소개소 소장은 심리학에 상당히 자신이 있는 모양이다. 두 팔꿈치를 책상에 올려 양손 안에 턱을 묻고는 소피를 똑바로 응시하며 미소를 머금는다. 이해심 가득하면서도 자못 심각한 미소, 인간의 고통을 너무도 많이 접해봤다는 듯한 미소다. 물론 소개비 문제에도 확실하겠지만.

"외로우시죠?"

그녀가 속삭이듯 묻는다.

"조금요……"

"어디, 본인에 대해 좀 얘기해보세요."

소피는 메모해두었던 것을 머릿속으로 재빨리 떠올려본다. 각 요소들을 하나하나 생각하고 따져보면서 꼼꼼하게 준비해둔 내용이다.

"제 이름은 카트린이고, 서른 살이에요……"

상담은 자칫하면 두 시간은 족히 계속될 것 같은 분위기다. 소피는 이 소장이 자신을 설득하기 위해 온갖 교묘한 방법들을 동원하고 있다는 걸 느낀다. 속이 뻔히 들여다보이는 방법도 마다 않는다. 난 당신의 심정을 충분히 이해한다. 당신은 당신에게 필요한 세심하고도 경험 많은 사람을 드디어 만난 거다. 정말로 제대로 찾아온 거다…… 그녀는 마치 상대의 말 한마디만 들으면 무슨 얘긴지 다 알아듣는 속이 비단결 같은 만인의 어머니나 되는 듯, '다 이해하니까 더 이상 얘기하지 않아도 돼요' 혹은 '난 당신의 고민이 뭔지 정확히 알고 있어요'라는 뜻의 몸짓을 해 보이곤 했다.

시간은 한정되어 있었다. 소피는 최대한 어수룩하게 보이도록 애를 쓰며 '일이 어떤 식으로 진행되는지' 설명해달라고 부탁한 다음, 자신은 곧 일하러 가야 한다고 덧붙였다.

이런 상황에서는 언제나 시간과의 싸움이 벌어진다. 한쪽은 나가려 하고, 다른 쪽은 붙잡으려 한다. 공격, 공격을 피하기, 전열 재정비, 위협, 거짓 후퇴, 전략 변경 같은 전쟁의 모든 국면들이 빠른 속도로 전개되는 치열한 파워게임이다.

결국 소피는 지쳐버린다. 이제 알고 싶었던 것을 모두 알아냈다. 비용, 고객의 수준, 상대를 소개받는 방식, 보장 체계 등등. 그녀는 조금 당황스러워하는, 하지만 충분히 설득된 표정으로 "생각 좀 해볼게요"라고 우물거린 후, 사무실을 빠져나왔다. 소장의 상상력을 자극하지 않기 위해 최선을 다했다. 이름, 주소, 전화번호도 서슴없이 알려주었다. 물론 전부 다 가짜였지만…… 버스 정류장을 향해 다시 출발한 소피는 자기가 다시는 이곳에 오지 않을 거라는 걸 알고 있었다. 하지만 이 방문을 통해 분명히 확인할 수 있었다. 모든 일이 순조롭게 진행된다면, 그녀는 아무런 하자 없는 멋진 새 신분을 얻을 수 있는 것이다.

세탁된 검은돈처럼 깨끗해지는 거야, 소피.

가짜 이름이 들어가지만 정식으로 발급될 출생 증명서에 이제는 남편만 하나 구하면 된다. 아무도 의심할 수 없는, 아무런 하자 없는 새 이름을 그녀에게 선사해줄 남편을……

그러면 아무도 그녀를 찾아낼 수 없으리라.

절도범 소피, 살인범 소피는 사라져버리는 거다. 미친 소피와는 영원히 작별을 고하는 거다.

이 시커먼 구덩이에서 빠져나오는 거다.

눈처럼 새하얀 소피가 되어.

11

추리소설을 많이 읽지는 않았지만 소피는 거기에 자주 등장하는 상투적인 이미지 몇 개 정도는 알고 있다. 수상쩍은 동네의 허름한 선술집 뒷방. 담배 연기가 자욱한 가운데 카드를 치고 있는 험상궂은 사내들…… 그러나 현실은 이와는 다르다. 도시의 거의 대부분이 내려다보이는 창이 있고 네 벽을 하얗게 칠한 커다란 아파트 안에서 한 사십대 남자가 별로 웃는 낯은 아니지만 충분히 정중한 태도로 소피를 맞아준다.

그녀가 끔찍이도 싫어하는 모든 것을 희화한 방 같다. 유리 상판 책상, 디자인 소파, 벽을 장식한 추상화…… 아주 일반적인 취향을 가진 어느 실내장식가의 작품인 듯하다.

사내는 책상 뒤에 앉아 있다. 소피는 서 있다. 우편함 속에 도착한 쪽지 한 장이 도저히 나올 수 없는 시간에 그녀를 여기로 불러냈다. 쪽지에는 주소와 업무시간만 달랑 적혀 있었다. 어쩔 수 없이 패스트푸드점을 빠져나온 그녀는 마음이 몹시 급하다.

"그러니까 출생 증명서 하나가 필요하시다고요?"

사내는 대뜸 이렇게 말하면서 그녀를 올려다본다.

"그게…… 내가 쓸 게 아니고요……"

"아, 설명하느라 애쓸 필요 없어요. 그건 중요한 게 아니니까."

소피는 사내를 자세히 살피면서 그의 생김새를 파악해보려 한다. 나이가 오십대일 수도 있겠다는 것 말고는 별다른 점이 전혀 없다. 어디서나 볼 수 있는 평범한 얼굴이다.

"우린 이 시장에서 흔들림 없는 명성을 쌓아가고 있어요. 우리가 취급하는 제품들은 질이 아주 좋다는 거." 사내가 잠시 말을 멈췄다가 다시 입을 연다. "그게 바로 우리의 영업비밀이죠."

목소리가 부드러우면서도 단단한 것이, 확실한 사람을 만났다는 신뢰감을 안겨준다.

"우린 당신에게 아주 괜찮으면서도 튼튼한 신분을 하나 제공할 수 있어요. 물론 천년만년 사용할 순 없겠지만, 꽤 합리적인 기간 동안 나무랄 데 없는 품질을 유지하죠."

"가격은요?"

그녀가 묻는다.

"1만 5천 유로."

"그런 돈은 없어요!"

소피는 자신도 모르게 소리를 질렀다. 사내는 노련한 협상가이다. 그는 잠시 생각해보더니 결정적인 음성으로 말했다.

"1만 2천 아래로는 안 돼요."

그녀가 갖고 있는 돈 이상이다. 부족한 액수를 구한다 해도, 그러고 나면 수중에 한 푼도 남지 않는다. 꼭 불이 난 건물의 열린 창문 앞에 서 있는 기분이다. 뛰어내리느냐 마느냐. 다른 선택은 없다. 그녀는 상대방의 시선 속에서 자신의 입장을 가늠해보려고 애쓴다. 상대방은 꿈쩍도 하지 않는다.

마침내 그녀가 묻는다.

"일은 어떤 식으로 처리되는 건가요?"

"아주 간단해요……"

사내가 설명을 시작한다.

소피가 업무 시작 시간보다 20분이나 늦게 돌아와보니, 패스트푸드점은 분주함이 절정에 달해 있었다. 그녀가 허겁지겁 뛰어들어오자마자 잔이 얼굴을 찡그리며 카운터 끝을 가리켰다. 탈의실에 미처 이르기도 전에 점장이 그녀에게 득달같이 달려들었다.

"뭐야, 나더러 엿 좀 먹어보라는 거야?"

손님들의 이목을 끌지 않으려고 바짝 다가서지만 금방이라도 후려칠 듯한 기세다. 그의 숨결에서 맥주 냄새가 느껴진다. 그가 이를 꽉 문 채로 으르렁댄다.

"한 번만 더 이런 짓 하면, 뒷구멍에 펌프질을 해서 쫓아버리겠어!"

그러고 나서 여느 때와 다름없는 지옥 같은 하루가 흘러간다. 끝없는 대걸레질, 쟁반, 흘러내리는 케첩, 감자튀김 냄새, 엎어진 코카콜라로 미끌미끌한 타일 바닥 위를 오가는 사람들, 넘치는 쓰레기통…… 그리고 거의 일곱 시간 후에야 소피는 자신이 생각에 푹 빠져 있느라 영업 시간이 끝났는데도 거의 20분을 더 일하고 있다는 사실을 알았다. 하지만 본의 아니게 일을 더 한 것에 대해선 억울한 느낌이 없고, 앞으로 일이 어떻게 돼갈 것인가, 하는 생각뿐이다. 그 난리법석 속에서도 그녀는 사내와의 만남과 그가 부과한 기한만을 생각하고 있었다. 당장 지불하지 않으면 영원히 기회가 없다고 했다. 그녀가 세운 계획은 아직 유효하다. 어느 정도의 솜씨와 돈만 있으면 충분히 가능한 일이다. 솜씨로 말하자면, 결혼 소개소를 다녀오고 나니 해볼 만하게 느껴진다. 그런데 돈이 약간 부족하다. 많이는 아니다. 1천 프랑이 조금 못 되는 액수다.

그녀는 다시 탈의실에 들어간다. 블라우스를 벗어 외투걸이에 걸고, 신을 갈아 신고, 거울 속의 자신을 들여다본다. 불법 노동자 특유의 지친 안색이다. 얼굴 위에는 기름진 머리칼이 흘러내려 있다. 어렸을 때 그녀는 이따금 거울에 비친 자기 눈동자를 깊이 들여다보곤 했다. 그러고 있노라면 얼마 후 몽롱한 현기증 같은 것이 느껴졌고, 균형을 잃지 않기 위해 세면대를 꼭 붙잡아야만 했다. 그것은 이를테면, 자신 안에 잠들어 있는 미지의 영역으로 빠져드는 행위라 할 수 있었다…… 지금도 그녀는 자신의 동공을 뚫어지게 응시하고 있다. 이윽고 그것들만 보이고, 자신의 시선 속으로 빨려들려는 순간, 바로 뒤에서 점장의 목소리가 들린다.

"흠, 과히 나쁘지 않단 말이야……"

소피는 휙 돌아선다. 점장이 열린 문틀에 한쪽 어깨를 기대고 서 있다. 그녀는 머리칼을 뒤로 쓸어 넘기고 그와 마주 선다. 다음 순간, 생각해볼 겨를도 없이 말이 불쑥 튀어나온다.

"가불 좀 하고 싶어요."

미소. 남자들이 느끼는 모든 종류의 승리감이, 심지어는 가장 시커먼 것들까지도 어른거리는 그 형언하기 힘든 미소.

"오호……!"

소피는 세면대에 허리를 기대고 팔짱을 낀다.

"1천 유로요."

"1천 유로? 저런, 고작 그거야?"

"내가 받을 돈이 그 정도 될 거예요."

"그건 월말에 받을 돈이지. 좀 기다릴 순 없겠어?"

"아뇨, 기다릴 수 없어요."

"아……"

그들은 그렇게 한동안 마주 서 있었다. 그녀는 조금 전 거울 속에서 본 현기증 같은 것을 이 남자의 눈에서도 느꼈다. 하지만 그것에는 그녀가 원한 내밀함은 없다. 단지 머리가 핑 돌 뿐이다. 이어서 몸 여기저기가, 심지어 배 속까지 아파온다.

"그래서요?"

그녀는 그 현기증에서 벗어나기 위해 물었다.

"생각해보지……"

사내는 문을 가로막고 서 있고, 소피는 문득 몇 개월 전 은행 출입문에서의 상황을 떠올렸다. 기분 나쁜 데자뷰. 하지만 뭔가 다른 것도 같다……

그녀가 나가려고 걸음을 내딛자 그가 그녀의 손목을 낚아챘다.

"일이 가능하도록 해야겠지?" 그는 한 자 한 자 또박또박 말했다. "내일 일 끝나고 날 보러 와!"

그러고 나서 소피의 손을 자신의 다리 사이에 딱 갖다대고는 덧붙인다.

"해줄 수 있는 게 있는지 한번 보자고!"

그렇다, 바로 이 차이였다. 이건 공개된 게임이다. 은밀한 유혹의 시도가 아니라, 자기가 더 유리한 위치에 있다고 분명히 알려두는 것이다. 다시 말해, 서로에게 원하는 것을 줄 수 있는 구체적인 거래를 제안하는 것이다. 아주 간단한 얘기였다. 소피로서는 놀랍기까지 하다. 지금 그녀는 스무 시간째 이렇게 서 있다. 또한 제대로 쉬지 못하고, 악몽을 피하려고 잠도 거의 자지 않고 지낸 지 벌써 9일째다. 그녀는 기진맥진해 있고, 몸에 힘이 한 방울도 남아 있지 않다. 이 모든 걸 이제는 끝내고 싶다. 그녀는 마지막 남은 에너지를 이 계획에 다 쏟아 넣었다. 이제 이 모든 것에서 빠져나가야 한다. 그 어떤 대가를 치르더라도. 어차피 지금의 이 삶이 요구하는 대가만큼은 아닐 테니까. 모든 것을, 심지어는 그녀 존재의 뿌리들마저 남김없이 살라버리는 이 삶에서 벗어날 수만 있다면 무엇인들 못 내놓겠는가?

그녀는 제대로 결정도 하지 않은 채 손바닥을 펴서 사내의 발기한 음경을 옷 위로 움켜쥐었다. 그의 눈을 똑바로 쳐다보지만, 사실 그는 보이지도 않는다. 그녀는 단지 그의 물건을 쥐고 있을 뿐이다. 하나의 계약을 맺고 있을 뿐이다.

버스에 오를 때 비로소 생각이 들었다. 아까 그 자리에서 그의 물건을 빨아야 했다면, 그녀는 조금도 망설이지 않고 그렇게 했을 것이다…… 이런 생각을 하고 있어도 아무런 감정이 일지 않는다. 이건 그저 하나의 정보일 뿐인 것이다.

소피는 창가에서 줄담배를 피우면서 밤을 지새웠다. 저 멀리 대로 쪽 가로등들의 뿌연 빛 무리를 바라보면서, 어둠 속의 나무 아래에서 사내들에게 머리통을 붙잡힌 채 하늘을 올려다보는 사내들 앞에 무릎 꿇고 있을 창녀들을 상상해본다.

어떤 연상 작용에 의해 슈퍼마켓에서의 장면이 다시 떠오른 걸까? 경비원들은 그녀가 사지 않았지만 그들이 그녀의 핸드백에서 찾아낸 물건들을 강철 테이블 위에 올려놓았다. 그녀는 질문에 대답하려고 애썼다. 다만 뱅상이 이 사실을 알게 되지 않기만을 바랐다.

그녀가 미쳤다는 사실을 알게 되면, 뱅상은 그녀를 정신병원에 입원시킬 터였다.

그보다 오래전 친구들과 얘기할 때 뱅상이 그렇게 말한 적이 있었다. '만일 내 마누라가 그런 짓을 한다면' 당장 그녀를 정신병원에 처넣겠다는 것이었다. 그는 그 말을 한 뒤 껄껄댔고, 물론 농담이었지만 그녀는 좀처럼 그 말을 머릿속에서 떼어낼 수 없었다. 강한 두려움에 사로잡혔던 것이다. 어쩌면 사리를 제대로 분별하기에는, 그 별것 아닌 한마디를 하나의 일화로 치부해버리기에는 그때 이미 미쳐버린 것인지도 모른다. 이후 몇 달 동안 그녀는 그 일을 곱씹었다. 만일 내가 미친 것을 뱅상이 알게 되면, 날 그대로 정신병원에 처넣어버릴 거야……

아침 6시경, 그녀는 의자에서 몸을 일으켜 샤워를 하고는 출근하기 전에 한 시간가량 누워 있다. 그녀는 소리 없이 울면서 천장을 응시한다.

마치 마취상태와도 같다. 무언가가 그녀를 행동하게 하는데, 정작 그녀 본인은 트로이의 목마와도 같은 육체의 외피 속 깊은 곳에 웅크리고 있는 느낌이다. 목마는 그녀 없이도 움직이고, 자신이 무얼 해야 하는지 잘 알고 있다. 그녀는 손으로 두 귀를 막고 기다리기만 하면 된다.

12

그날 아침, 잔은 부스스한 얼굴을 하고 있다. 그런 꼴을 하고서도 소피가 오는 것을 보고는 기겁을 한다.

"소피, 무슨 일 있어?"

잔이 묻는다.

"아무 일도 없어. 왜?"

"얼굴이 말이 아니야……!"

"응." 소피는 유니폼으로 갈아입기 위해 탈의실로 향하면서 대답한다. "잠을 잘 못 잤어."

희한하게도 잠이 오지 않고, 피곤하지도 않다. 나중에 피로가 몰려오려나? 그녀는 곧바로 안쪽 홀 바닥 청소부터 시작한다.

기계적으로. 너는 양동이 속의 대걸레를 잡고, 아무 생각도 하지 않는다. 물을 짜서는 걸레를 바닥에 펼친다. 걸레가 마르면 양동이에 넣고 다시 시작한다. 넌 아무 생각도 하지 않는다.

넌 재떨이들을 비운다. 그것들을 재빨리 닦아서 제자리에 올려놓는다. 조금 있으면 잔이 다가와 말할 것이다. '너 정말로 얼굴이 이상해!'

하지만 넌 대답하지 않는다. 사실 무슨 말인지 제대로 듣지도 못했으니까. 그저 애매한 고갯짓을 하고 말 뿐, 아무런 말도 하지 않는다. 네 정신은 온통 네 속에서 지글대는 탈출, 반드시 성공해야 하는 탈출에만 쏠려 있다. 영상들이 떠오른다. 반복되는 영상과 얼굴들. 그러면 넌 몸을 구부릴 때마다 흘러내리는 머리칼을 다시 쓸어 올리며 파리 쫓듯 그것들을 쫓아버릴 것이다. 자동적으로. 그런 다음 넌 튀김 냄새에 찌든 주방으로 건너갈 것이다. 네 가까이에 누군가가 배회한다. 눈을 들어보니 점장이다. 일을 계속한다. 기계적으로. 넌 네가 무얼 원하는지 알고 있다. 떠나는 것이다. 빨리. 그래서 넌 일한다. 넌 그걸 위해 필요한 것을 한다. 그걸 위해 필요한 모든 것을 할 것이다. 반사적으로. 몽유병자처럼. 넌 초조하게 기다린다. 떠날 것이다. 무슨 일이 있어도 넌 떠나야 한다.

저녁시간의 그 북새통도 밤 11시경이면 끝이 난다. 그때쯤이면 모두가 진이 빠지기 때문에, 대장은 내일 영업을 완벽하게 준비해놓기 위해 부하들을 다시금 몰아쳐야 할 막중한 임무가 있다. 그는 이리저리 주방과 홀을 돌아다니며 "빨리 움직이라고! 여기서 밤샐 거야?" 혹은 "빨랑빨랑 움직이지 못해? 빌어먹을!" 하고 짖어댄다. 그 덕분에 11시 30분경이면 모든 게 끝난다. 이를테면 점장만의 노하우라 할 수 있다.

그러고 나면 모두들 총알같이 나가버린다. 문 앞에는 항상 몇 사람이 남아서 출발하기 전 담배 한 대를 태우며 시시한 잡담을 나누곤 한다. 그다음에는 점장이 마지막으로 한 바퀴 돌고는 문들을 잠그고 경보장치를 켠다.

이제 모두 떠나버렸다. 소피는 손목시계를 들여다보고 시간이 약간 이르다는 걸 확인한다. 약속은 1시 반이다. 그녀는 탈의실로 건너가 유니

폼을 걸고 자기 수납장을 닫고 주방을 가로지른다. 복도가 하나 있는데, 쭉 따라가면 식당 뒤편의 거리로 통한다. 복도 끄트머리께 오른쪽에는 사무실 문이 있다. 그녀는 노크를 한 뒤 대답도 기다리지 않고 들어간다.

그곳은 콘크리트 블록으로 쌓아 벽만 하얗게 칠하고, 되는 대로 가져온 가구들로 대충 꾸며놓은 방이다. 서류와 영수증들, 전화기 하나, 전자계산기 하나가 놓인 철제 책상이 있고, 그 뒤의 철제 가구 위에는 식당 뒤뜰로 난 아주 지저분한 천창 하나가 뚫려 있다. 점장은 그 책상에 앉아 누군가와 통화를 하는 중이다. 그녀가 문을 밀고 들어가자, 그는 얘기를 계속하며 씩 웃고는 앉으라고 손짓을 한다. 소피는 문에 등을 기대고 그대로 서 있다.

그는 "나중에 봐"라고 말하고는 전화를 끊고는, 일어서서 그녀에게 다가온다.

"가불을 받으러 온 거야?" 그가 낮은 목소리로 묻는다. "얼마였지?"

"1천 유로."

"그렇게 되도록 해야겠지……" 그는 그녀의 오른손을 잡아 또다시 자기 바지 앞지퍼 부분에 가져다대면서 말한다.

그리고 정말로 그렇게 되어가고 있었다. 어떻게? 소피는 그때 일을 잘 기억하지 못한다. 그가 "자, 우리 합의한 거지?"라고 말했고, 소피는 아마도 '그래, 합의했어'라는 뜻의 고갯짓을 해 보였을 것이다. 사실 그의 말은 귀에 제대로 들어오지 않았다. 현기증 같은 것이 느껴졌던 것이다. 그녀의 깊은 곳에서 올라온 무언가가 머릿속을 새하얗게 만들고 있었다. 그녀는 그대로 거기에 쓰러져버릴 수도 있었다. 그대로 땅속으로 사라지고, 녹아내리고, 꺼져버릴 수도 있었다. 그가 그녀의 양어깨에 손을 올려놓고 아주 세게 눌렀는지, 소피는 자신의 몸이 스르르 흘러내리듯 하며 무릎이 꿇리는 걸 느꼈지만, 그것 또한 확실치는 않다. 다음으로 그녀는 그의 치솟은 성기가 자신의 입속을 쑤시고 들어오는 것을 보았다. 그녀는 입으로 그걸 물었는데, 두 손으로 무얼 했는지는 기억이 없다. 아니, 그녀의 두 손은 움직이지 않고 있었다. 그녀는 다만 그자의 물건 둘레로 오므려진 하나의 입일 따름이었다. 그녀가 무얼 했던가? 아무것도, 그녀는 아무것도 하지 않았다. 다만 사내가 자기 입속에서 왔다 갔다 하도록 오래도록 놔두고 있었다. 오래도록? 어쩌면 아닐 수도 있다. 사실 시간이란 가늠하기 어려운 것이므로…… 어쨌거나 결국에는 지나가버리는 것 아니던가? 그래, 한 가지는 생각난다. 그가 신경질을 냈다. 아마도 그녀가 적극적인 모습을 보이지 않아서였는지 느닷없이 목구멍 깊숙이까지 들어오는 바람에 그녀의 머리가 뒤로 젖혀졌고, 그 통에 뒤통수가 문에 쿵 하고 부딪혔다. 그래서 그가 두 손으로 그녀의 머리통을 붙잡았던 모양이다. 그렇다, 그건 확실하다. 왜냐하면 그의 엉덩이 움직임이 훨씬 폭이 짧아지고 맹렬해졌기 때문이다. 아, 그리고 또 한 가지. 그는 "꽉 물어, 씨발!"이라고 외쳤다. 몹시 화를 내며. 소피는 꽉 물었다. 그녀는 해야 할 일을 했다. 그렇다, 그녀는 입술을 더 세게 오므렸다. 눈을 감았고…… 아, 분명하게 생각이 나질 않는다. 그다음엔……? 그다음엔 아무것도, 거의 아무것도 생각이 나질 않는다. 어느 순간, 사내의 물건이 잠시 움직임을 멈췄다. 그는 거친 신음을 토했고, 그녀는 입안이 그의 정액으로 채워지는 것을 느꼈다. 아주 진하고 시큼한 맛, 자벨수 향이 강하게 느껴지는 맛이었다. 그녀는 그렇게 그것이 입안으로 흘러들어오게 놔두고 있었다. 그저 손으로 눈가의 물기를 한 번 훔칠 따름이었다. 그녀는 기다렸고, 마침내 그가 물러서자 입안에 든 것을 바닥에 카악 하고 한 번, 또 한 번 뱉어냈다. 그 모습을 본 그가 말했다. "씨발년!" 맞다, 그는 그렇게 말했다. 소피는 한 손으로 시멘트 바닥을 짚으며 몸을 지탱한 채 다시 한 번 뱉어냈다. 그 다음엔…… 그가 시뻘겋게 화가 난 얼굴로 다시금 그녀 앞에 있었다. 여전히 같은 자세로 있었던 그녀는 무릎이 아파왔고, 몸을 일으켰지 만 제대로 서는 게 너무도 힘들었다. 가까스로 다시 선 그녀는, 그의 키 가 생각했던 것만큼 크지 않다는 사실을 처음으로 깨달았다. 그는 물건 을 다시 바지 안에 집어넣느라 애를 먹고 있었다. 어떻게 해야 할지 모 르겠다는 듯 끙끙거리며 엉덩이를 비틀고 있었다. 그리고 나서 몸을 돌 려 자기 책상으로 가더니, 지폐들을 가져와 그녀의 손안에 쑤셔 넣었 다. 그리고 소피가 바닥에 뱉어낸 것들을 내려다보면서 말했다. "자, 이 제 꺼져버려!" 소피는 몸을 돌렸다. 문을 열고 복도를 따라 탈의실까지 걸어갔을 것이다. 아니, 아니, 그녀는 화장실 쪽으로 갔다. 입안을 물로 헹구려 했으나 그럴 틈조차 없었다. 홱 몸을 돌려 세 걸음을 옮긴 후 좌 변기 위에 몸을 굽히고 그대로 토하기 시작했다. 그것은 분명히 기억 한다. 그녀는 모조리 쏟아냈다. 구역질이 얼마나 깊은 곳에서 올라오는 지 배가 아플 정도였고, 두 무릎을 꿇고 양손으로 하얀 에나멜 변기를 꽉 붙잡아야만 했다. 온통 구겨진 지폐들은 손안에 꼭 쥐고 있었다. 입 가에 질질 흘러내리는 침 줄기를 손등으로 훔쳐냈다. 다시 일어났을 때 는 물 내리는 레버를 내릴 힘조차 없었고, 토사물의 견딜 수 없는 악취 만 생생했다. 그녀는 정신을 차려보려고 차가운 변기 위에 이마를 올 려놓았다. 그리고 일어서는 자신의 모습을 보았다. 정말로 일어섰던 것 일까……? 잘 모르겠다. 아니, 그녀는 먼저 누웠다. 탈의실의 신발을 벗 을 때 앉는 벤치 위에 길게 누워 있었다. 어지러운 생각들에 빠져들고 싶지 않은 사람처럼 이마에 손을 올려놓았다. 그렇게 한 손으로는 머리를, 다른 손으로는 뒷덜미를 붙잡고 있었다. 그러고 있다가 수납장에 몸을 기대고 일어났다. 그 동작은 엄청난 에너지를 요구했다. 머리가 빙빙 돌았고, 균형을 잡기 위해 눈을 꼭 감아야 했다. 한동안 그러고 있었더니 겨우 현기증이 가셨다. 그리고 아주 서서히 정신이 돌아왔다.

소피는 밖으로 나가려고 수납장을 열어 재킷을 꺼냈지만, 입지 않고 그냥 한쪽 어깨에 걸쳤다. 그러고는 핸드백을 뒤졌다. 한 손으로 하려니 쉽지 않았다. 그래서 바닥에 내려놓고 계속 뒤졌다. 잔뜩 구겨진 종이 한 장. 이게 뭐더라. 어느 슈퍼마켓에서 받은 티켓, 꽤나 오래된 티켓이다. 그녀는 다시 핸드백을 뒤져 볼펜 하나를 찾아냈다. 난폭하게 종이를 긁어대 잉크가 나오게 하여 몇 자 적은 다음, 그 종이를 수납장의 문과 문틀 사이에 우겨넣었다. 그다음엔 어떻게 했더라? 왼쪽으로 돌았다. 아니, 오른쪽이다. 그 시간에는 복도 안쪽의 문으로 나가야 하기 때문이었다. 은행에서처럼 말이다. 복도에는 아직도 불이 켜져 있었다. 문은 점장이 잠글 것이다. 소피는 복도를 따라 걸어 사무실 문을 지나서는 철제 문고리를 잡고 밀었다. 시원한 밤공기 한 줄기가 잠시 얼굴을 때리지만 그녀는 더 나아가지 않았다. 오히려 몸을 돌려 복도를 바라보았다. 그런 식으로 끝내고 싶지는 않았다. 그녀는 재킷을 여전히 어깨에 걸친 채로 되돌아간다. 사무실 문 앞에 선다. 마음이 아주 차분하다. 재킷을 반대쪽 손으로 바꿔 든 다음 아주 살며시 문을 연다.

다음 날 아침, 잔은 자신의 수납장 안에서 쪽지 한 장을 발견했다. '우리, 다른 생에서 다시 볼 수 있겠지. 키스.' 쪽지에 서명은 없었다. 잔은 그것을 호주머니 안에 집어넣었다. 식당의 셔터들은 내려진 채였고, 홀에는 직원들이 모여 있었다. 복도 안쪽에선 감식반의 작업이 한창이었다. 경찰은 전 직원의 신원을 확보한 후, 곧바로 최초 심문에 들어갔다.

13

숨 막히는 무더위다. 밤 11시. 소피는 피곤하여 널브러졌지만 좀처럼 잠을 이루지 못한다. 그다지 멀지 않은 곳에서 댄스파티의 음악소리가 막연하게 들려온다. 짜릿하게 튀는 음악. 흥분에 들뜬 밤. 그녀는 자신도 모르게 노랫가락들의 제목을 맞춰본다. 1970년대에 유행하던 곡들이다. 그녀는 춤을 좋아해본 적이 없다. 춤을 추는 자신이 너무 뻣뻣하고 어색하게 느껴졌던 탓이다. 가끔 이런저런 기회로 록댄스를 추는 게 고작이었다. 그것도 항상 같은 스텝으로 말이다.

갑자기 들려온 폭음爆音에 그녀는 소스라친다. 불꽃놀이의 화약이 터지는 소리다. 그녀는 몸을 일으킨다.

소피는 자신이 사려는 증서를 생각해본다. 그것은 유일한 해결책이다. 피할 수 없는 것이다.

그녀는 창문을 활짝 연다. 담배 한 개비를 피워물고 하늘에 펼쳐지는 불꽃들을 바라본다. 그녀는 차분하게 담배를 피운다. 그녀는 울지 않는다.

그녀는 대체 어떤 길에 들어선 걸까……

14

그 방은 여전히 무미건조하다. 사내가 들어오는 그녀를 쳐다본다. 두 사람 모두 서 있다. 소피는 핸드백에서 두툼한 봉투를 꺼낸 다음 거기서 지폐다발을 뽑아내 세려고 한다.

"그럴 필요 없을 것 같네요……"

그녀는 눈을 들어올린다. 그리고 뭔가 문제가 있다는 걸 즉시 눈치챈다.

"아가씨, 우리가 하는 일은 시장의 법칙을 따르고 있어요……"

사내는 움직이지 않고 차분하게 말한다.

"바로 수요와 공급의 법칙. 이 세상만큼이나 오래된 법칙이죠. 우리 제품의 가격은 제품의 본질적 가치에 따라 매겨지지 않아요. 그보다는 제품에 대한 고객들의 관심도에 따라 책정되죠."

소피는 돌이 얹힌 듯 가슴이 꽉 메어오는 걸 느낀다. 그녀는 침을 꿀꺽 삼킨다.

"그리고 지난번 우리가 만난 이후로," 사내가 다시 말을 잇는다. "상황이 약간 바뀌었어요…… 뒤게 부인."

다리에 힘이 쭉 빠져버린다. 소피는 또 방이 빙빙 도는 걸 느끼며, 순간적으로 책상 한 귀퉁이를 잡고 몸을 지탱하려 한다.

"거기에 앉는 게 낫지 않겠어요……?"

소피는 자리에 앉는다기보다는 털썩 허물어져 내린다.

"당신은……"

그녀는 이렇게 말을 시작하지만, 목이 졸린 사람처럼 말이 도중에 걸려 빠져나오지 않는다.

"안심하세요, 부인은 위험하지 않으니까. 하지만 우린 우리가 상대하는 사람이 누구인지 알 필요가 있어요. 그래서 항상 뒷조사를 하지요. 부인의 경우는 쉽지 않았어요. 아주 치밀한 분이니까요…… 이 점에 대해선 경찰도 알고 있겠죠……? 하지만 우린 프로입니다. 부인이 누구인지 알게 됐지만, 부인의 신분이 철저히 비밀에 부쳐질 거라는 점을 분명히 약속드릴 수 있어요. 불미스러운 일로 우리의 명성에 흠집을 낼 수는 없는 노릇이니까요."

소피는 겨우 정신을 조금 추스르지만, 해야 할 말들이 아주 느릿하게 떠오른다. 그녀의 정신에 도달하기 위해서는 두터운 안개의 막을 뚫어야 하는 것처럼. 그녀는 간신히 몇 마디를 더듬거려본다.

"다시 말해서……"

그녀의 시도는 거기서 멈춘다.

"다시 말해서 이제 가격이 전과 같지 않다는 얘기입니다."

"얼마죠?"

"두 배."

소피의 얼굴에 공황감이 어른거렸으리라.

"미안합니다." 사내가 말한다. "물 한잔 하시겠어요?"

소피는 대답하지 않는다. 모든 게 무너져 내린 기분이다.

그녀는 마치 자신에게 말하듯 뇌까린다.

"난 할 수 없어요……"

"아니요, 난 부인이 할 수 있다고 확신합니다. 당신은 궁지에 몰릴 때마다 놀라운 순발력을 보여주곤 했지요. 그러지 않았다면 지금 이 자리에 있지 못했겠죠. 자, 우리 일주일 동안 기한을 갖기로 하죠. 그 기한이 지나면……"

"하지만 그 사이에 내 신변이 위험해지지 않는다는 걸 어떻게 보장……"

"죄송합니다만 그런 보장은 하지 않습니다, 뒤게 부인. 단지 약속만 해드릴 수 있지요. 하지만 부인, 그 약속은 아주 확실하다고 말씀드릴 수 있습니다."

오베르네 씨는 키가 크고, 사람들이 이른바 '아직 팽팽하다'고 말하는 부류의 남자다. 다시 말해서, 그는 늙어가고 있지만 아직 상태가 괜찮은 편이라는 뜻이다. 그는 겨울뿐 아니라 여름에도 모자를 쓰고 다닌다. 오늘 쓰고 나온 것은 염색하지 않은 천으로 만든 것이다. 우체국 안이 약간 후텁지근해 그는 모자를 벗어서 손에 들고 있다. 우체국 직원이 손짓하자 오베르네 씨는 앞으로 나아가 모자를 카운터 가장자리에 올려놓고 우편물 통지서를 내민다. 신분증은 이미 준비해두었다. 소피가 도피생활을 시작한 이후로 그는 절대로 뒤를 돌아보지 않는 법을 배웠다. 자신이 감시받고 있다는 것을 알기 때문이다. 어쩌면 지금도 감시받고 있을지 모를 일이었다. 그런 의심에 사로잡힌 그는 우체국을 나오자마자 근처의 선술집에 들어가 커피를 주문하고 화장실이 어디냐고 묻는다. 메시지는 짤막하다. 'souris_verte@msn.fr'* 담배를 끊은 지 벌써 20년째인 오베르네 씨는 신중을 기하기 위해 가지고 나온 라이터를 꺼낸다. 그는 쪽지를 화장실 변기 속에 넣고 태운다. 그러고 나서 태연하게 커피를 마신다. 그는 한가롭게 분위기를 즐기는 사람처럼 카운터 언저리에 두 팔꿈치를 올려놓고, 깍지 낀 두 손 사이에 턱을 묻는다. 사실은 손이 떨리고 있기 때문이었다.

이틀 후, 오베르네 씨는 보르도에 와 있다. 그는 교도소 문처럼 육중한 대문이 달린 한 오래된 건물 안으로 들어간다. 그는 몇 해 전 이곳 일대의 재개발 공사를 직접 지휘했기 때문에 이곳의 사정을 잘 알고 있다. 그가 이 먼 길을 온 것은 단지 들어갔다가 나오기 위함이다. 술래잡기를 하듯 말이다. 에티엔 도르브 가 28번지로 들어가면, 미로처럼 이어지는 지하실들을 요리조리 지나 막다른 골목인 말리보 가로 나오게 되어 있다. 거기로 빠져나오니, 골목길은 텅 비어 있다. 거기서 어떤 녹색 문을 열고 들어가면 뜰이 하나 나오고, 그 뜰은 '발토'라는 이름의 업소 화장실과 통하고, 발토는 다시 마리아니 대로로 통한다.
침착하게 대로를 따라 올라가 택시 정류장에 이른 오베르네 씨는 역까지 데려다달라고 요청한다.

소피는 담뱃갑에 남은 마지막 담배를 짓눌러 끈다. 아침부터 날씨가 우중충하다. 하늘이 솜 같은 회색 구름들로 덮여 있다. 그리고 바람도 분다. 이 시간이면 별로 할 일이 없는 웨이터는 입구 근처에서 어정거

---

* souris_verte는 프랑스어로 '초록색 생쥐'라는 뜻이다.

린다. 소피가 커피를 주문한 테이블 옆쪽에서.

"이건 서풍인데…… 비는 오지 않을 것 같군."

소피는 그에게 엷은 미소를 지어 보인다. 쓸데없이 얘기는 하지 말 것. 눈에 띄는 행동도 하지 말 것. 웨이터는 자신의 예측을 확인해주는 듯한 색깔을 띤 하늘을 마지막으로 한 번 올려다보고는 카운터로 돌아간다. 소피는 자신의 손목시계를 살피고 있다. 도피생활을 시작한 이후로 소피는 자신을 철저하게 제어한다. 2시 25분에 일어날 것. 그 선에는 안 된다. 그녀는 젊은 여자애들이 읽는 잡지를 건성으로 뒤적인다. 전갈자리의 오늘의 운세. 당신은 트렌디한가? 브릿이 추천하는 플레이리스트. 어떻게 하면 그가 당신에게 빠질까? 지금 당장 5킬로그램을 감량하세요!

마침내 2시 25분이 되었다. 소피는 커피 값을 테이블 위에 올려놓은 후 자리에서 일어선다.

이게 서풍인지는 모르겠지만 지독하게 차갑다. 그녀는 점퍼 깃을 바짝 세우고 대로를 건넌다. 이 시간에 기차역은 거의 텅텅 비어 있다. 지금 소피를 불안하게 하는 건 단 한 가지, 지금까지 아버지가 자기만 한 통제력을 보여주지 못했다는 점이다. 만일 아버지가 아직도 거기에 있다면? 내가 보고 싶어서 남아 있다면? 하지만 그녀는 약간의 안도감과 함께 자신의 지시가 철저하게 이행됐음을 확인한다. 역 구내식당 안의 몇 안 되는 손님들 가운데 아는 얼굴은 보이지 않는다. 급한 마음을 억누르며 식당 홀을 가로질러 계단 한 줄을 내려간 그녀는 안도의 한숨을 쉬며 화장실 좌변기 저수통 뒤에서 밤색 봉투를 꺼낸다. 다시 거리로 나오니 빗방울 몇 개가 보도 위에 떨어져 후드득 부서진다. 서풍이다.

택시기사는 참을성이 많다. 그는 이렇게 말한다.

"미터기만 계속 돌아간다면 나야 상관없죠."

그가 여기에 택시를 세워놓은 지 벌써 15분, 손님은 멀거니 밖을 내다보고 있다. 그 손님이 말한다. "누구를 좀 기다리고 있소." 그가 뿌옇게 흐려진 차창을 손등으로 닦았다. 나이가 지긋해 보이는, 하지만 아직 몸이 꼿꼿한 남자다. 신호등이 바뀌기를 기다리던 한 젊은 여자가 빠른 걸음으로 횡단보도를 건너면서, 떨어지기 시작하는 빗방울 때문인 듯 점퍼 깃을 바짝 치켜세운다. 그녀는 택시 쪽을 빠르게 한 번 돌아보지만, 걸음을 멈추지 않고 어디론가 사라진다.

"할 수 없지……" 손님이 한숨을 내쉬며 말한다. "하루 종일 기다릴 수는 없는 일이니…… 자, 날 호텔로 데려다주시오."

그의 목소리가 이상하게 변해 있었다.

15

마리안 르블랑. 이 이름에 익숙해지기 위해 또 얼마나 힘든 노력이 필요할 것인가. 이유는 알 수 없지만 소피는 전부터 이 이름을 싫어했었다. 아마도 좋지 않은 기억을 남긴 학창시절의 어떤 친구 때문이리라. 하지만 이 이름은 소피가 선택한 것이 아니다. 그들이 그렇게 만들어주었을 따름이다. 마리안 르블랑. 생년월일은 그녀와 18개월이나 차이가 난다. 문제될 건 전혀 없다. 이제 소피는 나이를 짐작하기 힘든 여자가 되어버렸으니까. 서른 살로도 보이지만 서른여덟로 보는 것도 얼마든지 가능하다. 출생 증명서 발급일은 10월 23일이다. "유효기간은 3개월이에요. 그 정도면 한숨 돌릴 수 있지 않겠어요?"라고 사내는 말했다.

소피는 그날 밤 자기 앞에 출생 증명서를 내려놓고는 천천히 돈을 세던 그의 모습을 기억한다. 한 건 크게 올렸다는 만족감에 싱글벙글하는 장사치의 모습은 아니었다. 그는 지극히 전문적이었다. 차가운 사람이었다. 아마 그때 소피는 한마디도 하지 않았을 것이다. 이젠 정확히 생각나지 않는다. 그녀가 분명히 기억하는 것은 그를 만나고 집에 돌아온 후의 장면들뿐이다. 활짝 열려 있는 옷장 문들, 그리고 트렁크. 그 트렁크에 이것저것 마구 쑤셔 넣는 그녀 자신. 흘러내리는 머리칼을 쓸어 올리다가 갑자기 현기증을 느끼고는 주방 문틀을 붙잡고 서 있던 일. 그녀는 후다닥 차가운 물로, 아니, 얼음같이 차디찬 물로 샤워를 했다. 피곤해서 당장이라도 쓰러질 것 같은 몸과 얼빠진 얼굴로 다시 옷을 주워 입으며 재빨리 집 안을 한 바퀴 돌아보며 중요한 걸 잊지나 않았는지, 빠뜨린 것은 없는지 확인했다. 하지만 어차피 그녀의 눈은 더 이상 아무것도 보지 못했다. 그것은 느리게 흘러간 청명한 밤이었다.

16

15개월 전부터 소피는 불법 원룸, 수상쩍은 전대轉貸아파트, 불법 일자리 등, 그녀가 새로운 도시에 파묻힐 수 있게 해주는 온갖 지저분한 방법들을 귀신같이 찾아내는 법을 배워왔다. 이 도시에서도 마찬가지였다. 그녀는 가장 허접스러운 것, 아무런 신원보증도 요구하지 않는 것들만 찾아 구인광고들을 꼼꼼히 검토했다. 이틀 후, 그녀는 주로 아프리카와 아랍 여자들로 구성된, 그리고 성질이 고약하면서도 통이 큰한 알자스 여자가 이끄는 사무실 청소팀에 들어갔다. 보수는 매달 15일에 현금으로 지급됐다. 그 '깔끔 번쩍' 사에서는 월급 명세서를 받는 팀원의 수가 한 팀에서 절반이 되면 정식직원 티오가 찬 것으로 간주했다. 소피는 월급 명세서를 받지 못하는 쪽에 속해 있다. 그녀는 투덜거리며 불만을 토로했다. 물론 속으로는 자신의 요구가 관철되지 않기를 빌고 또 빌었지만.

밤 10시경, 소피는 집에서 나와 보도에 선다. 그러면 회사 차량이 팀원들을 하나하나 실어서, 분담된 작업에 따라 각 팀을 보험회사며 IT회사 등에 차례로 떨어뜨린다. 일과는 새벽 6시 종이 울릴 때 끝난다. 야

참은 다른 일터로 향하는 차 안에서 때운다.

10월 1일은 성큼성큼 지나가고 있다. 계획을 추진할 수 있는 시간은 두 달 반밖에 남지 않았고, 그녀는 무슨 일이 있더라도 해내야만 한다. 그녀는 월초부터 남자들을 만나기 시작했다. 결혼 소개소는 딱 한 군데에만 가입했다. 그 수를 늘릴 수 있을지는 나중에 생각해봐야겠지만, 한 군데 가입하는 것도 쉬운 일은 아니었다. 그날 점장의 사무실에서 긁어온 1,400유로는 처음 몇 사람 소개받기에도 빠듯한 액수였다.

마리안 르블랑의 신분은 '합리적인 기한'까지만 보장된다. 다시 말해 오래가지 못한다는 얘기였다. 그러므로 그녀의 머릿속엔 한 가지 생각밖에 없었다. 처음 만나는 사람을 선택하라. 그러나 끊임없이 촉각을 곤두세우고, 항상 벌벌 떨면서 지내고, 눈에 띄게 야위어가고, 하루에 세 시간밖에 못 자는 생활이 계속되어도 별수 없었다. 소피는 '처음 만나는 사람'이 실은 아무런 의미도 없는 말이라는 걸 곧바로 깨달았다. 생각은 그렇게 했지만 그녀는 나름의 체크리스트를 만들어놓았던 것이다. 아이가 없고, 삶이 투명한 남자. 이 두 조건만 갖춰지면 나머지 부분은 어떻게든 적응하리라. 결혼 소개소에서는 남자 선택에 분명한 기준이 없는 여자인 것처럼 굴었다. "단순한 남자를 원해요" "평온한 삶을 원해요" 같은 답답한 말들만 늘어놓았다.

17

르네 바오렐. 44세. 단순하고도 평온한 남자였다.

만남은 어느 맥주홀에서 이루어졌다. 그녀는 그를 곧바로 알아보았다. 몸에서 끔찍한 땀 냄새를 풍기는, 빵빵한 얼굴의 농사꾼. 생김새가 전화에서 들은 목소리 그대로였다. 그리고 성격은 쾌활했다.

"난 랑바크* 출신이에요!"

이 간단한 자기소개 안에 그가 어느 두메산골의 포도 농사꾼이라는 뜻이 담겨 있다는 것을 소피는 20분이 지나고서야 이해할 수 있었다. 소피는 담배 한 개비를 피워물었다. 그러자 그는 담뱃갑 위에 손가락 하나를 얹고는,

"단도직입적으로 말씀드리겠는데요, 나랑 같이 지내시려면 담배를 끊으셔야 할 겁니다⋯⋯"라고 말하면서 활짝 미소를 지었다. 남자의 권위를 제 딴에는 섬세하게 표현한 것이 자못 자랑스러웠던 모양이다. 혼자 사는 사람들이 대개 그러하듯이, 그는 수다스러웠다. 소피로서는

---

* 프랑스 알자스 지방의 소읍.

그저 듣고 그를 차분하게 응시하는 것 외엔 별로 할 일이 없었다. 그녀의 생각은 딴 데 가 있다. 이 남자에게 몸을 내줘야 할 순간들을 떠올리자, 바로 담배 한 대가 또 필요해진다. 그는 자신에 대해, 자신의 농사에 대해 얘기한다. 남자는 한 번도 약지에 반지를 껴본 적이 없다. 사실, 그런 건 너무 구식이기도 하다. 맥주홀의 후끈한 열기 탓일까, 아니면 손님들이 음식을 주문하는 테이블에서 들려오는 왁자한 소음 때문일까? 막연한 불편함이 그녀를 스멀스멀 사로잡으면서 배를 지나 위쪽으로 올라온다.

"……그러니까 말이죠, 물론 정부 보조금이 나오긴 하지만…… 한데 그쪽은요?"

밑도 끝도 없는 질문이 느닷없이 튀어나왔다.

"네? 지금 저한테 물은 건가요?"

"그래요, 그쪽은 어떻게 생각하느냐고요. 관심 있으세요?"

"글쎄, 그다지……"

소피가 이렇게 대답한 까닭은 그의 질문의 의미가 무엇이었든 간에 그게 답이었을 것이기 때문이다. 남자는 "아!" 하고 탄식한다. 이 남자는 정말이지 오뚝이다. 그의 사전엔 도무지 포기란 없는 듯, 처음부터 다시 시작한다. 이런 사람들이 어떻게 트랙터 밑에서 세상을 하직할 수 있는지 의문이 들 정도다. 그의 어휘는 한정되어 있지만, 어떤 단어들은 불안스러울 정도로 집요하게 끝없이 되돌아온다. 소피는 자신이 들은 말의 의미를 해독해보려고 애쓴다.

"그러니까 지금 어머니와 같이 사신다고요……"

남자는 그녀를 안심시켜주기라도 하듯이 "그럼요!"라고 대답한다. 여든네 살이지만 여전히 '메추리처럼 팔팔하다'는 엄마와…… 겁이 난다. 소피는 노파가 유령처럼 복도를 서성이는 가운데 이 사내의 체중 아래 깔려 있는 자신의 모습을 상상해본다. 노파의 슬리퍼가 끌리는 소리, 부엌 냄새…… 그 순간, 뱅상의 어머니가 언뜻 눈앞에 떠오른다. 층계를 등지고 그녀와 마주한 모습으로. 소피는 그녀의 양어깨에 손을 얹어 힘껏 밀어버린다. 얼마나 힘껏 밀었는지, 노파의 몸은 가슴 한복판에 엽총 한 방을 맞은 것처럼, 층계 맨 위 계단들은 건드리지도 않은 채 붕 뜨듯이 하여 떨어져 내린다.

"여자분들은 많이 만나보셨나요, 르네 씨?"

소피는 몸을 앞으로 지그시 기울이며 묻는다.

"이게 첫 번째 만남입니다!"

남자는 마치 승리라도 외치듯 이렇게 대답한다.

"그럼 시간을 갖고 천천히 찾아보세요."

그녀는 출생 증명서를 투명한 비닐파일에 집어넣는다. 그녀는 행여 이걸 분실하지나 않을까 두려워하고 있다. 이것만큼이나 중요한 것들을 수없이 잃어온 자신이 아니던가. 매일 저녁 집을 나설 때마다 그녀는 비닐파일을 손에 들고 큰 소리로 뇌까린다.

"난 벽장문을 연다……"

그러고는 눈을 감고 자신의 동작과 손과 벽장의 이미지를 떠올리면서 되풀이한다. "나는 벽장문을 열었다……"

"나는 오른쪽 서랍을 연다. 나는 오른쪽 서랍을 열었다……"

그녀는 이렇게 각각의 동작을 여러 번 반복하면서, 정신을 집중하려 엄청나게 애를 쓰면서 단어들과 동작들을 서로 단단히 붙여놓으려 한다. 귀가할 때도 집 안에 들어서자마자 옷을 벗지도 않은 채 벽장으로 달려가 비닐파일이 여전히 거기 있는지부터 확인한다. 그리고 그것을 다시 그 안에 가둬놓게 될 때까지 강철집게로 집어 냉장고 문에 걸어 놓는다.

그녀는 지금 구하고 있는 미지의 남편을 언젠가 죽일 수 있을까? 아니다! 마침내 안전한 삶이 확보되면 그녀는 다시 브르베 박사 같은 의사를 찾아갈 것이다. 수첩을 두 권, 아니, 필요하다면 세 권 준비하여 다시 모든 것을 메모하기 시작할 거고, 이번에는 무슨 일이 있어도 그 일을 멈추지 않을 것이다…… 그것은 마치 어린아이의 결심과도 같았다. '이 상황에서 벗어나기만 하면, 난 다시는 내 광기에 휘둘리지 않을 거야.'

18

다섯 번의 만남을 가진 후, 소피는 다시 원점으로 돌아왔다. 원칙적
으로는 그녀가 제출한 배우자 조건 명세에 부합하는 후보자들을 소개
해주기로 되어 있다. 그러나 어딜 가도 마찬가지겠지만, '오디세이'에
는 남자고객이 그리 많지 않다. 그래서 여자 소장은, 고객의 요구조건
에 전혀 맞지 않는 집들을 모조리 보여주는 부동산 중개업자처럼, 자기
가 보유한 남자 고객들을 깡그리 내놓는다. 맨 처음 만난 사람은 아주
멍청한 군대 상사였다. 그다음에는 침울하기 짝이 없는 산업 디자이너
였는데, 세 시간 동안 이어진 대화 끝에 그가 아이가 둘 있는 이혼남이
며, 양육비 협상을 잘못한 탓에 실업수당의 4분의 3을 빼앗기고 있다
는 사실을 알게 되었다.

　세 번째 만날 때는 두 시간 내내 상대의 얘기만 들어주다가 금방이
라도 쓰러질 듯 피곤한 몸이 되어 찻집을 나와야 했다. 상대는 전직 신
부였는데, 아마도 한 시간 전에 반지를 뺀 듯 약지에 반지 자국이 뚜렷
했고, 여자를 찾는 목적은 상당히 따분한 결혼생활에 약간의 활력소를
보태기 위해서인 듯 보였다. 6천 유로를 대가로 그녀에게 위장결혼을

제의한 대단히 직설적이고 자신감 넘치는 키 큰 남자도 있었다.

그런 뒤 시간은 점점 더 빨리 흘러가기 시작했다. 지금 자신은 진짜 남편을 찾고 있는 게 아니라고 되뇌었지만, 달라지는 건 없었다. 어쨌든 그 남자와 결혼하고, 잠을 자고, 함께 살아야 할 게 아닌가? 몇 주후, 아니, 며칠 후에는 이런 선택의 고민조차 사치가 될 것이다. 누구든 주어지는 대로 취할 수밖에 없는 상황이 되고 말리라.

시간은 흐르고, 더불어 그녀의 기회도 흘러가고 있었지만, 그녀는 여전히 결정을 내리지 못하고 있었다.

19

소피는 버스를 타고 있다. 빨리 가자…… 그녀의 눈이 앞의 허공을 응시한다. 어떻게 해야 빨리 갈 수 있을까? 그녀는 손목시계를 들여다본다. 기껏해야 집에 들어가 두어 시간 눈을 붙일 수 있는 시간이다. 심신이 피로에 지쳐 있다. 그녀는 다시 두 손을 호주머니에 찔러 넣는다. 가끔씩 손이 떨리는 이 증상, 대체 왜 이런 걸까? 그녀는 차창 밖을 내다본다. 마다가스카르. 그녀가 고개를 홱 돌리자 그녀의 주의를 끌었던 포스터가 아주 잠깐 눈에 들어온다. 여행사의 광고 포스터일까? 확실치는 않다. 하지만 그녀는 좌석에서 일어나 버튼을 누르고 다음 정류장이 나타나기만을 눈이 빠져라 기다린다. 그렇게 수 킬로미터를 더 달리고 있는데, 마침내 버스가 정차한다. 그녀는 자동인형 같은 걸음걸이로 대로를 거슬러 올라간다. 그러고 보니 그렇게 먼 거리는 아니었다. 포스터가 보여주는 것은 순진하면서도 매력적인 미소를 머금고, 머리에는 일종의 터번, 그러니까 크로스워드 퍼즐에 나올 성싶은 이국적인 이름의 무언가를 쓰고 있는 흑인 아가씨였다. 그녀 뒤로는 우편엽서에서나 볼 수 있는 해변이 시원하게 펼쳐져 있다. 소피는 도로를 건너가서는 몸을 돌려 이번에는 거리를 두고 포스터를 다시 한 번 바라보았다. 그녀는 뭔가를 곰곰이 생각할 때 이렇게 한다.

"옜, 그렇습니다!" 상사는 이렇게 말했었다. "사실 난 여행을 즐기는 편이 아니라서, 그게 그다지 끌리진 않아요. 하지만 뭐, 가능성은 열려 있어요. 내게 친구가 하나 있어요. 그 친구도 나처럼 상사인데 마다가스카르로 떠날 거예요. 하지만 그 친구의 경우는 충분히 이해할 수 있어요. 왜냐면 마누라가 거기 출신이니까. 그리고 말입니다, 사람들은 잘 안 믿겠지만, 우리 군바리들 중에는 프랑스를 떠나고 싶어하는 사람이 그리 많지 않답니다. 네, 그리 많지 않아요……!"

그리 많지 않다……

그녀는 집에 오는 내내 그것을 곰곰이 생각해봤다. 집에 도착하기 직전, 한 공중전화 부스 문을 밀고 들어가서는 핸드백을 뒤진다.

"네, 알아요……" 그 작달막한 상사는 수줍은 표정으로 말했었다. "이러면 내가 좋은 인상을 주지 못할 것 같은데…… 에, 그러니까…… 우린 이런 일엔 서툴러서…… 하지만 그쪽 전화번호를 달라고는 못 하겠고, 여기 내 걸 드리겠습니다. 개인 전화번호입니다. 혹시 모르니까……"

대화가 끝나갈 즈음 군인에게선 처음 들어올 때의 당당하던 모습이 어디론가 사라져 있었다. 훨씬 풀이 죽은 표정이었다.

"난 당신이 좋아하는 타입은 못 되는 것 같아요…… 당신에겐 보다 지적인 사람이 어울릴 것 같네요."

그는 어색하게 미소 지었다.

"여보세요……?"

"안녕하세요?" 소피가 말했다. "마리안 르블랑이에요. 지금 통화 가능하신가요?"

사실 상사는 그렇게 키가 작은 남자는 아니다. 심지어 소피보다 머리 반쪽만큼이나 크지만, 수줍음이 밴 거동 때문에 실제보다 작아 보였던 것이다. 소피가 카페에 들어서자 그는 엉거주춤 일어선다. 그녀는 그를 새로운 눈으로 보려고 하지만 처음이나 지금이나 떠오르는 생각은 똑같다. '아주 못생긴 남자야.' 그녀는 스스로를 안심시켜보려 한다. '그보다는 평범한 얼굴이라고 해야겠지……' 하지만 어떤 조그만 음성이 이렇게 속삭인다. '아니야, 못생겼어.'

"뭘로 드시겠습니까?"

"글쎄요…… 커피? 당신은요?"

"같은 걸로 하죠. 커피로 하겠습니다."

그리고 두 사람은 서로에게 어색한 미소를 지을 뿐 한동안 그렇게 앉아 있다.

"전화해주셔서 기쁩니다…… 그런데 항상 그렇게 몸을 떠세요?"

"좀 긴장이 돼서요."

"어쩌면 그건 당연한 겁니다. 지금 나도…… 에, 그러니까…… 꼭 내 얘기가 아니더라도…… 우리, 지금 무슨 얘기를 해야 할지 잘 모르겠네요, 안 그렇습니까?"

"피차 말할 것이 전혀 없어서 그런 게 아닐까요?"

차갑게 이 말을 내뱉고 그녀는 곧바로 후회한다.

"미안해요……"

"옛, 아닙니다! 난……"

"제발 부탁하는데, 말끝마다 '옛, 아닙니다!' '옛, 그렇습니다!'라고 좀 하지 마세요……! 정말이지 듣기가 너무 괴로워요!"

그녀의 어조는 사뭇 거칠었다.

"그러니까…… 꼭 컴퓨터하고 얘기하는 기분이라고요." 그녀는 사과 겸 해서 이렇게 덧붙인다.

"아닙니다, 맞는 말입니다. 이건 직업병이에요. 당신도 직업상 그런 게 있지 않겠어요? 특이한 습관 같은 것 말입니다."

"나는 청소 일을 해요. 그러니까 습관이 있다면 보통 사람들의 습관과 똑같겠죠. 직접 청소를 하는 보통 사람들 말이에요."

"참 희한하네요. 처음 만났을 땐 말씀드리지 않은 건데요, 당신은 청소 일 할 분같이 생기진 않았어요. 그보다는 훨씬 많이 배운 분위기여서……"

"그건…… 공부를 좀 하긴 했는데, 다 옛날이야기예요. 그 얘긴 나중에 하기로 하죠. 괜찮으시겠어요?"

"아, 괜찮다마다요! 어떻게 하시든 난 전혀 상관없어요. 아세요? 난 별로 까다로운 놈이 아니랍니다."

이 눈물겹도록 진지한 선언에 소피는 별로 까다롭지 않은 인간만큼 같이 지내기 괴로운 존재도 없을 거라는 생각이 들었다.

"좋아요." 소피가 말했다. "그럼 처음부터 다시 시작하죠. 어때요?"

"어차피 우린 처음이 아닌가요?"

그러고 보면 이 사내는 그렇게 멍청한 인간이 아닌지도 모른다.

'안 될 것 없잖아'라는 아주 조그만 소리가 소피의 머릿속을 파고든다. 하지만 먼저 알아봐야 할 것이 있다. 지금 그의 제일가는 덕목은 프랑스에서 멀리 떨어진 곳으로 전출될 수 있는 신분이라는 점이다. 이

점을 빨리 확인해봐야 한다.

　소피는 오후 늦은 시각으로 약속시간을 잡았었다. 그들이 같이 있은 지 한 시간이 지났다. 상사는 간신히 올라탄 지푸라기 같은 뗏목 조각을 영영 침몰시켜버릴지도 모르는 말을 하지 않으려고 내뱉는 음절 하나하나에 신경을 쓰고 있다.

　"자, 뭘 좀 먹으러 갈까요?"

　소피가 제안한다.

　"네, 그러죠……"

　처음부터 이런 식이었다. 이 남자는 약자이고 매달리는 쪽이므로, 그녀가 원하는 대로 할 것이다. 소피는 지금 자신이 하려는 일이 약간 부끄럽게 느껴진다. 하지만 그 대가로 그에게 무엇을 주어야 하는지도 잘 알고 있다. 그녀가 생각하기에, 이 사람에게도 손해 보는 장사가 아니다. 그가 원하는 것은 여자다. 어떤 여자라도 상관없을 것이다. 그저 여자면 된다. 심지어는 소피 같은 여자도 될 것이다.

　그들이 카페에서 나왔을 때 오른쪽 길로 방향을 잡은 것은 소피였다. 그는 아무런 요구도 하지 않고 그녀 옆을 걸으며 점잖게 계속 지껄이기만 할 뿐이다. 순하디순한 남자다. 그녀가 이끄는 대로 졸졸 따라오고 있다. 하지만 이 모든 것에선 뭔가 끔찍한 뒷맛이 느껴진다.

　"어디로 가고 싶으세요?"

　소피가 물어본다.

　"글쎄요…… 음, 를레로 갈까요?"

　분명히 전날부터 생각해놓은 장소이리라.

　"어떤 곳인데요?"

"식당이에요. 맥주도 마시고 하는…… 나도 딱 한 번 가봤는데 나쁘지 않더라고요. 그러니까…… 당신이 좋아하실지는 잘 모르겠지만……"

소피는 간신히 미소를 지어 보인다.

"가서 보죠, 뭐……"

그렇게 나쁘지 않았다. 사실 소피는 군인들만 득실대는 식당이 아닐까 걱정했지만, 노골적으로 물어볼 수는 없었던 것이다.

"아주 괜찮네요."

그녀가 말했다.

"솔직히 말씀드리면, 진작 생각해둔 곳이에요. 오늘 아침에 위치를 확인해두려고 이 앞에 오기까지 했죠. 아, 정확히 기억이 안 나서요……"

"사실 한 번도 와본 적 없으시죠?"

"옛, 그렇습…… 당신한테는 거짓말하기가 쉽지 않을 것 같네요."

상사는 미소를 지으며 대답했다.

소피는 메뉴에서 음식을 고르는 그의 모습을 보면서(특히 그의 눈길이 가격 위에 오래 머무는지를 주의해서 관찰한다), 저 사람이 이런 일에서 큰 상처를 입지 않고 빠져나오는 게 가능할까 하는 생각을 해본다. 하지만 각자의 목숨은 스스로 챙겨야 한다. 여자의 몸뚱이를 원한다면 자기 몸뚱이도 잃을 각오를 하고 뛰어들어야 하는 법이다. 그게 바로 결혼의 본질이 아니던가.

"여자들에게 거짓말하는 습관이 있는 모양이죠?"

소피는 끊어진 대화를 다시 이어보고자 이렇게 묻는다.

"남자들은 다 그렇지 않나요? 하지만 평균 이상은 아니고, 평균 이하라고 봐야겠죠. 음, 중간쯤 되지 않겠어요?"

"그럼 우리가 처음 만났을 때 나한테 무슨 거짓말을 했나요?"

소피는 담배를 피워문다. 그가 담배를 피우지 않는다는 사실을 기억하지만, 별로 신경 쓰지 않는다. 중요한 것은 그가 그녀가 하고 싶은 대로 하게 놔둔다는 사실이니까.

"글쎄요, 잘 모르겠네요. 우린 그렇게 오래 얘기하지도 않았잖아요."

"어떤 남자들은 오랜 시간을 같이 지내지 않고도 거짓말을 하죠."

그는 그녀를 뚫어지게 쳐다본다.

"……난 못 당할 것 같네요."

"네?"

"내가 말로는 당신한테 상대가 안 될 것 같다고요. 난 그렇게 말을 잘하는 사람이 아니에요. 아시다시피 난 그렇게 똑똑한 놈이 못 됩니다. 잘 아시잖아요. 당신이 날 선택하신 건 아마도 그것 때문이겠죠. 그래요, 당신이 날 선택하셨죠. 난 내 주제를 잘 알아요."

"아니, 그게 대체 무슨 말이에요?"

"난 내 주제를 잘 이해한다고요."

"둘이서 같이 이해하면 대화가 한결 쉬워지지 않을까요?"

웨이터가 그들의 테이블에 온다. 소피는 속으로 내기를 걸어본다.

"자, 뭘 드시겠어요?"

그가 묻는다.

"안심 스테이크와 샐러드요. 당신은요?"

"에, 그러니까……" 상사는 메뉴판을 마지막으로 훑어보는 시늉을 하며 대답한다. "나도 같은 걸로 할게요. 안심 스테이크와 샐러드."

'빙고.'

소피는 속으로 내뱉는다.

"어느 정도로 익힐까요?"

웨이터가 묻는다.

"레어로 해주세요. 둘 다 레어로요."

소피는 담배를 짓눌러 끄면서 대답한다.

맙소사, 이런 한심한 짓거리를 하고 있다니!

"방금 전에 뭐라고 말했죠?"

"내가요? 아무 말도 안 했는데요. 왜요?"

"내가 당신을 선택한 게 그것 때문이라고요? '그게' 대체 뭔가요?"

"아, 너무 신경 쓰지 마세요…… 나라는 인간은 원래가 실수 덩어리예요. 그래서 나도 모르게 멍청한 말들을 내뱉곤 해요. 우리 어머니는 항상 말씀하셨죠. 들판에 암소가 싸지른 똥이 한 바가지 있으면, 거친 표현을 용서하세요, 그건 보나마나 니가 밟을 끼다, 라고요."

"무슨 말인지 잘 모르겠네요."

"하지만 난 그렇게 복잡한 놈은 아니랍니다……"

"네, 그렇게 보이진 않네요. 아, 이 말을 또 오해할지 모르겠는데, 그러니까 제 말은……"

"그렇게 계속 설명하려고 할 필요 없어요. 그러면 끝이 없잖아요……"

웨이터가 샐러드를 곁들인 안심 스테이크를 가져온다. 똑같은 것이 두 접시다. 그들은 말없이 먹기 시작한다. 안심 스테이크에 대해 뭔가 칭찬이라도 해야 할 것 같은데, 할 말이 한마디도 떠오르지 않는다. 그들 사이에 놓인 드넓은 사막이 은밀하게 확대된 것이다. 바닥에 고인물이 점점 넓게 퍼져나가듯이……

"음식이 괜찮네요."

"네, 좋네요! 아주 좋아요!"

하지만 소용없었다. 정말이지 소피는 대화를 이어나갈 엄두가 나지 않는다. 그건 너무 큰 노력을 필요로 한다. 그저 안심 스테이크를 먹으며 겨우겨우 버티고 있을 뿐이다. 처음으로 그녀는 그를 자세히 뜯어본다. 1미터 76센티미터, 아니, 어쩌면 1미터 80센티미터. 그렇게 나빠 보이지 않는 체격, 널찍한 어깨를 보면 군대에서 운동깨나 하는 모양이고, 큼직한 손의 손톱들은 깔끔하게 다듬어져 있다. 그리고 얼굴은 정말로 형편없다. 머리카락은 짧게 자르지 않았으면 상당히 뻣뻣할 듯하고, 코는 약간 물러 보이며, 시선에는 표정이 별로 없다. 그래, 지금 보니 꽤나 건장한 몸집이다. 처음에 그렇게 왜소해 보였던 것이 이상하게 느껴질 정도다. 아마 유년기를 완전히 벗어나지 못한 듯한 분위기 탓이리라. 어떤 순진함 같은 것. 별안간 소피는 그가 부러워진다. 그의 단순함이 부러워진다. 그리고 처음으로 경멸하는 마음 없이 그를 쳐다본다. 자신이 지금까지 그를 물건처럼 여겼으며, 잘 알지도 못하면서 그를 경멸해왔다는 사실을 깨닫는다. 그녀는 마치 남자들처럼 반응했던 것이다.

이윽고 그녀가 묻는다.

"우리가 좀 긴장한 것 같죠? 안 그래요?"

"긴장요?"

"네, 대화가 끊겼잖아요."

"그게…… 쉽지가 않네요…… 화제를 찾으면 얘기가 자연스럽게 흘러가는데, 그걸 찾아내질 못하면…… 에이, 처음엔 잘 나갔는데 웨이터 녀석이 오는 바람에……"

소피는 자신도 모르게 피식 웃는다.

이젠 더 이상 피곤하지 않다. 더 이상 경멸하는 마음조차 없다. 그럼 어떤가? 그저 모든 것이 허망하기만 한 느낌이다. 어떤 텅 빈 느낌. 이 텅 빈 느낌은 어쩌면 이 사람에게서 발산되고 있는지도 모른다.

"자, 그래서…… 아까 무슨 일을 한다고 하셨죠?"

"통신병과요."

"갈수록 태산이군……"

"네?"

"아니에요. 통신병과가 뭐죠? 설명 좀 해주세요."

상사는 설명을 시작한다. 자신의 영역을 화제로 삼으니 말을 제법 잘 한다. 허나 그녀는 귀 기울이지 않는다. 그저 벽시계만 힐끗 쳐다볼 뿐이다. 상황이 이와 다르리라 상상했던가. 대체 그녀는 무얼 기대했단 말인가. 뱅상 같은 사람? 그녀는 신혼 초 집에 있던 자신의 모습을 떠올린다. 그녀가 응접실 벽에 칠을 시작한 날이었다. 뱅상은 그저 그녀 뒤로 다가와 아주 평범하게 그녀의 목덜미에 손을 올려놓았다. 그것만으로 그녀는 온몸에 힘이 가득 차오르는 걸 느꼈었다……

"솔직히 통신병과 얘기 따위는 전혀 관심 없으시죠?"

"아뇨, 천만에요!"

"아니라고요? 그럼 재미있나요?"

"그런 것 같지도 않아요."

"난 말이죠, 당신이 지금 무슨 생각을 하는지 알아요."

"그래요?"

"그럼요. 당신은 속으로 이렇게 말하겠죠. '통신병과 이야기를 늘어놓는 이 남자, 착하기는 한데, 뒈지게 따분하네.' 상스러운 표현 쓴 것

용서하세요…… 당신은 시계를 쳐다보고, 다른 생각을 하고 있어요. 빨리 이 자리를 벗어나고 싶은 거죠. 솔직히 말씀드리는데 나도 그래요. 나도 당신 때문에 불편하다고요. 당신은 지금 어쩔 수 없이 나를 친절하게 대하려고 노력할 뿐이에요. 여기 같이 앉아 있으니까 그냥 얘기하고 있는 것뿐이죠. 사실 우린 서로 별로 할 말이 없어요. 그래서 내가 궁금한 것은……"

"미안해요. 맞아요, 잠시 딴 생각을 하고 있었어요…… 당신이 하는 얘기가 너무 전문적이라서……"

"단지 그런 이유만은 아니죠. 무엇보다 내가 당신 마음에 들지 않기 때문이에요. 그래서 내가 궁금한 것은……"

"네."

"왜 당신이 내게 전화했는가 하는 거예요. 왜죠? 뭘 원하는 거죠? 지금까지는 내 얘기만 했는데, 당신의 이야기는 대체 뭐냐고요."

"그러니까, 그건 일 년이 걸릴 수도 있고 이 년 혹은 삼 년이 걸릴 수도 있어요. 내 친구는 운이 좋았던 편이죠."

어느 순간 그들은 같이 웃고 있었다. 식사가 끝날 즈음이었는데, 무엇 때문이었는지 소피는 기억하지 못한다. 그들은 큰 강을 따라 걸었다. 날씨가 몹시 추웠다. 한참을 걷다가 그녀는 그의 팔 밑에 자기 팔을 밀어 넣었다. 짧은 순간 그들은 어떤 공모의식 같은 것을 느꼈고, 그것은 두 사람을 좀 더 가깝게 만들어주었다. 결과적으로 보면, 이날 그의 작전은 그리 나쁘지 않았던 것이다. 그는 멋지게 보이기를 포기했다. 그냥 아주 소박하고 평범한 것들만 얘기했다. "어쨌든, 있는 모습 그대로 보여주는 게 낫지 않겠어요? 조만간 서로가 어떤 사람인지 다 알게 될 텐데요, 뭐. 차라리 지금부터 솔직한 편이 더 낫죠. 안 그래요?"

"아까 돔톰*에 대해 말씀하셨는데……"

"아, 거기만이 아니에요. 외국에 전출될 수도 있어요. 물론 드문 일이긴 하지만."

소피는 속으로 계산을 해본다. 데이트하고, 결혼하고, 프랑스를 뜨고, 일자리를 찾고, 헤어진다. 여기서 수천 킬로미터 떨어진 곳에서는 더 안전할 거라는 생각은 한갓 환상일지도 모른다. 하지만 본능적으로 그녀는 그런 곳이면 몸을 숨기기 더 좋을 거라고 생각한다. 이렇게 그녀가 속으로 따져보는 동안, 상사는 전출된 친구들과 전출을 요청한 친구들, 그리고 아직 대기 중인 친구들을 한 사람 한 사람 열거한다. 아, 얼마나 따분하고 뻔한 남자인가!

---

* Départememts et territoires d'Outre-mer ou France d'Outre-mer의 준말. 카리브 해의 과달루프, 마르티니크, 태평양의 타히티, 뉴칼레도니아, 인도양의 레위니옹, 마요트, 북미의 생피에르몽펠리옹, 남미의 기아나처럼 해외에 위치한 프랑스 영토들을 지칭한다.

20

무섭다. 밤마다 죽은 이들이 모두 다시 나타난다. 그들을 하나하나 셀 수도 있다. 그들은 한 탁자에 나란히 앉아 있다. 탁자 끄트머리에는 신발 끈으로 목이 졸린 레오가 앉아 있다. 레오가 힐난하는 표정으로 나를 쳐다본다. 레오는 묻는다. "소피 아줌마, 아줌마 미친 거야? 왜 날 목 졸라 죽었어? 아줌마 정말로 미친 거야? 맞아?" 레오의 시선은 집요하게 물으며 나를 꿰뚫는다. 그 아이 특유의 의아스러워하는 표정. 고개를 오른쪽으로 살짝 기울이고 뭔가를 골똘히 생각하는 모습…… "그렇단다. 하지만 새삼스러운 일은 아니야. 저애는 항상 제정신이 아니란다." 뱅상의 어머니가 말한다. 자기 말을 확신하는 어조이다. 그녀의 표정은 여전히 심술궂고, 시선은 하이에나 같으며, 목소리는 날카롭다. "이 사람 저 사람 죽이고 다니기 전부터, 주위의 모든 걸 파괴해버리기 전부터, 저애는 이미 미쳐 있었단다. 난 뱅상에게 말했었어. 저년은 미쳤다고……" 그녀는 눈을 지그시 감은 채 확신에 찬 표정으로 이렇게 말한다. 얘기하는 중 과연 눈을 다시 뜰까, 하는 궁금증이 일 정도로 한참 동안 꾹 감고 있다. 그렇게 그녀는 거의 절반의 시간 동안 눈꺼풀을 꼭 닫고 자기 안을 들여다보고 있다. '소피, 너는 날 미워하지. 넌 날 항상 미워했어. 하지만 지금은 이렇게 날 죽여놨으니⋯⋯' 뱅상은 아무 말이 없다. 살려달라고 애원하듯 야윈 머리통을 설레설레 흔들 뿐이다. 그러고는 모두들 나를 뚫어지게 쳐다본다. 그들은 더 이상 아무 말이 없다.

나는 소스라쳐 깨어난다. 이렇게 깨어나면 더 이상 잠들지 못한다. 창가로 가서 울면서 줄담배를 피우며 몇 시간이고 앉아 있을 뿐이다.

심지어 나는 내 아기까지 죽였다.

21

두 사람이 만나기 시작한 지 2주일이 조금 지났다. 소피는 몇 시간 만에 이 상사를 어떻게 요리할지 알아냈다. 하지만 우선은 필요에 따라 조금씩만 시도해볼 뿐, 마음을 완전히 놓지는 않았다.

그는 그녀의 손에 이끌려 〈한 여자의 24시간〉이라는 다소 난해한 영화를 보고는 열광하는 시늉을 했다.

"원작*에서는 여자들이 두 세대만 나왔어요."

소피가 담배에 불을 붙이며 말했다.

"아, 그래요? 책은 못 읽어봤지만, 그것도 엄청 재미있을 것 같네요."

"네, 책도 괜찮았죠."

그녀는 출생 증명서의 내용에 따라 자신의 인생을 완전히 다시 꾸며내야 했다. 부모, 학업, 그리고 너무 많은 것을 말하지 않기 위해 베일로 가린 비밀스러운 스토리 하나. 상사는 너무 깊이 캐려고 들지 않았다.

---

* 슈테판 츠바이크의 동명소설.

반면 그녀는 신중을 기하기 위해, 그로 하여금 많은 이야기를 하게 했다. 저녁에 집에 들어와서는 들은 내용을 꼼꼼히 적었고, 그렇게 그에 대한 것들로 수첩을 채워갔다. 그의 이야기에는 복잡한 것이 전혀 없었다. 흥미로운 점도 없었다. 1973년 10월 13일 오베르빌리에 출생. 평범한 초등학교, 평범한 중학교, 전자공학 분야 직업교육 수료, 군 입대, 통신병과 배속, 전기통신 분야 기술자격증 취득, 현재 상사, 앞으로 특무상사로 진급 가능.

"가만, 오징어 요리가 어떨까요?"

"꼴뚜기라고도 하죠……"

그가 미소 짓는다.

"난 그냥 안심 스테이크로 할래요."

그녀가 피식 웃는다.

"참 상사님도……"

"보통 여자들이 그런 식으로 얘기하면 별로 좋지 않다는 뜻이죠……"

군인들의 장점은 투명성에 있다. 그는 소피가 처음 몇 번 만났을 때 받은 인상과 다분히 비슷한 사람이었던 것이다. 그런데 소피는 그에게서 뜻밖의 예리함도 발견했다. 다시 말해 이 사내는 바보가 아니고, 그저 단순할 뿐이다. 결혼하고 아이들을 갖고 싶어하는 착한 남자다. 그리고 소피에게 허비할 시간이 없다. 그를 유혹하는 일은 조금도 어렵지 않았다. 그가 이미 그녀에게 마음을 빼앗긴데다, 그녀가 제법 예쁜 편이기 때문이다. 그와 데이트를 시작한 이후로 그녀는 다시 화장품을 샀고, 옷차림에도 더 신경을 썼다. 상사는 이따금 뭔가를 꿈꾸는 기색이 역력했다. 이처럼 욕망에 찬 남자의 시선을 느껴보는 것은 실로 오랜만이었다. 기분이 묘했다.

"우리 지금 어디로 가고 있는지 물어봐도 돼요?"

그가 묻는다.

"〈에일리언〉 보러 간다고 했잖아요."

"내 말은 그게 아니라…… 우리 두 사람의 관계가 어디에 와 있냐고요."

그들의 관계가 어디까지 와 있는지 소피는 정확히 알고 있다. 이 모든 일을 매듭지을 시간은 이제 채 두 달도 남아 있지 않다. 그중 혼인공시에 걸리는 시간은 빼야 한다.* 이제는 되돌리기엔 늦었다. 더 이상 시간이 없다. 다른 사람을 원한다면 처음부터 다시 시작해야 한다. 하지만 그럴 시간이 없다. 소피는 그를 한 번 쳐다본다. 이제는 이 얼굴에 익숙해졌다. 아니면 이 사람이 정말로 필요하거나. 어쨌든 결과는 마찬가지 아니겠는가.

"당신은 아세요, 우리가 어디에 와 있는지?"

그녀가 되묻는다.

"네, 알 것 같아요. 그리고 당신도 잘 알고 있죠. 난 왜 당신이 생각을 바꿨는지 정말로 궁금해요. 나한테 전화한 날 말이에요……"

"생각을 바꾼 건 아니고, 생각하는 데 시간이 좀 걸렸을 뿐이에요."

"아니에요, 당신은 생각을 바꿨어요. 처음 만났을 때 당신은 분명히 결정했어요. '이 사람은 아니다'라고요. 난 당신이 생각을 정말로 바꾼 건지 궁금해요. 만일 그렇다면, 왜죠?"

---

* 서구에서는 전통적으로 결혼식을 올리기 전에 결혼에 공식적인 성격을 부여하기 위해 결혼식 2주 전에 교회에서 사람들에게 결혼 예고를 해야 한다. 이 절차를 혼인공시라고 한다.

소피는 다시 담배를 피워문다. 그들은 한 맥줏집에 앉아 있다. 오늘 저녁은 그렇게 지루하지 않았다. 그녀는 그를 바라보면서, 이 사람은 사랑에 빠진 게 확실하다고 생각한다. 그렇다면 내가 지금까지 어느 정도 믿을 만하게 행동해왔다는 얘기인가?

"맞아요. 처음부터 대번에 당신을 좋아하지 않은 건 사실이에요……
난……"

"그래서 당신은 다른 남자들을 만났죠. 그런데 그들은 나보다도 못했어요. 그래서 당신은 생각하길……"

소피는 그를 똑바로 쳐다본다.

"당신은 그러지 않았나요?"

"마리안, 난 당신이 내게 꽤나 거짓말을 한다고 생각해요. 그러니까 내 말은…… 나에게 거짓말을 그럴듯하게 많이 한다고요."

"무엇에 대해서요?"

"그건 전혀 모르겠어요. 어쩌면 모든 것에 대해서."

이따금 그가 너무도 불안한 기색을 하고, 그 모습을 보는 그녀는 가슴이 무거워진다.

"난 당신에게 그럴 만한 이유가 있다고 생각해요." 그가 다시 말한다. "짐작되는 바는 있는데, 그걸 말하고 싶진 않네요."

"왜요?"

"당신이 말하고 싶을 때 직접 말해줘요."

"당신의 짐작이 뭔데요?"

"당신에겐 말하고 싶지 않은 어떤 과거가 있어요. 하지만 난 어쩌됐든 상관없어요."

그는 그녀를 쳐다보면서 머뭇거린다. 그가 음식 값을 계산한다. 그런 뒤에 마침내 용기를 내어 말한다.

"그러니까 당신은…… 글쎄, 잘 모르겠는데…… 감옥에 갔다 왔거나, 뭐 그런 종류의 일을 겪었을 거예요."

그러고는 이번에는 곁눈질로 지그시 그녀를 바라본다. 소피는 속으로 재빨리 계산해본다.

"뭐, 그런 비슷한 일이 있었다고 치죠. 하지만 심각한 일은 전혀 아니에요. 그것에 대해 굳이 얘기하고 싶지도 않고요."

그는 이해하겠다는 듯 고개를 주억이고는 다시 묻는다.

"당신이 원하는 건 정확히 뭐죠?"

"난 남편과 아이들을 가진 평범한 여자가 되고 싶어요. 단지 그것뿐이에요."

"하지만 당신은 그런 스타일은 아닌 것 같은데요……"

소피는 등이 서늘해진다. 그녀는 미소를 지어 보이려고 애쓴다. 그들은 식당 문밖으로 걸어 나온다. 밤은 깊었고, 매서운 추위가 얼굴을 할 퀸다. 그녀는 새로 생긴 습관대로 그의 팔 아래에 자기 팔을 밀어 넣는다. 그리고 그에게로 몸을 돌린다.

"오늘 밤 자기랑 같이 들어가고 싶어. 이런 게 자기 스타일인지는 모르지만……"

그는 침을 꿀꺽 삼킨다.

그는 정성을 다한다. 모든 점에 세심하게 신경을 쓴다. 소피가 울자 그는 말한다. "꼭 하지 않아도 돼……" 그녀는 말한다. "날 조금만 도와줘." 그는 그녀의 눈물을 닦아준다. 그녀가 다시 말한다. "내가 이러는 건…… 자기 때문이 아니야." 그가 대답한다. "그래, 나도 알아……" 소피는 생각한다. 이 남자라면 모든 걸 이해해줄지도 모른다고. 그는 침착하고, 느릿하고, 정확하다. 그가 이 모든 것을 갖추고 있으리라곤 정말이지 생각하지 못했다. 몸 안에 남자를 받아늘이는 건 너무나 오랜만의 일이다. 그녀는 눈을 꼭 감는다. 마치 술에 취한 듯이. 맹렬하게 돌고 있는 이 세계가 멈춰주기를 바라는 듯이. 그녀는 그를 이끈다. 그와 보조를 맞춘다. 지금까지는 다소 멀리서 느껴왔던 그의 냄새가 느껴진다. 욕망에 찬 남자가 풍기는 익명의 냄새다. 그녀는 흘러나오려는 눈물을 가까스로 억누른다. 이제 몸이 가벼워진 그는 그녀 위에서 기다리고 있다. 그녀는 그에게 미소를 지어준다. "이리 와요……" 그는 아이처럼 머뭇거린다. 그녀는 그런 그를 꼭 안아준다. 하지만 그는 환상을 품지 않는다.

그들은 잠잠해졌고, 그녀는 시계를 쳐다본다. 굳이 말하지 않아도 된다는 걸 두 사람은 잘 알고 있다. 어쩌면 언젠가 그런 날이 올지도 모른다…… 둘 다 아픈 사연이 있는 사람들이고, 소피는 그의 사연은 과연 무엇일까 하는 궁금증을 처음으로 느낀다.

"그런데 자기의 사연은 뭐야? 자기의 진짜 사연 말이야."

그녀는 그의 가슴팍의 털을 손가락 사이로 부드럽게 말아 올리면서 묻는다.

"난 너무 평범한 놈이야……"

소피는 과연 이게 진짜 답일까 생각해본다.

밤에 일을 하면 모든 게 뒤바뀐다. 그가 잠이 든 시간, 소피는 자리에서 일어난다. 집에서 나와 청소 팀 차량에 올라타기 위해서다.

베로니크와 패스트푸드점 점장, 그들은 항상 같이 나타난다. 그녀는
그 두 사람을 같은 방식으로 죽였다. 정확한 방법은 이제 생각나지 않
는다. 두 사람 모두 영안실의 스테인리스 탁자에 나란히 누워 있다. 마
치 부부처럼. 하얀 시트로 덮여 있다. 소피가 탁자 옆을 지나가자, 그들
은 둘 다 죽었음에도 불구하고 옆을 지나가는 그녀를 눈을 부릅뜨고
삼킬 듯이 노려본다. 그렇게 뒤룩뒤룩 눈알만 움직인다. 그녀가 탁자
뒤쪽으로 가자, 그들의 뒤통수에서 피가 줄줄, 천천히 흘러내리기 시
작하고, 그들은 미소 짓는다.

"네, 그래요!"

소피는 몸을 홱 돌린다.

"그건 이를테면 당신의 트레이드마크라고 할 수 있겠죠. 후두부에 몇
방을 확실하게 갈기는 것."

은행 지점장은 옅은 노란색 셔츠에 녹색 넥타이 차림이다. 바지가 배
를 꽉 졸라매고 있는데, 앞섶이 활짝 열려 있다. 그는 병리학 교수 같은
모습으로 나아온다. 말투는 교사 같고 자신감이 넘치며, 정확하고 외
과적이다. 그리고 미소를 머금고 있다. 조금 빈정거리는 듯한 미소다.

"혹은 단 한 방이거나."

그가 탁자 뒤에 서서 고인들의 두개골을 들여다본다. 피가 바닥에 뚝
뚝 흘러내리고, 떨어진 핏방울들이 페인트칠한 시멘트 바닥에 부딪히
며 튀어 올라 그의 바지를 적신다.

"이 여자는…… 가만있자, 이름이 뭐더라(그는 고개를 숙여 이름표를
읽는다). 베로니크. 그래, 베로니크. 복부에 칼침 여섯 방. 복부에……
소피, 세상에, 도대체 이게 뭡니까…… 자, 넘어갑시다. 그리고 이 남자
는(그는 다시 이름표를 읽는다)…… 그래, 다비드. 이 사람을 처리할

땐 그냥 손만 한 번 뻗으면 됐지요. 다비드가 순전히 장식용으로 놔둔 야구 배트가 하나 있었는데, 그 레드 스타킹스*의 상징물로 이렇게 두개골이 폭삭 내려앉아버린 거예요. 정말이지 세상엔 어처구니없는 운명들이 있는 거예요, 안 그래요?"

그가 탁자를 떠나 소피에게 다가온다. 그녀는 등을 벽에 바짝 붙인다. 그가 미소를 지으며 다가온다.

"그리고 또 내가 있지요. 난 좀 더 운이 좋았어요. 주위에 야구 배트도 칼도 없어서 무사히 빠져나올 수 있었으니, 별로 불평할 게 없지요. 그때 당신은 할 수만 있었다면 내 머리를 벽에 찧어댔을 거고, 그랬다면 나도 다른 사람들처럼 두개골이 망가져 죽었을 거예요. 그러면 나도 두개골 뒤로 피를 흘리고 있겠죠."

소피는 그의 노란 셔츠가 뒤통수에서 흘러나오는 피로 조금씩 젖어드는 것은 본다. 그가 미소를 짓는다.

"바로 이렇게 말이에요, 소피."

그가 바짝 다가오자, 고약한 입 냄새가 느껴진다.

"소피, 당신은 아주 위험한 여자예요. 하지만 남자들은 당신을 좋아하죠. 안 그래요? 당신은 그들을 많이 죽였어요. 당신을 좋아하는 남자들을 다 죽여버릴 작정인가요? 당신에게 접근하는 모든 남자를?"

---

* 여기서 레드 스타킹스Red Stockings는 1869년 창단된 세계 최초의 프로야구팀 신시내티 레드 스타킹스와 미국의 급진적 여성해방 단체 레드 스타킹을 동시에 암시하고 있다.

22

이 냄새들, 이 동작들, 이 순간들…… 소피가 보기에 이 모든 것은 그녀를 기다리는 운명을 예고하고 있다. 그녀는 떠나야 한다. 정확히 때를 맞춰서. 하지만 그것은 나중의 일이고, 지금은 교묘하게 연기를 해야 한다. 열렬한 사랑을 표현해선 안 되고, 겉보기일 뿐이지만 장래성 있는 공모관계가 이루어지도록 애착의 감정을 보여줘야 한다. 그렇게 그들은 네 번의 밤을 같이 보냈다. 그리고 이번이 다섯 번째다. 이틀을 연달아 함께 보내고 있다. 서둘러 일을 진행할 필요가 있으므로. 그녀는 같은 팀의 한 아가씨와 며칠간 근무시간을 바꾸는 데 성공했다. 그가 그녀를 데리러 왔다. 그녀는 그의 팔을 끼고 그날 있었던 일들을 얘기해준다. 두 번째인 이 행동은 벌써 습관이 되었다. 나머지 일들에서 그는 불안스러울 정도로 조심스레 행동한다. 때로는 자신의 행동 하나에 인생 전체를 건 사람처럼 느껴질 정도이다. 그녀는 그를 진정시키려 한다. 시작된 지 얼마 안 되는 그들의 내밀한 관계에 좀 더 자연스러운 것, 인위적이지 않은 것을 더해보려고 애쓴다. 자신의 투룸 아파트 주방에서 이런저런 간단한 음식들도 만들어보면서. 그는 조금씩 긴장이 풀린다. 침대에서 그는 그녀가 먼저 손짓할 때만 그녀를 품어준다. 그녀는 매번 그렇게 한다. 그리고 매번 무서워한다. 그런 척한다. 이따금 아주 잠깐 동안, 자신이 행복해질 수도 있다는 느낌이 든다. 그런 생각이 들면 울게 된다. 하지만 그는 그런 모습은 보지 못한다. 그런 일은 마지막 순간에만, 그가 잠이 든 뒤 그녀가 밤의 어스름에 잠긴 방을 망연히 바라보고 있을 때만 일어나는 일이기 때문이다. 한 가지 다행스러운 점은 그가 코를 골지 않는다는 사실이다.

소피는 그렇게 지난 삶의 이미지들이 머릿속에 떠다니는 채 긴긴 밤을 보낸다. 언제나처럼 눈물이 그녀의 의지와는 상관없이, 그녀의 외부에서 저절로 흘러나온다. 그녀는 그 두려운 잠 속으로 미끄러져 들어간다. 이따금 그의 손이 닿으면 꼭 매달린다.

23

날씨가 몹시 춥다. 그들은 어느 철제 난간에 팔꿈치를 기대고 나란히 서서, 막 시작되는 불꽃놀이를 구경한다. 아이들은 산책로 위를 내달리고, 부모들은 입을 헤 벌리고 하늘을 올려다본다. 콰쾅광, 요란한 소리가 난다. 때로 폭발음에 앞서 휘파람 소리 같은 불길한 음향이 길게 끌린다. 하늘은 주황빛이다. 그녀는 그에게 몸을 기대고 있다. 처음으로 그녀는 그에게 몸을 꼭 붙이고 웅크리고 싶은 욕구를 느낀다. 그는 그녀의 어깨에 팔을 둘렀다. 다른 남자일 수도 있었다. 하지만 이 남자다. 더 형편없는 남자가 걸릴 수도 있었다. 그녀는 그의 볼에 손을 가져가, 자신을 쳐다보도록 얼굴을 돌린다. 그리고 그에게 키스를 한다. 하늘은 파란색과 녹색으로 물들어 있다. 그가 뭐라고 말하지만, 바로 그 순간 불꽃 하나가 터지는 바람에 그녀는 제대로 듣지 못한다. 표정을 보면 뭔가 다정한 얘기를 한 듯하다. 그녀는 '알았어'라는 뜻으로 고개를 끄덕인다.

부모들은 아이들을 불러 모으고, 상투적인 농담들이 가족들 사이를 오간다. 사람들은 집으로 들어가기 시작한다. 커플마다 팔짱을 끼고서. 그들은 서로에게 알맞은 걸음걸이를 찾아내는 데 몹시도 애를 먹는다. 그의 보폭이 그녀에겐 너무 넓은 것이다. 그는 잠시 제자리걸음하듯 쩔 쩔매고, 그녀는 미소 지으며 그를 떠민다. 그는 웃음을 터뜨리고 그녀 도 미소 짓는다. 그들은 멈춰 선다. 둘 사이에 사랑은 없지만, 편안한 것, 아니, 엄청난 피로감과 비슷한 무언가가 느껴진다. 그는 처음으로 일종의 권위를 가지고 그녀에게 키스한다. 몇 초 후면 새해가 시작된 다. 벌써부터 빵빵대는 자동차들의 경적소리가 들린다. 일등을 놓치지 않으려고 미리 눌러대는 것이다. 갑자기 모든 것이 터져 나온다. 함성, 사이렌 소리, 웃음소리, 그리고 빛. 집단적 행복의 물결이 잠시 동안 사 람들 위를 떠돈다. 뻔히 아는 축제지만 기쁨만은 진심이다. 소피가 불 쑥 말한다. "결혼할까?" 그건 질문이었다. "난 좋아……" 그는 마치 잘 못을 사과하는 사람처럼 대답한다. 그녀는 그의 팔을 꼭 잡는다.

좋아.

됐어.

몇 주 후면 소피는 결혼할 것이다.

미친 소피여, 이제는 안녕!

새로운 삶이 펼쳐지리라.

그녀의 호흡이 몇 초 동안 바람처럼 가벼워진다.

그는 사람들을 쳐다보며 미소 짓는다.

프란츠

2000년 5월 3일

방금 전에 나는 그녀의 모습을 처음 보았다. 그녀의 이름은 소피이다. 자기 집에서 나오고 있었다. 나에게는 어렴풋한 실루엣만 보였다. 급한 용무가 있는 것처럼 보인다. 차에 오르자마자 곧바로 출발하는 바람에 오토바이로 쫓아가는 데 꽤나 애를 먹었다. 운 좋게도 그녀는 마레 구역*에서 주차 장소를 찾는 데 어려움을 겪었고, 덕분에 일이 한결 쉬워졌다. 난 멀찌감치 떨어져서 그녀를 따라갔다. 처음엔 그녀가 쇼핑을 나왔다고 생각했다. 만일 그랬다면 따라가는 걸 포기했을 것이다. 너무 위험하니까. 하지만 다행히도 그녀는 누군가와 약속이 있었다. 그녀는 로지에 가의 한 찻집에 들어가자마자, 여러 가지 일들로 바빠서 정신이 없는 사람처럼 손목시계를 들여다보는 시늉을 하며 한 여자 쪽으로 향했다. 난 그녀가 늦게 출발했다는 사실을 알고 있다. 그녀가 거짓말하는 현장을 딱 잡아낸 것이다.

---

* 파리의 중앙부라 할 수 있는 3구와 4구에 걸쳐 있는 유서 깊은 구역.

난 10분 정도 기다렸다가 찻집에 들어가, 은밀하게, 하지만 완벽하게 그녀를 관찰할 수 있는 둘째 홀에 자리를 잡았다. 소피는 날염무늬 원피스에 굽 없는 단화, 그리고 연회색 재킷 차림이다. 내게는 옆모습이 보인다. 남자들이 꽤 좋아할 것 같은, 괜찮은 용모의 여자다. 반면 그녀의 여자 친구는 내가 보기엔 남자깨나 후리고 다닐 스타일이다. 짙게 화장한 얼굴은 거만하기 짝이 없고, 암컷 냄새를 풍겨댄다. 소피는 적어도 자연스럽지 않은가. 두 여자는 여중생들처럼 게걸스레 케이크를 먹어댄다. 몸짓과 미소로 판단하건대, 지금 두 여자는 다이어트에 해로운 음식을 먹은 것에 대해 농담을 하고 있다. 여자들이란 항상 다이어트를 하고, 또 다이어트에 해로운 음식 먹기를 몹시도 좋아하는 동물들이다. 여자들은 천박하기 짝이 없다. 소피는 몸매가 날씬하다. 그녀의 친구보다도 날씬하다.

난 찻집에 들어온 것을 금방 후회하기 시작했다. 그녀가 날 볼 수 있는데, 그리고 사소한 이유로 그녀가 내 얼굴을 기억할 수도 있는데 멍청하게도 모험을 한 것이다. 왜 굳이 필요하지도 않은 모험을 한단 말인가. 다시는 이런 짓을 하지 않으리라 다짐했다. 그런데 소피가 제법 내 마음에 든다. 생동감이 느껴지는 여자다.

난 지금 매우 특별한 정신 상태에 있다. 모든 감각들이 극도로 예민하게 깨어 있다. 덕분에 그 불필요한 순간을 풍요로운 장면으로 바꿔놓을 수 있었다. 나는 그녀가 나가고 20분 후에 자리에서 일어나 윗도리를 찾으러 외투걸이에 갔다가 한 남자가 걸어놓은 외투를 발견했다. 재빨리 안주머니를 뒤져 멋진 지갑 하나를 손에 넣고 찻집을 나왔다. 지갑 주인의 이름은 리오넬 샬뱅. 나보다 겨우 다섯 살 많은 1969년생으로, 거주지는 파리 외곽의 크레테유이다. 그의 신분증은 구식 모델이다. 난 거기에 내 사진을 붙여 변조했는데, 신분증 제시를 요구받을 때 사용할 생각은 없어 대충 작업했지만, 솜씨는 그다지 나쁘지 않았다. 이처럼 괜찮은 손재주를 가졌다는 사실이 만족스럽게 느껴지는 날들이 있다. 눈을 바짝 대고 들여다보지 않는 한 알아볼 수 없을 만큼 결과물은 깔끔하다.

6월 15일

내가 결정을 내리는 데는 보름간의 숙고가 필요했다. 최근 난 끔찍한 실망감을 맛봤다. 몇 년 동안 품어왔던 그 간절한 희망이 단 몇 분 만에 허물진 것이다…… 그 좌절감에서 이토록 빨리 일어설 수 있으리라고는 사실 기대하지 못했는데, 기묘하게도 그렇게 된 것 같다. 나 자신도 조금 놀랄 정도다. 난 소피 뒤게를 뒤쫓으며 관찰해왔다. 곰곰이 생각하며 그녀를 주시해왔다. 그리고 어제 저녁 그녀의 아파트 창문들을 바라보면서 마침내 결정을 내렸다. 그녀는 크고도 굳건한 동작으로 커튼을 치고 있었다. 이를테면 '별을 뿌리는 여신'이라고나 할까? 그때 내 안의 무언가가 촉발되었다. 나는 이 일에 뛰어들 수 있다는 걸 깨달았다. 어쨌든 내게는 대체할 만한 계획이 하나 필요했던 것이다. 내가 꿈꿔온 그 모든 것을, 내가 그토록 오랫동안 필요로 해온 그 모든 것을 이런 식으로 포기할 순 없었다. 난 소피라면 충분히 대안이 될 수 있다는 걸 깨달았다.

나는 메모를 하기 위해 노트를 한 권 펼친다. 준비해야 할 것이 벌써부터 한두 가지가 아니고, 이 노트는 생각을 정리하는 데 큰 도움이 되리라고 믿는다. 이 일은 애초의 계획보다 훨씬 더 복잡하기 때문이다.

소피의 남편은 제법 똑똑하고 자신감이 넘치는 키 큰 친구이다. 그 점이 마음에 든다. 옷차림은 상당히 편안한 스타일이면서도 세련되었고, 우아하기까지 하다. 나는 아침 일찍 도착해 그가 집을 나올 때까지 기다렸다가 미행한다. 그들의 재정 상태는 괜찮은 편이다. 부부 각자에게 차가 한 대씩 있고, 고급 아파트에 산다. 멋진 미래를 가진 행복한 부부일 수도 있겠다.

6월 20일

뱅상 뒤게는 란처 게젤샤프트에 근무한다. 석유화학 분야의 회사인데, 난 그 회사에 관한 두툼한 자료를 구할 수 있었다. 세세한 사항까지 다 이해하진 못했지만, 핵심적인 내용은 파악했다. 란처 게젤샤프트는 세계 각지에 지사가 있고, 용해제와 합성수지 분야에서 선도적 위치를 점하고 있는 독일 자본의 회사이다. 본사는 독일 뮌헨에, 프랑스 지사 본부는 라데팡스*에 있으며, 세 개의 연구센터가 지방에 흩어져 있다(탈랑스, 그르노블, 상리스). 이 회사의 조직도를 보면, 뱅상은 연구개발부 차장이라는 상당히 높은 직위에 있다는 걸 알 수 있다. 그는 박사학위 소지자이다. 학위는 파리 7대학에서 취득했다. 홍보책자에 소개된 그의 사진은 실물과 상당히 흡사해 보인다. 최근의 사진인 모양이다. 나는 그걸 오려내 내 코르크 게시판에 붙여놓았다.

소피는 고서와 미술품 등을 취급하는 경매회사인 퍼시스에서 일한다. 그녀가 거기서 정확히 무슨 일을 하는지는 아직 파악하지 못했다.

---

* 파리 서쪽 외곽에 있는 현대식 상업 타운으로 각종 상가와 사무실이 입주해 있다.

난 우선 쉬운 일, 즉 뱅상에 대한 조사부터 시작했다. 소피의 경우는 좀 더 복잡해 보인다. 그녀의 회사에 대한 정보는 거의 얻을 수가 없다. 그런 업계에서는 회사의 쇼윈도만 보여줄 뿐 다른 부분은 철저히 비밀에 부친다. 요컨대 퍼시스는 꽤나 알려진 회사이긴 하지만, 알 수 있는 것은 극히 일반적인 사실들뿐이다. 물론 나로선 충분치 않다. 내 모습이 눈에 띌 위험을 무릅쓰고 그 회사 사무실이 있는 생필리프뒤룰 전철역 부근을 어정거려보지만, 아직은 아무런 소득이 없는 상황이다.

7월 11일

소피에 대해 더 자세한 정보가 필요했던 나는 최근 그녀가 차로 이동하는 일이 잦아졌다는 사실을 알게 되었다. 7월 휴가철이라 파리의 도로사정이 훨씬 나아졌기 때문이다. 그녀의 이동에 관련된 정보들을 하나둘씩 모으는 데는 오랜 시간이 걸리지 않았다. 나는 위조 번호판 두 개를 주문하여 그 중 하나를 내 오토바이에 직접 달았고, 어제는 그녀의 차를 멀리서 뒤쫓았다. 그녀의 차가 설 때마다, 계획한 장면을 머릿속에 그려봤다. 마침내 소피가 빨간 신호등에 걸려 맨 앞줄에 섰을 때, 난 만반의 준비가 되어 있었다. 그리고 모든 일이 완벽히 진행되었다. 난 아주 침착하게 그녀의 차 오른편으로 갔다. 행동할 때 방해가 되지 않게끔 차체에서 넉넉히 거리를 두고 섰다. 왼쪽의 신호등이 노란불로 바뀌자마자, 난 팔을 뻗어 조수석 문을 열고 그녀의 핸드백을 낚아챘다. 그런 다음 급출발하여 첫 번째 오른쪽 길로 방향을 틀었다. 그렇게 단 몇 초 만에 수백 미터를 달리며 방향을 서너 번이나 바꾼 끝에, 5분 후에는 파리 외곽순환도로를 여유 있게 달리고 있었다. 모든 게 이처럼 쉽기만 하다면 이 일은 더 이상 재미있지도 않을 것이다……

여자의 핸드백이란 얼마나 경이로운 물건인지! 그들의 우아하고도 내밀하고 유치한 비밀들이 감춰진 경이로운 보물창고가 아니던가! 소피의 핸드백에서는 분류하기조차 힘든 잡동사니들이 무더기로 쏟아져 나왔다. 난 순서대로 작업했다. 우선 아무런 의미가 없는 것들, 즉 교통카드(그래도 거기에 붙은 사진은 쓸 만했다), 손톱 다듬는 줄, 장 볼 목록(아마도 그날 저녁에 장을 볼 예정이었나보다), 검은색 빅Bic 볼펜, 티슈 봉지, 껌 몇 개. 나머지 것들은 보다 많은 정보를 담고 있었다.

우선 소피의 취향에 대해. 세벨리아 멀티액티브 핸드크림. 아녜스 b 퍼펙트 립스틱(장미향이 첨가됨), 잡다한 메모가 적힌 수첩 한 권. 별로 많이 적어놓지도 않았고 대부분 알아보기조차 힘들지만, 그중에는 '읽어야 할 책 목록'이 포함되어 있다.(V. 그로스만의 『삶과 운명』, 뮈세의 『세기아의 고백』, 톨스토이의 『부활』, 시타티의 『여인의 초상』, 이코니코프의 『수렁에서의 마지막 소식』……) 그녀는 러시아 작가들을 좋아하며, 지금은 코에체의 『페테르부르크의 주인』을 읽는 중이다. 현재 63페이지까지 읽었는데, 그녀가 이 책을 다시 사게 될지는 모르겠다.

난 그녀가 적어놓은 것을 읽고 또 읽었다. 그녀의 필체가 마음에 든다. 단호하고도 힘이 넘치는 글씨들에서 굳은 심지와 지성 같은 것이 느껴진다.

그녀의 은밀한 부분에 대해 알려주는 것들도 있다. 개봉한 네트 미니 탐폰 한 갑. 뉴로펜 한 갑. 지금 생리통이 심한가? 확신할 순 없지만, 난 벽의 달력에 빨간 십자 표시를 해놓는다.

또 그녀의 습관과 관련된 것들도 있다. 직원카드는 그녀가 회사 구내식당에서 자주 식사하지 않는다는 사실을, 르 발자크 영화관 회원카드는 그녀가 영화를 좋아한다는 사실을 짐작케 한다. 그녀는 현금을 많이 가지고 다니지 않으며(지갑에 들어 있는 돈은 30유로도 안 된다), 현재 라 빌레트 국립건축학교의 인지과학 세미나 과정을 수강 중이라는 사실도 알아냈다.

마지막으로 가장 중요한 것들이다. 아파트 열쇠, 자동차 열쇠, 우편함 열쇠, 휴대폰(여기 저장된 전화번호들을 곧바로 복사해놓는다). 글씨체나 만년필 잉크 색깔이 다양한 것으로 보아 오래전부터 사용해온 듯한 주소록. 아주 최근에 발급받은 신분증(그녀는 1974년 11월 5일 파리에서 태어났다). 그리고 리옹 시市 쿠르페라크 가 36번지의 발레리 주르댕에게 쓴 생일축하 카드 한 장.

귀여운 꼬맹이에게,
나보다도 나이 어린 계집애가 벌써 다 컸다니 믿어지지 않아.
파리에 올라온다고 약속했지? 선물이 널 기다리고 있어.
뱅상이 키스를 전해달래. 난 그 이상이야. 난 너를 사랑한다고. 물론 내 키스도 받아줘.
귀여운 꼬맹아, 생일 축하해.

마지막으로, 지난 몇 주와 앞으로의 몇 주에 대해 매우 귀중한 정보들을 무수히 제공하고 있는 다이어리 한 권.

난 그 내용들을 모두 복사하여 코르크 게시판에 압정으로 붙여놓고, 열쇠들도(용도를 알 수 없는 것들도 있다) 죄다 복제한 다음, 이 모든 것을(동전 지갑만 빼고) 옆 동네의 파출소에 가져다주었다. 그리고 소피는 다음 날 아침에 바로 달려와 안도의 한숨과 함께 핸드백을 찾아갔다.

멋진 수확이었다. 그리고 멋진 한 방이었다.

무엇보다도 내가 뭔가를 하고 있다는 사실이 기분 좋게 느껴진다. 난 지금까지 생각만 하면서 그 많은 세월을 보내왔다. 이미지들만 머릿속에 꽉 채운 채, 가족사진과 아버지의 군인수첩, 그리고 어머니가 너무도 예쁜 모습으로 나와 있는 결혼사진들만 바라보며 제자리에서 맴돌고 있었다.

7월 15일

지난 일요일, 소피와 뱅상은 가족과 식사를 하기 위해 집을 나섰다. 난 꽤 멀리까지 쫓아갔고, 그러는 사이 소피의 주소록 덕분에 그들의 행선지가 어디인지 금방 알아낼 수 있었다. 그들은 몽주롱*에 있는 뱅상의 부모 집에 가는 중이었다. 다른 길을 통해 그 집에 먼저 도착한 나는, 이 화창한 일요일에 그들 가족이 정원에서 식사를 즐길 거라는 사실을 확인했다. 창창한 오후 시간이 내 앞에 펼쳐진 것이다. 그래서 난 파리로 돌아와 그들의 아파트를 방문하기로 했다.

그 집에 들어갔을 때 처음 느껴진 것은 착잡함이었다. 물론 그들 삶의 가장 내밀한 부분에 다가가고 있는 이 상황이 지닌 커다란 가능성은 날 흐뭇하게 만들기에 충분했다. 하지만 동시에, 왠지 모르게 약간 울적한 기분도 밀려들었다. 그 이유를 이해하기 위해선 약간의 시간이 필요했다. 사실 난 이 뱅상이라는 남자를 별로 좋아하지 않기 때문이었

---

* 파리 중심부에서 동남쪽으로 약 18.5km 떨어진 근교도시.

다. 지금에야 분명히 깨닫게 된 바이지만, 그 친구는 애초부터 내 마음에 들지 않았다. 여기서 너저분하게 감정을 늘어놓고 싶은 생각은 없지만, 그 사내에겐 본능적으로 불쾌하게 느껴지는 뭔가가 있다.

아파트에는 침실이 두 개 있는데, 그중 하나는 서재로 꾸몄고, 최신 컴퓨터까지 한 대 갖춰져 있다. 내가 잘 아는 기기이긴 하나, 사용에 필요한 기술적 설명서들은 인터넷으로 찾아 다운로드 받을 작정이다. 또 그들의 아파트에는 두 사람이 여유롭게 아침식사를 할 수 있는 널찍한 주방, 그리고 각기 수납장이 딸린 수반水盤형 세면대가 두 개나 붙어 있는 멋진 욕실도 있다. 나중에 자세히 조사해볼 테지만, 이 정도 아파트라면 값이 꽤 나갈 것이다. 둘 다 돈을 잘 버는 사람들이니 별 문제는 없겠지만(책상 위에 그들의 월급 명세서가 놓여 있다).

실내가 충분히 밝아서 아파트 전체를 재구성할 수 있을 만큼 사진을 많이, 그리고 여러 각도에서 찍을 수 있었다. 서랍이며 벽장 등을 활짝 열어놓고 찍었고, 다른 자료들(뱅상의 여권, 소피의 가족사진, 여러 해 전 것으로 보이는 소피와 뱅상의 사진 등등)도 촬영해두었다. 그들이 사용하는 이불도 찾아보았다. 그들은 정상적인 성생활을 영위하는 듯하다.

나는 조금도 어질러놓지 않았고, 아무것도 취하지 않았다. 나의 방문은 완전한 비밀로 남을 것이다. 하지만 한 번 더 와서 그들의 이메일, 은행 계좌, MSN, 회사 인트라넷 등의 비밀번호를 몽땅 뽑아갈 예정이다. 작업은 족히 두세 시간은 걸릴 것 같고(컴퓨터 분야의 내 학위를 제대로 한번 써먹을 수 있게 되었다), 따라서 극도의 주의가 요구된다. 그 후에는 아주 중요한 이유가 있지 않은 한 다시는 들르지 않을 생각이다.

7월 17일

일을 서두를 필요는 없었다. 그들이 휴가를 떠난 것이다. 소피의 메일함 덕분에 난 그들이 지금 그리스에 가 있으며, 8월 15일 또는 16일 이전에는 돌아오지 않는다는 사실을 알게 되었다. 덕분에 난 여유 있게 작업을 진행할 수 있게 되었다. 그들이 없는 내내 그들의 아파트를 마음껏 드나들 수 있는 것이다.

그들과 아주 가까운 관계의 정보원이 하나 필요하다. 그들의 삶에 대해 좋은 정보를 제공할 수 있는 이웃이나 동료 같은 사람 말이다.

8월 1일

난 느긋하게 내 무기들을 벼리고 있다. 나폴레옹은 운이 좋은 장군들을 선호했다고 한다. 아무리 강한 인내심과 굳건한 결의를 지녔다 해도 그것만으론 충분치 않다. 언젠가는 운이라는 요소가 반드시 개입하게 되는 것이다. 현재로선 난 행복한 장군이다. 어머니 생각에 종종 가슴이 무거워지는 일이 있긴 하지만…… 난 그녀를 너무 많이 생각한다. 내가 그리워하는 그녀의 사랑을 너무 많이 생각한다. 그녀가 너무도 그립다. 하지만 다행히도 이젠 소피가 있다.

8월 10일

부동산 중개소 몇 군데에 문의해봤지만 불행히도 소득이 없었다. 그들은 아파트를 여러 곳 소개해줬다. 설명만으로도 별 볼 일 없는 곳임을 충분히 짐작할 수 있었지만, 그들의 의심을 사지 않기 위해 일일이

따라가 구경해야만 했다. 사실, 내가 원하는 바를 명확히 설명하기란 어려운 일이었다…… 그렇게 부동산 중개소 세 군데를 방문하고 나서 아예 포기해버렸다. 그러고 나니, 잠시 회의의 순간이 찾아왔다. 그런데 소피의 집 앞 거리를 걷고 있을 때, 문득 어떤 생각이 떠올랐다. 나는 세상에는 운명이라는 게 있다고 믿는다. 그들 부부의 아파트 바로 맞은편에 위치한 건물로 들어갔다. 관리실 문을 두드리니, 한 뚱뚱한 여자가 퉁퉁 부은 얼굴로 문을 열었다. 아무런 준비도 없이 무작정 문을 두드렸는데, 오히려 그래서 일이 잘 풀린 건지도 모른다. 나는 이 건물에 혹시 빈 아파트가 있는지 물어보았다. 아니, 아무것도 없다고 했다. 그러니까…… '쓸 만한 것'은 아무것도 없다는 거였다. 이 말에 난 정신이 번쩍 들었다. 그녀는 맨 위층의 방 하나를 보여주었다. 집주인은 지방에 사는데, 해마다 그 아파트를 학생들에게 세준다고 했다. 지금 나는 '아파트'라고 말했지만, 사실은 취사 공간이 손바닥만 하고 화장실은 층계참에 붙어 있는 퀴퀴한 방 한 칸에 지나지 않는다. 올해에 방을 얻은 학생이 바로 얼마 전에 생각을 바꾸고 나가버려, 주인이 다시 방을 내놓을 겨를도 없었다는 것이다.

그 방은 7층에 있었다. 엘리베이터는 그 아래층까지만 운행했다. 계단을 오르며 나는 그곳의 위치를 가늠해보려 애썼고, 복도를 걸을 때는 여기가 소피의 아파트와 그리 멀지 않다는 걸 직감했다. 그래, 맞은 편이다! 바로 맞은편인 거다! 방 안에 들어갔을 때, 난 당장 창문으로 달려가 확인해보고 싶은 마음을 꾹꾹 눌러야만 했다. 방 안을 대충 한 번 둘러보고 나서(획 둘러보기만 해도 이 방엔 볼 게 아무것도 없다는 걸 알 수 있었지만) 관리인 여자가 '자신의 임차인들'에게 부과한다는 공동생활 수칙들(온갖 종류의 우중충한 의무와 금지사항들)을 늘어놓는 동안, 나는 마침내 창가로 다가갔다. 소피네 집 창문이 정확히 맞은 편에 보였다. 그건 행운이라기보다는 기적에 속하는 일이었다. 난 흥분을 억누르며 신중한 임차 후보자 역할을 연기했다. 방은 어디선가 주워온 쓰레기 같은 가구들로 대충 꾸며져 있었고, 침대는 연병장 바닥처럼 움푹 꺼져 있었지만, 내게 그런 건 조금도 중요하지 않았다. 수도시설을 확인하고, 수 세대 동안 칠이란 걸 모르고 지내온 듯한 천장을 휙 한 번 올려다본 후, 나는 집세를 물었다. 그러고 나서 세를 얻으려면 어떻게 해야 되느냐고 물었다. 나한테 딱 맞는 방입니다. 계약하려면 어떻게 해야 하죠?

관리인 여자는 나를 뚫어지게 쳐다봤다. 학생 같아 보이지는 않는데 왜 굳이 이런 곳에 살려고 하는지 이해할 수 없다는 표정이었다. 난 미소를 지어주었다. 그건 내가 아주 잘하는 일이었고, 남자들과 정상적인 관계를 맺지 못한 지 오래인 듯한 관리인 여자는 단번에 매혹되었다. 내가 설명했다. 난 지방에 사는데, 일 때문에 자주 파리에 올라온다. 그런데 호텔은 나와는 별로 맞지 않기 때문에, 일주일에 며칠 정도 묵기 위한 용도로는 이 방이 적합하다. 난 더욱 환한 미소를 지었다. 그녀는 자기가 집주인에게 전화해보겠다고 대답했고, 우리는 다시 일층으로 내려왔다. 관리인 방은 건물과 마찬가지로 지난 세기의 모습 그대로였다. 집 안의 모든 것이 그 시대의 것들이었다. 그곳에 진동하는 왁스와 야채수프 냄새에 속이 뒤집힐 것 같았다. 나는 냄새에 몹시 민감하다.

집주인이 전화를 받았다. 그 인간 역시 건물 내에서 준수해야 할 '예의범절'들을 염불하듯 지루하게 늘어놓았다. 정말이지 꽉 막힌 늙은 멍청이였다. 난 온순한 임차인 흉내를 냈다. 관리인 여자가 전화기를 건네받았을 때, 난 집주인이 그녀에게 그녀의 느낌은 어떤지, 나에 대한 솔직한 생각이 어떤지 등을 묻고 있다는 걸 눈치챘다. 그동안 나는 호주머니에서 뭔가를 찾으면서, 노파가 궤짝 위에 올려놓은 사진들이며, 오줌 싸는 빵떡모자 꼬마를 묘사한 천하기 짝이 없는 그림 등을 구경하는 척하고 있었다. 이런 끔찍한 것들이 아직까지 존재하리라곤 정말이지 상상도 못했다. 내가 자격시험을 무난히 치른 모양이었다. 관리인은 "네, 그런 것 같아요……"라는 식으로 속삭이고 있었다. 여하튼 이날 오후 5시, 리오넬 샬뱅은 그 방의 임차인이 되었다. 그는 세 달치 월세에 해당하는 어마어마한 액수의 보증금을 지불했고, 떠나기 전에 마지막으로 방을 둘러봐도 된다는 허락을 얻어냈다. 방의 몇 군데 크기를 측정해본다는 핑계를 댔고, 관리인은 자신의 양재용 줄자를 빌려주었다.

이번에 그녀는 날 혼자 내버려뒀다. 난 곧바로 창가로 갔다. 내가 상상했던 것 이상이었다. 두 건물은 같은 층이라도 높이가 조금 달랐고, 내 방에서 소피의 아파트가 약간 내려다보였다. 또 그 위치에서는 그녀의 아파트 창문이 두 개나 보였다. 거실과 침실의 창문이었다. 두 창문 모두에 모슬린 커튼이 쳐져 있었다. 난 곧바로 볼펜을 꺼내 사야 할 것들의 목록을 수첩에 작성했다.

건물을 나오면서, 나는 액수를 치밀하게 계산해 팁을 남겼다.

8월 13일

난 이 망원경이 아주 마음에 든다. '천문학 백화점'의 판매원은 내가 뭘 원하는지 훤히 아는 듯했다. 아마추어 천문학자들의 집합소인 그 상점은 약간의 장비를 갖추고 체계적으로 활동하는 관음증 환자들 또한 즐겨 찾는 장소였다. 그렇게 생각하지 않을 수 없었던 것이, 그는 망원경에 끼워 사용하는 적외선 장치까지 내게 권했던 것이다. 그것만 있으면 밤에도 물체를 훤히 볼 수 있으며, 필요한 경우에는 디지털 사진까지 촬영할 수 있다는 거였다. 정말이지 완벽한 물건이었다. 이제 내 방은 아주 훌륭하게 준비되었다.

관리인은 내가 다른 세입자들처럼 내 방 열쇠의 복사본을 내주지 않자 몹시 실망한 기색이지만, 나로서는 그녀가 내 야전본부를 들여다보도록 놔둘 수는 없었다. 그렇다고 큰 기대를 하지도 않는다. 그녀에겐 아마도 복사본이 하나 있을 것이다. 따라서 난 문이 조금만 열리게 하는 매우 교묘한 시스템을 설치하고, 그 틈으로 들여다보이는 곳에는 아무것도 보이지 않게끔 조치해놓았다. 참으로 멋진 전략이었다. 관리인은 그런 종류의 불편함을 처음 겪어보겠지만, 그렇다고 그것에 대해 항의하거나 불평할 구실을 찾아내는 것도 어려운 일 아니겠는가.

나는 벽에 대형 화이트 보드 하나와 마카 몇 개, 그리고 코르크 게시판 등을 걸어놓았고, 조그만 탁자도 하나 마련했다. 이미 사용하고 있던 물건들도 가져다 놓았다. 또 노트북과 소형 컬러프린터도 새로 한 대씩 구입했다. 단 한 가지 문제는(적어도 처음에는) 이곳에 오고 싶은 만큼 자주 올 수가 없다는 점이다. 그렇게 하면 의심을 불러일으킬 수 있고, 결국 이 방을 얻기 위해 즉흥적으로 꾸며낸 이야기의 신빙성을 떨어뜨릴 수 있기 때문이다. 얼마 후에, 내 일에 변동이 생겨 이곳에 더 자주 들르게 되었노라고 둘러대리라.

8월 16일

소피를 만난 다음부터 격심한 불안감에 사로잡히는 일이 사라졌다. 가끔은 약간 경직된 상태로 잠이 들기도 한다. 예전에 그것은 일종의 전조증상이었다. 그러고 나면 십중팔구는 심한 불안감 때문에 땀에 흠뻑 젖은 상태로 잠에서 깨어나곤 했다. 따라서 이건 좋은 징조이다. 내 치료에 소피가 도움이 될 것이다. 역설적이게도 내 마음이 진정될수록 엄마의 존재가 강하게 느껴진다. 어젯밤, 난 엄마의 드레스를 침대 위에 펼쳐놓고 바라보았다. 이제는 색이 바랬고, 천도 예전처럼 보드랍지 않다. 또 깨끗하게 세탁했지만 약간 거리를 두고 보면 표면 밑에 숨겨진 짙은 얼룩들이 뚜렷이 구별된다. 거기엔 피가 많이 묻었었다. 그 얼룩들은 오랫동안 내 마음을 무겁게 만들었다. 이 드레스가 그녀의 결혼식 날 같은 신선함을 되찾을 수만 있다면 얼마나 좋을까, 하는 마음뿐이었다. 하지만 결국엔 그 얼룩들이 은밀한 존재로 거기에 남아 있다는 사실이 그다지 불만스럽게 느껴지지 않게 되었다. 왜냐하면 그것들은 나를 격려하기 때문이다. 내 삶은 전부 그것들 안에 있다. 그것들은 나의 삶을 상징하고, 나의 의지를 구현하고 있다.

난 그 위에 몸을 눕히고 잠이 들었다.

8월 17일

소피와 뱅상은 어젯밤에 돌아왔다. 나로서는 불시에 당한 일이다. 돌아오는 그들을 깨어서 맞아주었다면 얼마나 좋았겠는가. 오늘 아침 잠에서 깨어보니, 그들의 창문들이 벌써 활짝 열려 있었다.

하지만 괜찮다. 모든 걸 완벽하게 준비해놓았으니까.

내일 아침 뱅상은 아주 이른 시간에 여행을 떠나고, 소피는 공항까지 배웅을 간다. 난 그들이 집을 나서는 모습을 보기 위해 일찍 일어나진 않을 것이다. 소피의 메일함에서 얻은 정보를 저장해놓는 것으로 만족했다.

8월 23일

요즘은 날이 끔찍이도 더워서, 티셔츠에 반바지 차림이 아니면 견디기 힘들 때가 종종 있다. 그런데 관측할 때는 창문을 닫아놓기 때문에, 방 안이 금세 찜통으로 변한다. 선풍기를 한 대 들여놓긴 했지만, 소리가 신경에 거슬린다. 그래서 난 그냥 땀을 줄줄 흘리고 있는 편을 택한다.

내 관측 작업의 결실들은 이런 고생을 충분히 보상해준다. 그들에겐 누가 자신들을 엿보지 않을까 하는 두려움 따위는 없다. 우선 그들의 아파트는 아주 높은 곳에 위치해 있다. 또 맞은편 건물, 즉 내가 사는 건물에서 그들의 집을 볼 수 있는 창문은 네 개밖에 되지 않는다. 그 중 두 개는 안쪽에서 폐쇄해 놓았다. 내 방의 창은 항상 닫혀 있기 때문에 아무도 살지 않는 것 같은 느낌을 준다. 내 왼쪽 방에는 어떤 괴상한 친구가 살고 있다. 깜깜하게 해놓고 살면서 말도 안 되는 시간에 외출하곤 하는 음악가나 뭐 그 비슷한 일을 하는 친구인데, 적어도 입주자 전원에게 부과된 규칙만은 깨뜨리지 않는다. 일주일에 두세 번 정도, 그가 도둑괭이처럼 살그머니 들어오는 소리가 들린다.

몇시이든 상관없이, 그들이 집에 들어올 때면 나도 어김없이 내 관측 초소로 돌아온다.

특히 나는 그들의 습관들을 지켜본다. 습관, 그것은 가장 아늑한 것, 그 위에 우리가 쉴 수 있는 것, 견고한 것이다. 우리가 별로 의심하지 않는 것이다. 내 작업의 대상은 바로 그것이다. 지금은 이런 하찮은 것들로 만족한다. 예를 들어, 난 어떤 일과 동작들에 걸리는 시간을 잰다. 이를테면 소피는 목욕과 그에 따르는 자잘한 몸단장을 위해 최소 20분을 욕실에서 보낸다. 내가 생각하기엔 엄청난 시간이지만, 뭐 여자니까…… 하지만 거기서 끝나지 않는다. 실내가운 차림으로 욕실에서 나온 그녀는 얼굴을 매만지러 다시 들어가고, 심지어는 화장을 조금 고치러 마지막으로 한 번 더 들어갈 때도 있다.

이렇게 정확하게 시간을 재놓은 나는 뱅상이 없는 틈을 이용하기로 했다. 소피가 욕실에 들어가자마자 나는 그녀의 아파트로 올라가서 침대 옆 작은 탁자 위에 올려놓은 그녀의 손목시계를 가지고 나왔다. 아주 예쁜 시계이다. 뒷면에 새겨진 글을 보니 그녀의 아버지가 준 선물이다. 그녀가 최종학위를 취득한 것을 축하해 1993년에 선사한 것이다.

8월 25일

소피의 아버지를 처음 보았다. 한눈에도 같은 핏줄임을 알 수 있을 정도로 꼭 닮았다. 그는 어제 도착했다. 여행가방을 보아하니 그다지 오래 머물 것 같지는 않다. 큰 키에 마른 체격이고, 거동에선 품위가 느껴지는 육십대의 남자다. 소피는 그를 무척 좋아한다. 부녀는 마치 연인처럼 함께 레스토랑에 간다. 그들을 보고 있으니, 나도 모르게 소피의 어머니 오베르네 부인이 아직 살아 있던 시절을 생각하게 된다. 두 사람은 아마도 그녀에 대해 얘기했으리라. 하지만 그들이 그 시절을 아무리 생각한다 해도, 결코 내가 생각하는 만큼은 될 수 없다. 만일 그녀가 아직 살아 있다면, 우리가 이러고 있지는 않을 텐데…… 참으로 애석한 일이다.

8월 27일

파트릭 오베르네. 1941년 8월 2일생—1969년 건축학 학위(파리)—1969년 11월 8일, 카트린 르페브르와 결혼—1971년 사뮈엘 제네고와 장 프랑수아 베르나르와 동업하여 에르빌 건축회사 설립. 회사 주소는 처음에는 파리의 랑뷔토 가 17번지였다가 라 투르 모부르 가 63번지로 이전—1974년 외동딸 소피가 태어남—1975년 아내와 함께 파리의 이탈리아 가 47번지에 정착—1979년 9월 24일 이혼—1980년 뇌빌 생트마리에 저택을 구입하여 그곳에 정착—1983년 5월 13일 프랑수아즈 바레 프뤼보와 재혼—1987년 10월 16일 프랑수아즈 사망(교통사고)—같은 해 자신의 회사 지분을 매각—현재 혼자 생활함. 현재 거주하고 있는 지방의 지자체들을 위해 건축 및 도시계획 자문위원으로 간간이 활동하고 있음.

8월 28일

오베르네 씨는 사흘만 머물렀다. 소피는 그를 역까지 바래다주었다. 직장 일 때문에 그녀는 기차 출발시간까지 기다릴 수가 없었다. 나는 남아서 그 양반을 관찰했다. 그리고 사진을 몇 장 찍어놓았다.

8월 29일

도로에 주차하는 것은 그리 쉬운 일이 아니다. 모두가 휴가를 떠난 8월이지만 사정은 크게 다르지 않다. 주차할 자리를 찾아 동네를 헤매는 소피의 모습을 보는 일은 드물지 않다. 아주 멀리까지 가기도 한다.

보통 소피와 그녀의 남편은 전철을 타고 다닌다. 자동차는 파리 근교에 갈 일이 있을 때와 짐이 있을 때만 이용한다. 그녀의 집 부근에서 주차요금 미터기가 설치되지 않은 거리는 딱 두 군데이다. 그 사실을 동네 사람들이 다 알고 있기 때문에, 빈자리가 한 군데라도 생기면 차들이 벌떼처럼 몰려든다. 그래서 소피는 가끔 가까운 곳에 있는 공영주차장을 이용하기도 한다.

오늘 저녁, 그녀는 저녁 7시경에 집에 돌아왔는데, 그 시간엔 늘 그렇듯 빈자리가 없었다. 그녀는 장애자 전용 주차구역에 차를 세워놓았다(그러면 안 돼, 소피. 시민정신에 어긋나잖아!) 집에 가지고 올라가야 할 커다란 짐이 세 개나 있었기 때문이다. 그런 다음 그녀는 빠른 속도로 다시 내려왔다. 난 그녀에게 핸드백이 없다는 걸 곧바로 알아챘다. 아파트에 두고 온 것이다. 난 일 초도 지체 않고 행동에 들어갔다. 소피가 다시 차에 오르자마자 계단을 뛰어올라가 그녀의 아파트에 들어갔다. 잔뜩 흥분해 있었지만 머릿속으로 수십 번 그려본 동작이었다. 소피는 핸드백을 입구 옆의 바퀴 달린 조그만 사이드보드 위에 올려놓았다. 핸드백 안에는 그녀의 새 지갑이 있었고, 난 그녀의 새 신분증을 내가 7월에 훔친 신분증으로 바꿔놓았다. 그녀는 이 사실을 금방은 알아차리지 못하리라. 누가 자기 신분증을 그렇게 유심히 살피겠는가.

나의 파종은 이제 막 시작되었다.

9월 1일

그들이 휴가 가서 찍어온 사진들을 훑어보았다. 뱅상이 그것들을 디지털카메라에 남겨놓은 것이다. 정말이지 멍청한 사진들이다. 아크로폴리스 언덕에 선 소피와 키클라데스 난바다의 배 위에서 포즈를 취한 뱅상…… 아, 얼마나 따분한지! 하지만 멋진 수확이 하나 있었다. 그들은 서른 살이다. 그들의 삶에서 섹스는 꽤 큰 자리를 차지한다. 그들은 야한 사진들을 찍었다. 아, 뭐 대단한 건 아니다. 우선 산뜩 집중한 표정으로 자신의 젖가슴을 문지르고 있는(그들은 야외에 있다) 소피를 찍은 사진들이 있다. 그다음에는 그가 그녀를 뒤에서 취하고 있는 모습을 담으려 한 사진들이 있는데, 제대로 나온 게 하나도 없다. 하지만 난 원하는 걸 찾아낼 수 있었다. 소피가 그에게 펠라티오를 해주는 장면을 찍은 것이 네댓 장이나 있었던 것이다. 그녀의 얼굴이 선명히 드러나 있었다. 난 그것들을 디지털파일로 복사하고 프린터로 컬러인쇄도 해놓았다.

9월 5일

이것은 여자가 자주 범해서는 안 되는 실수이다. 오늘 저녁, 소피는 자신이 피임약 날짜계산에 착오를 일으켰다는 걸 알게 되었다. 하지만 그녀에게 그것은 완벽하게 숙달된 일이 아니던가? 하지만 의심의 여지가 없었다. 오늘 저녁분의 약이 빠져 있었다. 오늘 약을 실수로 어제 복용한, 그런 종류의 실수가 아니었다. 약 하나가 완전히 빠져 있었다.

9월 10일

꼼꼼하면서도 경쾌한 솜씨가 중요하다. 이것은 미묘한 터치가 필요한 작업이며, 섬세하게 처리되어야 한다. 예를 들어 나는 소피가 장을 보는 방식을 멀리서, 아주 짧은 동안이지만 빈번하게 관찰했다. 거리 모퉁이에 있는 모노프리 슈퍼마켓 같은 곳에서 말이다. 사람들은 자신이 자잘한 일상 가운데서 얼마나 많은 습관들을 갖게 되는지 의식하지 못한다. 소피도 마찬가지다. 그녀는 거의 언제나 같은 제품들을 선택하고, 같은 코스를 돌며, 같은 행동들을 한다. 예를 들어 계산대를 통과한 후 빵집 앞에 줄을 서 있는 동안, 장을 본 비닐봉지들을 항상 카트 보관대 옆의 카운터에 올려놓는다. 어제 저녁, 난 그녀가 산 버터를 다른 버터로 교체하고, 커피도 다른 상표로 바꿔놓았다. 은밀하고도 점진적인 작은 접근들이다. 점진적인 접근…… 매우 한심한 짓거리지만, 이게 바로 핵심이다.

9월 15일

어제 소피는 보지라르 극장의 10월 22일 공연에 좌석 두 개를 인터넷으로 예약했다. 이름이 무엇인지 전혀 생각나지 않는 어떤 영화배우가 출연한다는 연극 〈벚꽃동산〉을 보고 싶었던 모양이다(여기서도 러시아 작가들에 대한 취향이 엿보인다). 그녀가 예약을 서두른 이유는 이 연극이 매진될 것이기 때문이다. 예약도 불가능하고, 남아 있는 좌석도 없다. 바로 다음 날인 오늘, 난 그녀의 메일 계정에 들어가 예약을 다음 주로 바꾸겠다고 요청하는 이메일을 보냈다. 운이 좋았다. 다음 주 공연도 몇 좌석밖에 남아 있지 않았던 것이다. 난 이 조치가 틀림없이 성공할 거라고 확신한다. 소피의 다이어리에 따르면, 그날 이들 부부는 란처 사에서 열리는 디너파티에 초대되었기 때문이다. 밑줄이 두 개나 그어져 있는 것으로 보아 꽤나 중요한 모임인 듯하다. 난 예약 변경 요청 메일과 변경 확인을 알리는 극장 측의 답신을 삭제해버렸다.

9월 19일

오늘 오전에 누군가와 만날 약속이 있는지는 잘 모르겠지만, 어쨌든 소피는 일찍 출근하지 못했다. 차를 도둑맞았기 때문이다! 그녀가 거리로 내려가보니(오랜만에 주차요금 미터기가 없는 자리를 하나 차지했는데!) 차가 없었다. 그래서 헐레벌떡 경찰서로 달려가 도난신고를 한다, 뭐를 한다 하며 법석을 떨었다…… 그런 일들은 시간을 한없이 잡아먹는 법이다.

9월 20일

사람들은 경찰에 대해 말이 많지만, 그래도 가끔은 그들이 있어 다행이라고 느껴질 때가 있다. 하지만 소피는 가능하다면 그들과 만나는 일 없이 지내고 싶다. 그녀는 모든 일을 시시콜콜 털어놓는 친구 발레리에게 그렇게 썼다. 경찰들이 하루도 안 걸려서 내 자동차를 찾아냈는데, 바로 옆길에 있었어! 글쎄, 주차해놓은 장소를 잊어버리고 도난 신고를 했지 뭐야! 경찰들은 친절하긴 했지만, 서류 작성이니 뭐니 귀찮은 일이 한두 가지가 아니었어. 정말이지 앞으로는 정신 좀 차리고 살아야지……

가능하다면 난 소피에게 차의 점화 플러그를 점검하라고 충고해주고 싶다. 상대가 썩 좋아 보이진 않으니까.

9월 21일

휴가에서 돌아온 이후로 이 정다운 부부는 주말마다, 그리고 때로는 주중에도 온종일 집을 비운다. 도대체 어딜 그렇게 쏘다니는 걸까? 야외에 나들이 가기에는 철이 좀 늦지 않나. 그래서 난 어제 그들의 자동차를 뒤따라가보기로 마음먹었다.

나는 알람시계를 이른 아침 시간으로 맞춰놓았다. 일어나기가 몹시 힘들었다. 요즘 쉽게 잠을 못 이룰 뿐 아니라, 꿈자리가 몹시 사나워 잠에서 깰 때면 녹초가 되어 있기 때문이다. 난 오토바이에 기름을 가득 채웠다. 그리고 소피가 커튼을 치는 모습을 보자마자 거리 한 모퉁이로 가서 준비 완료된 상태로 대기했다. 그들은 아침 8시 정각에 건물을 나왔다. 나는 그들을 따라가며 들키지 않기 위해 온갖 재주를 부려야만 했다. 심지어 위험천만한 곡예도 몇 차례 해야 했다. 하지만 이 모든 게 다 헛수고다…… 고속도로에 진입하기 직전, 뱅상은 노란불에 통과해보려는 심산으로 두 차 사이에 끼어들었다. 난 본능적으로 그의 뒤로 파고들었는데, 그건 신중하지 못한 행동이었다. 그의 차와 충돌하는 일을 피하기 위해서는 급제동을 하며 옆으로 방향을 틀어야만 했다. 오토바이는 옆으로 나뒹굴어 10여 미터를 미끄러졌다. 난 내가 다쳤는지, 아니, 내가 아픈지조차 알 수 없었다. 주위의 차들이 멈추는 소리가 들리는가 싶더니, 뒤이어 내가 어떤 영화 속에 있는데 누군가가 음향을 우악스럽게 꺼버린 것 같은 기분이 들었다. 그 정도 상황이라면 충격에 정신이 멍해져서 완전히 그로기 상태가 되어야 했겠지만, 오히려 정신이 유리처럼 맑아졌다. 뱅상과 소피가 차에서 내렸다. 그들은 내가 몸을 일으키기도 전에 다른 운전자와 구경꾼들로 이뤄진 한 무리의 사람들과 함께 내게로 달려오는 것이었다. 그때 미친 듯한 힘이 나를 사로잡았다. 가장 먼저 도착한 사람들이 내 위로 몸을 굽히고 있을 때, 난 이를 악물고 오토바이 아래에서 몸을 빼내는 데 성공했다. 그리고는 비틀비틀 일어서보니, 뱅상이 바로 앞에 있었다. 난 여전히 헬멧을 쓰고 안전유리 재질의 바이저를 내린 채였는데, 그가 내 바로 앞에 보였던 것이다. "몸을 움직이지 않는 게 좋을 거예요." 이것이 그가 한 말이었다. 그의 옆에는 소피가 불안한 눈으로 입을 벌린 채 서 있었다. 이렇게 가까이서 보는 것은 처음이었다. 사람들이 다들 한마디씩 하기 시작했다. 저마다 의견을 내놓고 갖가지 충고를 하며 떠들어댔다. 곧 경찰이 도착할 거다. 헬멧은 벗고 앉아 있는 게 좋다. 오토바이는 미끄러졌다. 너무 빨리 달린 탓이다. 아니다, 자동차가 갑자기 방향을 튼 게 문제다…… 뱅상이 내 어깨에 손을 얹었다. 난 몸을 돌려 내 오토바이를 내려다봤다. 순간 정신이 확 드는 느낌이었다. 모터가 아직 돌아가고 있었다! 기름이 새지는 않은 모양이군, 하고 생각하며 오토바이를 향해 한 발자국을 내디딘 순간, 누군가가 음향을 꺼버린 것 같은 느낌이 두 번째로 찾아왔다. 동시에 사람들이 일제히 입을 다물었다. 도대체 왜 저 사람이 더러운 티셔츠 차림의 한 남자를 손으로 밀치고는 오토바이 위로 몸을 굽히는지 영문을 알 수 없었기 때문이다. 그리고 다음 순간, 내가 오토바이를 다시 세우려 한다는 걸 모두들 이해했다. 사람들은 아까보다 몇 배나 시끄럽게 다시 떠들어댔다. 내 행동을 막으려는 사람까지 있었지만, 벌써 오토바이를 일으켜 세운 후였다. 추웠다. 온몸이 얼어붙어 혈액순환이 멈춰버린 것 같았다. 하지만 몇 초도 안 되어 난 떠날 준비가 되어 있었다. 마지막으로 소피와 뱅상을 돌아보았다. 그들은 멍한 얼굴로 나를 쳐다보고 있었다. 나의 단호한 태도가 무섭게 느껴지는 모양이었다. 사람들의 비명이 터지는 가운데, 난 출발했다.

그들이 내 오토바이와 내 옷차림을 봤으므로, 이제 모두 다 바꿔야 한다. 또 비용이 들어가리라. 소피는 발레리에게 보낸 이메일에서, 그 남자는 아마 훔친 오토바이를 타고 있었기 때문에 도망쳤을 거라고 추측했다. 앞으로 좀 더 조심해야겠다. 그들은 이 사건으로 조금이나마 충격을 받았기 때문에 얼마 동안은 오토바이 탄 사람들을 눈여겨볼 것이고, 또 전과는 다른 눈으로 볼 것이기 때문이다.

9월 22일

한밤중에 온몸이 땀에 젖은 상태로 깨어났다. 가슴은 꽉 막히고, 사지가 벌벌 떨리고 있었다. 어제 그런 끔찍한 일을 겪었으니 놀라운 일은 아니다. 꿈속에서 뱅상의 차가 내 오토바이를 들이받았다. 내 몸은 공중으로 붕 떠서 아스팔트 위를 날기 시작했는데, 내가 입은 콤비네이션의 색깔이 변하여 눈처럼 하얘졌다. 전문가가 아니더라도 이 꿈의 근원적 상징성을 이해할 수 있으리라. 내일은 바로 엄마의 기일이다.

9월 23일

며칠 전부터 몹시 슬프고 가슴이 무겁다. 이렇게 정신적으로 약하고 신경이 예민해진 상태에서는 위험한 오토바이 미행은 시도하지 말아야 했다. 엄마가 죽은 후로 별의별 꿈을 다 꿨지만, 그중에서도 뇌가 과거에 입력해놓은 실제 장면들이 자주 꿈에 나타난다. 그리고 그런 추억들의 사진과도 같은 선명함에 매번 놀라곤 한다. 나의 뇌 어딘가에 미친 영사기사가 숨어 있는 건 아닐까. 그는 이따금 '내 침대 곁에 있어 옛날이야기를 들려주는 엄마' 같은 장면을 비춰 보여주곤 한다. 사실은 흔해빠진 장면이기 때문에, 여기에 그녀만의 목소리가 곁들여지지 않는다면 매우 유감이리라. 그녀의 음성은 독특한 울림으로 나를 꿰뚫고 지나가면서 머리끝에서 발끝까지 파르르 떨리게 한다. 그녀는 외출하기 전에 꼭 내 방에 들러 잠시 나와 함께 시간을 보내곤 했다. 당시 나의 베이비시터였던 뉴질랜드 출신 여대생도 생각난다. 왜 그녀는 다른 사람들보다 더 자주 꿈에 나타나는 것일까……? 영사기사에게 한번 물어봐야겠다…… 엄마는 완벽한 억양의 영어를 구사했다. 몇 시간이고 앉아 내게 영어로 이야기를 읽어주곤 했는데, 난 그리 똑똑한 녀석은 아니었지만, 엄마는 내게 무한한 인내심을 보여주었다. 최근에는 방학 때의 일들이 꿈에 나왔다. 엄마와 난 노르망디의 별장에 있었다(아빠는 주말에만 오셨다). 기차 안에서 터뜨린 왁자지껄한 웃음소리들. 추억으로 가득한 그 해 전체가 그렇게 다시 떠오른다. 그 해의 그 시기에 이르면 영사기사는 언제나 똑같은 필름을 꺼내 보여준다. 항상 새하얀 옷차림인 엄마가 창문 밖으로 훨훨 날아가 버리는 것이다. 이 꿈에서 보이는 엄마의 얼굴은 내가 마지막 날에 본 바로 그 얼굴이다. 아주 화창한 어느 오후였다. 엄마는 오랫동안 창가에 앉아 밖을 내다보고 있었다. 난 엄마의 방에 앉아 있었는데, 뭔가를 말해보려 했지만 할 말이 좀처럼 떠오르지 않았다. 엄마는 너무도 피곤해 보였다. 마치 에너지를 모두 집중해 나무들을 바라보느라 나른 것은 생각할 여유가 없는 것 같았다. 그녀는 이따금 고개를 돌려 내게 부드럽게 미소를 지어주었다. 그 모습이 그녀의 마지막 모습이 되리라고 어떻게 상상이나 할 수 있었겠는가! 서로 말은 없었지만 그 순간은 내 추억 속에 행복했던 시간으로 강렬하게 남아 있다. 엄마와 나, 우린 하나였다. 난 그걸 알고 있었다. 내가 방을 나올 때, 엄마는 내 이마에, 지금은 더 이상 맛볼 수 없는 불안한 열기가 느껴지는 키스를 남겨주었다. 엄마는 이렇게 말했다. "사랑해, 프란츠!" 엄마는 나와 헤어질 때마다 항상 그렇게 말하곤 했다.

영화에서 나는 그다음에 엄마의 방을 나와 층계를 내려가고, 몇 초 후에 별안간 그녀가 날아오른다. 망설일 이유가 조금도 없는 사람처럼. 그녀의 눈에 나라는 녀석은 아예 존재하지도 않았던 것처럼.

그래서 난 이들을 그토록 증오하는 것이다.

9월 25일

확인했다. 소피는 방금 전 친구 발레리에게 그들이 파리 북쪽에 집을 하나 찾고 있다고 알려줬다. 하지만 그 사실을 다른 사람들에겐 감추는 눈치다. 유치하기 짝이 없다.

오늘은 뱅상의 생일이다. 난 이른 오후에 아파트로 올라갔다. 선물은 쉽게 찾아낼 수 있었다. 대략 책 한 권 정도 되는 크기의 예쁜 꾸러미이고, 그 위엔 랑셀 마크가 찍혀 있었다. 그녀는 그것을 자신의 속옷 서랍 안에 잘 보관해 두었다. 난 그걸 가지고 나왔다. 오늘 저녁, 선물 줄 시간에 기절초풍할 그녀의 모습이 눈에 선하다. 이걸 찾느라 집 안을 발칵 뒤집어놓을 것이다. 난 2,3일 후에 도로 가져다놓을 생각이다. 다시 가져다놓을 장소로는 그녀의 욕실 수납장 안, 비축용으로 놓인 휴지 상자들과 미용제품들 뒤쪽 공간을 택했다.

9월 30일

내 귀여운 이웃들은 창문을 열어놓고 살아도 된다. 그래서 이틀 전 소피와 그녀의 남편이 하루 일과를 끝내고 섹스를 하는 모습을 구경할 수 있었다. 전부 다 보이지는 않았지만, 그래도 충분히 짜릿했다. 이 젊은 잉꼬들은 금기란 게 별로 없는 듯하다. 서로를 빨아주기도 하고, 체위를 이렇게 혹은 저렇게 취해보기도 하는 등 한마디로 힘이 넘치는 아름다운 젊음이다. 난 사진을 찍었다. 내가 산 디지털카메라 역시 완벽한 물건이다. 나는 그 사진들을 노트북으로 옮긴 뒤, 가장 괜찮은 것들을 인쇄 출력하여 코르크 게시판에 압정으로 붙여놓았다. 게시판은 금방 넘쳐버렸고, 이제 방의 상당 부분은 내 잉꼬들의 사진으로 도배되었다. 이것들은 내가 집중하는 데 큰 도움을 준다.

어제 저녁, 소피와 그녀의 남편이 자려고 불을 끈 후, 난 침대에 누워서 다소 엉성하게 찍힌 그 사진들을 바라보았다. 그러고 있으려니 욕망이 이는 것이 느껴졌다. 하지만 얼른 자버리는 편을 택했다. 물론 소피는 충분히 매력적이고, 섹스도 꽤나 잘하는 여자인 게 사실이지만, 공사를 혼동하면 안 된다. 그녀와의 관계에서는 감정을 최대한 배제해야 할 필요가 있다. 하지만 그녀의 남편에 대한 반감은 벌써 통제하기 힘들 정도다.

10월 1일

나는 무료 서버들에 계정을 만들어 수차례 실험을 거쳤다. 이제 계획은 충분히 다듬어졌고, '이메일 혼란작전'은 만반의 준비를 갖췄다. 소피는 얼마 지나서야 알아차리겠지만, 이제부터 그녀의 이메일 중 어떤 것들에는 자신이 발송했다고 생각한 날짜와 달리 전날이나 다음 날의 날짜가 찍히게 될 것이다. 뇌는 이따금 당신을 그런 식으로 골탕 먹이지 않던가……

10월 6일

오토바이를 팔고, 대신 새 오토바이를 사고, 오토바이 복장을 몽땅 바꾸면서 보낸 그 시간, 물론 그것을 위해 한 달씩이나 필요했던 건 아니지만, 난 자신감이 흔들리는 걸 느꼈다. 한 번 낙마하여 크게 다친 뒤 다시 말에 오르기를 무서워하는 기수의 심정이었다. 짓누르는 불안감과 두려움을 이겨내야 했다. 덕분에, 비록 마음은 전처럼 느긋하지 않았지만, 이번엔 아무 탈 없이 일이 진행되었다. 그들은 릴 방면의 북쪽 고속도로를 탔다. 그들은 외출할 때면 언제나 당일 저녁에 들어오곤 했으므로, 난 그들이 그다지 멀리 가지 않을 거라 생각했고, 내 생각은 옳았다. 사실, 그들의 용무는 간단했다. 소피와 그녀의 남편은 전원주택을 한 채 찾고 있었던 것이다. 그들은 상리스의 한 부동산 중개업자와 약속이 잡혀 있었다. 그들은 사무실에 들어가기가 무섭게 다시 나왔는데,

그런 종류의 업무수행에 필요한 모든 것을 갖춘 한 남자와 함께였다. 정장, 구두, 말끔한 헤어스타일, 팔 밑에 낀 자료, 그리고 부동산중개업자 특유의 '전문가다우면서도 소탈한 친구' 같은 태도…… 나는 다시 그들을 따라갔는데, 이번에는 인적이 드문 시골 길이어서 일이 좀 더 복잡했다. 두 번째 집을 방문한 다음에는 그냥 혼자 파리에 돌아가고 싶을 정도였다. 그들은 어느 집 앞에 도착해서는 건물을 바라보며 이것저것 따져보고, 건축가처럼 손짓을 하고, 집 내부를 확인한 후 다시 나와서는 찌푸린 표정으로 사유지를 둘러보고, 또다시 여러 가지 질문을 한 다음, 다음 방문 장소로 출발하곤 했다.

그들은 큰 집을 찾고 있다. 물론 그럴 만한 능력이 된다. 그들이 본 집들은 대개 전원 한가운데나 약간 쓸쓸해 보이는 마을의 초입에 있는데, 모두 널찍한 정원이 딸려 있다.

이처럼 전원에서 주말을 보내고 싶어하는 이들의 바람은 내게 그다지 쓸모가 있어 보이진 않는다. 이것은 내가 지금 치밀하게 짜나가고 있는 계획 가운데서 현재로선 아무런 의미가 없기 때문이다.

10월 12일

소피가 자신에게 보내는 테스트 메일들을 보건대, 그녀는 자신의 기억력을 많이 의심하고 있다. 난 그녀의 두 번째 테스트를 혼란에 빠뜨리기 위해 시간을 바꿔놓는 일도 서슴지 않았다. 지금은 이따금 날짜를 조작하는 걸로 만족하고 있는데, 그것엔 뚜렷한 논리가 없기에 더욱 음산하다. 소피는 아직 모르고 있지만, 내가 바로 그녀의 논리가 될 것이며, 그것은 서서히 이루어질 것이다.

10월 22일

오늘 저녁, 나의 두 잉꼬가 극장에서 돌아오는 모습을 보기 위해 창기에 붙어 있었다. 그들은 외출했다가 빨리도 돌아왔다. 소피는 수심이 가득하면서도 스스로에게 맹렬히 화를 내는 모습이었다. 뱅상은 이런 한심한 여자와 결혼한 것이 너무도 화가 난다는 듯, 뿌루퉁한 얼굴을 하고 있었다. 틀림없이 그들은 극장 접수처에서 한바탕 쇼를 했으리라. 이런 일이 두어 번만 더 일어나면 모든 것을 의심하게 되리라.

난 소피가 그녀의 옛날 신분증을 다시 보게 됐는지 궁금하다. 또 잃어버렸던 뱅상의 생일선물을 욕실에서 다시 찾아냈을 때 과연 어떤 기분일지도……

10월 30일

소피는 컨디션이 그다지 좋지 않다. 그녀가 발레리에게 보낸 이메일에 그녀의 그런 우울한 심경이 짙게 배어난다. 물론 대수롭지 않은 자잘한 실수들뿐이다. 하지만 바로 그게 문제다. 큰 사건은 그것에 집중해 설명을 시도해볼 수 있지만, 지금 일어나고 있는 변화는 너무도 불명확하고 소소한 것이라서…… 무엇보다도 불안한 것은 그런 실수가 빈번해진다는 점이다. 뭔가를 깜박깜박 잊어버리는 것……? 아니, 단순히 그런 문제가 아니다. 피임약 한 알을 잃어버리는 것? 피임약을 자신도 모르게 두 번 복용하는 것? 물건들을 정신없이 사고, 차를 세워놓은 장소를 잊어버리고, 남편 생일선물 감춰놓은 곳을 잊어버리는 것은 살다보면 일어날 수도 있는 일이다. 하지만 그 선물을 욕실 같은 괴상한 곳에서 다시 찾아냈는데, 거기에 숨겨놓은 사실조차 기억하지 못한다면? 어떤 이메일을 월요일에 발송했다고 생각했는데 알고 보니 화요일에 발송했고, 자기 손으로 연극 공연 예약을 변경했다는 분명한 증거가 있는데 그게 기억조차 나지 않는다면……

소피는 이 모든 것을 발레리에게 설명했다. 이 사태는 아주 점진적으로 진행되어왔다. 그녀는 이것을 뱅상에게 곧바로 얘기하지 않았다. 만일 이런 상태가 계속된다면 언젠가는 얘기해야 하리라.

그녀는 잠을 이루지 못한다. 난 그녀의 욕실에서 여자들이 주로 사용하는, '약초가 주성분인' 어떤 약을 발견했다. 그녀가 선택한 것은 액상 제품으로, 밤마다 자기 전에 한 스푼씩 복용한다. 일이 이렇게 빨리 진행될 줄은 몰랐다.

11월 8일

난 이틀 전 퍼시스 사 본부를 찾아갔다. 그날 소피는 근무하지 않았다. 뱅상과 그녀는 이른 새벽부터 차를 타고 어디론가 떠난 것이다.

난 다음번 경매에 관심이 있다는 구실로 접수처의 여자에게 접근했다. 전략은 간단하다. 우리나라에는 남자보다 여자가 더 많다. 기술적인 관점에서 이상적인 먹잇감은 나이는 서른다섯에서 마흔 사이이고 아직 아이가 없는 싱글이다.

이 여자는 상당히 뚱뚱한 몸매에 볼때기도 터질 듯이 부풀었는데, 향수는 지독히도 뿌리고 다닌다. 약지에 반지는 보이지 않는다. 그녀는 내 미소에(다음번 경매를 위한 카탈로그에 소개된 현대예술품들에 대해 내가 던진 멍청하고도 실없는 농담 몇 마디에도) 무감각하지 않았다. 매우 신중하게 접근할 필요가 있겠지만, 이 여자는 내가 필요로 하는 후보자가 될 수 있을 것이다. 만일 그녀가 소피를 잘 알고 있다면 말이다. 그게 아니라면, 좀 더 나은 다른 후보자가 누구인지 자신도 모르는 사이에 나에게 알려줄 수도 있으리라.

11월 12일

인터넷은 살인자들이 운영하는 거대한 슈퍼마켓이다. 여기선 모든 걸 구할 수 있다. 무기, 마약, 여자, 아이 등 그야말로 구하지 못할 것이 없다. 인내심과 능력만 있으면 된다. 난 둘 다를 갖추고 있다. 그래서 결국 찾아낼 수 있었다. 돈이 좀 들긴 했지만, 그건 별 문제가 되지 않았다. 하지만 두 달을 기다려야 한다니 정말 사람 미치는 줄 알았다. 어쨌거나 마침내 소포가 미국에서 도착했고, 그 안에는 조그만 분홍색 캡슐이 백여 개 들어 있었다. 혀끝으로 맛을 보니 아무 맛도 없었다. 완벽했다. 처음에 이것은 혁명적인 신약으로 소문난 비만 치료제였다. 2000년대 초반, 문제의 제약회사는 이 약을 주로 여성들에게 무더기로 팔아먹었다. 그런데 이 약품이 모노아민 옥시다아제 자극제이기도 하다는 사실이 밝혀졌다. 다시 말해서 이 약은 신경전달물질을 파괴하는 효소의 활동을 증진하는 것이다. 또 비만억제 작용을 하는 성분은 일종의 '우울증 촉진물질'이기도 했다. 이 약 때문에 꽤 많은 사람이 자살했다는 사실이 알려지게 되었다. 하지만 세계 최대의 민주주의 국가에서 제약회사가 이 사건을 덮어버리는 것은 식은 죽 먹기였다. 그들은 세상에서 가장 강력한 정의감 억제제 덕분에 소송을 피할 수 있었다. 바로 수표책 말이다. 비법은 간단하다. 상대가 제법 단호하게 저항하고 나오면, 숫자 끝에 동그라미 하나를 더 붙여준다. 그것에는 아무도 저항하지 못한다. 그렇게 하여 제품은 시장에서 철수되었지만, 이미 팔려나간 그 무수한 캡슐들을 누가 회수할 수 있겠는가. 그것들은 곧 인터넷을 통해 전 세계적인 불법거래의 대상이 되었다. 이 약은 말 그대로 대인지뢰 같은 것이지만, 물건이 없어서 못 팔 지경이다. 하긴, 뚱뚱하게 사느니 차라리 죽고 싶어하는 아가씨들이 세상에 어디 한둘이던가.

난 장을 보는 김에 플루니크라제팜도 구입했다. 이른바 '강간의 미약'이라고 불리는 것이다. 이 약의 성분은 무기력한 상태를 거쳐 정신착란 상태에 이르게 하며, 부대효과로 건망증도 초래한다. 이걸 당장에 사용하게 될 것 같지는 않지만, 그래도 준비는 철저하게 해두어야 한다. 내 준비물을 보충하기 위해 강력한 수면제도 하나 샀다. 건망증 효과가 있는 수면제이다. 설명서에 따르면 이 수면제는 단 몇 초면 효과가 나타난단다.

11월 13일

결국 결정을 내렸다. 약 보름 전부터 난 이 일의 이점과 위험성들을 신중히 따져보고, 모든 기술적 해결책들을 검토하며 망설여왔다. 다행히도 최근 몇 년 사이에 기술은 상당한 발전을 이루었고, 그 때문에 결정을 내릴 수 있었다. 마이크는 세 개만 쓰기로 했다. 두 개는 거실에 놓고, 하나는 침실에 둘 것이다. 이것들은 직경이 3밀리미터밖에 되지 않아 눈에 잘 띄지 않으며, 사람 목소리가 들리면 작동하기 시작해 초소형이지만 용량은 큰 미니테이프에 녹음을 한다. 문제는 이것들을 어떻게 수거하느냐이다. 난 녹음기를 숨길 장소로 수도계량기용 벽감 안을 선택했다. 수도국 직원이 검침하러 오는 때를 잘 살펴야 할 것이다. 일반적으로 아파트 관리조합은 검침 며칠 전에 우편함 가까운 곳에 예고문을 붙인다.

11월 16일

결과가 매우 훌륭하다. 녹음상태가 너무도 완벽하다. 마치 내가 그 안에 있는 것처럼 느껴질 정도이다. 사실은 항상 그 안에 있는 거나 마찬가지지만…… 그들의 목소리를 듣는 게 너무도 즐겁다.

운명이 나의 용기 있는 결정을 보상해주고 싶었던 것은 아닐까. 바로 첫날부터 그들의 사랑의 행위를 라디오 중계처럼 청취할 수 있었으니 말이다. 아주 재미있었다. 난 그녀에 대해 아주 내밀한 것들을 많이 알고 있다……

11월 20일

소피는 자신의 이메일 계정에 도대체 무슨 일이 일어나고 있는지 모르겠는 모양이다. 그녀는 조금 전에 새 메일함을 하나 개설했다. 항상 그렇듯이 그녀는 비밀번호를 잊어버려 낭패 보는 일을 피하기 위해, 컴퓨터 시스템 전체에 자동으로 연결되게 해놓았다. 다시 말해 컴퓨터를 켜기만 하면 그대로 메일함에 접근할 수 있도록 해놓은 것이다. 그녀의 이런 대책 없는 자신감 덕분에 난 모든 것에 접근할 수 있다. 설사 그녀가 다른 방식을 선택했다 하더라도, 시간을 조금만 더 들이면 그녀의 비밀번호 정도는 얼마든지 알아낼 수 있다. 그녀는 친구 발레리에게 보낸 메시지들에서, 요즘 자신은 너무 '피곤하다'고 고백하고 있다. 그리고 말하기를, 자신은 이런 하찮은 일들을 가지고 뱅상을 귀찮게 하고 싶지 않지만, 최근 들어 깜빡하는 일이 너무 잦은데다, 이따금 '어처구니없는 짓들'까지 저지른다고 했다. 발레리는 의사의 진찰을 받아보는 게 좋겠다고 충고했다. 나도 그녀와 같은 의견이다.

특히나 밤에 잠을 못 이루기 때문이다. 그녀는 약을 바꿨다. 그래서 이제는 파란색 캡슐을 복용하는데, 나로서는 일이 한결 편하게 되었다. 그 캡슐은 아주 쉽게 열고 닫을 수 있는 구조이기 때문이다. 또 캡슐 내의 성분은 혀에 직접 닿지 않게끔 되어 있는데, 내 수면제의 맛이 약간 짜다는 점에서 아주 잘된 일이라 할 수 있다. 나는 그녀가 잠드는 시간과 깨어나는 시간에 맞춰 용량을 조절할 수 있게 되었다(마이크가 알려준 사실인데, 이 수면제는 약간 코를 골게 한다). 그녀 덕분에 난 의약품 전문가, 분자의 예술가가 돼가고 있다. 이제 나는 이 일을 완벽하게 진행하고 있다. 소피는 자신의 문제들에 대해 발레리와 얘기하면서, 최근 자신은 강직성 수면에 빠지곤 하는데, 그러고 나면 온종일 축 늘어져 비실대게 된다고 하소연했다. 약사는 소피를 의사에게 보내고 싶어하지만, 그녀는 완강히 버티고 있다. 그녀는 그 파란 캡슐들에 매달리는 것이다. 나로서는 반대할 생각이 없다.

11월 23일

소피가 덫을 놓았다! 그녀가 조사를 하고 있다. 얼마 전부터 난 알고 있었다. 그녀가 자신이 감시당하고 있지 않다는 걸 확인하려 한다는 걸. 그녀는 자신이 도청까지 당하고 있다는 사실은 꿈에도 생각하지 못하고 있다. 그렇지만 그녀가 보인 최근의 행동은 나를 불안하게 만든다. 그녀가 경계하고 있다면, 내가 뭔가 실수를 저질렀기 때문이리라. 그런데 어디서 그 실수를 범했는지 모르겠다. 언제인지도 모르겠고.

　오늘 오전 그녀의 집에서 나오면서, 난 순전한 우연에 의해 발깔개 위에 종잇조각 하나가 떨어져 있는 걸 발견했다. 크기는 손톱만큼 작고, 색깔은 문 색깔과 같은 밤색이었다. 소피는 출근하면서 그것을 문과 문틀 사이에 끼워 넣었을 테고, 내가 문을 열었을 때 떨어진 것이다. 문제는, 문틀의 어느 위치에 끼워놨는지 알 길이 없다는 점이었다. 그렇다고 층계참에 계속 서 있을 수는 없는 노릇이었다. 난 생각해보기 위해 다시 그녀의 아파트로 들어갔지만, 도대체 어떻게 해야 할지 막막하기만 했다. 종잇조각을 없애버리면, 그녀의 의심이 맞았다는 걸 확인시켜주는 셈이다. 다른 위치에 끼워 넣어도 결과는 마찬가지다. 그녀는 이런 덫을, 내가 의식도 못한 채로 빠져들었을 이런 함정들을 몇 개나 쳐놓았던 것일까. 정말이지 어떻게 해야 할지 알 수 없었던 나는 결국 극단적인 해결책을 선택했다. 또 다른 덫을 놓아 이 덫을 묻어버리기로 한 것이다. 나는 밖으로 나가 조그만 노루발을 하나 사가지고 다시 층계참으로 올라왔다. 문틀 여기저기에 노루발을 밀어 넣고, 노루발을 지렛대처럼 사용하려는 강력한 시도들을 했음을 보여주기 위해 실제로 문을 열기까지 했다. 작업을 빨리 끝내야 했다. 소리를 최대한 죽이려고 노력하긴 했지만 어쩔 수 없이 소리가 났으며, 낮 동안 아파트 건물 안에 사람이 전혀 없지는 않았기 때문이다. 난 자리를 뜨기 전에 잠시 작업 결과를 살폈다. 가택침입을 시도했지만 실패한 흔적처럼 보였고, 노루발이 부순 곳들에서 새어나오는 바람은 종잇조각이 바닥에 떨어져 있는 사실을 충분히 설명해줄 터였다.

그래도 걱정이 된다. 앞으로는 한층 경계를 강화해야 한다.

11월 25일

나는 모노프리 슈퍼마켓에서 그녀와 똑같이 장을 보았다. 완전히 똑같이 장을 봤다는 얘기다. 하지만 계산대를 통과하기 직전에 비싼 위스키 한 병을 추가했다. 그들의 아파트 바에 있는, 뱅상이 제일 좋아하는 브랜드로 특별히 골라 넣었다…… 계산을 마친 소피가 빵집에 줄을 서 있을 때, 나는 장 본 물건들이 든 봉지를 서로 바꿔치기한 다음, 나가면서 경비원에게 회색 외투를 입은 부인에 대해 몇 마디 해주었다.

그리고 길 건너편의 자동현금 지급기 앞에 자리를 잡았다. 돈을 인출하려는 모습이었지만, 사실은 거기가 관측하기에 적당한 장소였다. 어느 경비원이 소피를 멈춰 세우고, 소피가 깜짝 놀라는 모습이 보였다. 그녀는 웃었다. 하지만 그 웃음은 오래가지 못했다. 확인을 위해 경비원을 따라가야만 했다……

소피는 슈퍼마켓에 한 시간이 넘게 갇혀 있었다. 제복 차림의 경찰 두 명이 도착했다. 그다음에 무슨 일이 있었는지는 모르겠다. 여하튼 그녀는 넋이 나간 표정으로 모노프리를 걸어 나왔다. 이제는 의사를 찾아가봐야 하리라. 다른 방법이 없지 않은가.

12월 5일

10월부터 퍼시스에서는 경매가 정기적으로 열리고 있지만, 대체 무엇에 따라 소피가 거기에 나가기도 하고 안 나가기도 하는 건지 나는 잘 모르겠다. 그녀의 행동을 설명해주는 정보가 없기 때문에, 나로서는 예측이 전혀 불가능하다. 어제 저녁 9시에도 경매가 있었다. 난 9시 15분까지 기다렸고, 소피가 텔레비전 앞에 앉아 꼼짝하지 않는 모습을 보고는 경매장으로 갔다.

경매장엔 사람들이 들끓고 있었다. 접수처의 여직원은 홀 입구에서 고객들에게 미소를 지으며 광택지에 인쇄한 멋진 카탈로그를 건네고 있었다. 나를 곧바로 알아본 그녀는 상냥하기 이를 데 없는 아주 특별한 미소를 보냈고, 난 노골적이진 않은 미소로 화답했다. 경매는 오래 계속됐다. 나는 경매장에 족히 한 시간은 앉아 있다가, 잠시 바람을 쐬기 위해 로비로 나왔다. 여자는 남은 카탈로그를 세며, 아직도 간간히 들어오는 고객들에게 그것을 건네주고 있었다.

우리는 얘기를 나눴다. 난 일을 제대로 진행해갔다. 그녀의 이름은 앙드레였다. 내가 싫어하는 이름이다. 서 있는 그녀의 모습은 안내 데스크 뒤에 있을 때보다 훨씬 뚱뚱해 보였다. 심하게 뿌려댄 향수도 여전히 끔찍했고, 가까이서 맡으니 더욱 견디기 힘들었다. 나는 아주 자신이 있는 몇 가지 재미난 일화를 들려주며 그녀를 웃게 만들었다. 그리고 계속 경매를 참관하기 위해 경매장으로 돌아가려는 척하다가 마지막 순간에 비장의 카드를 꺼내들었다. 돌아서서 그녀에게 물었다. 경매가 끝난 뒤에 한잔할 수 있겠느냐고. 그녀는 멍청하게도 어울리지 않는 아양을 떨어댔고, 그 모습에서 그녀가 몹시 좋아하고 있다는 걸 눈치챘다. 그녀는 경매가 끝난 후에도 정리해야 할 일이 산더미라는 형식적인 핑계를 댔지만, 너무 완강한 거절로 내 기를 꺾지는 않으려고 각별히 신경을 썼다. 결국 내가 기다린 시간은 채 15분도 되지 않았다. 난 택시를 잡았고, 술 한잔 사겠다며 그녀를 시내 중심가로 데리고 갔다.

나는 올랭피아 극장 앞에 조명이 그윽하고 칵테일, 영국 맥주 등을 마실 수 있으며 어느 시간이든 이용 가능한 바 하나가 있다는 사실을 기억해냈다. 따분한 저녁이었지만, 미래를 생각할 땐 풍요로운 시간이기도 했다.

이 여자는 정말로 불쌍하기 짝이 없다.

어제 저녁, 난 나의 두 연인이 뜨거운 몸부림의 시간을 갖는 모습을 지켜보았다. 소피는 열중하지는 못하는 기색이었다. 아마도 머릿속이 복잡한 탓이리라. 난 자리에 눕자마자 그대로 잠이 들었다.

12월 8일

소피는 혹시 자신의 PC에 문제가 있는 건 아닌가 자문하고 있다. 누군가 원격으로 자신의 컴퓨터에 접근하고 있다는 의심도 해보지만 딱히 알아낼 방법이 떠오르질 않는다. 그녀는 새로운 메일함을 또 하나 만들었는데, 이번에는 컴퓨터 시스템 전체와 자동으로 연결되지 않게 해놓았다. 나는 새 메일함 비밀번호를 알아내기 위해 여섯 시간 이상을 애써야 했다. 메일함은 비어 있었다. 난 비밀번호를 바꿔놓았고, 이제 그녀는 그 안에 들어갈 수 없게 되었다.

뱅상은 불안한 마음을 표시했다. 알고 보면 꽤 섬세한 친구이다. 그는 소피에게 요즘 지내는 게 어떠냐고 짤막하게 물어봤지만, 사실 그것은 염려의 에두른 표현이었다. 그는 자기 어머니와 통화하는 중에 '소피가 우울증에 걸렸는지도 모르겠다'는 생각을 내비쳤다. 어머니는 측은해하는 것 같았지만, 사실 그런 태도는 그녀가 얼마나 위선적인지를 잘 보여줄 따름이다. 두 여자는 서로를 끔찍이 싫어한다.

12월 9일

소피는 고인이 된 어머니의 친구분과 멀게나마 관계를 이어왔고, 덕분에 전문가와의 상담 시간을 쉽게 잡을 수 있었다. 그녀가 무슨 생각으로 그랬는지는 알 수 없지만, 행동치료사를 선택한 것은 정말 한심한 짓이었다. 왜 정신과 의사를 선택하지 않았단 말인가. 그녀의 머리를 누구보다도 확실하게 돌게 해줄 수 있는 사람을 말이다…… 그녀는 자기 엄마에게서 배운 것이 아무것도 없단 말인가…… 그녀는 브르베 박사를 찾아갔고, 그녀가 발레리에게 쓴 메일에 따르면 그 돌팔이는 그녀에게 '그녀가 염려하는 것들의 근거 및 그것들의 객관성'을 확인해보라고 충고했다. 그리고 그녀에게 일어난 일들과 날짜들을 빠짐없이 기록해서 가져오라고 했다. 참 고단한 작업이 될 것 같다.

그녀는 이 모든 일을 남편 몰래 진행하고 있고, 그것은 나에게는 환영할 만한 일이다. 그리고 내게 좋은 일은 소피에게도 좋은 일이다.

12월 10일

어제 저녁 그들이 나눈 대화 때문에 매우 불안하다. 뱅상은 아이 문제를 다시 꺼냈다. 짐작건대, 그런 얘기를 하는 것이 이번이 처음은 아닌 듯하다. 소피는 지금까지 그 문제에 대해 부정적이었다. 하지만 마음이 흔들리고 있다는 것이 그녀의 목소리에서 느껴진다. 하지만 그녀가 정말로 아이를 원한다고는 생각하지 않는다. 단지, 자신에게도 뭔가 정상적인 일이 일어나주었으면 하는 마음일 것이다. 사실 뱅상도 정직했다고 말하기는 힘들다. 어쩌면 그는 소피의 우울증과 이상한 행태들이 아이를 갖고 싶은 욕구가 충족되지 못한 데 기인한다고 생각했을 것이다. 물론 단순하기 짝이 없는 심리분석이다. 소피가 그 사람의 마누라이긴 하지만, 난 그에게 제대로 가르쳐줄 수 있다.

12월 11일

며칠 전, 소피가 자신이 맡은 홍보업무를 처리하기 위해 뇌이쉬르센에 사는 한 고객을 방문한다는 사실을 알게 되었다. 나의 소피는 주차할 곳을 찾아 동네를 뱅뱅 돌고 이리저리 한참을 헤맨 후에야 겨우 자리를 하나 찾아낼 수 있었다. 하지만 한 시간 후, 차는 그 자리에 없었다. 이번에 그녀는 경찰서로 달려가지 않고 직접 자동차를 찾아 나섰다. 동네 이곳저곳을 돌아다닌 끝에 조금 떨어진 길에 얌전히 주차되어 있는 자동차를 발견했다. 그곳은 익숙하지 않은 곳이라서 길도 잘 모르는데 말이다. 그녀의 예쁜 수첩의 첫머리를 장식할 이야기치고는 멋지지 않은가!

12월 12일

앙드레라는 암퇘지와 같이 있으면서 견뎌내야 하는 고통들을 이 일기에 적어야 한다는 사실이 역겹다. 이제야 겨우 쓸모가 있긴 하지만, 그녀를 만나는 것은 인내심의 한계를 시험하는 일이다.

어쨌든, 난 그녀를 통해 다음의 사실들을 알게 되었다.

소피는 회사의 언론담당관으로, 중요한 경매가 있을 경우에는 고객홍보 업무도 맡는다. 또 회사의 이미지를 관리하는 작업도 하며, 홍보내용이 '잘 전달되게끔' 신경을 쓴다.

소피는 그 회사에서 2년째 근무하고 있다. 같은 부서에는 두 사람이 더 있다. 남자 하나가 그녀와 함께 일하는데, 앙드레의 말을 빌리자면, 꽝슈나라는 이름의 그 남자는 알코올중독자이며 '책임자 행세를 한다'고 한다. 앙드레가 그 남자를 묘사하면서 얼굴을 찡그리고 입을 삐쭉이는 모습이 아주 코믹하다. 그 남자에게선 항상 술 냄새가 난다는 것이다. 숨을 쉬기 힘들 정도로 향수를 뿌려대는 여자가 그런 말을 하다니 참 얄궂다. 뭐, 어쨌든……

소피는 경제학 학위가 있다. 이 회사에는 지금은 퇴사한 지인의 소개로 들어왔다.

그녀와 뱅상은 1999년 14구 구청에서 결혼했다. 정확히는 5월 13일이다. 뷔페에 비유해서 말하자면 앙드레는 먹음직스러운 애피타이저가 있는 곳으로 달려간 셈이다. 난 차려놓은 음식들에 대한 설명만 잔뜩 들어야 했는데, 굳이 듣지 않아도 무방한 내용들이었다. 파티장의 다른 손님들에 대해서는 아직 들은 것이 아무것도 없었다. 건진 것은 단 한 가지, '소피의 남편 집은 돈이 좀 있다'는 사실이다. 그리고 또 하나, 소피는 시어머니를 끔찍이 싫어하며 시어머니를 '독사 같은' 여자로 여긴다는 것이었다.

소피는 퍼시스에서 평판이 좋은 편이다. 상관들의 두터운 신임을 얻고 있다. 하지만 얼마 전부터 그녀의 성실성에 의문을 제기하는 소문들이 떠돌기 시작했다. 그녀는 미팅 약속을 잊어버리고, 회사 수표책을 분실하고, 지난 몇 주 사이에 파리 시내에서 회사 차로 두 번이나 사고를 냈다. 또한 수첩을 잃어버리고, 회사에서 특별 관리하는 고객의 파일을 실수로 지워버렸다는 것이다. 무슨 얘기인지 알 것 같다.

앙드레는 그녀를 개방적이고 잘 웃으며, 호감 가는 성격이면서도 강

인한 여자로 묘사했다. 자기 분야에서 아주 유능한 전문가 같아요. 그
런데 요즘은 상태가 썩 좋아 보이진 않네요(당연하지……). 잠도 잘 못
자고, 갑자기 슬픔이 북받쳐 오르곤 한대요. 그래서 전문가의 상담을
받고 있다는데, 한마디로 완전히 넋이 나간 사람 같아요. 굉장히 외로
워 보이기도 하고.

앙드레는 엄밀히 말하면 그녀와 친한 사이라고 할 수는 없지만, 회사
에 여직원이 많지 않기 때문에 가끔 같이 점심을 먹는다고 했다. 앞으
로 이 여자가 매우 유용해질 수도 있겠다.

12월 13일

성탄절 준비를 위해 사람들이 이리 뛰고 저리 뛴다. 소피도 예외는
아니다. 오늘 저녁, 소피는 도서전문 매장 프낙에서 쇼핑을 했다. 그 와
글대는 사람들이라니! 계산대 앞에서 서로를 밀치고, 돈을 지불하기 위
해 비닐봉지를 내려놓고, 뒤에 선 고객과 실랑이를 벌이고, 여기저기
발이 걸려 비틀거린다…… 그리고 집에 와서 확인해보니, 봉지 안에는
톰 웨이츠의 앨범 〈리얼 곤Real Gone〉 대신 〈블러드 머니Blood Money〉가
들어 있다. 세상에, 이렇게 한심할 수가! 그뿐이 아니다. 살만 루시디의
『한밤의 아이들』도 들어 있는데, 도대체 누구에게 주려고 산 건지 모르
겠다. 그런데 영수증마저도 어디로 갔는지 보이지 않으니, 다시 매장에
가서 확인하는 수밖에 없다…… 그녀는 그저 한숨만 내쉬며 이 모든
사건들을 수첩에 적을 뿐이다.

소피와 앙드레는 극히 평범한 얘기들만 주고받는다. 그들은 엄밀히
말해서 친구가 아닌 것이다. 소피 부부에 대해 지금까지 건진 정보들

을 보면, 과연 이 비대한 암퇘지를 계속 만나야 할 필요가 있는지 의문이 든다. 지금까지 그녀를 통해 알게 된 것은 빈약한 내용뿐이다. 대충이렇다. 뱅상은 요즘 회사일과 관련해 '큰 건수'를 잡은 모양이고, 지금그들 부부의 정신은 온통 거기에 쏠려 있다. 소피는 퍼시스에서 권태를느끼고 있다. 그녀는 어머니가 죽은 후, 센에마른에 사는 아버지를 몹시 그리워한다. 그녀는 아이를 갖고 싶어하지만, 지금 당장은 아니다. 뱅상은 그녀의 절친한 친구 발레리를 별로 좋아하지 않는다. 또 뭐가있더라…… 아무튼 이 암퇘지와의 관계를 끝내야 할 때가 왔다. 일을진행하는 데 큰 도움이 되지 않는다. 이제 다른 정보원을 찾아봐야 하리라.

12월 14일

소피는 모든 것을, 아니, 거의 모든 것을 메모한다. 심지어는 '내가 메모하는 걸 가끔 잊어버리진 않나' 하고 자문하기까지 한다. 결국 같은내용을 두 번이나 메모한 것을 깨닫기도 한다. 지난달 슈퍼마켓에서 절도혐의를 받고 붙잡힌 일로 큰 충격을 받았던 것이다. 경비원들은 그녀를 밀폐된 방에 가둬놓고 교대로 들어와서는 절도 사실을 인정하는 문서에 서명하라고 닦달했다. 그녀가 발레리에게 보낸 메일에 따르면, 그들은 형편없는 작자들이었지만 경험만큼은 풍부했다. 느물느물하게 굴면서 사람을 괴롭히는 기술이 탁월했다. 도대체 원하는 게 정확히 무엇인지 이해하기 힘들 정도였다. 그다음에 경찰이 도착했다. 그들은 바쁜사람들이었고, 보다 직설적이었다. 그녀에겐 두 가지 선택이 있다고 설명했다. 경찰서에 끌려가 즉심에 넘겨지든지, 아니면 절도 사실을 인정하고 진술서에 서명하든지…… 결국 그녀는 서명했다. 뱅상에게 그 얘기를 할 수는 없었다. 절대로 그럴 순 없었다. 문제는 비슷한 일이 또다시 발생했다는 사실이다. 이번엔 뱅상에게 감추기가 훨씬 어렵게 됐다. 그녀의 핸드백 안에서 향수와 조그만 매니큐어 세트 하나가 발견되었던 것이다. 그래도 운이 좋았다. 경찰서에 끌려가긴 했지만(길거리에서 난리가 났었다), 두 시간 후에 풀려날 수 있었다. 그녀는 초조하게 기다리고 있는 남편에게 그럴듯한 핑계를 꾸며내야 했다.

다음 날 그녀는 또다시 자동차를 잃어버렸으며, 그 외에도 한심한 일들이 줄줄이 이어졌다.

그녀는 모든 걸 메모하는 것이 좋은 해결책일 수도 있다고 생각하지만, 한편으로 "난 편집광이 돼가고 있어…… 나 자신을 원수처럼 감시하고 있는 거야"라고 적기도 했다.

12월 15일

나와 앙드레의 관계는 그녀에게 잠을 자자고 청해야 하는 매우 위험한 단계에 접어들었다. 물론 그건 말도 안 되는 일이므로, 무척 당황스럽다. 그녀를 벌써 다섯 번이나 만났고, 함께 다니면서 온갖 종류의 따분한 일들을 했지만, 애초의 원칙만큼은 철저히 고수해왔다. 즉 소피에 대해 입을 열지 않았고, 내가 관심 있는 유일한 주제인 그녀의 업무에 대해서도 가급적 얘기를 꺼내지 않았다. 다행스럽게도 앙드레는 수다스럽고 조심성 없는 여자였다. 내가 퍼시스에 관심 있는 척하자, 그곳에 대해 무수한 일화들을 들려주었다. 난 그녀와 함께 낄낄댔고, 그녀가 내 손을 잡는 것을 막을 수 없었다. 그녀는 상당히 짜증나는 방식으로 나에게 자기 몸을 비볐다.

어제, 우리는 영화관에 갔다가 그녀가 잘 안다는 몽파르나스 근처의 술집으로 한잔하러 갔다. 그녀는 이 사람 저 사람에게 인사를 건넸고, 난 그런 여자와 같이 있는 것이 창피하게 느껴졌다. 그녀는 쉴 새 없이 좋알댔으며, 나를 지인들에게 소개할 때마다 입이 헤벌쭉해졌다. 그제야 그녀가 일부러 날 거기에 데려갔다는 사실을 깨달았다. 못생긴 그녀로서는 그럴듯한 새 남자친구를 사람들에게 보여주고 과시하는 일이 너무도 자랑스러웠을 것이다. 나는 간략한 대꾸와 동작들로 그 놀이에 동참해주었다. 그게 내가 할 수 있는 최선이었다. 앙드레는 하늘을 날 듯한 표정이었다. 우리는 한 테이블에 단둘이 앉았고, 그녀는 그날 따라 더욱 상냥하고 열정적으로 나를 대했다. 저녁시간 내내 나의 손을 꼭 잡고 있었다. 나는 남 보기에 부끄럽지 않을 만큼 시간을 보내준 뒤 피곤하다는 핑계를 댔다. 그녀는 "오늘 저녁 너무 즐거웠어"라고 말했다. 우리는 택시를 잡아탔는데, 바로 그다음 순간 일이 고약하게 흘러가고 있음을 직감했다. 택시 안에 자리를 잡자마자 그녀는 노골적으로 몸을 밀착해왔다. 물론 그녀는 과음한 상태였다. 나를 상당히 불편하게 할 정도로 많이 마셨다. 그녀의 집 앞에 이른 나는 "올라가서 마지막으로 한 잔만 더 하자"는 그녀의 초대를 받아들이지 않을 수 없었다. 바늘방석에 앉아 있는 기분이었다. 그녀는 수줍음 많은 남자를 대하듯 내게 은근한 미소를 짓고는, 안으로 들어가자마자 내 입술에 키스를 해왔다. 싫다고 말해봤자 아무 소용 없었으리라. 나는 필사적으로 머릿속에 소피만을 생각했고, 그게 조금이나마 도움이 되었다. 그녀의 집요한 공세 앞에서(이런 일에 미리 대비해뒀어야 하지만, 아무리 노력해도 상상하기가 힘들었다) 나는 "아직 준비가 안 됐다"고 더듬거렸다.

그렇다, 그렇게 말했다. 나도 모르게 튀어나온 말이었고, 그 여자에게 딱 한 번 진지한 어조로 한 말이었다. 그녀는 묘한 눈으로 나를 쳐다봤고, 나는 가까스로 어색한 미소를 지어 보였다. 그리고 덧붙였다. "나한텐 힘든 일이라서…… 이 문제에 대해선 얘기가 좀 필요해." 그녀는 내가 성性과 관련된 고백을 하려는 것이라 믿었고, 그래서 안심이 되는 모양이었다. 그런 여자들은 남자들을 데리고 간호사 놀이 하는 걸 좋아하는 게 틀림없다. 그녀는 내 손을 너 세게 잡았다. 마치 '긴장하지 마'라고 말하려는 듯이. 나는 상황이 어색해진 틈을 타서 그 집에서 빠져나왔다. 도망친다는 느낌을 의도적으로 내비쳤다.

그리고 강변로를 따라 걸으며 분노를 삭였다.

12월 21일

그저께, 소피는 회사 집행위원회에 제출할 중요한 업무 하나를 집에 가져왔다. 그녀는 그것을 끝내기 위해 이틀 동안 아주 늦은 시간까지 작업해야 했다. 나 역시 밤늦은 시간까지 내 컴퓨터를 통해 그 작업이 진행되는 걸 지켜보았다. 그녀는 다시 검토하고, 고치고, 쓰고, 참조하고, 다시 고치기를 반복했다. 이틀 밤을 그랬다. 내 생각으론 아홉 시간에 가까운 작업이었다. 소피가 대단한 일꾼이라는 것은 의심의 여지가 없다. 그리고 오늘 아침, 쾅, 일이 터졌다. 그녀가 잠자리에 들기 전 분명히 핸드백 속에 넣어둔 CD롬이 보이지 않았던 것이다. 그녀는 황급히 PC로 달려갔다. 전원이 켜지는 시간이(미팅에 도착할 시간은 이미 늦어지고 있었다) 천년처럼 길게 느껴졌다. 하지만 원본 파일 역시 사라지고 없었다! 그녀는 한 시간 넘게 모든 걸 시도해봤다. 뒤지고, 찾고…… 울고 싶은 심정이었다. 결국 그녀는 보고서 없이 집행위원회 미팅에 참석하기 위해 출발하지 않을 수 없었다. 거기서도 일이 잘되지는 않았으리라 생각한다.

그런데 상황이 아주 공교롭게 되어버렸다. 오늘이 뱅상 어머니의 생일인 것이다. 뱅상이 펄펄 뛰며 화내는 것을 보니(이 친구는 자기 엄마를 되게 좋아한다), 분명 소피가 가지 않겠다고 버티는 모양이다. 뱅상은 소리를 지르며 아파트 안을 왔다 갔다 하고 있다. 빨리 녹음 테이프를 듣고 싶어 좀이 쑤신다. 결국 그녀는 가기로 결정했다. 그런데 출발하려는 순간 이번에도 생일선물을 찾을 수 없었다(그건 어제부터 우리 집에 고이 모셔져 있으며, 며칠 후에 제자리에 갖다놓을 것이다). 뱅상의 분노가 다시 폭발했다. 그들은 매우 늦게 집에서 출발했다. 분위기가 험악했다. 곧이어 나는 우울증 촉진제 함량을 조절해놓기 위해 그들의 아파트로 올라갔다.

12월 23일

소피 때문에 걱정이다. 이번에 그녀는 선을 넘어버렸다. 그 방식은 또 어떠했던가!

목요일 저녁, 생일파티에서 돌아오는 그들 부부의 모습을 보고 사태가 심상치 않음을 눈치챘다(소피는 예전부터 시어머니를 끔찍이도 싫어했는데, 이런 때라고 해서 특별히 사이가 좋아질 리 없지 않은가). 두 여자는 격렬한 말다툼을 벌였던 것이다. 파티가 끝나기도 전에 그녀가 그만 가자고 말했을 거라고 나는 생각한다. 그래도 시어머니의 생일파티가 아닌가! 생일선물을 잃어버린 마당에 그런 소동까지 일으키다니!

소피와 뱅상 사이에 무슨 말이 오갔는지는 잘 모른다. 중요한 것은 이미 돌아오는 차 안에서 다 얘기한 듯했다. 아파트에 들어와서는 서로 욕설을 퍼붓는 단계로 넘어와 있었다. 파티에서 일어난 일을 모두 알아낼 수는 없지만, 노파는 분명 매우 공격적이고 빈정거리는 태도를 보였으리라. 난 소피의 생각에 동의한다. 그녀의 시어머니는 가증스러운 늙은이다. 은근히 사람을 비웃으며, 음흉하고 위선적이다. 적어도 소피는 그렇다고 주장한다. 소피는 그렇게 뱅상에게 악을 썼고, 지쳐버린 뱅상은 아파트의 문들을 하나하나 쾅쾅 닫고는, 불같이 화가 난 상태로 소파에 누워버렸다. 약간 싸구려 통속극처럼 느껴지긴 하지만, 뭐, 사람마다 스타일이 다르니까. 소피는 전혀 화가 풀릴 기색이 아니었다. 그래서 그만 폭발해버린 것이리라. 수면제는 그녀를 혼수상태에 가까운 잠 속에 빠뜨렸지만, 아침이 되자 기묘하게도 다시 일어났다. 비척거리긴 했지만 어쨌든 일어났다. 그녀는 뱅상과 말 한마디 나누지 않았다. 그들은 따로 아침을 먹었다. 그리고 다시 잠 속에 빠져들기 전에 그녀는 차를 한잔 마시며 자신의 메일함을 체크했다. 뱅상은 문을 부서져라 닫으며 나가버렸다. 그녀는 MSN에서 발레리를 불러내 간밤에 꾼 꿈 얘기를 했다. 꿈에서 시어머니를 그녀의 집 계단 위에서 아래로 밀었고, 시어머니는 몸을 뒤틀며 굴러떨어졌는데, 벽이며 난간에 몸을 튕기며 떨어지다가 결국 척추가 부러진 채로 바닥에 내려앉았다는 것이다. 노파는 즉사했다. 소피는 너무도 사실적인 꿈에 놀라 잠이 깼던 것이다. '얼마나 생생했는지, 넌 상상도 못할 거야……' 소피는 곧바로 직장으로 향하진 않았다. 그녀에겐 아무런 의욕도 없었다. 상냥한 친구 발레리는 한 시간가량 그녀와 함께 있어주었고, 그러고 나서 소피는 장을 좀 봐오기로 마음먹었다. 이 난리를 겪었는데 뱅상이 저녁에 퇴근해 돌아왔을 때 식탁 위에 아무것도 없으면 기분이 어떻겠는가…… 이것은 소피가 발레리와 헤어지면서 한 말이었다. 내려가서 장을 보고, 진한 차를 한잔 마시고, 샤워를 한 다음 사무실에 가볼 거야. 내가 살아 있다는 걸 알리려면 그렇게라도 얼굴을 비쳐야 하지 않겠어? 나는 그녀가 세운 이 스케줄의 제2단계에 개입했다. 아파트에 올라가서 차※를 손본 것이다.

이날 소피는 결국 출근하지 못했다. 차를 마신 뒤 반수 상태에 빠져들었고, 자기가 한 일을 전혀 기억하지 못했다. 저녁 무렵, 뱅상은 아버지에게서 전화를 받았다. 어머니가 계단에서 굴러떨어졌다는 거였다. 이 사건 이후, 소피는 완전히 혼이 빠져나간 모습이다.

12월 26일

장례식은 오늘 오전에 거행되었다. 어제 저녁 나의 귀여운 커플이 넋 나간 얼굴로 짐을 싸들고 나가는 모습을 지켜보았다. 집에 홀로 남은 아버지와 함께 있어주려는 것이리라. 소피는 딴 사람이 되었다. 기진맥진해 얼굴 윤곽이 허물어져 내렸고, 동작은 기계 같고, 당장이라도 쓰러질 것만 같다.

그녀의 입장에서 보면, 노파의 시체가 이층에 누워 있는 가운데 성탄절을 보내야 하는 이 상황은 참으로 고통스러울 것이다. 나는 그들의 아파트로 올라가, 고인이 된 뱅상 어머니에게 주려고 샀던 선물을 소피의 물건들 사이에 다시 돌려놓았다. 장례식에서 돌아온 그녀에게는 참으로 가슴 먹먹한 발견이 되리라.

2001년 1월 6일

소피는 극도로 의기소침한 상태다. 시어머니가 사망한 이후, 앞날에 대한 끔찍한 불안감에 사로잡혀 있다. 경찰수사가 있다는 소식을 들었을 때, 나 역시 몹시 불안했다. 다행히도 수사는 형식적인 것에 불과했다. 그렇게 사건은 곧바로 사고사로 종결 처리되었다. 하지만 소피는 나와 마찬가지로 그게 어떻게 된 일인지 잘 알고 있다. 이제 그녀를 더욱 세심하게 보살펴야 한다. 내 눈을 벗어나는 것이 아무것도 없어야 한다. 그러지 않으면 소피가 내 손에서 벗어날 수도 있는 일이다. 내 경계심이 면도날처럼 시퍼렇게 선 것이 느껴진다. 때로는 나 자신이 오싹할 정도다.

요 며칠간의 사건들이 있고 나서, 소피는 더 이상 자신의 문제들을 뱅상에게 이야기할 수 없게 되었다. 이제 어쩔 수 없이 혼자만의 고독 속에 갇혀버린 것이다.

1월 15일

오늘 아침, 그들은 다시 시골로 내려갔다. 오랜만에 다시 우아즈군郡을 찾아가는 것이다. 난 그들이 출발하고 나서 30분 후에 파리를 떠났다. 북부고속도로에서 그들을 추월한 뒤, 상리스 출구에서 느긋하게 기다렸다. 이번에는 그들을 쫓아가는 일이 그렇게 어렵지 않았다. 그들은 먼저 어느 부동산 중개 사무실에 들어갔지만, 다시 나올 때는 직원과 함께가 아니었다. 나는 크레피앙발루아 쪽의 한 외딴 곳에 있는, 그들이 방문한 적이 있는 어느 주택을 떠올렸다. 아마도 그리로 가는 것이리라. 하지만 그들은 거기에 있지 않았다. 그렇게 그들을 놓쳐버렸다고 생각하고 있을 때, 몇 킬로미터 떨어진 철책문 앞에 그들의 자동차가 세워져 있는 게 보였다.

이런 곳에서는 뜻밖이라고 할 수 있는, 커다란 저택이었다. 근방의 여느 집들과는 차원이 달랐다. 나무 발코니를 갖춘 석재 건물로, 구석구석에 다양한 공간들이 숨어 있는 아주 복잡한 구조의 건축물 같았다. 그들이 차고로 사용할 수 있을 법한 오래된 헛간이 하나 있었고, 모범적인 남편이라면 무언가를 만들 수 있는 곁채도 한 칸 있었다. 집을 품은 드넓은 정원 주위로는 긴 담벼락이 둘러 있었는데, 북쪽은 담이 돌무더기로 허물어져 내린 탓에 트여 있었다. 나는 그 집 사유지 뒤편에 펼쳐진 조그만 숲 가장자리에 오토바이를 세운 후, 벽이 허물어진 곳을 통해 안으로 들어갔다. 그리고 온갖 꾀를 동원해 그들과 합류할 수 있었다. 난 쌍안경으로 그들을 관찰했다. 20분 후, 서로의 허리를 부축하고 정원을 걷는 그들의 모습을 볼 수 있었다. 그들은 나직하게 다정한 말들을 나누고 있었다. 정말로 바보 같은 짓거리였다. 누구 듣는 사람이라도 있나. 이 황량한 정원 한가운데에서, 이 커다란 빈집 앞에서, 까마득한 옛날부터 잠들어 있는 듯 보이는 이런 마을의 언저리에서 말이다…… 그래, 아마도 사랑 때문이겠지! 뱅상의 얼굴에 당황스러워하는 빛이 어른거리기도 하지만, 그들은 좋아 보이고, 제법 행복하게도 보인다. 특히 소피가 그렇다. 이따금 그녀는 자신의 존재와 자신의 지지를 확인시켜주려는 듯, 뱅상의 팔에 자기 몸을 꼭 붙인다. 이 횅한 겨울의 정원에서 서로 몸을 꼭 붙이고 나란히 걷고 있는 둘의 모습이 좀 처량해 보이는 건 사실이다.

그들이 다시 집 안으로 들어갔을 때, 난 어떻게 해야 할지 알 수 없었다. 아직 부근에 임시본부도 잡아놓지 못한 처지인데다, 누가 옆을 지나갈까봐 겁이 나기 시작했다. 사실 이런 장소는 절대로 안전하다고 할 수 없다. 사막처럼 모든 게 죽어 있는 듯 보이지만, 혼자 호젓이 있고 싶다고 생각하는 순간 머저리 같은 농사꾼이 트랙터를 타고 지나가거나, 사냥꾼이 불쑥 나타나 사람을 위아래로 훑어보거나, 아니면 엉뚱한 놈이 숲속에 오두막집을 짓겠답시고 자전거를 타고 쭐레쭐레 들어오는 것이다…… 하지만 얼마 후에도 그들이 집에서 나오지 않자, 나는 오토바이를 야트막한 담벼락 뒤에 숨겨놓고 앞으로 나아갔다. 순간 어떤 직감에 사로잡힌 나는 집 뒤쪽까지 뛰어갔다. 거기 이르러 숨이 턱까지 차오른 나는 1,2분 동안 가만히 있었다. 주위의 소리를 들을 수 있게끔 심장박동이 안정될 때까지 기다린 것이다. 그런데 아무 소리도 들리지 않았다. 발치를 주의하며 벽을 따라 걷던 나는 나무 블라인드가 온통 망가지고 아래쪽 슬랫 몇 개가 사라진 한 창문 앞에 멈춰 섰다. 기다란 돌 쇠시리에 발을 딛고 창 높이까지 올려다보았다. 그곳은 주방으로 보이는 방이었다. 아주 옛날식이었고, 공사해서 손볼 곳이 한두 군데가 아니었다. 하지만 내 젊은 잉꼬들은 그 따위 것에는 전혀 관심이 없었다. 소피는 치마를 엉덩이 위까지 걷어올린 채로 석재개수대에 기대어 섰고, 바지가 발목까지 흘러내린 뱅상은 열심히 그 짓을 있었다. 이 친구, 모친상 중이라고 해서 능력을 잃지는 않은 모양이다. 내가 위치한 곳에서는 그의 등짝과 그녀 안으로 들어갈 때마다 수축하는 그의 엉덩이밖에는 보이지 않았다. 정말 우스꽝스러운 광경이었다. 아니, 반대로 아주 아름다운 것도 있었다. 바로 소피의 얼굴이었다. 그녀는 마치 광주리를 들듯 남편의 목둘레를 꽉 감아 안으면서 까치발로 서서 눈을 꼭 감고 있었는데, 얼마나 강렬한 쾌락을 느끼고 있는지 얼굴에서 빛이 날 정도였다. 몹시 창백하면서도 팽팽히 긴장된 얼굴, 잠자는 여자처럼 정신이 온통 내부로 향해 있는 아름다운 여인의 얼굴이었다…… 그렇게 쾌락에 온몸을 맡긴 그녀에게는 뭔가 필사적인 데가 있었다. 나는 꽤 괜찮은 사진을 몇 장 찍을 수 있었다. 얼간이의 다채로운 왕복운동이 가속됨에 따라, 그의 허연 엉덩이는 점점 더 빠르고 강하게 수축되었다. 난 소피의 얼굴을 통해 그녀가 곧 극도의 쾌감에 다다르리라는 걸 알아챘다. 그녀가 입을 벌리고 눈을 부릅뜨더니, 갑자기 커다란 비명을 내질렀다. 정말이지 굉장했다! 내가 그녀를 죽이는 날 그녀에게서 보고 싶은 바로 그런 모습이었다! 그녀의 머리가 경련을 일으키며 뒤로 젖혀지는가 싶더니, 느닷없이 뱅상의 어깨 위로 풀썩 떨어졌다. 그녀는 몸을 떨면서 그의 재킷을 물어뜯었다.

그래 즐겨, 나의 귀여운 천사야. 놈을 가지고 실컷 즐기라고, 실컷.

바로 그때, 나는 최근 그들의 욕실에서 피임약이 보이지 않았다는 사실을 깨달았다. 그들은 아기를 갖기로 결정한 것이다. 난 당황하지 않았다. 오히려 그것 덕분에 여러 가지 아이디어를 떠올렸다.

난 그들이 아무 문제없이 파리로 돌아가게 놔둔 다음, 부동산 중개 사무실이 문을 닫는 정오까지 기다렸다. 진열창 안에 보이는 그 집 사진에는 '팔렸음'이라는 표시가 붙어 있었다. 좋아, 이제 주말을 전원에서 보낸단 말이지. 뭐, 나쁠 것 없지.

1월 17일

아이디어란 참 묘한 것이다. 아이디어는 정신적 여유에서 솟아나는 것이 틀림없다. 그저께, 난 특별한 목적 없이 아파트 안을 어정거리고 있었는데, 왠지 모르지만 소피가 책상 근처의 바닥에 쌓아놓은 책 무더

기에 불쑥 관심이 갔다. 그것들 가장 아랫부분에는 언론자료센터에서
대출해온 책 두 권이 포함되어 있었다. 알베르 롱드르에 대한 연구서
한 권, 그리고『언론 및 커뮤니케이션 불영 용어사전』이라는 제목의 책
이었다. 두 권 모두 대출 날짜가 같았다. 난 그것들을 센터에 가져다주
었다. 바쁜 독자들을 위해 반환도서를 갖다놓게 해둔 카운터가 하나 있
었다. 불필요하게 기다리는 수고를 덜어주려는 것이다. 아주 편리하게
느껴졌다.

1월 18일

수첩에 적어놓을 게 또 하나 생겼다. 전화요금 독촉장이 두 번이나
왔는데, 소피는 보지 못했다. 그 결과 전화가 끊겼다. 뱅상은 기분이 몹
시 언짢다. 소피는 운다. 요즘 집안 분위기가 좋지 않다. 둘은 자주 싸운
다. 하지만 소피는 자신의 행동에, 뱅상에, 모든 것에 주의하려고 노력
하고 있지 않은가. 심지어는 꿈도 꾸지 않으려고 하는지도 모른다. 어
쨌든 그녀는 행동치료사에게 전화를 걸어, 예약일보다 앞당겨 만날 수
있는지 알아보았다. 이제 그녀는 잠을 통제할 수 없게 되었다. 잠이 왔
다가, 안 왔다가, 다시 왔다가, 혼수상태에 가까운 잠에 빠져들었다가,
그리고 나서는 잠들지 못하는 밤이 며칠씩 계속되곤 한다. 그녀는 창가
에서 담배를 피우며 긴긴 시간을 보낸다…… 그녀가 행여 감기라도 들
까 걱정이 된다.

1월 19일

못된년! 도대체 그녀가 무슨 짓을 꾸미고 있는지 모르겠다. 일부러 그랬는지, 아니면 별 생각 없이 그랬는지조차 알 수 없지만, 어쨌든 그녀와 나 자신에 대해 화가 난다! 물론 소피가 뭔가를 알아챈 것인지, 아니면 내게 덫을 놓으려 했던 것인지 너무나도 궁금하다. 그녀가 행동치료사와 만나기로 했다는 걸 알게 된 나는 그녀가 집 안에서 모든 것을 적어놓는 수첩을 가지러 아파트에 올라갔다. 검은 인조가죽 표지로 덮인 수첩은 늘 그렇듯 그녀의 책상서랍 속에 들어 있다. 내가 잘 아는 물건이고, 종종 참고하는 물건이기도 하다. 하여 난 그걸 확인해보지도 않고 그대로 가져왔다. 헌데 이게 웬일인가? 수첩 안은 백지상태였다! 똑같은 수첩인데, 모든 페이지가 텅텅 비어 있었다! 다시 말해 그녀에겐 똑같은 수첩이 두 권 있다는 얘기고, 이것이 나를 겨냥한 올가미가 아닌지 의심하지 않을 수 없었다. 오늘 저녁에 그녀는 이 수첩이 사라졌다는 걸 알아챘으리라……

하지만 가만히 생각해보면, 그녀가 내 존재를 눈치챘을 리가 없다. 안심하고 싶어서 하는 생각일 수도 있지만, 만일 그녀가 뭔가를 눈치챘다면 다른 징후들도 나타나야 할 게 아닌가. 하지만 다른 부분에서는 전혀 문제없이 모든 것이 정상이다.

뭐가 맞는 건지는 잘 모르겠다. 솔직히, 이 수첩 사건은 날 몹시 불안하게 만든다.

1월 20일

올바른 행위들을 돕는 신은 분명히 존재한다! 이제는 위험에서 벗어난 것 같다. 하지만 솔직히 말해서, 아까는 정말로 겁이 났다는 사실을 인정해야겠다. 난 감히 소피의 아파트에 올라가지 못하고 있었다. 이건 위험한 짓이고, 뭔가가 날 노리고 있으며, 마침내 내가 붙잡힐 거라는 막연한 불안감 때문이었다. 그리고 이 예감은 틀리지 않았다.

그녀의 아파트에 들어간 나는 그 백지상태의 검은 수첩을 책상서랍에 넣고, 다른 수첩을 찾으려고 온 집 안을 뒤져야만 했다. 그녀가 수첩을 가지고 나가지는 않았다는 확신 때문이었는데, 물선을 잃어버릴지도 모른다는 그녀의 한결같은 두려움이 결국 나를 구하게 되었다. 그걸 찾기 위해서는 시간이 좀 필요했다. 하지만 그녀의 집에 올라갈 때면 오래 머무는 걸 꺼리는 내가 아니었던가. 그건 좋지 못한 행동이며, 위험요인들은 최소한으로 줄여야 한다고 생각한 나였다. 헌데 그걸 찾느라 한 시간 넘는 시간이 지나가고 있었다. 고무장갑을 낀 내 손은 땀으로 축축이 젖어갔고, 건물 안에서 어떤 소리가 들릴 때마다 신경이 팽팽히 곤두섰다. 극도의 불안감에 떨고 있었지만, 일종의 공황감에 사로잡혀 있어서 자신을 제대로 통제할 수 없었다. 그러다 갑자기 그것을 발견했다. 화장실의 변기 저수통 뒤에 있었다. 이건 그녀가 경계하고 있다는 표시다. 그 경계 대상이 꼭 나라고 할 수는 없지만…… 그녀가 경계하는 사람이 어쩌면 뱅상일 수도 있다는 생각이 스쳤고, 그렇다면 오히려 좋은 징조였다. 그걸 막 꺼내드는 순간, 현관문에서 열쇠 돌아가는 소리가 들렸다. 난 화장실 안에 있었고, 화장실 문은 살짝 열려있었는데, 난 손을 뻗어 문을 닫으려는 반사적인 행동을 순간적으로 억제했다. 이 화장실 문은 복도 끝, 다시 말해 현관문에서 정면으로 보이는 곳에 위치해 있었던 것이다! 만일 들어온 사람이 소피라면 난 끝장이었다. 여자들이란 집에 들어오면 우선 화장실부터 찾는 동물이니까.

다행히도 남자 걸음 소리가 들리는 걸로 보아 뱅상이었다. 나는 심장이 터질 듯 뛰기 시작해 더 이상 아무 소리도 들리지 않았고, 제대로 생각조차 할 수 없었다. 공황상태에 빠진 것이다. 뱅상은 화장실 앞을 지나가면서 문을 밀어 닫았고, 쾅 하는 소리에 내 몸은 얼어붙듯 마비되었다. 금방이라도 기절할 것 같은 기분으로 벽에 꼭 달라붙었다. 토하고 싶었다. 뱅상은 자기 서재로 들어가 곧바로 스테레오 시스템을 켰는데, 기묘하게도 그 순간 날 구한 것은 바로 나의 공황감이었다. 난 지체 없이 문을 열고 까치발로 종종걸음을 치기 시작했다. 그렇게 일종의 무의식상태에서 복도를 가로지른 다음, 현관문을 열어놓은 채 미친 듯이 계단을 뛰어내려갔다. 이제 모든 걸 망쳤구나, 이제는 다 포기해야겠구나, 하는 생각뿐이었다. 끔찍한 절망감이 엄습했다.

어머니의 모습이 눈앞에 떠올랐고, 난 울기 시작했다. 어머니가 두 번 죽은 것 같은 기분이었다. 나는 본능적으로 호주머니 속에 든 소피의 수첩을 꽉 움켜쥐었다. 그렇게 걷고 있는 나의 눈에선 눈물만 하염없이 흘러나왔다.

1월 21일

녹음된 것을 들어보니 그 장면 전체가 생생하게 떠오른다. 돌이켜보면 얼마나 끔찍한 일이었던가! 스테레오 시스템이 시작되는 소리가 들리고 나서(내 생각에는 바흐의 작품 같다), 내 신발 밑창이 복도 바닥을 탁탁탁 울리며 지나가는 소리가 분간된 것 같은데, 명확하지는 않다. 그다음에는 뱅상이 현관문 쪽으로 걸어오는 소리가 좀 더 또렷하게 들린 뒤 상당히 긴 정적이 흘렀고, 문이 다시 닫혔다. 그는 누가 집에 들어왔나, 하고 자문했으리라. 어쩌면 밖으로 몇 걸음 나가봤거나, 혹은 층계 위쪽이나 아래쪽으로 몇 계단 올라가거나 내려가면서 난간 너머를 훑어봤는지 했을 것이다. 그는 현관문을 확실하게 닫아놓는 것 같았다. 아마도 자신이 집에 들어올 때 문을 제대로 닫지 않았고, 그 외에 다른 문제는 없다고 생각했을 것이다. 심지어 그는 저녁때 소피에게 이 작은 사건을 언급조차 하지 않았다. 만일 그랬으면 모든 게 끝장이었을 것이다…… 아, 얼마나 가슴을 졸였넌지!

1월 23일

발레리에게 보내는 메일에서 소피는 어쩔 줄 몰라 하고 있다. 행동치료사와 만나기로 한 날 아침인데, 수첩이 감쪽같이 사라져버렸다…… 분명히 화장실에 숨겨놨는데, 오늘 아침에 가보니 수첩이 보이지 않는다. 울어버리고 싶은 심정이란다. 신경이 곤두서 있고, 폭발 직전이고, 모든 게 피곤하기만 하단다. 그리고 한없이 우울하단다.

1월 24일

행동치료사를 만났다. 그녀가 잃어버린 수첩에 대해 얘기하자, 그는 안심시켜주려고 했다. 그가 설명하기를, 그것은 무언가에 과도하게 주의를 집중하면 일어날 수 있는 일이라고 했다. 그는 조금도 당황하지 않고 아주 침착한 태도를 견지했다. 그녀는 시어머니에 대한 꿈 얘기를 할 때 오열을 터뜨렸다. 또 꿈과 똑같은 상황이 벌어진 것에 대해서도 털어놓고야 말았다. 그리고 자신이 그날 무슨 일을 했는지 전혀 기억

나지 않는다는 사실도. 그는 그녀의 얘기를 차분하게 들었다. 그녀처럼 그도 그것이 예지몽이라고는 생각하지 않았다. 대신 다른 이론을 설명해주었는데, 그녀는 제대로 이해할 수 없었다. 아니, 머리가 너무 무거져서 귀에 제대로 들어오지 않았다. 그는 그것을 '소소한 불행들'이라고 표현했다. 그럼에도 그는 상담이 끝나갈 무렵 그녀에게 "휴식을 좀 취하러 갈" 생각은 없느냐고 물었다. 그것이 그녀를 가장 겁나게 한 말이었다. 그녀는 그 말을 입원하라는 제안으로 해석했던 것 같다. 난 그녀가 그것을 너무도 무서워한다는 걸 알고 있다.

발레리는 소피의 이메일에 금방 답신을 보냈다. 자신이 항상 그녀 곁에 있다는 사실을 알려주고 싶어한다. 하지만 발레리는 자신이 모든 것을 말하진 않는다는 걸 알고 있다(그리고 나도 알고 있다). 그건 어떤 마술적인 태도라고도 할 수 있으리라. 자신이 말하지 않는 것은 존재하지 않는다는 믿음, 혹은 말하지 않으면 그것에 전염될 위험이 없다는 믿음 말이다……

1월 30일

나는 그 시계 사건에 대해 절망감을 느끼기 시작했다. 그녀가 아버지에게서 물려받은 그 예쁜 손목시계를 잃어버린 지도 벌써 5개월이 지나가고 있었다. 그녀가 그걸 찾기 위해 집 안을 얼마나 뒤집어놓았던가! 들출 수 있는 것은 모두 들추어보았다. 하지만 아무 소용 없었다. 시계는 이제 찾을 수 없다고 완전히 체념하고 있었다.

그런데 그걸 난데없이 찾게 되었다. 그게 어디에 있었는지 아는가? 친정어머니의 보석함 안이었다! 안쪽 깊숙이 숨어 있었다. 물론 그녀는 그걸 매일 열어보지는 않는다. 거기 있는 것들을 매일 몸에 달지는 않으니까. 하지만 아무리 그래도 지난 8월 말부터 그녀는 그것을 적어도 대여섯 번은 열어봤을 것이다. 심지어 그녀는 지난 휴가철 이후로 그것을 정확히 몇 번 열어봤는지 기억해보려고 시도하기도 했다. 그걸 목록으로 뽑아 발레리에게 보여주기까지 했다. 정말 바보 같은 짓이지만, 마치 그녀에게 뭔가를 증명해 보이기라도 하듯이…… 하지만 그 시계가 거기에 있는 것은 정말로 본 적이 없었다. 물론 그것은 보석함에 쌓인 물건들 위에 놓여 있지 않았지만, 보석함이 그리 깊지 않을뿐더러 그 안에 물건도 많지 않았다…… 그리고 그녀가 뜬금없이 왜 그곳에 그것을 숨겨 놓았겠는가? 도무지 말이 되지 않는 얘기다.

소피는 그걸 되찾았음에도 그다지 즐거운 표정이 아니다. 이 손목시계 일은 정말이지 너무했다.

2월 8일

돈을 잃어버리는 것은 종종 일어나는 일이다. 하지만 돈을 많이 갖게 되는 것은 매우 드문 일이다. 그리고 무엇보다도, 설명할 수 없는 일이다.

내 정다운 친구들 소피와 뱅상에게는 몇 가지 계획이 있다. 소피는 발레리에게 보낸 이메일들에서 이 문제에 대해 아주 조심스럽게 이야기한다. 그녀는 "아직 확실히 결정된 건 아니고" 결정되면 그녀에게 "제일 먼저 알려주겠다"고 한다. 아무튼 소피는 5, 6년 전에 구입한 유화 한 점을 처분하기로 결정했다. 그녀는 이 정보를 자신이 활동하는 바닥에 알렸고, 마침내 그저께 그림을 팔 수 있었다. 그녀는 그림 값으로 3천 유로를 불렀다. 합리적인 가격이었다. 한 신사가 작품을 보러 왔다. 그다음엔 숙녀였다. 결국 소피가 선을 그은 액수는 2천7백이었다. 현금으로 지불할 경우에 말이다. 그녀는 만족한 듯 보였다. 그녀는 돈을 봉투에 넣어 조그만 시크리터리 데스크 안에 보관했다. 하지만 그녀는 너무 많은 현금을 집 안에 두는 것을 꺼렸기 때문에, 뱅상이 오늘 아침에 그 돈을 예치하러 은행에 갔다. 그리고 거기서 설명할 수 없는 일이 일어났다. 뱅상은 이 일로 충격을 받은 기색이다. 그 일 이후로 둘 사이에 입씨름이 끊이지 않는 듯하다. 봉투 안에는 3천 유로가 들어 있었다. 소피는 확실하게 말한다. 2천7백이라고. 뱅상의 기억 역시 확실하다. 그건 3천이었다. 이 부부는 매우 확실한 커플이다. 그래서 더욱 재미있다.

어쨌거나 뱅상은 소피를 이상한 눈으로 쳐다본다. 심지어 얼마 전부터 그녀에게 "행동이 이상해졌다"고까지 말했다. 소피는 그가 아무것도 눈치채지 못했다고 생각하고 있었다. 그녀가 울었다. 그들은 이야기를 나눴다. 뱅상은 의사의 진찰이 필요할 것 같다고 말했다. 그것도 지금 당장 찾아가는 게 좋을 것 같다는 의견이었다.

2월 15일

그저께, 소피는 집 안을 온통 뒤집어놨다. 대출카드가 거짓말을 할 리 있는가. 그녀는 분명히 책 두 권을 빌렸다. 집에 가저와 뒤적거렸기에 분명히 기억하고 있다. 읽지는 않았고, 그냥 여기저기 뒤적거려보았다. 몇 주 전에 읽은 어떤 기사 때문에 호기심이 동하여 빌린 책들이었다. 그 표지들이 눈에 선할 정도다. 그런데 그 책들이 보이지 않는 것이다. 알베르 롱드르에 대한 저서와 전문적인 어휘사전이었다. 이제 소피는 조그만 일에도 기겁을 한다. 별 것 아닌 일에도 극심한 불안에 사로잡힌다. 그녀는 자료센터에 전화를 걸어 대출 연장을 요청했다. 그런데 무슨 영문인지 이미 반환됐다는 것이다. 도서관 사서는 그 날짜까지 말해주었다. 지난 1월 8일이라고 했다. 다이어리를 들여다보니, 교외의 한 고객을 방문한 날이었다. 그렇다면 도중에 자료센터에 들렀을 수도 있는 일. 하지만 그날 그 책들을 반환한 기억은 정말이지 전혀 없었다. 그녀는 뱅상에게 물어봤지만 너무 꼬치꼬치 따지진 않았다. 요즘 그 사람이 저기압이어서, 라고 그녀는 발레리에게 썼다. 책들은 여전히 자료센터에 있고, 현재 대출 가능하다고 했다. 결국 그녀는 거기까지 가서 자신이 언제 책을 반환했느냐고 다시 한 번 물어보았다. 돌아온 대답은 똑같았다.

나는 그녀가 집을 나서는 것을 보았다. 수심이 가득한 모습이다.

2월 18일

8일 전, 소피는 어떤 중요한 경매를 위한 기자회견을 진행했다. 이어진 칵테일파티에서는 회사 신문에 싣기 위해, 또 각 언론사 사진기자들의 수고를 덜어주기 위해 참석한 기자들과 회사 경영진, 뷔페 파티 등의 모습을 디지털카메라에 담았다. 그리고 꼬박 하루와 주말의 일부분을 집 컴퓨터 앞에 매달려 있었다. 회사 경영진에 제출하고, 참석했거나 유감스럽게도 참석하지 못한 모든 기자들에게 보내기 위해 사진들을 재단하고 수정하기 위함이었다. 그녀는 이 모든 것을 '프레스_11_02'라는 제목의 폴더에 넣어 메일에 파일로 첨부했다. 아주 중요한 일이었으므로, 발송하기 전에 사진들을 확인하고 손봤으며, 그러고 나서도 또 한 번 확인했다. 그녀가 몹시 불안해하는 게 느껴졌다. 직업상 아주 중요한 일이었기 때문이리라. 그리고 그녀는 마침내 결정했다. 이메일을 발송하기 전에 백업 작업을 했다. 난 인터넷을 통해 그녀의 컴퓨터를 통제할 수 있지만, 그 능력을 결코 남용하지는 않는다. 그녀가 뭔가 알아채게 될지도 모른다는 두려움 때문이다. 하지만 이번에 난 유혹을 이겨내지 못했다. 백업이 진행되는 동안, 나는 폴더에 사진 두 장을 첨가했다. 똑같은 포맷, 그리고 백 퍼센트 수작업임을 보장하는 똑같은 사진 처리 방식. 하지만 그 두 사진에는 뷔페나 기자들이나 고명하신 고객님들의 모습은 담겨 있지 않았다. 오직 그리스의 태양 아래 남편의 그것을 제대로 빨아주고 있는 퍼시스 홍보 담당자만 있었다. 홍보 담당자에 비해 남편은 훨씬 알아보기 힘들게 나온 게 사실이었다.

2월 19일

물론 그 후 소피의 사무실에서 일어난 일들은 아주 좋지 않았다. 이 보도자료 이야기는 삽시간에 퍼져나갔다. 이 치명적인 기습은 그녀를 쓰러뜨렸다. 당장 월요일 아침에 이사급 인사가 그녀를 호출했다. 이른 오전부터 그녀에게 전화한 기자도 여러 명 있었다. 소피는 경악했다. 물론 이 사실을 아무에게도, 특히 뱅상에게는 말하지 않았다. 그녀는 끔찍한 수치감을 느꼈을 것이다. 난 그 사실을 한 기자 친구가 그녀에 보낸 이메일을 통해 알 수 있었다. 소식을 듣고 기겁한 소피는 그 기자에게 사진을 좀 보내달라고 부탁했던 모양이다. 그녀는 도저히 그 얘기를 믿을 수 없었던 것이다! 사실 내가 사진을 제대로 고르긴 했다. 그것으로 입이 꽉 채워진 그녀는 의식적으로 두 눈에 음란한 빛을 가득 담고서 뱅상의 얼굴을 올려다보고 있다. 그렇게 사적으로 창녀놀이를 할 때면 진짜 창녀보다 훨씬 더 그럴듯해지는 게 이 소시민 계집년들이다. 두 번째 사진은 조금 더 골치 아픈 것이라고 할 수 있다. 행위의 끝부분에서 잡은 이 사진은 그녀의 솜씨가 제법 쓸 만하며, 젊은 사내 또한 기능에 아무런 하자가 없음을 잘 보여주고 있다.

이것은 재앙이었다. 그녀는 출근하지 않고 온종일 집 안에만 있었고, 놀라서 어쩔 줄 몰라 하는 뱅상에게는 침묵으로 일관했다. 발레리에게조차 자신에게 '끔찍한 일'이 일어났다고만 말할 뿐이었다. 소름끼치는 수치심에 그녀의 정신마저도 마비되고 있었다.

2월 20일

소피는 계속 울기만 했다. 그녀는 하루 중 상당 부분을 창 뒤에서 무수히 담배를 피우며 보냈고, 나는 그런 그녀의 모습을 여러 장 찍어놓았다. 그녀는 사무실로 돌아가지 않았다. 아마 지금쯤 거기는 벌집처럼 들끓고 있으리라. 장담하건대, 그 자료는 매우 원활하게 유출되고 있을 테고, 자동 커피기계 앞에 모인 인간들은 소피의 사진 복사본을 신나게 교환하고 있을 것이다. 소피의 상상도 이와 같을 것이다. 난 그녀가 다시 회사로 돌아갈 수 있으리라 생각하지 않는다. 자신이 정직 처분을 받았다는 소식을 듣고도 그녀가 그토록 무관심한 모습을 보인 것은 아마도 그 때문일 것이다. 정직 기간은 일주일이라고 했다. 그런 식으로 이럭저럭 충격을 완화해보려는 것 같은데, 상황은 이미 끝난 것으로 보인다. 그것은 경력 내내 그녀를 따라다닐 만한 일이다. 아무튼 지금 소피는 흐릿한 유령의 형상이 되어 있다.

2월 23일

그 저녁은 그 시작부터가 헤어날 수 없는 함정과도 같았다. 난 저녁 식사를 위해 앙드레를 데리러 가기로 되어 있었다. 쥘리앵이라는 레스토랑에 두 자리를 예약해놨지만, 지칠 줄 모르는 나의 애인에겐 다른 계획이 있었다. 그녀의 아파트에 들어간 나는 두 사람을 위해 차려진 식탁을 발견했다. 줄기차게 뿌려대는 향수가 잘 보여주듯이 어떤 악취미 앞에서도 결코 움츠러드는 법이 없는 그 멍청이는 현대미술을 자처하는 웬 흉측한 물건을 촛대랍시고 식탁 위에 올려놓았다. 나는 강하게 사양하긴 했지만, 일단 집 안에 발을 들여놓은 이상, 오븐에서 익어가는 음식 냄새를 맡은 이상 그녀의 초대를 거부하기란 어려운, 아니, 불가능한 일이었다. 나는 형식적으로나마 '이렇게까지 할 필요 없었는데' 라고 항의하면서, 속으로는 다시는 이 여자를 보지 않으리라 다짐했다. 그렇게 확실하게 결정을 내렸다. 이런 생각을 하자 마음이 조금 가라앉았고, 원탁 덕분에 기회만 나면 내 몸을 만지려 드는 앙드레와 떨어져 있게 되었으므로 약간의 안도감마저 느끼고 있었다.

앙드레는 멋대가리 없는 옛날 건물의 5층에 위치한 콧구멍만 한 아파트에 살고 있다. 기실 겸 식당에는 창문이 달랑 한 개 뚫려 있을 뿐인데, 그마저 높은 곳에 위치해 있는데다 안뜰 쪽으로 향해 있어서 볕이 잘 들지 않는다. 우울증에 걸리고 싶지 않다면 항상 불을 켜두어야 하는 곳이다.

그 저녁 시간에 나눈 대화는 우울하기 짝이 없었다. 앙드레에게 나는 부동산 개발회사에 근무하는 리오넬 샬뱅이었다. 부모님은 작고 한 것으로 해두었기 때문에, 화제가 어린 시절로 옮아갈 기미가 보이면 나는 고뇌에 찬 표정을 지어 보였고, 덕분에 어린 시절의 추억을 들려줘야 하는 의무에서 해방될 수 있었다. 나는 지금 혼자 살고 있으며, 이 뚱뚱한 바보가 믿고 있듯이 성불능자였다. 적어도 그런 증세가 있는 사람이었다. 따라서 그 주제를 깊이 파고드는 것도 피할 수 있었다. 겉으로 드러난 그 결과들에 대해서만 언급했다. 그런 식으로 그럭저럭 헤쳐 갔다.

화제가 휴가 얘기로 넘어갔다. 앙드레는 지난달 포의 부모님 집에 내려가 며칠을 지냈고, 난 그녀 아버지의 성격과 어머니의 노파심, 그리고 그 집 개가 하는 한심한 짓거리들에 대한 얘기들을 죄다 듣고 있어야만 했다. 나는 미소를 지었다. 정말이지 그게 내가 할 수 있는 전부였다.

그것은 이른바 우아한 저녁식사라고 할 만한 것이었다. 아니, 그렇게 생각할 사람은 앙드레뿐이다. 그런 명칭을 붙일 수 있을 만한 것은 포도주뿐이었지만, 그마저도 동네 상인이 대신 골라준 것이었다. 그녀는 그 분야에는 깡통이었던 것이다. 어쨌든 그녀는 '그녀 식 칵테일'이라는 걸 만들었는데, 냄새가 그녀가 쓰는 향수와 끔찍이도 비슷했다.

식사가 끝나자, 내가 염려하던 대로 그녀가 소파 앞의 나지막한 탁자에 커피를 내왔다. 그렇게 내 곁에 자리 잡은 암돼지는 숨은 뜻이 뻔히 드러나는 깊은 침묵을 거친 후에 한껏 쓸쓸한 표정을 지으며 자기는 내가 겪는 '어려움들'을 '이해한다'고 말했다. 꼭 수녀 같은 목소리로 그렇게 말했다. 하지만 그녀는 뜻밖의 횡재에 흐뭇한 마음을 억누르고 있을 게 뻔했다. 그녀는 나에게 먹히고 싶은 마음이 굴뚝같았을 것이다. 그녀에게 이런 기회는 매일 찾아오는 게 아닐 테니까. 더구나 가벼운 성불능 증세가 있는 남자가 걸렸으니, 뭔가 쓸모 있는 여자가 될 수 있는 절호의 기회였다. 난 당황한 척했다. 침묵이 내려앉았다. 그럴 때 그녀는 분위기 전환을 위해, 할 말 없는 사람들이 그러듯 직장 얘기를 꺼내곤 한다. 항상 똑같은 시시한 일화들 말이다. 그런데 그녀가 갑자기 회사 홍보부를 언급했다. 나는 정신이 번쩍 들었다. 그리고 잠시 후 나는 화제를 소피 쪽으로 돌리는 데 성공했다. 우선은 조금 동떨어진 화제로 접근했다. 큰 경매가 있으면 직원들이 모두 바빠질 것 같다는 식으로. 앙드레는 회사 직원 거의 절반에 대해 떠든 다음, 마침내 소피 이야기를 꺼냈다. 사실 그녀는 그 사진 유출 사건에 대해 얘기하고 싶어 죽을 지경이었다. 그녀가 끅끅대며 기괴한 웃음을 터뜨렸다. 소피는 이런 여자를 좋은 친구라고 생각했겠지……

"소피가 이렇게 떠나면 섭섭할 것 같아." 그녀가 말했다. "어찌 됐든 그녀는 떠날 테지만……"

나는 귀를 쫑긋 세웠다. 그리고 거기서 모든 걸 알게 되었다. 소피는 퍼시스 사를 떠난다. 그런데 그게 다가 아니다. 그녀는 아예 파리를 뜨는 것이다. 그들이 한 달 전부터 찾은 곳은 시골 별장이 아니라 그들이 살 집이었다. 그녀의 남편은 상리스에 새로 발족된 한 연구팀 팀장으로 임명되어 거기로 이사를 가려는 참이었다.

"그러면 그녀는 어떻게 할 거래?"

내가 앙드레에게 물었다.

"어떻게 하다니, 뭘?"

앙드레는 내가 그런 일에 관심을 갖는 게 사뭇 놀랍다는 표정이었다.

"그 여자는 굉장히 활동적인 성격이라고 했잖아. 그런데…… 그런 시골구석에서 뭘 하려는지 궁금해서……"

앙드레의 얼굴에 의미심장한 미소가 떠올랐다. 그러고는 깨소금 맛나는 공모라도 즐기는 표정으로 "소피는 출산을 앞두고 있어"라고 대답했다. 전혀 몰랐던 사실은 아니지만, 그래도 상당히 충격적이었다. 내가 보기엔 지금 그녀의 상태로는 신중하지 못한 행동이었다.

"그래서, 집은 구했대?"

내가 물었다.

그녀에 따르면, 그들은 우아즈에 아주 멋진 집을 찾아냈다는 거였다. 고속도로에서 그리 멀리 떨어지지 않은 곳이라고 했다.

아기가 생긴다…… 그리고 직장과 파리를 떠난다…… 보도자료 사건을 터뜨렸을 때, 난 단지 그녀가 잠시 동안 일을 중단하는 정도를 바랐다. 그런데 임신을 한데다 아예 파리를 떠난다니…… 새롭게 짜인 이 판에 대해 심각하게 숙고해볼 필요가 있었다. 나는 벌떡 일어났다. 그리고 우물우물 몇 마디를 했다. 이제 가봐야겠다. 시간이 너무 늦었다……

"하지만 커피도 다 안 마셨잖아!"

그 아둔하기 짝이 없는 년이 한탄했다.

놀고 있네, 이런 걸 커피라고. 나는 재킷을 집어들고 현관 쪽으로 향했다.

그다음에는 어쩌다 그렇게 되었을까. 글쎄, 잘 모르겠다. 앙드레는 현관까지 나를 따라왔다. 그녀가 세운 저녁 계획은 내 계획과 전혀 달랐다. 그녀는 내게 말했다. 유감이다, 하지만 그렇게 늦은 시간도 아니지 않느냐, 특히나 오늘은 금요일, 주말 저녁이 아니냐…… 난 내일 일을 해야 한다고 우물거리듯 대꾸했다. 이제 앙드레는 내게 쓸모없는 존재가 되었지만, 노골적으로 본색을 드러낼 필요는 없으므로 안심시켜주는 말을 몇 마디 던졌다. 그러자 그녀가 와락 달려들었다. 내게 몸을 밀착하고는 목에 키스를 했다. 아마 그녀는 내게서 저항하는 기미를 느낀 모양이었다. 뭐라고 속닥거렸는지 정확히 생각나진 않지만, 앞으로 당신을 잘 보살펴주겠다, 인내심 있는 모습을 보여주겠다, 그러니 당신은 조금도 걱정할 필요가 없다, 뭐 이런 종류의 말을 늘어놓았다…… 그녀가 용기를 북돋아주겠답시고 내 배에 손을 올려놓지만 않았더라도, 별 탈 없이 지나갔을 것이다. 하지만 그녀의 손은 거기를, 그것도 몹시 아랫부분을 더듬고 있었다. 난 이미 자신을 통제할 수 있는 상태가 아니었다. 그 역겨운 저녁시간, 그리고 방금 전에 들은 얘기들…… 그런데 이건 또 뭔가…… 휘발유에 성냥을 그은 격이었다. 등짝이 문에 닿을 지경으로 몰린 나는 난폭하게 그녀를 떠밀었다. 그녀는 내 반응에 흠칫 놀랐지만, 자신이 주도권을 쥐고 있다고 느꼈는지 공세를 늦추려 들지 않았다. 그녀는 미소를 지었는데, 뚱뚱한 그녀의 미소는 너무도 흉측하고 탐욕스러웠으며, 못생긴 년들이 보이는 성적 욕구가 대개 그렇듯 너무나도 음탕하게 느껴졌다…… 난 더 이상 견딜 수 없었다. 그녀의 뺨을 갈겼다. 아주 세차게 후려쳤다. 그녀는 바로 볼에 손을 올렸다. 그녀의 눈에 떠오른 것은 경악, 그 자체였다. 그 상황은 터무니없고 무의미했다. 내가 그때껏 그 여자와 한 모든 일들도 마찬가지로 어처구니없고 무의미했다. 난 그녀의 반대편 볼을 후려치고 또 후려쳤다. 그녀가 비명을 지를 때까지 계속 후려쳤다. 더 이상 두려움은 없었다. 난 주위를 둘러봤다. 방을, 먹다 남은 음식들이 널려 있는 식탁을, 소파와 손도 대지 않은 커피 잔들을. 그 모든 것이 역겨웠다. 다음 순간, 나는 그녀의 양어깨를 잡아 마치 안심시켜주려는 듯 내 쪽으로 끌어당겼다. 그녀는 순순히 몸을 맡겼다. 아마도 그녀는 무척이나 고통스러웠을 아까의 경험이 끝나는 것이기를 바랐으리라. 나는 창가로 걸어가, 시원한 공기를 마시고 싶은 사람처럼 창문을 활짝 열어놓고 기다렸다. 그녀가 나에게 다가오리라는 걸 알고 있었다. 그녀는 내 등 뒤에서 우스꽝스럽게 훌쩍거리고 있었다. 채 2분도 걸리지 않았다. 이윽고 그녀가 다가오는 소리가 들렸고, 그녀의 향수 냄새가 마지막으로 한 번 더 나를 감쌌다. 나는 숨을 깊게 들이마신 다음 몸을 돌려 그녀의 양어깨를 붙잡았다. 그리고 그녀가 내게 몸을 붙이고 강아지처럼 훌쩍거리고 있을 때, 그녀를 안아주려는 듯 천천히 몸을 돌린 다음 느닷없이 그녀의 두 어깨를 세차게 밀어버렸다. 그녀가 창밖으로 밀려나는 순간, 겁에 질린 그녀의 시선과 언뜻 마주쳤다. 2,3초 후, 역겨운 소리가 울렸다. 나는 울기 시작했다. 어머니의 모습이 다시 눈앞에 떠오르는 것을 막기 위해 머리끝에서 발끝까지 덜덜 떨었다. 하지만 몇 초 후, 어느새 재킷을 집어들고 층계를 뛰어내려간 것을 보면, 그때 내 정신은 충분히 명료했던 모양이다.

2월 24일

앙드레의 추락은 나에게도 힘든 시련이었다. 그 멍청한 여자가 죽었다는 사실 때문이 아니라, 그 죽음의 방식 때문이었다. 돌이켜보건대, 뱅상의 어머니가 죽었을 때 뭔가를 느끼지 못한 게 오히려 놀랍다. 아마도 계단과 창문의 차이 때문일 것이다. 그날 밤 창문 밖으로 날아간 사람은 앙드레가 아니고 엄마였다. 하지만 그것은 지난 몇 년 동안 꾸어온 그 많은 꿈들만큼 고통스럽지는 않았다. 마치 그동안 내가 평화를 얻기라도 한 듯 말이다. 난 그것이 소피 덕분이라고 생각한다. 이른바

전이轉移, 혹은 그와 비슷한 어떤 것이 일어나고 있는 것이리라.

2월 26일

오늘 아침, 소피는 소중한 동료의 장례식에 갔다. 그녀는 검은 옷을 입고 있었다. 온통 새카맣게 입은 그녀의 모습은 꽤 예뻐 보였다. 앞으로 죽게 될 여자치고는 말이다. 그 짧은 시간에 장례식을 두 번이나 치르게 되다니, 충격이 제법 컸을 것이다. 나 역시 충격이 컸다는 사실을 고백하지 않을 수 없다. 앙드레, 그리고 특히 그녀가 죽은 방식……! 그것이 일종의 신성모독으로 느껴진다. 내 어머니에 대한 모욕 말이다. 어린 시절의 고통스러운 영상들이 다시 떠올랐고, 나는 그것들에 맞서 필사적으로 싸웠다. 나를 사랑하는 여인들은 모두 높은 곳에서 떨어져 죽을 운명인지도 모른다.

나는 상황을 정리해봤다. 그렇게 밝은 상황은 아니지만, 그렇다고 파국이라고 할 수도 없다. 더욱 신중하게 행동해야 한다. 멍청한 실수만 저지르지 않는다면, 모든 게 잘되어갈 것이다. 퍼시스 사社에서 나를 본 사람은 아무도 없다. 암퇘지와 처음 만난 이후로 그곳에 발을 들여놓은 적이 없으니까.

물론 그녀 집에 지문을 잔뜩 남긴 건 사실이지만, 경찰에 내 기록이 없기 때문에, 우연한 사고가 아닌 한 그들이 나를 이 일과 결부시킬 가능성은 거의 없다. 그렇기는 하지만 이제는 최고로 신중하게 행동해야 하며, 계획 전체를 위험하게 만들 수 있는 그 따위 멍청한 실수는 두 번 다시 저질러서는 안 될 것이다.

2월 28일

소피에 대해서도 모든 것이 끝난 것처럼 호들갑 떨 필요가 없다. 그녀가 파리를 떠나게 됐으니 거기에 맞춰야 한다. 그게 전부다. 가슴이 좀 무거운 점은, 그동안 구축해온 기술적인 부분들이 쓸모없어졌다는 것이다. 하지만 뭐, 어쩔 수 없지 않은가. 물론 여기만큼 좋은 관측 장소를 찾게 될 가능성은 희박하지만, 그래도 뭔가 찾아낼 수 있을 것이다.

아기는 여름에 태어날 것이다. 나는 앞날의 전략 가운데 녀석도 포함시켰다.

3월 5일

난리법석이다. 오늘 아침, 이삿짐센터 트럭이 길 아래쪽에 나타났다. 7시도 안 된 시각이었다. 하지만 새벽 5시부터 아파트에 불이 켜졌고 부산히 움직이는 소피와 뱅상의 실루엣이 보였다. 8시 반, 뱅상은 모든 일을 불쌍한 아내에게 맡기고 출근해버렸다. 정말 밉살스러운 친구다.

내가 이 방에 남아 있을 이유는 더 이상 없다. 이 방을 생각하면 소피와 가까이 살 수 있었던 시간들이 떠오를 것이다. 언제든 그녀의 창을 바라볼 수 있고, 그녀를 볼 수 있고, 그녀를 사진에 담을 수 있었던 경이로운 시간들이…… 지금까지 백여 장의 사진을 찍었다. 거리에 있는 소피, 지하철 안의 소피, 핸들을 잡은 소피, 벌거벗은 몸으로 창가를 지나가는 소피, 남편 앞에 무릎을 꿇은 소피, 거실 창가에 앉아 발톱을 줄로 다듬고 있는 소피……

언젠가 난 영영 떠나버린 소피를 그리워하게 되리라. 하지만 아직은 그 단계가 아니다.

3월 7일

기술적인 부분의 사소한 문제 하나. 마이크 두 개를 회수했다. 세 번째 것은 이사 통에 사라져버린 것 같다. 좁쌀만큼 작은 물건이니까.

3월 18일

이 시골구석은 끔찍이도 춥다. 또 얼마나 쓸쓸한지! 소피는 도대체 뭘 하겠다고 이런 곳에 내려왔단 말인가. 남편만 철썩같이 믿고 따라왔겠지. 그녀는 착하디착한 아내다. 내 생각에 그녀는 석 달도 못 가 지루해서 죽어버릴 것이다. 불러오는 배가 벗이 돼주겠지만, 앞으로 걱정거리가 한두 가지가 아닐 것이다…… 그녀의 남편 뱅상이 승진해서 자리를 옮긴 것은 사실이지만, 난 그 친구가 아주 이기적으로 느껴진다.

소피가 이곳으로 이사 온 탓에, 나는 추운 겨울에 매일 수십 킬로미터씩 이동해야 하는 처지가 되어버렸다. 그래서 콩피에뉴에 자그마한 호텔을 하나 찾아냈다. 나는 거기서 작가로 통한다. 적당한 관측 장소를 찾아내느라 훨씬 많은 시간이 필요했지만 어쨌든 찾아냈다. 나는 집 뒤편, 돌담이 무너진 곳을 통해 드나든다. 오토바이 세워놓을 곳도 찾아냈다. 지붕이 제법 많이 남아 있는 허물어진 헛간 안이다. 그곳은 집에서 멀리 떨어져 있을 뿐만 아니라, 다니는 사람도 많지 않아서 도로에서 내 오토바이가 전혀 보이지 않는다.

춥다는 점만 빼면 문제는 전혀 없다. 하지만 소피에겐 그런 것 같지 않다. 이사한 지 얼마 되지도 않았는데 골치 아픈 문제들이 무더기로 쏟아진다. 우선, 이 거대한 저택에서는 할 일이 끊이지 않아, 아무리 활동적인 성격이라 해도 감당하기가 쉽지 않다. 처음 며칠 동안은 인부들이 와서 그나마 나았다. 그런데 난데없이 늦추위가 몰려와 인부들이 작업을 멈췄고, 언제 다시 올지 기약이 없다. 그러는 바람에 트럭들이 온통 파헤쳐놓은 집 앞 마당이 꽝꽝 얼어붙어, 소피는 나갈 일이 있을 때마다 발목을 삐곤 한다. 주변이 더욱 살풍경해진 것은 말할 것도 없다. 벽난로에 넣을 땔감이 널려 있는 숲은 필요하지 않을 때는 제법 가깝게 느껴졌지만, 정작 지금은…… 그리고 이곳에서는 너무도 외롭다. 이따금 차 한 사발을 들고 집 앞 계단으로 나오는 그녀의 모습이 보인다. 혼자 아무리 흥을 내본다 한들, 하루 종일 혼자 일하고 남편은 매일 저녁 말도 안 되는 시간에 귀가한다면……

오늘 아침, 열린 현관문 틈으로 고양이가 나가버렸다. 고양이를 한 마리 키워보시겠다? 참 좋은 생각이다…… 흰 털과 검은 털이 섞인 예쁜 고양이였다. 얼마 후 녀석이 용변을 보려는지, 집에서 멀리 벗어나지는 않으면서 주변을 어슬렁거렸다. 아마 녀석의 첫 외출인 듯, 소피가 부엌 창을 통해 녀석을 살폈다. 나는 집 주변을 크게 돌아 녀석을 따라서 집 뒤쪽으로 갔다. 고양이와 나는 정면으로 마주쳤다. 나는 걸음을 멈췄다. 고양이는 사납지 않았다. 착한 녀석이었다. 몸을 숙여 녀석을 불렀다. 녀석은 잠시 머뭇거리다가 다가왔다. 내가 쓰다듬어주자 고양이들이 대개 하는 대로 등을 둥글게 구부리고 뒤꽁무니를 높이 쳐든 채 가만히 있었다. 나는 녀석을 안아들었다. 녀석은 가르랑거리기 시작했다. 마음속에 어떤 뻣뻣함, 불안스러운 흥분 같은 것이 일었다…… 고양이는 가르랑거리며 몸을 맡기고 있었다. 나는 녀석을 안고 뱅상이 연장들을 보관해놓은 곁채로 갔다.

3월 25일

며칠 만에 그 집을 다시 찾아갔다. 자신의 착한 고양이가 남편의 곁
채 문에 못 박혀 있는 모습을 소피가 발견한 그날 이후로 처음이었다.
그녀로선 충격이 꽤 컸을 것이다. 그녀의 입장에서 생각해보라……! 아
침 9시경에 도착해보니, 그녀는 어디론가 떠날 준비를 하고 있었다. 그
녀는 자동차 트렁크에 여행가방 하나를 집어넣었다. 나는 신중을 기하
기 위해 반시간 정도 기다린 다음, 집 뒤편 일층의 덧창 하나를 뜯고 안
으로 들어갔다. 이사 온 이후 소피는 부지런히 집 안을 꾸몄다. 일층, 주
방, 거실, 그리고 무슨 용도로 쓸 생각인지 모르는 다른 방 하나까지 칠
을 거의 끝내놓은 상태였다. 계란색 바탕에 좀 더 짙은 노란색으로 장
식띠를 둘렀고, 거실의 들보는 피스타치오 계열의 녹색으로 꾸몄는데,
(나는 색에 대해선 잘 모르지만) 어쨌든 결과는 아주 예뻤다. 매우 공
들인 작업이었다. 매일매일 오랜 시간을 들여 작업한 것 같았다. 인부
들은 욕실의 골격만 대충 만들어놓고 떠났지만 사용이 가능한 상태였
고 온수도 나왔다. 주방 역시 공사가 한창이었다. 부엌가구들은 바닥에
널려 있었는데, 아마 수도관 공사를 마친 뒤 설치할 계획인 듯했다. 나
는 차를 한잔 마시면서 잠시 생각했다. 이 방 저 방을 어정거리며 눈에
띄는 물건을 두어 개 골라잡았다. 사라진 사실을 전혀 알아차리지 못했
다가 다시 발견하게 되면 깜짝 놀라는 대수롭지 않은 물건들 말이다.
그러다보니 결심이 섰다. 나는 페인트 통이며 롤러 등을 가져와 소피보
다 훨씬 적은 시간을 들여서, 그리고 약간 '자연스러운' 스타일로 바닥

에서 천장까지 칠을 완전히 다시 했다. 주방의 가구들은 벽난로에 넣을 나무 쪼가리들로 변신했다. 나는 흘러내리는 페인트를 닦기 위해 부엌 행주를 사용했고, 그 김에 가구들에 약간 야성적인 느낌을 덧붙여줬다. 욕실과 주방을 잇는 배관을 절단했고, 수돗물을 틀어놓고 집을 나왔다.

당분간은 다시 들를 필요가 없을 것이다.

3월 26일

소피는 이사 오자마자 같은 마을에 사는 초등학교 교사 로르 뒤프렌과 알게 되었다. 비슷한 연배인 그들은 금세 친해졌다. 나는 로르의 집을 한번 둘러봤다. 방문 도중에 방해받고 싶지는 않았으므로 그녀가 수업하는 시간을 이용했다. 특별한 건 없었다. 평범하고도 평온한 삶을 살고 있는 아가씨다. 그들은 자주 만난다. 로르는 일과를 마치고 기꺼이 소피의 집에 들러 함께 차를 즐긴다. 소피는 그녀의 교실에 새 가구를 들여놓을 때 가서 도와주기까지 했다. 쌍안경으로 보니 두 여자는 즐거운 시간을 보내고 있다. 소피에게 이 만남이 무척 힘을 준다는 느낌이 든다. 나는 약간은 황당무계한 상상을 해보기 시작했다. 문제는 이 모든 것을 어떻게 활용하느냐이다. 그리고 그 방법을 찾아낸 것 같다.

3월 27일

로르는 그녀를 안심시켜보려 하지만 허사다. 소피는 극도로 의기소침해 있다. 기르는 고양이가 죽더니, 이번에는 집이 온통 난장판이 되어 있다. 정말이지 너무도 혹독한 시련이다. 그녀는 어느 이웃의 악의적인 소행이라고 생각한다. 로르는 말도 안 된다고 주장한다. 동네 사람들은 그늘 부부를 진심으로 환영했고, 또 좋은 사람늘이라고 믿고 있다. 하지만 소피는 깊은 의심을 품고 있다. 그녀가 열거하는 이유들을 들으면 그럴듯하게 느껴지기도 한다. 그녀는 다시 보험사 감정인들을 부르고, 경찰에 신고하고, 인부들에게 연락하고, 가구를 주문해야 한다. 이 모든 일은 하루에 끝나지 않는다. 몇 주일이 걸리는 일이다(어쩌면 몇 달이 걸릴 수도 있다. 이해가 되지는 않지만). 게다가 집 안을 온통 다시 칠해야 하다니! 기가 막혀 말이 안 나온다. 뱅상은 또 어떤가. 새로운 직책에 매여 매일같이 늦게 들어오면서 당연하다, 처음엔 항상 그렇다(아무튼 이 직책이 그렇다……), 이 따위 말이나 늘어놓는다. 소피는 이 집에서 뭔가가 잘못 시작되고 있다고 느낀다. 그녀는 너무 부정적으로 반응하지는 않으려 한다(그래, 맞아, 소피. 이성적으로 생각해야지). 뱅상은 그녀를 안심시켜주려고 경보 시스템을 설치했지만 그녀의 불안감은 여전하다. 우아즈에서의 밀월은 오래가지 못할 것 같다. 그녀의 몸 상태? 진행되고 있다. 3개월 반이다. 하지만 안색이 좋지 않다.

4월 2일

해도 너무했다! 집 안에 커다란 쥐들이 돌아다니는 것이다! 한 번이 아니라 이미 여러 번 봤다. 그리고 한 마리를 봤다는 건 그 뒤에 열 마리가 숨어 있다는 얘기 아닌가. 암수 한 쌍으로 시작해서 급속도로 늘어나는 게 그놈들이다. 사방에 우글거리고, 이 구석 저 구석에서 뛰어다니다 어디론가 사라진다. 정말이지 소름 끼친다. 밤이면 놈들이 갉아대는 소리가 들린다. 덫을 놓고, 기발한 방법으로 놈들을 유인하여 죽인다는 온갖 제품들을 써봤지만, 도대체 몇 마리나 있는 건지 모르겠다. 나는 오토바이 사이드백 안에 날뛰는 쥐들을 싣고 부지런히 왔다 갔다 한다. 그게 가장 힘든 점이다.

4월 4일

소피에게 가장 큰 힘과 위안이 되는 사람은 로르이다. 나는 몇 가지 사소한 점들을 확인하기 위해 그 초등학교 교사의 집을 방문했다. 처음엔 이 아가씨에게 약간 레즈비언 성향이 있지 않나 의심했지만, 그런 것 같지는 않다. 하지만 마을과 인근에 돌기 시작하는 익명의 편지들은 그렇다고 주장하고 있다. 그런 편지가 처음 도착한 곳은 시청이었고, 그다음엔 각종 사회기관과 교육청 사람들이 로르에 대한 끔찍한 이야기들을 읽게 되었다. 그 편지들에서 로르는 부정직하고(어떤 편지는 그녀가 교직원조합의 계좌를 조작했다고 주장한다) 포악하며(또 다른 편지는 그녀가 몇몇 아동을 학대했다고 말한다) 부도덕한(그녀가 소피 뒤게와 부적절한 관계를 맺고 있다는 주장도 있다) 인물로 묘사되어 있다. 마을 분위기는 무겁기 그지없다. 평소엔 아무 일도 없는 마을이기 때문에 다른 곳보다 소문이 뜨겁다. 소피는 이메일에서 로르를 '아주 용기 있는 여자'로 묘사했다. 소피는 그 기회를 통해 다른 사람에게 조금이나마 도움을 주었다. 자신이 쓸모가 있다고 느꼈다.

4월 15일

말로만 듣던 발레리가 드디어 모습을 드러냈다! 내가 보기에 두 여자는 닮은 것 같다. 둘은 고등학교에서 알게 된 사이다. 발레리는 리옹에 있는 한 국제운송회사에서 근무한다. 인터넷에서 발레리 주르댕을 검색하면 아무것도 나오지 않지만, 주르댕만 검색하면 가문의 부富를 일군 할아버지로부터 그의 손자이자 발레리의 오빠인 앙리에 이르기까지 그녀 가족 전체에 대한 항목들이 줄줄이 이어진다. 주르댕 집안은 이미 19세기 말에 방직업 분야에서 상당한 부를 축적한 가문이었다. 발레리의 할아버지 알퐁스 주르댕이 보기 드문 천재성을 발휘하여 합성 면사의 특허를 내 가족 두 세대가 먹고 살 수 있는 재산을 만들어놓은 덕분이었다. 그런데 그것으로도 모자랐던지 알퐁스의 아들, 즉 발레리의 아버지가 선친의 유업을 훌륭히 완성시켰고, 일련의 신중한 투기(주로 부동산 계통의)를 통해 돈 걱정에서 해방되는 후손을 두 세대에서 여덟 세대로 늘려놓았다. 발레리의 개인 재산을 추산해본 결과, 아파트 한 채만 팔아도 130살까지 아무 걱정 없이 지낼 수 있을 정도다.

나는 두 여자가 정원을 산책하는 모습을 지켜보았다. 소피는 발레리에게 죽어가는 화초들을 힘없는 손짓으로 가리켜 보였다. 심지어는 나무 몇 그루까지 그런 상태였다. 도대체 무슨 까닭인지 알 수 없단다. 그리고 알고 싶지도 않단다.

발레리는 친구를 위해 나름대로 최선을 다한다(그녀는 집에 칠을 좀 하지만, 잠시 후 담배 한 대를 피워물고 등받이 없는 나무의자에 주저앉아 수다를 떨다가, 한 시간 전부터 소피 혼자 일하고 있다는 사실을 불현듯 깨닫곤 한다). 문제는 소피가 쥐들을 무서워한다는 점이다. 뜬금없이, 때로는 하룻밤에 네 번까지도 울려대는 경보 시스템도 그녀를 하얗게 질리게 한다(물론 난 이것을 위해 꽤 힘든 작업을 해야 했지만 충분히 보람을 느끼고 있다). 발레리는 경보 시스템 문제는 좀 지나치다고 생각한다. 나는 그런 그녀를 비난할 수 없다.

소피는 발레리에게 로르를 소개해줬다. 모든 것에서 화기애애한 분위기가 느껴진다. 하지만 벌써 몇 달 전부터 주기적으로 우울증에 빠져들곤 하는 소피와, 마을에 계속 쏟아져 들어오는 익명의 편지들 때문에 고통 속에서 살고 있는 로르 사이에 낀 발레리에겐 이것이 도무지 휴가처럼 느껴지지 않을 것이다.

4월 30일

이런 상태가 계속된다면, 결국에는 발레리도 소피에게 화를 내고 말리라. 뱅상은 마치 스핑크스 같은, 도무지 속을 알 수 없는 사내다. 하지만 발레리는 뱅상과 완전히 다르다. 더없이 솔직하고, 계산 같은 것은 전혀 하지 않는 여자다.

여러 날 전부터 소피는 발레리에게 조금 더 머무르라고 말하고 있다. 며칠만 더 있다 가라고 한다. 발레리가 그럴 수 없노라고 설명하지만, 소피는 계속 고집을 피운다. 소피는 발레리를 "자기야"라고 부르며 응석까지 부린다. 사실 발레리는 원한다면 체류를 연장할 수도 있지만 이곳에서의 시간이 전혀 즐겁지가 않다. 내 생각으로는 이 세상 그 무엇도 그녀를 더 이상 여기에 붙잡아놓을 수 없다. 그런데 막 떠나려는 순간, 그녀의 기차표를 찾을 수 없는 것이다. 내가 더 있다 가게 하려고 소피가 수민 짓이구나 하는 생각이 발레리의 뇌리를 스친 것은 말할 것도 없다. 소피가 극구 부인하는 가운데, 발레리는 크게 개의치 않는 척하고, 뱅상 또한 이 모든 걸 대수롭지 않은 해프닝 정도로 여긴다. 발레리는 인터넷으로 다시 표를 구입했다. 그녀는 평소보다 말수가 훨씬 줄어들어 있었다. 두 여자는 역에서 서로를 포옹했다. 발레리가 소피의 등을 두드려주었고, 소피는 고개를 끄덕이며 눈물을 보였다. 발레리는 이렇게 도망가게 되어 너무 다행이라고 생각했으리라.

5월 10일

로르의 자동차가 고장 나는 것을 본 순간, 난 무슨 일이 일어나게 될지 예상했고, 그것에 따라 선수를 쳤다. 예상은 틀리지 않았다. 바로 다음 날, 로르는 소피에게 장을 봐야 하니 차를 빌려달라고 부탁했다. 소피는 남에게 도움이 될 기회만 생기면 몹시도 좋아하는 사람이다. 모든 게 준비되어 있었다. 나는 일을 제대로 해 놓았고, 솔직히 운도 조금 따라주었다. 로르가 아무것도 못 보고 지나칠 수도 있는 일이었기 때문이다. 하지만 그녀는 봤다. 카트의 물건들을 옮겨 실으려고 차 트렁크를 열었을 때, 비닐봉지에서 삐져나온 잡지 귀퉁이들이 눈에 띄었다. 규칙적으로 날아드는 익명의 편지들로 삶이 망가지고 있던 그녀로서는 호기심을 느끼지 않을 수 없었다. 그리고 잡지 안에서 수많은 글자들이 잘려 나간 페이지들을 발견했을 때, 머릿속에서 즉각 퍼즐이 맞춰졌다. 나는 곧바로 난리가 나리라 예상했다. 하지만 전혀 그렇지 않았다. 로르는 매우 치밀하고도 차분한 아가씨였다. 소피가 그녀를 좋아하는 것은 바로 그 점 때문이기도 했다. 로르는 자기 집에 들러 최근 몇 주 동안 모은 익명 편지들의 복사본을 챙겼다. 그런 다음, 잡지 뭉치를 함께 들고 인근 도시의 경찰서로 가서 신고했다. 소피는 그녀가 돌아올 기미를 보이지 않자 불안해하기 시작했다. 그러다 마침내 안도의 한숨을 내쉬었다. 로르는 거의 한마디도 하지 않았다. 나는 쌍안경을 통해 두 여자가 마주 선 것을 보았다. 소피의 눈이 휘둥그레졌다. 로르의 뒤를 따라서 군경대 승합차가 가택수색을 하기 위해 들이닥쳤던 것이다. 물론 그들은 내가 집 여기저기에 숨겨놓은 다른 잡지들을 찾아냈다. 명예훼손죄 재판이 앞으로 몇 주일 동안 이 조그만 마을을 뒤흔들게 될 것이다. 소피는 완전히 절망한 기색이다. 지금까지의 일들만으로 충분치 않았단 말인가? 이 일만은 뱅상에게 얘기해야 할 것이다. 나는 소피가 때로는 죽어버리고 싶은 심정일 거라고 생각한다. 임신까지 한 여자가……

5월 13일

기력이 하나도 남지 않았다. 여러 날 동안 그녀는 말 그대로 방바닥을 기어 다녔다. 집에서 일을 하긴 했지만, 사실은 거의 한 게 없었고 건성이었다. 외출조차 거부하고 있는 듯하다.

인부들과 무슨 일이 있었는지는 모르지만, 더 이상 그들의 모습은 보이지 않는다. 보험사들이 까다롭게 굴지 않을까 걱정이 된다. 경보 시스템을 더 일찍 설치해야 했다느니 뭐니 하면서 말이다. 트집 잡기를 너무나도 좋아하는 사람들이니…… 한마디로 되는 일이 하나도 없다. 소피는 수심이 가득하고 낙담한 얼굴을 하고 있다. 바깥에서 담배를 피우며 몇 시간을 보내는데, 그녀의 몸으로는 절대로 해서는 안 되는 행동이나……

5월 23일

날이 저물 무렵, 하늘엔 시커먼 먹구름들이 몰려들고 있었다. 7시경
에는 비가 내리기 시작했다. 9시 15분에 뱅상 뒤게가 내 앞을 지나갔을
때, 폭우는 절정에 달해 있었다.

뱅상은 신중하고 꼼꼼한 사람이다. 적당한 속도를 유지하고, 오른쪽,
왼쪽 깜빡이 등을 꼭꼭 켜가며 운전한다. 그러다 국도에 접어들자 속도
를 높였다. 도로는 수 킬로미터를 똑바로 뻗어가다가 조금 이상한 모양
으로 왼쪽으로, 심지어 급작스러운 각도로 꺾인다. 표지판이 있긴 하지
만, 꽤 많은 운전자들이 속아 넘어갔을 것이다. 특히 이 부근에는 도로
가에 큼직한 나무들이 줄줄이 서 있어서 커브가 가려지기 때문에 더욱
그렇다. 물론 뱅상은 그럴 리 없다. 벌써 몇 주째 이 길을 이용해왔고,
속도를 내는 일이 거의 없는 사람이니 말이다. 하지만 잘 아는 길일 경
우 늘 안전하다고 여기고 그것에 대해 더 이상 생각도 하지 않는 게 사
람들의 심리다. 뱅상은 이 길을 잘 알고 있다는 자신감을 갖고 커브 길
로 접어들었다. 빗줄기가 한층 굵어졌다. 나는 바로 그의 뒤에 있다가
정확히 계산된 지점에서 그를 추월했고, 다시 급히 그의 차 쪽으로 따
라붙었다. 어찌나 갑작스럽게 따라붙었는지 내 오토바이 꽁무니가 그
의 차 앞 범퍼에 부딪혔을 정도다. 추월이 완전히 끝나기도 전에 나는
기우뚱하니 미끄러지기 시작했고, 곧바로 거세게 브레이크를 잡아 다
시 균형을 잡으며 일어섰다. 뱅상 뒤게는 돌발적인 상황에 충격을 받았
다. 쏟아지는 폭우 속에서 어디선가 난데없이 오토바이 한 대가 튀어나
오더니, 바짝 따라붙어 자동차에 부딪히고, 급기야는 기우뚱 춤을 추기
시작했다…… 뱅상 뒤게는 통제력을 완전히 상실해 난폭하게 브레이
크를 밟았다. 그가 흔들리는 차의 균형을 잡으려고 애썼지만, 나는 오

239

토바이 뒷바퀴로 서다시피 하며 그의 앞을 가로막았다. 차가 나를 들이받으려 하자, 그는 허둥지둥 핸들을 틀었다. 그리고…… 상황은 거기서 끝나버렸다. 그의 차는 핑그르르 한 바퀴 돌았고, 길 옆 경사면에 타이어가 물렸다. 그렇게 종말이 시작되고 있었다. 차는 오른쪽으로 꺾이는 듯하다가 다시 왼쪽으로 꺾였고, 엔진이 맹렬히 울부짖었다. 자동차는 요란하게 우그러지는 소리를 내며 나무를 들이받았다. 그렇게 뒷바퀴로 서서 앞쪽이 지면에서 50여 센티미터나 쳐들린 꼴을 하고 나무둥치에 깊숙이 들이박혀 있었다.

나는 오토바이에서 내려 차로 뛰어갔다. 비가 억수같이 퍼붓고 있었지만 언제라도 차에 불이 붙을 수 있는 상황이었다. 일을 빨리 끝내고 싶었던 나는 왼쪽 앞문으로 다가갔다. 뱅상은 계기판에 부딪혀 가슴이 짓뭉개져 있었다. 지금 생각해보면 에어백이 아예 터져버린 것 같은데, 그런 일이 가능할 줄은 몰랐다. 그다음에는, 내가 왜 그런 짓을 했는지 모르겠는데, 아마도 그가 죽은 것을 확인하고 싶었던 것 같다. 나는 머리에 쓰고 있던 헬멧의 바이저를 올리고는 그의 머리칼을 붙잡아 머리통을 내 쪽으로 돌렸다. 얼굴에 피가 흘러내리고 있었다. 그다음에 내가 본 것은 정말이지 아무도 상상할 수 없는 광경이었다. 그의 눈이 크게 열린 채 나를 뚫어지게 쳐다보고 있었다! 그 시선에 내 몸은 그대로 마비되어버렸다…… 폭우가 차 안으로 들이쳤고, 뱅상의 얼굴에서는 선혈이 흘러내렸으며, 강렬하게 응시하는 그의 눈은 나를 그대로 얼어붙게 만들었다. 그렇게 우리는 한참 동안 서로를 쳐다봤다. 내가 손을 놓자 그의 머리는 옆으로 무겁게 떨어졌지만, 눈은 여전히 뜨고 있었다. 시선이 아까와는 다른 곳을 향해 고정되어 있었다. 마침내 죽어버린 사람처럼 말이다. 나는 헐레벌떡 뛰어 자동차에서 멀어졌고, 오토바이를 급히 출발시켰다. 몇 초 후, 어느 차 한 대와 스쳐간 나는 백미러로 그 차의 제동표시등이 켜지는 것을 보았다……

내 눈에 꽂혀오던 뱅상의 시선 때문에 나는 잠을 이룰 수 없었다. 그는 정말로 죽은 것일까? 만일 그렇지 않다면, 그가 날 기억할까? 그와 부딪혔던 오토바이 운전자가 나라는 것을 알아볼까?

5월 25일

나는 소피가 자기 아버지에게 보내는 이메일들을 통해 정보를 얻고 있다. 그는 그녀를 보러 오겠다고 거듭 제안했지만, 그녀는 계속 거절했다. 혼자 있고 싶다고 했다. 하기야 그녀의 삶은 이미 감당하기 힘들 정도로 어지럽지 않은가…… 뱅상은 신속하게 가르슈로 이송됐단다. 빨리 그의 소식을 듣고 싶다. 이제 일이 어떻게 흘러갈지 잘 모르겠다. 그래도 약간 다행인 것은 뱅상의 상태가 좋지 않다는 사실이다. 아니, 매우 나쁜 상태였다.

5월 30일

잘못하면 그녀를 잃게 될 위험이 있으므로, 몇 가지 조치를 취해야 했다. 이제 난 그녀가 어디에 있는지 항상 파악하고 있다. 그러는 편이 더 안전하다.

나는 그녀를 보고 있다. 그녀는 임신한 사람처럼 보이지 않는다. 세상에는 그런 여자들이 있다. 마지막에 가서야 임신한 것이 드러나는 여자들이.

6월 5일

물론 일어날 수밖에 없는 일이었다. 아마도 여러 가지가 쌓여서 그런 것이리라. 요 몇 달간 긴장과 시련들이 이어졌고, 특히 최근 몇 주 동안엔 그것들이 가속적으로 진행됐다는 점, 로르의 명예훼손 고소, 뱅상의 교통사고…… 어제 소피는 한밤중에 집을 나섰다. 흔히 있는 일은 아니었다. 그녀가 간 곳은 상리스였다. 나는 뱅상과 관련이 있는 게 아닌가 생각했다. 하지만 아무런 관련도 없었다. 소피는 유산을 한 것이다. 아마도 여러 가지 일 때문에 충격이 컸던 탓이리라.

6월 7일

어젯밤, 나는 상태가 아주 좋지 않았다. 잠을 자던 중 설명할 수 없는 고통에 사로잡혀 벌떡 일어났다. 무슨 증상인지는 금방 알 수 있었다. 출산과 관계된 일이 있을 때면 이런 상태를 보인다. 항상은 아니지만, 종종 그런다. 나 자신의 탄생에 대해 꿈꿀 때면, 환히 빛나는 엄마의 얼굴을 상상할 때면, 엄마의 부재가 내 가슴을 찢어놓는다.

6월 8일

뱅상이 재활훈련을 받기 위해 생틸레르 병원으로 옮겨졌다. 들려오는 소식들은 내가 생각했던 것보다 훨씬 더 걱정스럽다. 그는 대략 한 달 후에 퇴원할 예정이다.

7월 22일

얼마 동안 소피를 보지 못했다. 그녀는 기분전환을 위해 잠시 아버지 집을 다녀왔다. 거기서 딱 나흘 머물렀다. 그리고 거기서 뱅상을 보러 곧장 가르슈로 갔다.

솔직히 말해서, 그렇게 기분 좋은 소식은 아니다…… 빨리 가서 직접 확인해보고 싶을 뿐이다.

9월 13일

세상에! 아직도 충격이 가시지 않았다.

예상은 했지만 설마 그 정도일 줄이야…… 오늘 오전에 뱅상이 퇴원한다는 건 소피가 아버지에 보낸 이메일을 통해 알고 있었다. 그래서 병원 전체를 굽어볼 수 있는 정원 북쪽 끄트머리 지점에 아침 일찍 자리를 잡았다. 20분쯤 후에 그들이 중앙 건물의 나지막한 현관 앞 층계에 나타났다. 소피는 층계 옆에 있는 장애인용 경사로 위쪽에서 남편이 탄 휠체어를 밀고 있었다. 그들의 모습이 제대로 보이지 않았다. 나는 일어나서 평행한 산책로를 통해 그들에게 접근했다. 아, 거기서 내가 본 것은……! 휠체어에 탄 사내는 전혀 알아볼 수 없는 모습으로 변해 있었다. 척추에 지독한 손상을 입은 모양인데, 그곳만 다친 것이 아니었다. 제대로 기능하는 부분을 세는 편이 오히려 나을 정도였다. 체중은 겨우 45킬로그램 남짓 돼 보였다. 몸은 조그맣게 오그라들어 있었고, 그냥 놔두면 좌우로 힘없이 건들거릴 목은 보호대에 의지해 그럭저럭 서 있었으며, 멀리서나마 확인해보니 눈빛은 우유처럼 뿌옇고 안색은 샛노랬다. 이 친구가 아직 서른도 안 됐다는 사실을 생각하면 놀라운 일이었다.

소피는 놀랄 만큼 체념한 표정으로 휠체어를 밀고 있었다. 그녀는 차분했고, 시선은 곧았다. 몸짓이 약간 기계적으로 느껴졌지만, 걱정거리가 너무나 많은 사람이니 이해해줘야 하지 않겠는가. 내가 그녀에게서 좋아하는 점은 이런 상황에서도 결코 평범하게 행동하지 않는다는 것이다. 다시 말해 경건한 수녀나 힘들게 희생하는 간호사 같은 태도를 보이지 않는다. 그저 휠체어를 밀고 있을 뿐이다. 하지만 그녀는 생각해봐야 하리라. 이 식물인간 같은 사내를 어떻게 해야 할지 잘 생각해봐야 하리라. 나도 마찬가지지만……

10월 18일

너무나도 쓸쓸하다. 이 지방이 유쾌하게 느껴진 적은 한 번도 없지만(적어도 그것만은 분명히 말할 수 있다), 이제는 그 황량함이 절정에 달한 느낌이다. 휑뎅그렁한 집, 바깥에 햇살이 조금만 비치면 그녀의 시간과 에너지를 몽땅 앗아가는 장애인 남편이 탄 휠체어를 끌고 현관 층계 위로 나오는 외로운 소피…… 한마디로 가슴이 찡하다. 그녀는 숄로 남편의 몸을 덮어준 뒤, 휠체어 옆의 의자에 앉아 헤아릴 수 없이 많은 담배를 피우며 남편에게 말을 건넨다. 그녀가 하는 말을 그가 과연 이해하는지는 판단하기 힘들다. 그녀가 말하든 말하지 않든, 그는 항상 고개를 끄덕인다. 그는 끊임없이 침을 흘리는데, 보기에 민망할 정도다. 뭔가를 표현하려고 애쓰긴 하는데 말을 하지 못한다. 다시 말해, 우리가 일반적으로 하는 '분절언어'를 더 이상 하지 못한다는 얘기나. 그저 일종의 외침이나 으르렁거림 같은 소리를 낼 뿐이다. 두 사람은 그렇게라도 의사소통을 시도하고 있다. 정말이지 소피의 인내심은……
나라면 절대로 그러지 못할 것이다.

그 나머지 부분에 대해서 나는 가급적 관심을 갖지 않는다. 지나쳐서
좋을 것은 결코 없기 때문이다. 나는 매일 밤 1시에서 4시 사이에 그들
집에 들러 덧창 하나를 아주 세게 닫고, 약 30분 후에 외등 하나를 깨버
린다. 그런 다음 소피의 침실 창에 불이 들어오는 것을 확인하고 조용
히 돌아온다. 분위기를 유지하는 것이 중요하니까.

10월 26일

겨울이 예년보다 조금 일찍 찾아왔다.

로르가 소피에 대한 고소를 취하했다는 소식이 들렸다. 심지어 그녀
를 방문하기까지 했다. 그렇다고 해서 두 여자 사이가 예전 같지는 않
지만, 우리의 로르는 바탕이 착한데다 원한을 오래 품는 성격이 아닌
것 같다. 하기야 이제 소피는 창백하다 못해 거의 투명한 존재가 되어
버렸으니……

나는 일주일에 두 번 정도 그녀에게 방문한다(약을 타주고, 며칠간
쌓인 우편물들을 읽은 뒤 제자리에 돌려놓기 위해). 요즘 일이 돌아가
는 양상이 별로 마음에 들지 않는다. 잘못하면 이런 몽롱한 우울감 속
에 들어앉아 몇 달이고 몇 년이고 지내게 될 수도 있다. 변화가 필요하
다. 소피는 그런 삶 속에서도 뭔가 개선해보려고 한다. 가정부를 구한
다고 신청했지만, 이런 곳에서는 쉽게 가정부를 구할 수 없을뿐더러,
무엇보다도 내가 원치 않는다. 난 그 일과 관련된 우편물들을 가로챘
다. 하지만 난 약간 애매한 태도를 취하기로 했다. 소피 나이의 여자라

면 남편에 대한 사랑이 아무리 깊다 해도 결국 지치게 마련이며, '내가 여기서 뭘 하고 있지? 이런 식으로 얼마나 더 버틸 수 있을까?'라고 자문하게 되리라는 예측에 기대보기로 한 것이다. 과연 그녀는 여러 가지 해결책을 찾고 있다. 다른 집도 알아봤고, 파리로 돌아가는 방안도 고려하고 있다. 나에게는 문제될 게 없다. 하지만 저 식물인간을 너무 오랫동안 데리고 있고 싶지는 않다.

11월 16일

소피는 잠시도 마음이 편할 때가 없다. 처음에 뱅상은 휠체어에 얌전히 앉아 있어주었고, 덕분에 그녀는 다른 곳에 가서 일을 보고 돌아올 수도 있었다. 그런데 얼마 전부터는 그렇게 하는 것이 매우 어려워졌다. 그를 현관 층계 위에 혼자 두면, 몇 분 후에는 휠체어가 앞으로 나가 아래로 굴러떨어지기 직전의 상태가 되어 있는 것이다. 그녀는 인부를 한 명 불러 휠체어용 경사로에 난간을 설치하고, 그가 돌아다니는 곳 도처에 보호봉을 설치했다. 그런데 도대체 어떻게 하는 건지는 잘 모르겠지만, 그는 혼자 부엌에까지 들어가곤 한다. 주방 도구를 집어 드는 위험천만한 짓을 하거나, 꽥꽥 소리를 지르기도 한다. 그럴 때 그녀는 황급히 달려가지만, 그가 대체 왜 이렇게 느닷없는 행동을 하는지 이해할 수가 없다. 뱅상은 이제 나를 잘 알고 있다. 내가 오는 것을 볼 때마다 눈을 둥그렇게 뜨고는 알아들을 수 없는 괴성을 지른다. 물론 그는 겁이 난 것이고, 자신이 너무도 연약하다는 걸 느끼는 것이다.

소피는 자신이 겪는 고난들을 발레리에게 설명한다(발레리는 그녀를 보러 오겠다고 약속하지만, 웬일인지 자꾸만 뜸을 들인다). 소피는 심해지는 불안감을 제대로 다스리지 못해 약을 한 주먹씩 삼키고, 어찌할 바를 모르고, 아버지와 발레리에게 충고를 구하고, 다른 집 혹은 다른 아파트를 찾아보느라 몇 시간 동안 인터넷을 하고, 지금 자신이 도대체 어디로 흘러가고 있는지 알 수 없어한다. 발레리와 아버지와 모든 사람들이 뱅상을 특수 시설에 집어넣으라고 충고하지만, 소귀에 경 읽기다.

12월 19일

두 번째 가정부가 일을 그만두겠다고 했다. 이유도 말하지 않았다. 소피가 어쩔 줄 몰라 하는데, 협회에서 온 편지는 다른 가정부를 찾는 것이 이제는 힘들다고 알린다.

나는 그녀의 남편에게 아직도 성적 충동이 남아 있는지, 그가 아직도 정상적으로 기능하는지, 그렇다면 그녀는 어떤 식으로 대처하는지 모르고 있었다. 그런데 알고 보니 아주 간단했다. 물론 작년에 그리스에서 요란하게(지나칠 정도로) 휴가를 보낼 때 보여줬던 힘차고 늠름한 면은 뱅상에게 더 이상 남아 있지 않다. 소피는 그저 그에게 간단한 봉사를 해줄 뿐이다. 그녀는 열심이지만 정신이 딴 데 가 있는 게 느껴진다. 어쨌든 그녀는 예전처럼 행위 도중에 흐느끼지 않는다. 끝나고 나서야 울 뿐이다.

12월 23일

성탄절치고는 약간 쓸쓸하다. 특히 뱅상 어머니의 기일이기 때문에 더욱 그렇다.

12월 25일

성탄절이다! 거실에 불이 났다. 하지만 꾸벅꾸벅 졸고 있던 뱅상은 차분하기만 하다. 몇 분 만에 크리스마스트리가 불에 휩싸여 볼 만한 불꽃들을 내뿜었다. 소피는 부랴부랴 뱅상의 휠체어를 끄집어내고(그는 미친놈처럼 고래고래 소리질렀다) 물을 뿌리며 소방대원을 불렀다. 실제적인 피해보다는 무서움이 더 컸다. 정말로 무서웠다. 달려온 자원 소방대원들조차 불에 타고 물을 뒤집어 써 엉망이 돼버린 거실에서 소피가 내온 커피를 마시며, 뱅상을 시설에 보내는 게 좋겠다고 부드럽게 충고했다.

2002년 1월 9일

결심만 하면 되는 일이었다. 나는 그 절차와 관련된 우편물들은 그냥 통과시켜주었다. 소피가 파리 근교에 시설 하나를 찾아낸 것이다. 뱅상은 괜찮은 공제회에 가입되어 있으므로 비용에는 큰 부담이 없을 것이다. 뱅상을 거기에 데려간 소피는 그의 앞에 무릎을 꿇고 앉아 두 손을 잡고 아주 나지막한 소리로 그곳에 있는 것의 장점들을 설명해주었다. 그가 알아들을 수 없는 말들을 내뱉었다. 그녀는 혼자가 되자마자 흐느낀다.

2월 2일

나는 소피가 잠시나마 마음을 추스를 수 있게끔 그녀에 대한 압박을 조금 늦추었다. 그녀가 물건들을 분실하게 하고, 그녀의 일정을 조금 흐트러뜨리는 것으로 만족했다. 하지만 그녀는 이제 너무나 익숙한 일이라서 별로 불안해하지도 않는다. 그런 자신에 그럭저럭 적응해나간다. 내가 조금 압박을 늦춰준 덕분인지, 그녀는 정신을 좀 차린다. 처음에는 매일같이 뱅상을 보러 갔지만, 그런 결심은 그렇게 오래 갈 수 있는 게 아니다. 그래서 그녀는 끔찍한 죄책감에 사로잡힌다. 그런 것은 아버지와의 관계에서도 느껴진다. 하지만 그녀는 그것에 대해 아버지에게 감히 이야기하지 못한다.

뱅상이 파리 근교로 갔으므로 소피는 집을 내놓았다. 물건들도 헐값에 처분하기로 했다. 다양한 사람들이 찾아온다. 고물상, 골동품상, 노숙자 쉼터 자원봉사자. 그리고 각종 차량들이 줄을 잇는다. 소피는 현관계단 위에 꼿꼿이 서서 그들이 도착하는 것을 바라보지만, 그들이 떠날 때는 모습을 보이는 법이 없다. 그 사이 무수한 박스며 가구, 그리고 오만가지 잡동사니들이 트럭에 실린다. 이상한 기분이 든다. 언젠가 밤에 그녀의 집에서 이 가구와 물건들을 보며 참 예쁘다고 생각했는데, 이렇게 차에 실려 어디론가 떠나는 광경을 보니, 갑자기 수해를 입은 집처럼 모든 것이 흉하고 을씨년스럽게만 느껴진다. 삶이란 그런 것이다.

2월 9일

그서께 밤 9시 무렵, 소피는 황급히 택시에 몸을 실었다.

뱅상의 방은 3층에 있다. 그는 아찔하게 높은 구식 층계로 통하는 문의 빗장을 여는 데 성공하고 휠체어를 탄 채 층계 아래로 돌진했다. 간호사들은 도대체 그가 어떻게 했는지 이해하지 못했지만, 사실 그는 아직은 상당히 팔팔한 친구였다. 그는 식사 후의 혼란스러운 시간을 이용했다. 몇 무리는 모여서 집단놀이를 하고, 또 다른 사람들은 TV 앞에 몰려 앉아 있는 느슨한 시간에 말이다. 그는 즉사했다. 좀 희한한 것은 그가 자기 엄마와 똑같은 방식으로 죽었다는 사실이다. 운명이란 게 뭔지……

2월 12일

소피는 뱅상을 화장하기로 결정했다. 장례식에 참석한 사람은 많지 않았다. 그녀의 아버지, 뱅상의 아버지, 옛 동료 몇 명, 드문드문 만나는 친척 몇 사람…… 그녀 주변이 얼마나 휑해지는지를 충분히 가늠할 수 있었다. 발레리도 멀리서 와주었다.

2월 17일

난 소피가 뱅상의 죽음으로 마음이 조금은 가벼워지리라 기대하고 있었다. 몇 주 전부터 그녀는 몇 년이고 끝도 없이 그를 찾아가 들여다봐야만 하는 고약한 시나리오를 상상하지 않았겠는가……? 하지만 소피의 반응은 내 예상과 달랐다. 그녀는 죄책감에 시달렸다. 만일 자신이 그를 거기에 '처넣지' 않았더라면, 용기 있게 그를 끝까지 돌보기로 했더라면 그는 아직 살아 있을 거라고 생각했다. 발레리가 메일을 통해 그렇게 사는 것은 사는 게 아니라고 책망도 해봤지만, 그녀가 느끼는 지독한 고통은 쉽게 사그라지지 않았다. 하지만 조만간 결국 이성이 승리하리라 생각한다.

2월 19일

소피는 며칠간 아버지 집에 가 있었다. 난 그녀를 따라갈 필요는 없다고 생각했다. 어차피 약은 챙겨갈 테니까.

2월 25일

솔직하게 말해서 괜찮은 동네다. 물론 나라면 이 동네를 선택하지 않겠지만. 소피는 4층의 아파트로 이사했다. 이 집에 들어갈 수 있는 방법을 찾아내야 한다. 물론 전에(소피가 더없이 행복한 여자였을 때) 내가 이용했던 편리한 관측 장소 같은 곳을 다시 찾아내리라고 기대할 수는 없지만 열심히 알아보고 있다.

그녀는 여기에 거의 아무것도 가져오지 않았다. 하기야 우아즈에서 살림을 헐값으로 팔아치운 탓에 남아 있는 것도 별로 없지만…… 그녀가 빌린 트럭의 크기는 우아즈에 이사 갈 때 사용했던 트럭과는 비할 바가 못 됐다. 나는 상징에 중요성을 부여하는 성향은 거의 없는 사람이지만, 그래도 그것에서 일종의 상징성(상당히 고무적인)을 느끼지 않을 수 없다. 몇 달 전 소피가 남편과 함께 파리를 떠날 때만 해도 수 톤에 달하는 가구며 책이며 그림들이 있었고, 배 속에는 아기도 있었다. 그런데 지금 그녀는 달랑 소형트럭 한 대만 끌고 돌아온 것이다. 그녀는 사랑과 활력으로 반짝반짝 빛나던 예전의 젊은 여자가 아니다. 그때와는 너무 거리가 멀다. 이따금 나는 그 시절의 사진들을 들여다보곤 한다. 휴가철에 찍은 그 사진들 말이다.

3월 7일

소피는 일자리를 찾기로 결심했다. 자기 전문분야에서는 아니다. 언론계에는 더 이상 아는 사람이 없을뿐더러, 그 일에 대한 열의도 줄어들었다. 더구나 마지막 직장을 어떤 식으로 떠났는지를 생각하면…… 나는 이 모든 것을 멀리서 지켜보고 있다. 난 어찌 되든 상관없다. 그녀는 여러 사무실을 방문하고, 여러 사람을 만난다. 아무 일이나 찾고 있는 듯이 보인다. 그저 소일 삼아 할 수 있는 일을 찾는 모양이다. 이메일에서는 이것에 대해 거의 언급하지 않는다. 그게 더 편하겠지.

3월 13일

설마 그런 일일 줄은 몰랐다! 애 보는 여자라니! 구인광고에 '보모'라고 씌어 있기는 했지만…… 직업 소개소 여소장이 소피를 아주 좋게 봤다. 그래서 쓸데없이 시간을 끌지 않았다. 당장 그날 저녁에 '제르베 부부' 집에 채용된 것이다. 그들에 대해 좀 알아봐야겠다. 난 소피가 대여섯 살로 보이는 사내아이와 같이 있는 걸 보았다. 그리고 몇 달 만에 그녀가 미소 짓는 것도 보았다. 그녀의 근무시간에 대해선 이해가 잘 안 된다.

3월 24일

가정부는 정오 무렵에 온다. 대부분 소피가 문을 열어준다. 하지만 소피가 없을 때도 제르베 부부의 집에 들어가는 것으로 보아, 아마도 열쇠를 따로 가지고 있는 듯하다. 가정부는 나이를 짐작하기 힘든 뚱뚱한 여자로, 언제나 밤색 비닐 장바구니를 들고 다닌다. 주말에는 일하러 오지 않는다. 난 며칠 동안 그녀를 관찰하며 그녀가 다니는 길이며 습관 등을 체크했다. 난 이 방면의 전문가가 아닌가. 그녀는 일을 시작하기 전에 거리 모퉁이에 붙어 있는 트리앙글 카페에 들러 담배 한 대를 피운다. 제르베 부부의 집에선 담배를 피울 수 없는 까닭이다. 그녀의 취미는 경마복권이다. 나는 그녀의 옆 테이블에 자리를 잡았고, 그녀가 복권을 사기 위해 줄을 서 있을 때 그녀의 장바구니 안에 손을 집어넣었다. 열쇠 꾸러미를 찾아내는 데는 아주 잠깐이면 충분했다. 토요일 오전, 난 빌파리지까지 찾아가(어떻게 이 먼 곳에서 파리까지 일하러 다닐 수 있는지. 정말로 대단한 여자다) 그녀가 장을 보고 있을 때 열쇠 꾸러미를 그녀의 장바구니 속에 도로 집어넣었다. 그녀로서는 큰 걱정거리 하나를 던 셈이다.

이로써 난 제르베 부부의 집에 드나들 특권을 얻게 되었다.

4월 2일

변한 것은 별로 없다. 소피가 신분증을 분실하고, 그녀의 알람시계가 멋대로 울기까지는 많은 시간이 필요치 않았다(그녀는 첫 주부터 지각을 했다). 난 다시 압박을 가하기 시작했으며, 적당한 기회를 노리는 중이다. 지금까지는 인내심을 가지고 기다렸지만, 이제는 플랜 B로 넘어갈 때다.

5월 3일

소피는 새로 하게 된 일을 좋아하긴 하지만, 두 달 전부터 일 년 전과 마찬가지로 갖가지 심리적 문제들에 직면해 있다. 완전히 똑같은 문제들이다. 하지만 다른 것이 하나 있는데, 바로 시도 때도 없이 폭발하는 그녀의 분노다. 때로는 나조차도 그녀를 따라가기 힘들 정도다. 그녀의 무의식이 마침내 격노하기 시작한 모양이다. 전에는 이렇지 않았다. 소피는 자신의 광기를 체념하고 받아들인 것이다. 그동안 그녀 안에 있던 뭔가가 폭발해버린 모양이다. 그녀는 걸핏하면 화를 내고, 좀처럼 자신을 다스리지 못한다. 거칠게 말을 하고, 항상 사람들과 맞서고, 아무도 좋아하지 않는 것 같다. 하지만 그녀가 이렇게 된 건 다른 사람들의 잘못이 아니지 않은가. 그녀는 공격적인 성향 때문에 얼마 가지 않아 동네에서 고약한 명성을 얻게 되었다. 참을성이라곤 눈곱만큼도 없는 그녀는 보모로서 최악이다. 그리고 그녀는 자신의 개인적 문제들(요즘 그런 문제들이 너무 많다는 건 나도 인정한다……)을 주위 사람들을 향해 폭발시킨다. 때로는 그녀에게 살인 욕구가 있는 게 아닌가, 하는 생각이 들 정도다. 내가 만일 부모라면, 소피 같은 여자에게는 절대로 아이를 맡기지 않을 것이다.

5월 28일

결국은 그렇게 되고 말았다…… 나는 당트르몽 공원에서 소피와 아이를 보았는데, 아주 평온해 보였다. 소피는 벤치에 앉아 상념에 잠겨 있는 듯했다. 그런데 몇 분 후, 그녀가 몹시 화난 얼굴로 보도를 성큼성큼 걸어가는 것이었다. 멀리 뒤쪽으로는 고집을 부리며 따라가지 않는 아이가 보였다. 소피는 몸을 돌려 아이에게 달려갔고, 나는 상황이 나쁘게 흘러가고 있음을 직감했다. 이윽고 따귀가 한 대 올라갔다! 증오에 가득 찬 따귀, 여자늘이 누군가의 버르상머리를 고치고 싶어할 때, 누군가를 벌주고 싶어할 때 후려치는 따귀였다. 아이는 기절할 듯 놀랐다. 그녀 자신도 마찬가지였다. 마치 악몽에서 깨어난 여자 같았다. 그들은 잠시 동안 아무 말도 못 하고 서로를 멍하니 쳐다보고만 있었다. 신호등이 녹색으로 바뀌었고, 나는 태연하게 다시 출발했다. 그녀는 누군가에게 들킬까봐 겁내는 사람처럼, 누군가가 해명을 요구할까봐 겁내는 사람처럼 주위를 둘러봤다. 내 생각에는 그녀가 그 아이를 끔찍이도 싫어하는 것 같다.

어젯밤 그녀는 제르베 부부의 집에서 잤다. 매우 드문 일이다. 보통 그녀는 몇시가 되든 자기 집에 돌아가려고 한다. 나는 제르베 부부의 아파트에 대해 잘 알고 있다. 그 집엔 손님방이 두 개 있고, 따라서 소피가 그 집에서 잘 때는 그 둘 중 하나를 사용하게 된다. 난 몇 개의 창문에서 흘러나오는 불빛들을 살폈다. 소피는 아이에게 이야기 하나를 들려주었고, 그런 다음에 창가에서 마지막 담배를 피우고 욕실의 불을 켰다. 그러고 나서 얼마 후에 아파트의 불이 꺼졌다. 방에 들어간 모양이다. 아이의 방으로 가기 위해서는 소피가 자는 방을 거쳐야 한다. 분명히 제르베 부부는 소피를 깨울까봐 아이를 보러 가지는 않을 것이다.

밤 1시 20분경, 부부가 귀가했다. 화장을 지우고 몸을 씻는 동안 잠시 시간이 흘렀고, 2시가 거의 다 된 시간에 그들 침실 창문의 불이 꺼졌다. 난 4시에 올라갔다. 다른 복도를 통해 가서 그녀의 등산화를 찾아 신발 끈을 뽑아 들고는 다시 돌아왔다. 그러고는 소피가 자는 소리

를 오랫동안 확인한 뒤, 그녀의 방을 조용히, 그리고 아주 천천히 가로
질렀다. 아이는 깊이 잠들어 있었고, 호흡에 따라 가늘게 쌕쌕거리기
도 했다. 아이의 고통이 오래가지 않았다고 생각한다. 나는 아이의 목
에 신발 끈을 두른 다음 아이 머리를 베개에 대고 내 어깨로 꽉 눌렀
고, 모든 게 빠르게 진행되었다. 하지만 너무나 끔찍했다. 아이가 맹렬
하게 꿈틀대기 시작했다. 난 금방이라도 토할 것만 같았고, 눈에 눈물
이 솟구쳐 올랐다. 그리고 문득 이 순간을 통해 내가 다른 사람이 되고
있다는 갑작스러운 확신이 들었다. 그것은 그때까지 내가 하지 않을 수
없었던 모든 일들 중에서도 가장 힘들고 고통스러운 일이었다. 난 가
까스로 그 일을 해냈지만, 그 일을 극복하고 다시 일어설 수 없을 것이
다. 그 아이와 함께 내 안의 무언가가 죽어버린 것이다. 내 안의 무언
가…… 그것은 그때까지 내 안에 아직 살아 있던 어떤 아이였다.

아침에 소피가 건물에서 나오는 게 보이지 않자, 나는 불안해졌다.
평소답지 않았다. 하지만 아파트 안에서 무슨 일이 벌어지고 있는지 알
아낼 방도가 없었다. 난 두 번이나 전화를 걸어보았다. 그렇게 몇 분이,
영원처럼 느껴지는 몇 분이 흐른 후, 마침내 그녀가 허둥대며 건물을
나오는 모습이 보였다. 그녀는 전철을 탔다. 그렇게 자기 집으로 달려
가서는 옷가지를 챙겨들고 나오더니, 은행 문이 닫히는 시간에 맞춰 그
앞에 멈춰 서는 것이었다.

소피는 도망쳐 나온 것이다.

다음 날 아침 「르 마탱」 지의 표제는 이랬다. '6세 남아, 수면 중에 목
졸려 살해됨. 경찰은 아이의 보모를 수배 중.'

2004년 1월

작년 2월, 「르 마탱」 지에 이런 기사가 실렸다. '소피 뒤게는 어디로 갔는가?'

그 무렵 경찰이 알고 있는 사실은 그다지 많지 않았다. 소피가 어린 레오 제르베 말고 베로니크 파브르라는 여자도 살해한 뒤, 그 여자의 신분을 도용하여 도주했다는 사실을 갓 발견했을 뿐이었다. 얼마 후 6월이면, 그녀를 불법 고용한 패스트푸드점 점장 차례가 될 거라는 사실은 아직 꿈도 꾸지 못하고 있었다.

그 여자에게는 아무도 상상할 수 없었던 본능적인 힘이 있는 것이다. 심지어 그녀를 가장 잘 알고 있다고 자부하는 나조차도 상상하지 못했다. '생존본능'이라는 말은 공연히 존재하는 게 아니었다. 그녀가 궁지에서 벗어나기 위해서는 나의 도움이 필요했지만, 내가 아니었어도 어떻게든 헤쳐 나올 수 있었으리라 생각한다. 어쨌든 아직 자유의 몸이 아닌가. 그녀는 수차례에 걸쳐 도시와 헤어스타일과 차림새와 습관과 직업과 인간관계를 모두 바꿔왔다.

끊임없이 도망쳐 다니고, 신분을 감추고, 또 절대로 한곳에 머무를 수 없는 여러 가지 어려움에도 불구하고, 난 효율적인 방법들을 통하여 그녀에게 물 샐 틈 없는 압박을 계속 가할 수 있었다. 지난 몇 개월간, 우리는 같은 비극에 출연한 눈 먼 두 배우였다고 말할 수 있다. 우리의 운명은 결국 서로를 만나는 것이며, 그 순간이 다가오고 있다.

나폴레옹이 전쟁마다 승리할 수 있었던 것은 전략 변경 덕분이었다. 소피가 성공할 수 있었던 것 또한 이것 때문이었다. 그녀는 지금까지 무수히 방향을 바꿔왔다. 얼마 전에도 또다시 계획을 바꿨다. 이름도 바꾸려 하고 있다. 이건 아주 최근의 일이다. 그녀는 어쩌다 알게 된 한

매춘부를 통해 위조 증명서를 사는 데 성공했다. 가짜 증명서이긴 하지만, 확인 가능한 진짜 이름이 들어간 증명서다. 다시 말하자면, 눈에 띌 만한 점이 전혀 없는, 누군가의 진짜 이름으로 만들어진 흠 잡을 데 없는 증명서인 것이다. 그러고 나서 즉시 다른 도시로 갔다. 솔직히 말해서 처음에는 잘 이해되지 않았다. 도대체 왜 그녀는 유효기간이 3개월도 되지 않는 출생 증명서를 그렇게 비싼 값으로 사야만 했던 것일까. 도대체 어디다 쓰려고. 그녀가 결혼 소개소에 들어가는 걸 보았을 때 비로소 그 이유를 이해할 수 있었다.

그것은 아주 꾀바른 해결책이었다. 소피는 말로 표현하기 힘든 악몽들에 계속 시달리고, 아침부터 저녁까지 벌벌 떨고, 편집증 환자처럼 자신의 일과 행동을 확인하고 있을지 모르지만, 그녀에게 보기 드문 대처능력이 있다는 사실을 인정하지 않을 수 없다. 그리고 그 능력은 나로 하여금 재빨리 적응하게 만들었다.

그 일이 어려웠다고 말한다면 거짓말이리라. 난 그녀를 너무나도 잘 알고 있다. 그녀가 어떤 식으로 반응할 것이며, 어떤 것에 흥미를 느낄지 정확히 알고 있었다. 나는 그녀가 찾는 게 무엇인지 정확히 알고 있고, 또 내가 생각하기로는 오직 나만이 그녀가 원하는 것을 완벽하게 구현해줄 수 있기 때문이다. 하지만 전적으로 신뢰를 주기 위해서는 완벽한 후보자가 되어서는 안 되고 극히 섬세한 연기가 필요했다. 처음에 소피는 나에게 퇴짜를 놓았다. 그런 뒤에는 시간이 해결해주었다. 그녀는 망설이다가 결국 다시 나를 찾았다. 나는 그럴듯하게 보이기 위해 아주 서툰 사내인 척하며, 그녀가 의욕을 잃지는 않게끔 충분히 약게 행동했다. 나는 통신병과에서 일하는 군대 상사의 모습을 연기했고, 그런 내 모습은 어느 정도 용인할 수 있는 멍청이처럼 보였을 것이다. 남은 시간이 석 달밖에 되지 않았던 소피는 몇 주 전 일에 속도를 가하기로 결정했다. 우린 며칠 밤을 함께 보냈다. 그때도 내가 맡은 배역을 충분히 섬세하게 연기했다고 생각한다.

그 덕분에 이틀 전 소피는 내게 청혼했다.

나는 받아들였다.

프란츠와 소피

아파트는 크지는 않지만 아주 편리하다. 부부 둘이 살기엔 괜찮다. 이것은 그들이 이사할 때 프란츠가 한 말이었고, 소피도 전적으로 동의했다. 방이 세 개인데, 그 중 두 개에는 아파트 건물에 딸린 조그만 공원이 내려다보이는 발코니 창이 있다. 동네는 아주 조용하다. 이사하고 얼마 후에 프란츠는 그녀를 데리고 군 기지를 구경시켜주었다. 집에서 12킬로미터 떨어진 곳이었는데, 안에 들어가보지는 않았다. 그는 보초에게 살짝 신호를 보냈고, 보초는 조금은 건성으로 답례를 보내왔다. 그는 근무시간이 아주 짧은데다 얼마든지 조정이 가능하므로, 아주 느지막이 집을 나서서 이른 시간에 귀가하곤 한다.

결혼식은 샤토뢱 시청에서 거행되었다. 프란츠가 증인 두 명을 구해왔다. 소피는 그가 부대 동료 두 명을 데려오리라 예상했지만, 아니었다. 결혼은 사적인 일로 처리하고 싶다는 거였다(그런데 요령 좋게도 8일간의 휴가는 제대로 챙겨왔다). 서로 알고 있는 듯한 쉰 살가량의 두 남자가 시청 현관층계 위에서 그들을 기다리고 있었다. 그들은 소피와 어색한 악수를 나누고, 프란츠에게는 가벼운 목례만 보냈다. 시장을 맡고 있는 여자가 그들을 결혼식장에 들어오게 하더니, 모두 네 명뿐인 것을 보고 "이게 다예요?"라고 묻고는 입술을 질근질근 깨물었다. 식을 빨리 끝내버리고 싶은 기색이 역력했다.

"어쨌든 임무를 완수했다는 게 중요한 거 아니겠어?"

프란츠가 논평했다.

군대식 표현이었다.

프란츠는 제복을 입고 결혼할 수도 있었을 것이다. 하지만 그는 사복을 좋아했기 때문에, 소피는 사진에서조차 그가 군복을 입은 모습을 한 번도 본 적이 없었다. 결혼식 며칠 전, 프란츠는 얼굴을 발갛게 붉히면서 자기 어머니의 웨딩드레스를 소피에게 보여주었다. 소피는 몹시 상하긴 했지만 눈처럼 새하얗고 보드라운 모슬린 천으로 된 그 화려한 드레스에 대번에 매혹되었다. 그런데 그 옷은 어떤 곡절을 겪은 듯했다. 얼룩이 졌던 듯 천의 몇몇 부분들이 다른 곳보다 색이 짙었다. 프란츠가 그걸 보여준 데는 물론 어떤 의도가 있었겠지만, 드레스의 상태를 확인하자마자 그런 생각은 저절로 없어졌다. 그가 이런 케케묵은 유물을 간직하고 있다는 사실에 소피가 놀라워하자, 프란츠 역시 놀란 표정을 지으며 대답했다. "나도 왜 그랬는지 모르겠네…… 그래, 옛날 물건이니 버려야겠지……" 하지만 그는 현관복도의 벽장에 드레스를 다시 넣어두었고, 소피는 그 모습에 미소 지었다. 시청에서 나온 뒤, 프란츠는 디지털카메라를 증인 중 한 명에게 건네면서 어떻게 초점을 맞추는지 간략히 설명했다. "그렇게 한 다음에 이 버튼만 누르면 돼요." 그녀는 마지못한 심정으로 시청 현관계단 위에 나란히 서서 그와 함께 포즈를 취했다. 그리고 프란츠는 두 증인과 함께 조금 떨어진 곳으로 갔다. 소피는 몸을 돌렸다. 지폐가 손에서 손으로 건네지는 광경을 보고

싶지 않았기 때문이다. "그래도 결혼식인데……" 그녀는 약간 바보 같
은 표정으로 이렇게 중얼거렸다.

남편이 된 프란츠는 소피가 '약혼자'인 그에 대해 품었던 생각과는
전혀 딴판이다. 더 영리하고, 말에도 더 조리가 있다. 약간 촌스러운 분
위기를 풍기는 사람들이 종종 보여주는 행동이지만, 프란츠는 때때로
매우 분별력 있는 말을 하기도 한다. 이제 애써 대화를 이어갈 필요가
없어졌다고 느낀 이후로 말수가 줄긴 했지만, 그는 소피를 세상에서 가
장 경이로운 존재처럼, 꿈이 현실이 되어 나타난 존재처럼 멍하니 쳐다
보곤 한다. 그는 그녀를 "마리안……"이라고 부르는데, 그 어조가 얼마
나 부드러운지 그녀는 결국 그 이름에 익숙해졌다. 그는 이른바 '아주
자상한 남자'라는 일반적인 관념에 충분히 부합하는 사람이다. 그 결
과, 그녀는 스스로 생각해도 놀라울 정도로 그에게서 어떤 장점들을 느
끼게 되었다. 그 중 첫째는 이전의 그녀로서는 결코 생각하지 못한 점
인데, 그가 힘센 남자라는 사실이다. 과거 그녀는 남자들의 근육에 대
해 특별한 성적 환상을 느낀 적이 한 번도 없었다. 그런데 그와 첫 잠자
리를 가졌을 때부터 그의 힘센 팔이며 단단한 배, 그리고 잘 발달된 가
슴근육에 몸이 닿는 것이 너무도 행복하게 느껴졌다. 어느 날 저녁 그
가 무릎도 굽히지 않은 채로 그녀를 번쩍 들어 자동차 지붕 위에 올려
놓았을 때는 순진한 황홀감마저 느꼈다. 보호받고 싶은 욕구가 그녀 안
에서 깨어난 것이다. 극도의 피곤에 절어 그녀의 내면 깊숙이 도사리
고 있던 긴장이 스르르 풀려버린 것이다. 지금까지 일어난 사건들이 진
정한 행복에 대한 희망을 모조리 빼앗아갔다면, 이제 그녀는 더 이상
바랄 게 없을 것 같은 행복감마저 느꼈다. 적지 않은 부부들이 그런 것

을 본보기로 삼아 수십 년을 살아가지 않던가. 그를 선택할 때, 그녀는 그가 단순하다는 이유로 약간의 경멸감을 느꼈다. 하지만 지금은 그에게 약간이나마 존중심이 느껴지기 때문에 일말의 안도감을 느낀다. 그녀는 의식하지도 못한 채 침대에 웅송그린 몸을 그에게 꼭 붙이고 있었다. 그가 안아줄 때도, 키스할 때도, 그리고 그가 그녀 안으로 들어올 때도 선선히 몸을 맡겼다. 신혼 첫 주는 마치 흑백영화처럼 그렇게 흘러갔는데, 그 속에서 흑과 백이 차지하는 비율은 이전과는 사뭇 달랐다. 먼저 흑 쪽을 보자면, 죽은 이들의 얼굴이 완전히 지워지진 않았지만, 이제 그들이 조금 거리를 두기라도 한 듯 나타나는 빈도가 한결 뜸해졌다. 백 쪽을 보자면, 그녀는 잠을 더 잘 자게 되었다. 완전히 회복된 느낌은 아니었지만, 적어도 기지개를 켜면서 잠에서 깨어나는 순간들이 있었다. 그녀는 살림을 하고, 소꿉장난 하듯 다시 음식을 만들어보고, 프란츠가 자기 월급만으로도 당장 굶어죽을 염려는 없다고 장담했음에도 가벼운 마음으로 일자리를 찾아보고 하는 일상에서 어린아이 같은 즐거움을 느꼈다.

처음에 프란츠는 아침 8시 45분에 부대로 출근하여 오후 4시에서 5시 사이에 귀가하곤 했다. 저녁이면 그들은 집에서 몇 분 거리에 있는 탕플리에라는 맥줏집에 가서 저녁식사를 했다. 일반적인 순서를 거꾸로 밟는 셈이었다. 즉 결혼부터 하고, 이제는 서로를 알아가는 중이다. 어쨌거나 그들은 많은 말을 하지 않는다. 그 저녁시간들은 물 흐르듯 자연스럽게 흘러갔고, 그래서 그때 어떤 얘기들이 오갔었는지 소피로서도 정확히 말하기가 힘들다. 아니, 생각나는 게 하나 있다. 빠짐없이 등장하는 주제가 하나 있었다. 처음 시작하는 커플들이 모두 그렇듯, 프란츠는 소피의 삶에 엄청나게 관심이 많았다. 예전의 그녀의 삶,

그녀의 부모, 어린 시절, 학창시절 등 모든 것을 알고 싶어했다. 애인이 많았는지, 처녀성은 몇 살 때 잃었는지 하는, 남자들이 자신은 전혀 중요하게 여기지 않는다고 말하면서도 실제로는 끊임없이 캐묻는 모든 것들을 궁금해했다. 그래서 소피는 가상의 부모와 그들의 이혼 이야기를 실제 이야기와 섞어 그럴듯하게 꾸며냈다. 또 실제의 인물과는 전혀 관계없는 새어머니도 만들어냈지만, 뱅상과의 결혼에 대해선 한마디도 하지 않았다. 애인들과 처녀성에 대한 것은 세상에 떠도는 상투적인 얘기들로 채웠는데, 프란츠는 그것으로 만족했다. 듣는 남편의 입장에서 보면, 마리안의 삶은 5,6년 전에 중단되었다가 이번에 결혼하면서 다시 시작된 거나 마찬가지다. 이 두 시점 사이엔 커다란 공백이 있다. 그녀는 조만간 정신을 바짝 집중해 이 시기를 메워줄 수 있는 납득할 만한 이야기를 만들어내야 할 거라고 생각한다. 그녀에겐 시간이 있다. 지금 프란츠가 사랑의 호기심으로 들끓는 건 사실이지만, 그렇다고 해서 사냥개는 아니니까.

안정된 삶을 되찾은 소피는 다시 독서를 시작했다. 프란츠는 규칙적으로 그녀에게 포켓판 책들을 가져다준다. 신간정보에 어두워진 지 이미 오래인 그녀는 손에 걸리는 대로 아무거나 읽는다. 좀 더 정확히 말하자면 프란츠의 선택에 맡기는 건데, 그는 참 용하다. 가끔 형편없는 책들도 가져오지만, 시타티의 『여인의 초상』도 있고, 또 그녀가 러시아 작가들을 좋아한다는 걸 느끼기라도 한 듯 바실리 그로스만의 『삶과 운명』, 혹은 이코니코프의 『수렁에서의 마지막 소식』도 섞여 있다. 또 그들은 TV로 영화를 보고, 그가 비디오 가게에서 빌려다주기도 한다. 그런데 여기서도 그의 신통한 선택은 가끔씩 그녀를 행복하게 해준다. 미셸 피콜리가 출연하는 〈벚꽃동산〉, 그녀가 몇 해 전에 놓쳐버린 그

연극을 다시 보게 된 것이다. 그렇게 여러 주가 지나가면서, 소피는 거의 관능적이기까지 한 일종의 무감각상태가, 집에서 노는 부인네들이 사로잡히곤 하는 더없이 행복한 나른함 같은 것이 내부에 차오르는 것을 느꼈다.

그녀는 그러한 정체상태에 속아 넘어갔다. 마침내 평정을 되찾았다고 여겨졌지만, 사실 그것은 우울증의 새로운 국면을 예고하고 있었다.

어느 날 밤, 그녀는 잠을 자다가 몸부림치기 시작했다. 그리고 갑자기 뱅상의 얼굴이 나타났다.

꿈속에서 뱅상의 얼굴은 광각렌즈나 오목거울에 비춰진 것처럼 거대하고도 일그러진 모습이었다. 그녀가 사랑했던 뱅상의 얼굴이 아니었다. 그것은 사고를 당한 후의 뱅상, 눈이 눈물로 젖어 있고, 고개는 항상 옆으로 기우뚱하니 기울어져 있으며, 더 이상 말을 하지 못하는 입이 헤 하니 벌어져 있는 뱅상이었다. 그런데 꿈속의 뱅상은 알아들을 수 없는 소리로 웅얼거리지 않는다. 말을 하고 있다. 소피가 그에게서 벗어나려고 잠을 자면서 몸을 이리저리 뒤척일 때, 그는 그녀를 똑바로 쳐다보면서 차분하고도 굵직한 목소리로 말한다. 그의 얼굴이 그의 진정한 얼굴이 아니듯 그의 목소리도 더 이상 그의 진짜 목소리가 아니지만, 오직 그만 알고 있는 사실들을 말하는 것으로 보아 그가 맞는 것 같다. 그의 얼굴은 거의 움직이지 않으며, 두 홍채만 점점 더 확대되어 보고 있으면 최면이 걸릴 듯한 어둡고 커다란 접시들이 된다. 내 사랑 소피, 나 여기 있어. 당신이 나를 보내버린 죽음의 세계에서 말하고 있는 거야. 내가 이렇게 찾아온 건 당신을 얼마나 사랑했는지 말해주기 위해서야, 또 아직도 내가 당신을 얼마나 사랑하는지 보여주기 위해서야. 소피는 몸부림을 쳐보지만 뱅상의 시선이 그녀를 침대에 못 박힌 듯 옴짝

달싹 못하게 한다. 두 팔을 버둥거려보지만 아무 소용이 없다. 내 사랑, 왜 나를 죽음의 세계로 보내버렸지? 두 번씩이나. 기억해? 꿈속의 시간은 밤중이다. 첫 번째 죽음, 그건 그냥 운명이었다. 뱅상은 폭우가 들이붓는 도로 위를 신중하게 달린다. 앞 차창을 통해 그의 모습이 보인다. 그는 점차 졸음에 빠져들면서 고개를 꾸벅거리다가 다시 천천히 쳐들곤 한다. 빗줄기가 한층 거세져 도로는 온통 물에 덮이고, 회오리바람이 실어온 무거운 플라타너스 잎들이 윈도브러시에 척척 들러붙는 가운데, 그는 졸음을 뿌리쳐보려고 눈을 깜빡이기도 하고, 얼굴을 잔뜩 찌푸려 보기도 한다. 난 단지 피곤했을 뿐이야. 나의 잠 소피, 그때 난 아직 죽지 않았었다고. 왜 내가 죽길 바랐던 거지? 소피는 대답하려고 몸부림을 치지만, 무겁고 끈적끈적한 혀가 입속을 꽉 메울 뿐이다. 아무 말도 안 하는군, 그렇지? 소피는 그에게 말하고 싶다. 내 사랑, 당신이 얼마나 그리운지 몰라, 당신이 죽은 뒤 진정한 삶이 얼마나 그리운지 몰라, 당신이 내 곁을 떠난 후로 난 죽은 거나 마찬가지였어, 라고 말하고 싶다. 하지만 아무 말도 나오지 않는다. 내가 어땠는지 기억해? 그래, 너는 기억하고 있어. 난 죽은 후로 말도 못 하고 몸도 못 움직여. 말들은 내 안에 갇혀 있고 난 그저 침만 흘릴 뿐이지. 내 모습이 어땠는지 기억하지? 내 머리통은 무겁고, 내 영혼도 무거워. 그날 밤 날 그렇게 쳐다보는 널 보니 내 마음이 얼마나 무겁던지! 나 역시 그때의 네 모습을 정확히 기억해. 내가 두 번째로 죽은 날 말이야. 넌 내가 항상 싫어했던 그 파란색 드레스를 입고 있었어. 나의 선물 소피, 넌 크리스마스트리 옆에 서 있었지. 팔짱을 끼고 너무나도 조용히 (소피, 움직여! 깨어나라고! 추억에 갇혀 있지 마! 이러면 앞으로 너무나 힘들어질 거야…… 인정하지 말라고!) 너는 나를 쳐다보는데, 난 언제나처럼 침만 흘릴 뿐 아무 말도 하지 못해.

난 사랑하는 마음으로 나의 소피를 쳐다보는데, 너는 원망과 혐오감이 가득 담긴, 끔찍이도 냉혹한 눈으로 나를 응시하고, 나는 이제 내 사랑도 아무 소용없다는 것을 알게 돼. 네가 날 증오하기 시작하는 거지. 난 너에게 영영토록 거추장스러운 짐짝에 불과하니까. (소피, 이 말을 인정하지 마, 몸을 돌려서 악몽이 네 정신을 침범하지 못하게 막아, 거짓이 널 죽일 거야, 거기 있었던 건 네가 아니란 말이야, 소피, 꿈을 깨, 무슨 수를 써서라도 이 꿈에서 벗어나) 넌 유유히 몸을 돌리더니 트리의 가지 하나를 붙잡고는 나를 뚫어지게 쳐다봤지. 그렇게 무표정한 시선으로 성냥 하나를 그어 조그만 장식양초 중 하나에 불을 붙이니 (소피, 그가 이렇게 말하도록 놔두지 마. 뱅상은 오해하고 있어. 넌 결코 그런 짓을 했을 리 없다고. 그래, 뱅상은 힘들어하고 있어. 죽었기 때문에 무한한 슬픔에 잠겨 있는 거야. 하지만 소피, 넌 살아야 해. 잠에서 깨어나, 소피!) 트리는 삽시간에 솟아오르는 불길에 휩싸이고, 방 저쪽 끝에 있는 나는 네가 화염이 이룬 벽 뒤로 사라지는 것과 동시에 커튼에 불길이 옮겨 붙는 것을 보았어. 나는 휠체어에 못 박힌 채 새파랗게 질려서는 온몸의 근육을 팽팽하게 긴장시켜봤지만 허사였어. 나의 불꽃 소피, 넌 가버린 거야. (소피, 몸을 움직일 수 없으면 소리라도 질러!) 나의 신기루 소피, 이제 너는 층계 꼭대기에, 네가 내 휠체어를 밀어버린 그 널찍한 층계참에 서 있어. 그래, 맞아, 너는 너의 그 의로운 작업을 끝마치려고 온 거야…… 네 얼굴이 어쩌나 결연하면서도 단호한지!(소피, 저항해, 뱅상의 죽음이 널 삼키도록 놔두지 마) 내 앞에는 석제층계의 심연이 입을 벌리고 있어. 공동묘지의 통행로처럼 드넓고 우물처럼 깊은 심연이야. 그리고 너, 나의 죽음 소피는 내 뺨에 부드럽게 손을 갖다대지. 그래, 너는 마지막 작별인사를 하는 거야. 내 뺨에 손을 댄 채로 네 입술과 턱은 꽉 다물어지지. 그런 다음 너의 두 손이 내 등 뒤에서 휠체어의 손잡이를 붙잡는가 싶더니 (소피, 저항해! 몸부림 쳐! 더 힘껏 소리질러보라고!) 내 휠체어가 갑자기 앞으로 홱 밀리면서 공중에 붕 떠올랐고, 오, 나의 살인자 소피, 나 역시 공중에 떠올랐어. 그리고 지금은 하늘에 있어. 널 위해서야. 여기서 소피 널 기다리고 있어. 왜냐하면 난 너와 같이 있고 싶으니까. 넌 곧 내 옆에 있게 될 거야. (소리 질러! 소리 질러!) 내 사랑, 그렇게 소리 질러도 소용없어, 결국은 내게로 오게 될 테니까. 지금은 그렇게 저항하고 있지만, 내일은 다시 나를 만나 안도의 숨을 내쉬겠지. 그리고 우리는 영원히 함께 있는 거야……

소피는 땀에 흠뻑 젖은 채 헐떡거리며 일어나 침대에 앉았다. 공포에 질린 그녀의 비명소리가 아직도 방 안에 메아리친다. 프란츠는 깜짝 놀란 얼굴로 그녀를 쳐다본다. 그리고 그녀의 두 손을 잡는다.

"무슨 일이야?"

그가 묻는다.

그녀의 비명은 목구멍에서 막혀버렸다. 그녀는 질식할 듯 컥컥대며 두 주먹을 꼭 쥐었고, 손톱이 손바닥을 깊이 파고들었다. 프란츠는 그녀의 손을 자기 손으로 감싸 쥐고는, 부드러운 목소리로 달래주며 오므린 손가락들을 하나하나 펴준다. 하지만 그녀에겐 목소리가 다 똑같이 들린다. 프란츠의 목소리조차 그녀가 꿈속에서 들은 뱅상의 목소리와 비슷하게 들린다.

이날 이후, 소꿉장난 같은 행복은 더 이상 없었다. 소피는 최악의 시기에 그랬던 것처럼 침몰하지 않기 위해 정신을 바짝 차린다. 그녀는 낮에 잠들지 않으려고 애쓴다. 다시 꿈을 꿀까봐 두려운 것이다. 하지만 때로는 저항할 수 없을 정도로 잠이 엄습해 그녀를 삼켜버린다. 밤이고 낮이고 죽은 이들이 그녀를 찾아온다. 때로는 베로니크 파브르가 나타난다. 피로 범벅이 된 얼굴은 미소를 띠었고, 치명상을 입었지만 살아 있다. 그녀는 소피에게 말을 건네고, 자신의 죽음에 대해 이야기한다. 하지만 그녀에게 말하는 목소리는 베로니크의 목소리가 아니라 '그 목소리'이다. 항상 말하는 바로 그 목소리, 모든 일의 세부들을 낱낱이 알고 있고, 그녀의 삶 전체를 알고 있는 그 목소리이다. 소피, 난 당신을 기다리고 있어요. 베로니크 파브르가 말한다. 당신이 날 죽인 후로, 당신도 내 곁으로 오게 된다는 걸 알게 됐어요. 당신이 날 얼마나 아프게 했는지 당신은 상상도 못 할 거예요. 당신이 내 곁에 오면 다 얘기해 줄게요. 난 당신이 오리라는 걸 알고 있어요…… 곧 당신도 우리 곁으로 오고 싶을 거예요. 뱅상, 레오, 나…… 우리 모두의 곁으로. 우리 모두 거기서 당신을 맞아줄게요.

낮 동안 그녀는 거의 움직이지 않고 축 처진 채 앉아만 있다. 프란츠는 의사를 부르려고 하지만 그녀는 강하게 거부한다. 그녀는 몸을 추스르며 그를 안심시키려 한다. 하지만 그의 얼굴에는 도무지 이해할 수 없다는 표정이 떠오른다. 하기야 이런 상황에서 의사를 부르지 않겠다고 생고집을 부리고 있으니, 그로서는 당연히 이해할 수 없는 일로 느껴질 것이다.

그의 퇴근시간이 점점 더 빨라지고 있다. 그래도 그는 불안해한다. 얼마 후에 그는 이렇게 말했다.

"휴가를 신청했어. 연차가 좀 남았거든."

이제 그는 하루 종일 집에서 그녀와 함께 지낸다. 그가 TV를 보고 있을 때, 그녀는 잠을 이기지 못하고 쓰러진다. 벌건 대낮에 말이다.

TV 화면 위에 실루엣으로 떠오른 프란츠의 면도한 목덜미를 보고 있노라면 어느새 잠에 빠져든다. 그녀의 귀에는 항상 똑같은 말들이 들리고, 그녀의 눈앞에는 항상 똑같은 죽은 이들이 나타난다. 꿈속에서 어린 레오는 그가 영원히 갖지 못할 어른 목소리로 그녀에게 말한다. 레오도 그 목소리로 말한다. 그는 신발 끈이 자신의 목을 조를 때 얼마나 아팠는지, 숨을 쉬려고 애쓰다가 얼마나 진이 빠졌는지, 자신이 얼마나 몸부림을 쳤는지, 소리 지르려고 얼마나 애썼는지 그녀에게 아주 세세하게 들려준다…… 그리고 날이면 날마다, 밤이면 밤마다, 죽은 이들이 모두 돌아온다. 프란츠는 그녀에게 탕약이며 수프 따위를 끓여주고는 의사를 불러야 한다고 계속 주장한다. 하지만 소피는 아무도 만나려 하지 않는다. 세상에서 사라지는 데 겨우 성공했으므로 조사받을 위험이 있는 상황을 피하고 싶은 것이다. 미친년이 되고 싶지도, 정신병원에 갇히고 싶지도 않다. 그녀는 이 모든 문제들을 스스로 극복해내리라 다짐한다. 이런 발작이 일어날 때마다 손이 차디차게 식고, 심장박동 수는 불안스럽게 오르내린다. 몸이 차게 얼어붙는데, 땀은 비 오듯 흘러 옷이 흠뻑 젖어버린다. 그녀는 밤이고 낮이고 잠만 잔다. "가끔 있는 불안증 발작이야. 이렇게 안 좋았다가는 저절로 사라지곤 해요."

그녀는 프란츠를 안심시키려고 이렇게 말한다. 프란츠는 미소를 짓지만 회의적인 표정이다.

한번은, 겨우 몇 시간 동안이긴 했지만 그녀가 집을 나갔다.

"네 시간이나 지났어!" 프란츠가 스포츠 신기록이라도 발표하듯 말한다. "정말로 놀랐다고. 대체 어디 갔었어?"

그는 그녀의 두 손을 꽉 잡는다. 그는 진정으로 불안해하고 있다.

"그래, 나 돌아왔어."

그녀는 상대가 원하는 대답을 해주듯 이렇게 말한다.

프란츠는 기어코 사정을 알고 싶어한다. 이 실종은 그를 아주 예민하게 만들었다. 그는 단순한 동시에 합리적인 정신의 소유자이다. 이해되지 않는 게 있으면 견디질 못한다.

"이런 식으로 불쑥 나가버리면 난 어떡하라는 거야? 그러니까……당신을 어떻게 찾아내느냐고."

그녀는 기억이 잘 안 난다고 대답한다. 그가 계속 다그친다.

"네 시간 동안 돌아다녔는데 기억이 안 난다는 건 말도 안 돼."

소피는 반투명한 느낌을 발하는 눈을 이상하게 굴린다.

"어느 카페에……"

그녀는 마치 자신에게 말하듯 불쑥 말한다.

"어느 카페…… 그래, 어느 카페지?"

프란츠가 묻는다.

그녀가 그를 쳐다본다. 멍한 시선이다.

"글쎄, 확실히 모르겠어."

소피는 울기 시작했다. 프란츠는 그녀를 꼭 안아주었다. 그녀는 몸을 옹송그리며 그의 품에 안겼다. 때는 4월이었다. 그녀는 무얼 원했던 것일까. 이 모든 걸 끝내고 싶은 걸까. 하지만 이렇게 다시 돌아왔다. 그녀는 네 시간 동안 자신이 한 일을 기억하는 걸까. 네 시간 동안 할 수 있는 일이 과연 무엇일까.

한 달 후인 5월초, 그 어느 때보다 지쳐 있던 소피는 정말로 탈출했다. 프란츠가 잠시 다녀오겠다며 내려갔다. 그는 말했다. "금방 올 테니 걱정 마." 소피는 층계에서 그의 발자국 소리가 사라지기를 기다렸다가, 재킷을 꿰어 입고 소지품 몇 가지와 지갑을 기계적으로 주워든 다음 도망쳐 나왔다. 건물을 빠져나올 때는 뒷길로 통하는 쓰레기장을 이용했다. 그러고는 달렸다. 머리가 심장과 함께 세차게 고동친다. 그 두 곳에서의 망치질은 복부에서 관자놀이까지 온몸을 쾅쾅 울린다. 그녀는 달린다. 너무 더워 재킷을 벗어 보도에 집어던지고, 계속 달리면서 뒤를 돌아본다. 죽은 이들이 쫓아올까 두려운 것일까. 6. 7. 5. 3. 이걸 기억해야 한다. 6. 7. 5. 3. 숨이 가빠오고 허파가 타는 듯하지만 멈추지 않고 달려 마침내 버스 앞에 다다른 그녀는 차에 점프하듯 올라탄다. 그런데 돈을 가져오지 않았다. 호주머니들을 다 뒤져보지만 허사다. 버스기사는 그녀를 미친 여자 보듯 쳐다본다. 다행히 청바지 주머니에 숨어 있던 2유로짜리 동전 하나를 찾아냈다. 버스기사가 뭐라고 묻는데, 그녀는 잘 듣지 못했지만 그냥 "네, 아무 문제 없어요"라고 대답해버린다. 주위 사람들을 진정시키고 싶을 때 사용하면 언제나 효과가 있는 대답이다. 그래, 아무 문제 없다. 6. 7. 5. 3. 이걸 기억해야 해. 가까이에 있는 서너 명의 사람이 홀깃홀깃 그녀를 쳐다본다. 그녀는 옷매무새를 가다듬는다. 그러고는 제일 뒷좌석에 앉아 뒤 차창을 통해 도로에 달리는 차들을 살핀다. 담배를 한 대 피우고 싶은데 차 안은 금연인데다, 어차피 모든 걸 집에 두고 왔다. 버스는 기차역을 향해 달린다. 빨간 신호등 앞에 한없이 멈춰 서 있다가, 다시 출발할 때는 너무도 힘겹게 움직인다. 호흡이 약간 가라앉았지만, 역이 가까워짐에 따라 소피는 다시 두려움에 사로잡힌다. 세상이 무섭고, 사람들이 무섭고, 기차가 무섭다. 모든 게 무섭다. 이런 식으로, 이렇게 쉽사리 도망칠 수 있을 것 같지 않다. 그녀는 연방 뒤를 돌아본다. 그녀 뒤의 얼굴들은 곧 닥쳐올 죽음의 마스크를 쓰고 있을까. 그녀는 점점 심하게 몸을 떨어대고, 진 빼는

낮과 밤들을 지나온 그녀의 몸은 버스까지 달려가고 역사驛舍를 가로지르는 것만으로도 녹초가 되고 만다. "플렁*이요"라고 그녀는 말한다. 6. 7. 5. 3. 아뇨, 할인혜택은 해당되는 게 없어요. 네, 파리를 경유할 거예요. 이렇게 말하며 자신의 은행카드를 집요하게 내민다. 창구직원이 이걸 빨리 좀 받아줬으면 좋겠다. 그럼 이 메시지(6, 7, 5, 3)를 잊기 전에 얼른 넘겨버리고 홀가분해질 수 있을 텐데. 창구직원이 빨리 표를 내주어 승차할 수 있게 해주면 좋겠다. 벌써부터 하나하나 지나가는 역들과 마침내 열차에서 내리는 자신의 모습이 보이는 듯하다. 네, 그런데 이렇게 경유하면 환승역에서 오래 기다리시게 될 겁니다…… 결국 창구직원은 자판을 두드린 다음 프린터를 작동시키고, 마침내 그녀 앞에 기차표가 나온다. 직원이 말한다. "비밀번호를 입력해주세요." 6. 7. 5. 3. 이겼다. 그런데 누구한테? 소피는 돌아서서 그 자리를 떠나려 한다. 그런데 장치 안에 넣은 카드를 잊어버렸다. 한 여자가 거만한 미소를 지으며 그걸 가리킨다. 소피는 낚아채듯 카드를 빼낸다. 이 모든 것에서 데자뷰의 냄새가 난다. 소피는 계속해서 똑같은 장면들을, 똑같은 도주극들을, 똑같은 죽음들을 겪고 있는 것이다. 그게 언제부터였더라…… 이젠 멈춰야 한다. 그녀는 담배를 찾아 호주머니 위를 탁탁 두드려보다가, 방금 전 호주머니에 집어넣은 은행카드의 감촉을 손에 느낀다. 그리고 고개를 드는데 프란츠가 있다. 그녀 앞에 서서 새하얗게 질린 얼굴로 이렇게 말하고 있다. "도대체 그렇게 하고 어딜 가는 거야?" 그의 손에는 아까 그녀가 거리에 버린 재킷이 들려 있다. 그는 고개를 오른쪽으로 한 번 갸웃했다가, 다시 왼쪽으로 갸웃한다. "집에 들어가. 정말

---

* 센에마른 도에 있는 인구 4만의 소도시.

이지 이번엔 의사를 불러야겠어. 알겠지……?" 그녀는 '응'이라고 말할까 하고 잠시 망설였다. 아주 잠깐 동안이었다. 하지만 그녀는 다시 마음을 다잡았다. "안 돼, 의사는 싫어…… 그냥 집에 들어갈게요." 프란츠는 미소를 지어주며 소피의 팔을 잡았다. 소피는 구역질이 올라오는 걸 느끼며 몸을 약간 구부렸다. 프란츠가 그녀의 팔을 잡아주었다. "자, 집에 들어가자. 바로 앞에 차를 세워놨어." 그녀는 역이 멀어지는 것을 느끼며, 마치 결심을 하는 사람처럼 눈을 꼭 감는다. 이윽고 프란츠에게 몸을 돌려 그의 목을 잡는다. 그 목을 꼭 그러안으면서 말한다. "오, 프란츠……" 그녀는 울기 시작했다. 그리고 그가 그녀를 출구 쪽으로, 자동차로, 집으로 들고 가는 동안(부축한다기보다는 들고 가고 있었다) 공처럼 구겨버린 기차표를 땅바닥에 떨어뜨렸고, 자신의 어깨 우묵한 곳에 머리를 파묻고는 흐느껴 울었다.

프란츠는 그녀 곁을 떠나지 않는다. 소피는 조금 정신이 돌아올 때면 미안하다고 그에게 사과한다. 그는 대체 무슨 사연이 있는 거냐고 아주 조심스럽게 물어본다. 그녀는 나중에 얘기해주겠다고 약속한다. 우선은 좀 쉬어야겠다고. '좀 쉬어야겠어.' 항상 써먹는 말이지만 이 말은 방문들을 죄다 닫고 숨을 돌릴 수 있는 약간의 시간을 보장해준다. 다시 힘을 끌어 모으는 데 필요한 시간, 꿈들과, 죽은 이들과, 그 만족할 줄 모르는 방문자들과 벌이게 될 싸움을 준비하는 데 필요한 시간 말이다. 프란츠는 장을 봐온다. "저번처럼 당신을 찾아 온 시내를 헤매긴 싫거든." 그는 미소 지으며 이렇게 말하고는, 외출하기 전에 방문을 열쇠로 걸어 잠근다. 소피도 고마워하는 표정으로 미소를 짓는다. 프란츠는 청소를 하고, 진공청소기를 돌리고, 먹을 것을 만들고, 통닭이나 인도음식, 중국음식을 사오고, 비디오 가게에서 영화를 빌려서는 그녀의 동조를 구하는 듯한 눈빛으로 집에 들어온다. 소피는 집 안이 깨끗해졌다고, 음식이 아주 맛있다고 말한다. 또 영화도 아주 좋다고 단언하지만, 첫머리 자막이 나오고 몇 분 후에 보면 TV 앞에서 잠들어 있다. 그녀의 무거운 머리는 다시 죽음 속으로 빠져들고, 얼마 후에 다시 깨어나 보면 목소리도 표정도 없는 상태로, 아니, 거의 죽어 있는 상태로 방바닥에 쭉 뻗어 있다. 프란츠가 그런 그녀의 두 팔을 잡고 있다.

그런데 결국 일어날 일이 일어나고야 말았다. 어느 일요일이었다. 이틀 전부터 소피는 한숨도 자지 못했다. 얼마나 울부짖었던지 이제는 목소리도 제대로 나오지 않는다. 프란츠는 어미닭처럼 그녀를 품는다. 항상 곁에 있으면서, 아무것도 입에 대려 하지 않는 그녀에게 먹을 것을 준다. 결혼하자마자 나타난 아내의 광기를 이 사내는 어떻게 이렇게 받아들일 수 있는 건지, 그저 놀라울 따름이다. 성인聖人이 따로 없다. 그는 헌신하고 자신을 희생할 준비가 되어 있다. "난 당신에게 의사 부를 마음이 생기길 기다리고 있어. 그러면 훨씬 좋아질 거야……"라고 그는 설명한다. 그녀는 "곧 다 괜찮아질 것"이라고 대답한다. 그래도 그는 계속 권유한다. 그는 그녀가 거부하는 이유를 알고 싶어한다. 그녀의 삶 가운데 자신이 아직 모르는 어떤 비밀이 있을까봐 두려운 것이다. 도대체 그녀는 무슨 생각을 하고 있는 걸까. 그녀는 그를 안심시켜주고 싶다. 그의 불안감을 가라앉히려면 뭔가 정상적인 일을 하지 않으면 안 된다는 느낌이 든다. 그래서 그녀는 이따금 그의 몸 위에 자신의 몸을 눕힌다. 그가 욕구를 느낄 때까지 애를 쓰고, 그에게 몸을 열어주고, 그를 이끌어주고, 그에게 쾌감을 느끼게 해주려고 몸부림치고, 몇 마디 비명을 지르고 눈을 감으면서, 그가 마침내 쾌락에 몸을 내맡기기를 기다린다.

  그렇다, 그건 일요일이었다. 권태로울 정도로 평온한 날이었다. 오전,
아파트 주위는 장을 보고 돌아오거나 주차장에서 세차하는 주민들의
음성으로 가득했다. 소피는 오전 내내 담배를 피우면서 발코니 밖을 바
라보았다. 양손을 스웨터 소맷부리 속에 쑤셔 넣은 것은 너무도 추워서
였다. 피곤한 탓이었다. 그녀는 "추워"라고 말했다. 지난 밤, 그녀는 토
악질을 하면서 잠이 깨었다. 그 탓에 아직까지 배 속이 아프다. 자신의
몸이 더럽게 느껴진다. 샤워를 했지만 충분하게 느껴지지 않아 제대로
목욕을 하고 싶다. 프란츠는 그런 그녀를 위해 욕조에 물을 받아준다.
그는 종종 그렇듯 지나치게 뜨거운 그 물에 자기가 좋아하는 목욕소금
까지 풀어 넣는다. 향이 메스꺼운 것이 합성제품처럼 느껴지는 그 목욕
소금을 소피는 끔찍이 싫어하지만 쓸데없이 그의 역정을 돋우고 싶지
는 않다. 다른 거라도 특별할 게 있겠는가…… 그녀가 원하는 것은 아
주 뜨거운 물, 그녀의 얼어붙은 뼈를 덥혀줄 수 있는 어떤 것이다. 그
는 그녀가 옷 벗는 걸 도와준다. 소피는 거울에 비친 자신의 몰골을, 삐
죽 튀어나온 어깨를, 뾰족한 골반을, 앙상히 마른 몸뚱이를 본다. 울고
싶을 정도로 가련한 모습이지만, 그보다는 오싹한 전율이 인다…… 도
대체 몸무게가 얼마나 될까? 별안간, 그녀는 너무나도 분명해진 사실
을 큰 소리로 내뱉는다. "난 지금 죽어가고 있어." 그리고 자신이 내뱉
은 이 말에 아연실색한다. 그녀는 이 말을 몇 주 전에 "난 아무 문제없
어"라고 말했던 것처럼 말한 것이다. 몇 주 전의 그 말이 사실이었듯,
이 말 또한 사실이다. 소피는 서서히 사위어가고 있다. 밤과 낮을 거치
고 악몽들을 꾸면서 나날이 시들고 야위어가고 있다. 녹아내리고 있다.

얼마 안 있으면 반투명하게 될 것이다. 그녀는 자신의 얼굴과 불쑥 튀어나온 광대뼈, 그리고 주위가 까맣게 꺼진 두 눈을 다시 한 번 들여다본다. 프란츠는 곧바로 그녀를 꼭 안아준다. 그리고 부드럽지만 실없는 말들로 위로해준다. 그는 그녀가 방금 내뱉은 말에 어이가 없다는 듯 실소를 터뜨리는 시늉을 한다. 그러다가 그만 지나친 행동을 하고 만다. 그는 그녀의 등을 탁탁 두드려줬는데, 아주 오랫동안 만나지 못할 길을 떠나는 사람에게 하듯 너무 세게 두드렸던 것이다. 그는 물이 뜨겁다고 말한다. 소피는 몸을 바르르 떨면서 물에 손을 대본다. 갑자기 전신이 덜덜 떨린다. 프란츠는 차가운 물을 틀고, 그녀가 몸을 굽혀 이 정도면 괜찮겠다고 말하자 밖으로 나간다. 그는 욕실에서 멀어지자마자 자신에 찬 미소를 짓지만, 문들은 여전히 열어놓았다. TV에서 희미한 소리가 들리기 시작하자 소피는 욕조 안에 몸을 길게 눕힌다. 그런 다음 시렁에 손을 뻗어 가위를 집어들고는 정맥이 푸르스름하게 지나가는 손목 부분을 주의 깊게 들여다본다. 그녀는 가위의 날을 정확한 위치에 올린 다음, 몹시 비스듬한 각도로 기울어진 프란츠의 목덜미를 힐끗 한 번 쳐다본다. 마치 그 모습에서 궁극적인 확신을 길어 올리려는 듯한 시선이다. 그녀는 깊게 숨을 들이쉰 다음, 단번에 손목을 긋는다. 그러고는 온몸의 근육을 이완시키고 천천히 욕조 속으로 미끄러져 들어간다.

그녀가 처음 본 것은 침대 곁에 앉아 있는 프란츠의 모습이다. 그다음에는, 붕대로 두툼하게 감겨 있는 자신의 왼쪽 팔이다. 다음으로 방의 풍경도 눈에 들어온다. 하루가 시작되는 무렵인지 끝나는 무렵인지 모르겠지만, 창을 통해 희미한 빛이 새어들고 있다. 프란츠는 그녀에게 너그러운 미소를 보낸다. 그리고 붕대 밖으로 나와 있는 손가락 끝부분을 부드럽게 붙잡는다. 그렇게 손가락을 쓰다듬으면서도 아무 말도 하지 않는다. 소피는 머리가 끔찍이도 무겁다. 그들 옆 테이블 위에는 식판이 놓여 있다.

"여기 먹을 게 있어……"

그가 말한다.

자, 이게 그가 처음 한 말이다. 질문 한마디, 책망 한마디, 심지어는 놀랐다는 말조차 없다. 소피는 아무것도 먹고 싶지 않다고 말한다. 그러자 그는 곤란한 일이라도 생긴 사람처럼 고개를 절레절레 흔든다. 소피는 눈을 감는다. 모든 것이 아주 선명히 기억난다. 일요일, 창가에서 피운 담배들, 뼛속까지 스며들던 한기, 그리고 욕실의 거울에서 본, 죽은 것 같은 자신의 얼굴. 그리고 자신이 내린 결정. 떠나야 한다. 무슨 일이 있더라도 떠나야 한다…… 그녀는 문이 열리는 소리를 듣고 다시 눈을 뜬다. 간호사 한 명이 들어온다. 그녀는 친절하게 미소를 짓고 침대를 에돌아 다가와서는, 소피가 아직껏 알아채지 못했던 링거를 체크한다. 그런 뒤 전문가다운 동작으로 엄지손가락을 소피의 아래턱 밑에 몇 초간 대고 있다가 다시금 미소를 짓는다.

"쉬세요." 그녀가 나가면서 말한다. "의사선생님이 곧 오실 거예요."

프란츠는 거기에 계속 앉아 있다. 창밖을 바라보면서 짐짓 침착한 모습을 보여주려고 한다. 소피는 "미안해요……"라고 말하지만, 그는 대답할 말을 찾지 못한다. 계속 창밖을 내다보면서 손가락 끝부분들을 만지작거리고 있을 뿐이다. 그에게서 놀라운 관성의 힘이 느껴진다. 그가 언제나 거기에 있었던 듯한 느낌이 드는 것이다.

의사는 놀라울 정도로 활기가 느껴지는 뚱뚱한 몸집의 작달막한 사내이다. 벗어진 머리가 오히려 신뢰감을 주는 자신감 넘치는 오십대 남자다. 그가 눈짓을 한 번 보내고 짧게 미소 짓는 것만으로도 프란츠는 자신이 잠시 나가 있어야 한다는 것을 느낀다. 의사는 그녀 곁에 자리 잡고 앉는다.

"요즘 어떻게 지내느냐고는 묻지 않겠어요. 대충 알 것 같으니까. 간단히 말하죠. 당신은 누군가를 좀 만나보는 게 좋겠어요."

그는 거침없이 이렇게 말한다. 매우 직설적인 의사다.

"여기엔 괜찮은 분들이 많아요. 그분들하고는 얘기가 통할 거예요."

소피는 그를 쳐다본다. 그는 그녀의 정신이 딴 데 가 있다고 느꼈는지, 대화에 매듭을 지으려 한다.

"상처는, 제법 요란스럽긴 했지만 그다지 심각한……"

이렇게 말하다가 곧바로 말을 바꾼다.

"물론 당신 남편이 그때 거기 없었더라면 당신은 죽었을 거예요."

의사는 그녀의 반응을 시험해보기 위해 강하고도 거친 단어를 선택한 것이다. 그녀는 자신의 상태를 잘 알기 때문에 그를 도와주기로 마음먹는다.

"괜찮아질 거예요."

그녀가 할 수 있는 말은 이것뿐이다. 하지만 이건 사실이다. 그녀는 괜찮아질 거라고 생각하고 있다. 의사는 두 손으로 무릎을 탁 치며 자리에서 일어선다. 그는 나가기 전에 문을 가리키며 묻는다.

"부군에게도 말씀드릴까요?"

소피는 아니라고 고개를 저었지만, 자신의 대답이 충분히 명확한 것 같지 않아 다시 말한다.

"아뇨, 내가 하겠어요."

"나 말이야, 정말로 놀랐어……"

프란츠는 어색한 미소를 짓는다. 이제 해명해야 할 시간이다. 하지만 소피는 할 말이 없다. 도대체 그에게 무슨 얘기를 할 수 있단 말인가. 그녀는 억지로 미소를 지어 보인다.

"집에 돌아가면 설명해줄게. 여기서는 못해……"

프란츠는 이해한다는 듯한 표정을 짓는다.

"내 인생에는 당신에게 한 번도 얘기하지 않은 부분이 있어. 나중에 다 설명해줄게."

"그렇게 많은 사연들이 있었어?"

"응, 좀 있어. 나중에 들어보면 알 수 있을 거야……"

그는 고개를 끄떡인다. 의미를 명확하게 해석하기 힘든 고갯짓이다. 그녀는 피곤하진 않지만 혼자 있고 싶다. 지금 그녀에겐 정보가 필요하다.

"내가 오랫동안 잤어?"

"거의 서른여섯 시간이나."

"여기가 어디지?"

"레 장시엔 위르쉴린 병원. 이 근방에서 제일 좋은 병원이야."

"지금 몇시지? 지금이 면회시간이야?"

"거의 정오가 다 됐어. 면회시간은 오후 2시부터지만, 난 계속 여기 있어도 된다고 했어."

평소라면 '상황이 상황이니만큼' 같은 표현을 덧붙였겠지만, 지금 그는 짧은 문장만 사용하고 있다. 그녀는 그의 마음이 격동하는 것을 느낀다. 그녀는 그의 행동을 지켜본다.

"이 모든 게……(그가 그녀의 손목에 둘린 붕대를 얼핏 가리킨다) 우리 때문이야……? 나하고 잘 맞지 않아서 그런 거야?"

할 수 있다면 미소라도 지었으리라. 하지만 그러고 싶지 않다. 지금

까지의 노선을 지켜야 한다. 그녀는 그의 손 아래에서 손가락 세 개를
꼭 오므린다.

"그것과는 아무 상관없어. 정말이야. 당신은 아주 착하잖아."

프란츠는 이 표현이 마음에 들지 않지만 참고 넘어간다. 그렇다, 그
는 착한 남편이다. 그게 아니라면 대체 뭐란 말인가. 소피는 자기 소지
품이 어디 있는지 묻고 싶지만, 그냥 말없이 눈을 감아버린다. 이젠 더
이상 아무것도 필요하지 않다.

복도의 벽시계가 저녁 7시 44분을 가리키고 있다. 면회시간이 끝난
지 벌써 30분이 지났지만, 이 병원은 규칙이 그다지 엄격하지 않아서
이 방 저 방에서 아직도 대화하는 소리들이 흘러나온다. 공기 중에는
식판에 담겨 나온 저녁식사 냄새, 맑은 수프 냄새와 양배추 냄새가 찌
꺼기처럼 남아서 떠돈다. 병원들은 대관절 어떻게 하기에 어딜 가나 이
렇게 똑같은 냄새를 풍기는 걸까? 복도 끄트머리에 난 커다란 창문을
통해 회색에 가까운 빛이 새어든다. 몇 분 전, 소피는 병원 건물 안에서
길을 잃었다가 일층의 어느 간호사에게 도움을 받아 병실로 돌아왔다.
이제 그녀는 건물의 구조를 알고 있다. 아까 나갔을 때 주차장 쪽으로
통하는 문을 보았다. 이 층의 간호사실 앞을 씩씩하게 통과하기만 하면
밖으로 나갈 수 있는 것이다. 그녀는 벽장 안에서 프란츠가 그녀의 퇴
원을 대비해 가져다 놓은 옷가지를 찾아냈다. 서로 짝이 맞지 않는 옷
들이다. 그녀는 살짝 열린 문틈으로 복도 쪽에 시선을 고정한 채 기다
린다. 간호사의 이름은 제니이다. 버들가지처럼 호리호리하고 유연한
몸매에 머리를 군데군데 금발로 물들인 여자다. 그녀에게선 장뇌 냄새
가 난다. 걸음걸이는 차분하면서도 힘차다. 그녀는 두 손을 유니폼 호

주머니에 찌른 채 방금 간호사실을 나왔다. 건물 현관으로 담배를 피우러 갈 때면 늘 저런 모습이다. 간호사는 엘리베이터가 있는 층계참으로 통하는 회전문을 밀고 나간다. 소피는 나섯까지 센 다음 병실 문을 열고 나가 간호사실 앞을 지난다. 하지만 회전문 바로 앞에서 오른쪽으로 방향을 틀어 층계로 내려간다. 몇 분 후 그녀는 주차장에 있을 것이다. 그녀는 핸드백을 몸에 꼭 붙인다. 그러고는 세기 시작한다. 6. 7. 5. 3.

누르튀튀한 얼굴에 회색 콧수염을 기른 종드레트 군경. 그와 함께 도착한 또 다른 군경은 미간을 찌푸리며 짐짓 걱정스러운 표정을 짓고 있지만, 자기 발만 내려다볼 뿐 아무 말이 없다. 프란츠는 그들에게 커피를 권했다. 그들은 네, 커피 좋죠, 하면서 기꺼이 수락했지만 계속 서 있었다. 종드레트는 프란츠의 불행을 동정한다. 그는 '댁의 부인'이라는 표현을 쓰며 소피에 대해 이런저런 얘기를 늘어놓지만, 결국엔 모두 프란츠가 이미 알고 있는 사실들뿐이다. 그는 두 군경을 쳐다보면서 자신의 역할을 연기한다. 그의 역할은 불안해하는 것인데, 실제로도 불안하기 때문에 연기하는 것이 조금도 어렵지 않다. TV 앞에 앉아 있던 자신의 모습이 떠오른다. 그는 퀴즈 프로그램을 아주 좋아한다. 항상 조금 속임수를 쓰지만, 일등 하는 게 누워서 떡먹기이기 때문이다. 박수소리, 사회자가 떠들어대는 소리, 실없는 농담, 미리 녹음된 웃음소리, 결과가 발표될 때 터지는 탄성…… 이 모든 소리들이 TV에서 시끄럽게 흘러나왔다. 하기야 소피는 소리 없이 그 짓을 하고 있었지만…… 그때 그가 다른 일을 하고 있었더라도 결과는 마찬가지였으리라. 스포츠 분야의 문제들이 나왔다. 스포츠 분야는 그다지…… 하지만 그는 한번 도전해봤다. 올림픽에 관련된 문제들로, 전문적으로 파고드는 몇 몇 신경증 환자들 말고는 아무도 알 수 없는 종류의 문제들이었다. 그는 뒤를 돌아보았다. 소피는 턱까지 거품 속에 묻고 눈을 감은 채로 머리를 뒤로 해 욕조 위로 젖히고 있었다. 그녀는 옆모습이 예뻤다. 어찌 됐든, 심지어는 그렇게 바짝 말라 있는 상태에서도 그녀는 항상 예뻤다. 정말로 예뻤다. 그는 종종 그 점에 대해 곰곰이 생각해보곤 했다. 그는 다시 TV로 고개를 돌리며, 그래도 감시를 소홀히 해서는 안 된다고 속으로 중얼거린다. 지난번에는 그녀가 욕조 안에서 잠이 드는 바람에, 얼음장같이 차가워진 몸을 물에서 끄집어내 핏기가 돌 때까지 몇 분 동안 오데코롱으로 온몸을 문질러야 하지 않았던가. 그런 식으로 죽을 순 없는 법이다. 그는 한 퀴즈 문제의 답(어느 불가리아 장대높이뛰기 선수의 이름)을 기적적으로 찾아냈다. 그리고…… 갑자기 그의 내부의 비상등이 깜빡거리기 시작했다. 그는 홱 고개를 돌렸다. 소피의 머리가 보이지 않자 황급히 뛰어갔다. 거품이 붉게 물들었고, 소피의 몸은 욕조 밑바닥에 가라앉아 있었다. 그는 외마디 비명을 질렀다. "소피!" 두 팔을 물속에 집어넣어 그녀의 양어깨를 잡아 물 밖으로 꺼냈다. 그녀는 기침은 하지 않았지만 숨은 쉬었다. 몸 전체가 죽은 사람처럼 하얗고, 손목에선 선혈이 계속 흘러나왔다. 그렇게 많은 양은 아니었다. 하지만 심장 고동에 따라 미세한 잔물결처럼 찔꺽찔꺽 흘러나왔고, 물에 잠겨 있던 상처는 퉁퉁 부풀어 있었다. 잠시 동안 그는 제정신이 아니었다. 그는 그녀가 죽는 걸 원치 않았다. "안 돼, 이런 식으로는 아니야……" 라고 중얼거렸다. 소피가 이렇게 자기 손에서 빠져나간다는 건 말도 안 된다. 이건 이를테면 그녀가 그에게서 자기 죽음을 도둑질해가는 것이나 마찬가지였다. 그녀 자신이 '언제, 어디서, 어떻게'를 선택한 것이다. 이러한 자유의지는 지금까지 자신이 해온 모든 일에 대한 완전한 부정으로 보였다. 이 자살시도는 자신의 지성에 대한 모욕처럼 느껴졌다. 소피가 이런 식으로 죽어버리면, 그는 영원히 어머니의 죽음을 복수하지 못하게 된다. 그는 그녀를 욕소 밖으로 끌어내 바닥에 눕힌 다음, 수건으로 손목을 칭칭 동여매며 계속 말을 걸었다. 그리고 결국 전화기로 달려가 구급대에 전화를 걸었다. 소방서가 바로 옆에 있었으므로 그들은 3분도 안 되어 달려왔다. 구급대를 기다리는 동안 그는 많은 것을 걱정했다. 골치 아픈 행정적 절차들 때문에 소피의 신분이 얼마나 파헤쳐질 것이며, 얼마나 이것저것 캐물을 것인가. 최악의 경우, 지금까지 살아오면서 한 번도 군인인 적이 없었던 베르크 상사가 실제로 누구인지 소피에게 밝혀줄 수도 있으리라.

병원에서 소피와 다시 만났을 때, 그는 냉정을 되찾고 자신의 역할을 다시 완벽하게 연기할 수 있었다. 무엇을 말해야 할지, 무엇을 해야 할지, 무엇을 대답해야 할지, 어떤 모습을 보여야 할지 정확히 알고 있었다.

이제는 다시 화까지 낼 수 있게 되었다. 소피가 도망간 지 여섯 시간이 지나서야 병원에서 그 사실을 알았다니, 이게 도대체 말이 되는가! 그에게 전화를 걸어온 간호사는 그야말로 똥오줌 못 가리고 있었다. "베르크 씨, 혹시 부인께서 집에 돌아가셨나요?" 프란츠가 거칠게 대꾸하자, 그녀는 즉각 의사를 바꿔주었다.

그녀가 도망갔다는 소식을 듣고 나서, 그는 시간을 갖고 이 상황에 대해 곰곰이 생각해보았다. 그렇다, 군경들이 저렇듯 태평스레 커피를 홀짝대고 있는 건 어쩌면 당연한 일이다. 사실 소피를 찾아내는 일에 있어서는 이 프란츠보다 나은 인간은 없다. 이 나라 모든 군경대가 자취조차 모르고 있던 다중살해범을 3년 전부터 바짝 붙어 추적해온 사람이 누구인가. 바로 자신이 아닌가. 자기 손으로 완전히 개조해놓은 소피의 삶에서 그가 알지 못하는 부분은 하나도 없었다. 그런데 이런 자신조차 지금 이 순간 그녀가 어디에 있는지 짐작조차 할 수 없는데, 하물며 저 따위 군경들은…… 프란츠는 마음이 급했다. 군경들에게 당장 꺼져버리라고 소리치고 싶었다. 그는 긴장한 목소리로 그냥 한마디 간단히 묻는다.

"빨리 찾을 수 있을까요?"

남편들은 대개 이런 식으로 묻지 않는가. 종드레트가 한쪽 눈썹을 그를 향해 치켜든다. 보기만큼 멍청한 인간은 아닌 것 같은 느낌이 든다.

"반드시 찾게 될 겁니다, 선생."

그가 대답한다.

그러고는 찔끔찔끔 마시고 있는 뜨거운 커피가 담긴 찻잔 위로 프란츠를 유심히 살핀다. 그는 찻잔을 내려놓는다.

"부인께선 분명 누군가의 집에 갔을 거고, 오늘 저녁이나 내일쯤 선생에게 전화를 걸 겁니다. 이럴 땐 그냥 차분하게 기다리는 게 나아요."

그리고 대답이 나오기도 전에,

"전에도 이런 적이 있었나요? 이런 식으로 도망간 적이……"라고 물었다.

프란츠는 아니다, 하지만 아내는 우울증 증세가 다소 있었다고 대답한다.

"다소 있었다……" 종드레트가 그의 표현을 되뇐다. "그런데 두 분에겐 가족이 있나요? 부인 쪽으로 가족이 있느냔 말입니다. 그들에겐 전화해봤나요?"

프란츠는 그것까진 생각해보지 않았는데, 갑자기 일이 매우 빨리 흘러가고 있다. 르블랑 집안 출신의 마리안 베르크, 그녀에게 가족이 있었던가? 지난 몇 달 동안 그는 그녀의 지난 삶에 대해 물어봤다. 그에 따라 그녀는 어떤 가족 하나를 꾸며냈지만, 군경대로선 그들을 찾아내기가 매우 힘들 터였다…… 자칫하면 말실수를 할 수도 있는 일이다. 프란츠는 다시 커피를 따라준다. 잠시나마 생각할 시간을 벌기 위해서다. 그는 전략을 바꾸기로 결정한다. 짐짓 불만에 찬 표정을 지으며 신경질적으로 되묻는다.

"그렇다면 당신네들은 아무것도 안 하고 있겠다는 얘깁니까?"

종드레트는 대답하지 않는다. 그는 자신의 빈 찻잔만 내려다보다가,

"부인께서 돌아오지 않으면, 그러니까 사나흘 안으로 돌아오지 않으면 그때 수사를 시작할 겁니다. 이런 종류의 사건에선 말입니다, 일반적으로 며칠 후면 제 발로 돌아와요. 거의 대부분의 경우, 가족이나 친구 집에 가 있죠. 때로는 전화 몇 통으로 해결되기도 하고요……"라고 말한다.

프란츠는 알겠다고 말한다. 새로운 일이 생기면 연락하겠다고…… 종드레트는 그렇게 하는 게 좋을 거라고 대답한다. 그리고 커피에 대해 감사를 표한다. 그의 부하도 발깔개를 내려다보며 고개를 끄덕인다.

프란츠는 스스로 세 시간의 시한을 정했다. 그 정도면 적당할 듯싶었다.

그리고 그동안, 자신의 노트북 화면에 깜빡이는 분홍색 네모표시를 마지막으로 한 번 쳐다본다. 소피 휴대폰의 현 위치를 알려주는 표시이다. 그런데 지도상에 네모표시가 위치한 곳은 다름 아닌 이 동네이다. 그래서 집 안을 뒤져봤더니, 휴대폰은 어이없게도 책상 서랍 속에서 발견되었다. 소피가 있는 위치를 즉각 알아낼 수 없는 상황은 4년 만에 처음이다. 빨리 조치를 취해야 한다. 그녀를 찾아내야 한다. 그녀가 먹는 약 문제에 대해서도 잠시 생각했지만 이내 스스로를 안심시킨다. 지금까지 만들어놓은 우울증 상태가 그렇게 빨리 사라질 수는 없을 것이

다. 어쨌든 그녀를 집으로 데려와야 한다. 무슨 일이 있어도 데려와야
한다. 이젠 끝내야 한다. 이 일을 끝내버려야 한다. 그는 거세게 끓어오
르는 분노를 억누르기 위해 크게 심호흡을 한다. 여러 각도로 생각해본
다. 가장 먼저 떠오르는 곳은 리옹이다.

그는 손목시계를 들여다본 후, 마침내 전화기를 집어든다.

누군가가 종드레트 군경에게로 전화를 돌려준다.

"아내는 친구 집에 있어요." 그는 만족스러우면서도 안도하는 듯한
어조로 급히 알린다. "브장송 근처랍니다."

그러고는 상대의 반응을 살핀다. 모 아니면 도다. 만일 군경이 아내
의 그 '친구'가 누구냐고 캐묻기라도 하면……

"좋아요." 종드레트가 만족한 어조로 대답한다. "건강은 괜찮으시답
니까?"

"네…… 몸은 괜찮은 것 같습니다. 그냥 정신이 좀 없는가봐요."

"좋아요." 종드레트가 다시 말한다. "그래, 집에는 돌아오시겠답니
까? 집에 돌아오겠다고 말했나요?"

"네, 그렇게 말했어요. 집에 오고 싶답니다."

전화기 저편에서 잠시 침묵이 흐른다.

"언제요?"

프란츠의 머릿속 모터가 최고 속도로 돌아간다.

"내 생각엔 집사람이 조금 쉬는 게 좋을 것 같아요. 그래서 며칠 후
에 데리러 가려고 합니다. 그게 나을 것 같아서요."

"좋아요. 부인께서 귀가하시면 군경대에 들러주셔야 합니다. 몇 가지
서류에 서명해야 하니까요. 급할 건 전혀 없다고 말씀드리세요! 먼저
푹 쉬시라고……"

그리고 전화를 막 끊으려다가 이렇게 덧붙인다.

"그런데 한 가지…… 두 분께선 결혼하신 지 얼마 안 된 것 같던데……"

"여섯 달 조금 못 됐죠."

종드레트 쪽에서 침묵이 흐른다. 지금 그는 전화기를 든 채 유심히 살피는 듯한 눈빛을 하고 있을 것이다.

"혹시 부인의 이번 행동이…… 두 분의 결혼생활과 어떤 관계가 있다고는 생각하지 않으시나요?"

프란츠는 자신의 직관에 따라 대답한다.

"결혼 전부터 약간 우울증 증세가 있긴 했지만…… 네, 물론 그럴 수도 있겠죠…… 그녀와 한번 얘기해봐야겠네요."

"네, 그러시는 게 좋습니다, 베르크 씨. 그러시는 게 좋을 거예요. 자, 이렇게 신속하게 연락해주셔서 고맙고요. 부인을 데리러 가서 얘기 잘 나눠보세요."

쿠르페락 거리는 벨쿠르 광장에서 아주 가까운 곳에 붙어 있다. 부자 동네이다. 프란츠는 인터넷에 한번 들어가봤지만, 2년 전에 비해 크게 달라진 점을 알아내지 못했다.

적당한 관측 장소를 찾아내는 일은 쉽지 않았다. 어제 그는 카페를 빈번히 옮겨야 했다. 그래서 오늘 아침에 차를 한 대 빌렸다. 차 안에서는 아파트 건물을 좀 더 수월히 관찰할 수 있을 뿐 아니라, 필요한 경우엔 그녀를 미행할 수도 있다. 발레리는 소피와 왕래하던 시절에는 어느 운송회사에서 일했지만, 지금은 그녀만큼이나 도움이 안 되는 사람이지만 돈은 많은, 그러면서도 자신에게 디자이너로서 타고난 재능이 있다고 확신하는 어떤 친구의 회사에서 빨빨거리고 있다. 2년 동안 뼈 빠지게 일하지만 결국엔 한 푼도 벌지 못했다는 사실을 깨닫게 되는, 그런 종류의 한심한 회사이다. 하지만 그런 것은 발레리나 그의 친구에게 는 조금도 중요하지 않다. 그녀는 아침마다 활기차고도 씩씩한 걸음으로 집을 나와, 벨쿠르 광장에서 택시를 잡아타고 일터로 향한다.

거리에 나타난 발레리의 모습을 본 순간, 그는 소피가 여기에 없다는 것을 직감했다. 발레리는 이른바 '감추는 것이 전혀 없는' 여자여서, 삶의 모든 것이 겉모습에 드러났다. 프란츠는 그녀의 걸음걸이와 행동을 통해 지금 그녀에겐 아무런 걱정도, 불안도 없다는 걸 느낄 수 있었다. 그 여자의 행동은 너무나도 차분하고, 그 어떤 고민의 흔적도 느껴지지 않았다. 소피가 여기에 몸을 숨기러 오지 않았다는 것은 거의 확실하다. 사실 발레리 주르댕은 너무도 이기적인 여자라서, 아무리 어린 시절 친구라 해도 이 나라의 모든 경찰이 쫓고 있는 다중살해범 소피 뒤게를 맞아줄 리 없다. 이 여자에겐 넘지 않는 선들이 있다. 아주 분명한 선들이.

그렇긴 하지만, 만에 하나 그녀가 소피를 받아줬다면? 발레리가 출근하자, 그는 그녀가 사는 층으로 올라갔다. 삼중 자물쇠로 잠긴 튼튼한 강화문이었다. 그는 아주 오랫동안 문에 귀를 딱 붙이고 있었다. 같은 건물 주민이 자기 집에서 나오거나 집으로 들어가면, 짐짓 층계를 올라가거나 내려가는 시늉을 하다가 다시 아파트 문 앞으로 돌아가곤 했다. 안에선 아무 소리도 들리지 않았다. 이날, 그는 똑같은 작업을 네 번이나 반복했고, 문에 귀를 붙인 상태로 세 시간 이상을 보내야 했다. 저녁 6시부터는 텔레비전 소리, 라디오 소리, 사람들의 대화 소리 같은, 건물 안에서 들려오는 다양한 소음들 때문에, 비어 있는 듯한 발레리 아파트 안의 은밀한 소음들을 탐지하는 것이 불가능해졌다.

저녁 8시경 발레리가 귀가했을 때, 프란츠는 몇 계단 위 층계참에 있었다. 그녀는 아무 말 없이 자기 집 문을 열었다. 그는 곧바로 문에 귀를 갖다댔다. 몇 분 동안 일상적인 소음들(주방, 화장실, 서랍들……)이 났고, 그다음에는 음악소리가 나더니, 이윽고 현관복도에서 그리 멀지 않은 곳에서 발레리가 통화하는 소리가 들렸다…… 맑은 목소리였다. 그녀는 농담을 하다가 아니, 오늘 저녁엔 나갈 수 없어, 늦게까지 해야 할 일이 있거든, 하고 말했다. 그녀는 전화기를 내려놓았고, 다시 주방에서 달그락거리는 소리, 라디오 소리가 들려왔다.

물론 결정하는 데 있어 약간의 불확실한 부분도 있는 게 사실이지만, 어쨌든 자신의 직관을 믿기로 마음먹었다. 그는 급한 걸음으로 아파트 건물을 빠져나왔다. 센에마른 도는 여기서 4시간도 안 되는 거리였다.

뇌빌생트마리. 믈렁에서 32킬로미터 떨어진 곳. 프란츠는 우선 경찰이 감시하고 있는지 확인하기 위해 주변을 여러 번 돌아보았다. 처음엔 그랬을 테지만, 경찰도 인력이 남아돌진 않는다. 그리고 또 다른 살인 사건이 터져 여론이 끓어오르지 않는 한……

그는 렌트한 차를 마을 어귀에 위치한 한 슈퍼마켓 주차장에 세워놓았다. 그리고 약 40분을 걸어 조그만 숲에 이르렀고, 거기서 폐기된 채석장의 철책을 밀어 넘어뜨리고 안으로 들어갔다. 그곳에서는 약간 아래쪽에 위치한 그 집을 볼 수 있는 시야가 꽤 확보되었다. 지나가는 사람은 별로 없었다. 어쩌면 밤중에 데이트 족이 들를 수도 있겠지만, 여기까지 오려면 반드시 차로 와야 할 것이다. 따라서 전조등 덕분에 들킬 위험은 별로 없었다.

오베르네 씨가 집밖으로 나온 것은 단 세 번이었다. 처음에는 세탁기에서 빨래를 꺼내왔고(세탁실은 집 건물과 통해 있지 않은 듯한 옆 건물에 마련되어 있었다), 그다음엔 우편물을 가져왔다(우편함은 집에서 약50미터 떨어진 길 옆, 약간 아래쪽에 세워져 있었다). 세 번째로 나왔을 때는 차를 타고 어디론가 떠났다. 프란츠는 잠시 망설였다. 그를 따라갈 것인가, 아니면 남을 것인가. 그는 남아 있기로 했다. 어차피 이렇게 손바닥만 한 마을에서는 걸어서 누군가를 뒤쫓는다는 것은 불가능했다.

파트릭 오베르네는 1시간 27분간 집을 비웠다. 그리고 그 시간 동안 프란츠는 쌍안경을 통해 계속해서 집을 구석구석 살폈다. 리옹에서는 발레리 주르댕이 걸어가는 모습을 보자마자 소피가 거기에 없다고 확신할 수 있었지만, 여기서는 그녀가 없다고 금방 판단을 내릴 수 없었다. 어쩌면 불안스러울 정도로 빠르게 지나가는 시간 때문에 신속한 해결책을 필요로 하는지도 몰랐다. 그리고 또 하나의 불안감이 그를 이렇게 미적거리게 하고 있었다. 만일 그녀가 여기에 없다면, 도대체 어딜 가서 그녀를 찾아낼 수 있을까. 그는 그녀가 갈 만한 장소를 더 이상 모르고 있다. 그런데 지금 그녀는 어떤 상태인가. 자살을 시도할 만큼 우울증이 심각한 상태다. 다시 말해서 극도로 취약한 상태이다⋯⋯ 그녀가 병원에서 증발했다는 소식을 들었을 때부터 그는 분을 가라앉히지 못하고 있었다. 그녀를 찾아오고 싶었다. "이젠 끝내버려야 해." 그는 계속 되뇌었다. 이렇게 오랫동안 미적거린 자신을 책망했다. 일찌감치 매듭지어버릴 수 있지 않았던가. 원하는 모든 것을 이미 얻지 않았던가. 자, 이젠 그녀를 찾아내 모든 걸 끝내버려야 한다.

프란츠는 지금 소피의 머릿속에 도대체 무슨 생각이 들어 있는지 궁금하기 짝이 없다. 다시 한 번 자살을 시도하고 싶었던 걸까. 아니, 그런 의도였다면 병원을 빠져나가지 않았을 것이다. 자살이라면 병원 안에서도 얼마든지 할 수 있다. 오히려 가장 죽기 좋은 장소가 거기일 수도 있다. 거기서 다시 정맥을 잘라버릴 수도 있지 않은가? 간호사들이

5분마다 들러서 감시하는 것도 아니니…… 대체 왜 거길 빠져나갔을까? 지금 소피는 제정신이 아니다. 첫 번째로 집을 나갔을 때 그녀는 어느 카페에 거의 네 시간이나 앉아 있었고, 그러고 나서는 자기가 무슨 짓을 했는지 기억조차 못하는 상태로 집에 돌아왔다. 그렇다면 답은 딱 하나다. 그녀는 뚜렷한 의도 없이 무작정 병원을 빠져나간 것이다. 목적지를 정하고 나간 게 아니라, 무턱대고 도망친 것이다. 자신의 광기로부터 도망치고 싶은 것이다. 하지만 결국엔 어딘가에 피신처를 찾게 되리라. 그런데 아무리 생각해봐도, 소피 뒤게처럼 온 나라가 쫓고 있는 살인범이 도움을 청하러 찾아올 수 있을 장소는 그녀의 아버지의 집 말고는 있을 성싶지 않다. 소피는 마리안 르블랑이 되기 위해 기존의 모든 관계들을 끊어버리지 않았던가. 그녀가 생각 없이 돌아다니고 있는 게 아닌 바에야(이 경우라면 그녀는 곧 집에 돌아올 것이다), 그녀가 몸을 숨기고 싶은 장소는 이곳, 그녀의 아버지 집밖엔 없을 것이다. 그렇다면 이건 인내심을 얼마나 발휘하느냐의 문제다.

프란츠는 쌍안경을 조정하여, 오베르네 씨가 창고 밑에 차를 주차시키는 모습을 관찰한다.

그녀는 일이 아직 남아 있지만, 오늘 하루가 천 년처럼 길었기 때문에 빨리 집에 들어가고 싶은 마음뿐이다. 보통 그녀는 일을 느지막이 시작하기 때문에 저녁 8시 반 전에 퇴근하는 일이 드물고, 때로는 9시까지 일하기도 한다. 사무실을 나서면서 그녀는 내일은 좀 더 일찍 출근하겠다고 말하지만, 물론 그럴 수 없다는 걸 잘 알고 있다. 택시를 타고 집까지 오는 동안, 그녀는 자신이 할 수 있는 일과 할 수 없는 일, 해야 할 일과 해서는 안 될 일을 속으로 끊임없이 되뇐다. 평소에 규율을

지키며 살아오지 않은 사람에겐 몹시 힘든 일이다. 택시 안에서 그녀는 담담한 표정으로 잡지를 뒤적인다. 거리에서는 한 번도 주위를 둘러보지 않는다. 그녀는 문의 비밀번호를 누르고, 아파트 건물의 대문을 활기차게 민다. 평소에는 엘리베이터를 타는 법이 없으므로 그렇게 한다. 그렇게 층계참에 이르러 열쇠를 꺼내고, 문을 열고, 다시 닫은 뒤, 돌아선다. 그녀 앞에 소피가 서 있다. 어젯밤 도착했을 때와 똑같은 옷차림을 하고 있는 소피는 신경질적으로 교통정리를 하는 순경처럼 초조하면서도 격렬하게 신호를 보낸다. 평소 생활과 똑같이 행동하라는 뜻이다! 발레리는 손으로 오케이 표시를 해보인 후 앞으로 나아가며 자신이 평상시에 어떤 일들을 하는지 기억해보려고 애쓴다. 하지만 머릿속이 꽉 막혀버렸다. 갑자기 아무것도 생각나지 않는다. 하지만 소피는 해야 할 행동들의 목록을 자기에게 여러 차례 외워보게 하지 않았던가. 그런데 막상 상황이 닥치니 아무 생각도 나지 않는다. 발레리는 얼굴이 양초처럼 하얘져서 소피를 뚫어지게 쳐다보고만 있다. 더 이상 움직이지도 못한다. 소피는 그녀의 양어깨에 손을 얹어 단호하게 밀고는, 그녀가 평소 집에 들어올 때마다 핸드백을 내려놓곤 하는 현관문 근처의 의자에 앉게 한다. 그러고 나서 곧바로 무릎을 꿇고 앉아 발레리의 신발을 벗겨 자기가 신은 다음 아파트 안을 돌아다닌다. 그렇게 주방으로 가서 냉장고를 열었다가 닫은 뒤, 화장실로 들어가 문을 열어놓은 채로 변기 물을 내리고 침실로 건너간다. 그러는 동안 발레리는 겨우 정신을 차렸다. 이제 그녀는 자신을 책망한다. 내가 어떻게 이렇게 한심할 수 있지……? 소피가 다시 문틀 가운데에 나타난다. 그녀는 발레리에게 경직된 미소를 짓는다. 발레리는 안도하여 눈을 감는다. 다시 눈을 뜨자, 소피가 그녀에게 전화기를 내밀면서 불안하게 뭔가를 묻는 듯한 시선을 보낸다. 발레리로서는 두 번째 기회인 셈이다. 그녀는 번호를 누른 다음 아파트 안을 걷기 시작한다. 소피는 그녀에게 경고했었다. 조심해, 절대로 과장은 하지 마, 그것보다 나쁜 긴 없으니까. 그래서 발레리는 적당하게 활기찬 목소리로 말한다. 아니, 오늘 저녁엔 나갈 수 없어. 할 일이 있거든. 그녀는 조금 웃고는 상대의 말을 평소보다 더 오래 들은 다음 가상의 뽀뽀를 나눈다. 그래, 그래, 나도 너한테 뽀뽀할게. 잘 자…… 그러고 나서 욕실로 가서 손을 씻은 다음 콘택트렌즈를 뺀다. 다시 현관복도로 돌아와보니 소피가 현관문에 귀를 붙이고 서 있다. 시선을 아래로 깔고 잔뜩 집중하는 표정이 마치 기도하고 있는 사람 같다.

소피가 요구했던 대로, 그들은 단 한마디도 나누지 않았다.

아까 들어올 때 발레리는 아파트 안에서 오줌 냄새 같은 것을 희미하게 느꼈다. 그런데 이제 그 냄새가 좀 더 명확해졌다. 콘택트렌즈를 정리하면서 소피가 욕조 안에 소변을 봐놓은 것을 발견했다. 그녀는 욕조를 가리키면서 의문의 몸짓을 해 보인다. 그러자 소피는 잠시 현관문에서 몸을 뗀 뒤 약간 서글픈 미소를 지어 보이며, 어쩔 수 없었다는 의미로 두 팔을 으쓱 펼쳐 보인다. 하루 종일 실낱같은 소리도 낼 수 없었던 탓에 그러는 것 외에는 별다른 방도가 없었던 모양이다. 발레리는 이번에는 자기가 미소를 지어준 다음, 한바탕 샤워를 하는 척한다.

숨소리조차 들리지 않을 정도로 조용한 저녁식사 동안, 발레리는 소피가 낮 동안 손으로 써놓은 장문의 자료를 읽었다. 그녀는 이따금 어떤 페이지를 소피에게 내밀며 믿기 힘들다는 듯한 시선을 던졌다. 그러면 소피는 펜을 들어 아주 정성스럽게 어떤 단어들을 써주었다. 발레리는 아주 천천히 읽어 내려가면서, 너무도 믿어지지 않는 내용들에 고개를 절레절레 흔들곤 했다. 소피는 TV를 켰다. 그 소리 덕분에 두 여

자는 다시금 아주 낮은 목소리로 대화를 나눌 수 있었다. 발레리에게
는 그런 과도한 조심성이 약간 우습게 느껴지기도 한다. 소피는 발레리
의 얼굴을 똑바로 쳐다보면서 말없이 그녀의 팔을 꽉 잡는다. 발레리는
침을 꿀꺽 삼킨다. 소피가 이렇게 속삭여 묻는다. "혹시, 나한테 노트북
한 대 사줄 수 있어? 아주 조그만 걸로." 발레리는 눈을 들어 천장을 쳐
다본다. 사줄 수 있느냐고? 그걸 말이라고……!

그녀는 붕대를 다시 감는 데 필요한 모든 것을 가져다주었다. 소피는
아주 정성스럽게 붕대를 감는다. 뭔가를 골똘히 생각하는 표정으로. 그
리고 고개를 들더니 이렇게 묻는다.

"그 약사 아가씨하곤 요즘도 데이트 해?"

발레리가 고개를 끄덕인다. 소피는 미소 짓는다.

"그 여자는 여전히 자기가 부탁하면 아무것도 거절하지 못하고?"

잠시 후 소피는 하품을 했고, 피곤한 눈에선 눈물이 주르륵 흘러내렸
다. 그녀는 사과하듯 미소를 보냈다. 소피는 혼자 자고 싶지 않았다. 잠
들기 전에 그녀는 발레리를 품에 안았다. 뭔가를 말하고 싶었지만 그
말이 떠오르지 않았다. 발레리도 아무 말도 하지 않았다. 단지 상대를
더 힘껏 안아줬을 뿐이다.

소피는 생기 없는 물체처럼 잠이 들었다. 발레리는 그녀의 몸을 자신
에게 꼭 붙인다. 붕대 감긴 곳들에 눈길이 닿을 때마다 욕지기가 치밀
어 오르고, 온몸에 부르르 몸서리가 인다. 이상한 일이었다. 소피를 침
대 안에서 이런 식으로 안을 수만 있다면 무엇이라도 줄 수 있다고 느
껴온 지 벌써 10년이 넘었다. "그래, 이제야 그렇게 된 거야. 바로 이런
식으로……" 그녀는 중얼거린다. 그런 생각을 하자 그녀는 울고 싶어

진다. 소피가 나타났을 때 그녀를 부둥켜안던 자신의 두 팔에 가득했던 것도 이렇게 펑펑 울고 싶은 욕구였다.

새벽 2시가 다 된 시간, 발레리는 현관 초인종 소리에 잠이 깨었다. 소피는 이 건물이 감시되고 있지 않다는 걸 두 시간 가깝게 확인한 다음 벨을 눌렀던 것이다. 문을 열었을 때, 발레리는 꼭 죄는 검은색 비닐점퍼로 상체를 감싼 채 두 팔을 축 늘어뜨리고 앞에 서 있는 그 젊은 여자가 말 그대로 반쪽이 되어버린 소피라는 걸 금방 알아챘다. 마약 중독자의 얼굴⋯⋯ 소피를 본 순간 발레리의 머릿속에 즉시 떠오른 생각이었다. 자신의 나이보다 10년은 더 늙어 보였고, 어깨가 축 처졌으며, 눈 주위는 시커멓게 꺼져 있었기 때문이다. 그리고 눈빛은 절망을 말하고 있었다. 발레리는 그대로 울음을 터뜨리고 싶었다. 그녀는 소피를 부둥켜안았다.

지금 그녀는 소피의 느린 호흡소리를 듣고 있다. 그녀는 소피의 몸을 흔들지 않고 얼굴을 보려 하지만, 이마밖에는 보이지 않는다. 그녀의 몸을 자기 쪽으로 돌려 안아주고 싶다. 눈물이 솟구친다. 하지만 이런 쉬운 유혹에 굴복하지 않으려고 두 눈을 부릅뜬다.

발레리는 지난밤 재회한 후, 소피가 봇물처럼 쏟아낸 모든 설명들, 해석들, 가정들, 그리고 단서들을 머릿속에 이리저리 굴리며 생각해보느라 오늘 대부분의 시간을 보냈다. 또 소피가 여러 달에 걸쳐 자기에게 전화로 얘기한 무수한 이야기들이며 고통스러운 이메일 내용들을 하나하나 다시 떠올려보았다. 그때 자신은 소피가 광기에 빠져들고 있다고 믿었다⋯⋯ 침대 건너편에서는 머리맡 탁자 위에 놓인 소피의 조그만 증명사진이 보인다. 그녀의 가장 소중한 물건, 가장 중요한 전리품이 거기에 놓여 있다. 대단한 물건은 아니다. 칙칙한 배경에서 자동촬영기로 찍은 서투른 솜씨의 증명사진이다. 새것이어도 지저분하게 보이는, 그래서 자동촬영기 출구로 빠져나올 때 기분을 씁쓸하게 만드는 사진, "기껏해야 교통카드에 붙일 거니까 아무래도 상관없어"라고 자위해보지만 일 년 내내 볼 때마다 너무 못생기게 나와 기분이 좋지 않은, 그런 종류의 사진 말이다. 소피가 투명테이프로 여러 겹 붙여 꼼꼼하게 보호해놓은 이 사진에서, 소피는 약간 멍청한 얼굴에 부자연스러운 미소를 짓고 있다. 폭발하듯 터진 자동촬영기의 플래시는 그녀의 얼굴에 시체처럼 허연 색조를 씌워놓았다. 이 모든 결점들에도 불구하고, 이 작은 사진은 아마도 소피의 가장 소중한 물건일 것이다. 이 물건을 간직하기 위해서라면 목숨이라도 주저 없이 내놓을 수 있으리라. 이건 그녀가 실제로 한 일이지만 말이다.

발레리는 이걸 발견한 날 소피가 어떤 표정을 했을지 충분히 상상이 되고, 얼마나 경악했을지도 짐작이 간다. 멍한 눈으로 이걸 이리저리 돌리며 살펴보았을 그녀의 모습이 눈에 선하다. 그 순간 소피는 상황을 제대로 이해하기에는 상태가 너무 좋지 않았다. 열 시간을 죽은 듯이 자다가 그 어느 때보다도 탁하고 무거운 정신으로 깨어난 그녀는 금방이라도 두개골이 깨질 것만 같았다. 하지만 그 발견은 너무도 충격적이어서 그녀는 몸을 질질 끌다시피 하여 욕실까지 가지 않을 수 없었다. 옷을 벗고 욕조 안에 들어가서 머리 위에 샤워기를 고정시켰고, 잠시 망설이다가 냉수 수도꼭지를 돌렸다. 순간 그녀는 격렬한 충격에 사로잡혔다. 동시에 터진 비명소리가 목구멍에 걱 하고 걸려버렸을 정도다. 그대로 쓰러질 것 같은 느낌에 타일 벽을 붙잡아야 했고, 동공이 확대된 눈을 부릅뜬 채로 쏟아지는 물줄기 아래 버티고 서 있었다. 몇 분후, 그녀는 프란츠의 실내 가운으로 몸을 감싸고 주방 식탁에 앉아 있었다. 뜨거운 차가 담긴 사발을 붙잡고, 자기 앞 식탁 위에 올려놓은 사진을 뚫어질 듯 응시했다. 아무리 여러 모로 생각해봐도, 빌어먹을 두통으로 관자놀이가 부서질 듯 쾅쾅 울려대도, 거기엔 논리적인 설명이 절대로 불가능한 점이 있었다. 토하고 싶었다. 그녀는 기억을 더듬어 종이 위에 날짜들을 적고, 일들의 순서를 논리적으로 재구성해 사건들을 꿰어 맞춰보았다. 사진을 자세히 들여다보며 그 시절에 했던 헤어스타일을 관찰했고, 그날 자신이 입었던 옷을 분석해봤다. 결론은 언제나 같았다. 이 사진은 2000년도 교통카드에 붙어 있던 사진, 코메르스 거리의 빨간 신호등 앞에서 어떤 오토바이족이 느닷없이 차문을 열고 날치기해간 핸드백 속의 교통카드에 붙어 있던 사진이었다.

그렇게 하나의 문제가 제기된 것이다. 왜 이것이 프란츠의 여행가방 옆주머니 속에 들어 있단 말인가. 프란츠가 이것을 마리안 르블랑의 물건들 가운데서 찾아낸 걸까. 그럴 수는 없었다. 왜냐하면 이 사진은 3년 전에 잃어버린 것이니까!

그녀는 현관 벽장에서 낡은 테니스화를 찾고 있었다. 그러던 중 손이 우연히 프란츠의 낡은 여행가방 옆주머니 속에 들어가게 되었고, 가로세로 3센티미터 남짓한 그 사진을 부지중에 꺼내게 된 것이다. 그녀는 주방의 벽시계를 돌아본다. 너무 늦었다. 내일. 그래, 내일⋯⋯

그다음 날부터 소피는 매일 프란츠가 눈치채지 못하게끔 조심스럽게 집 안을 샅샅이 뒤졌다. 그녀는 시도 때도 없이 치미는 구역질에 시달리고 있었다. 그날 이후, 프란츠가 주는 약들(이건 두통약, 이건 잠잘 오라고 먹는 약, 이건 불안감 해소용. "별것 아니야. 모두 생약 성분이거든⋯⋯")을 몰래 토해버리기 시작하고부터 나타난 증상이었다. 별안간 심한 구역질을 느끼고 황급히 욕실이나 화장실까지 달려가면 그대로 토사물이 쏟아져 나왔다. 배 속이 완전히 고장난 느낌이었다. 그럼에도 그녀는 아파트 전체를 샅샅이 뒤지고, 들추고, 탐사하고, 조사했다. 아무것도 나오지 않았다. 그 사진 외에는 아무것도 나오지 않았다. 하지만, 그것만으로도 엄청난 일이었다……

이제 훨씬 이전에 제기되었던 다른 문제들을 다시 생각해보지 않을 수 없었다. 그리고 좀처럼 떠오르지 않는 해답들을 찾아 수많은 시간들을, 아니, 수많은 날들을 보냈다. 때로는 몸이 불에 타는 기분이었다. 진실이 열기의 근원인데, 그녀는 그 진실을 알지 못한 채 계속 두 손만 태우고 있는 것처럼 말이다.

어느 순간 그녀는 깨달았다. 그것은 마치 계시와도 같았다. 벼락처럼 난데없이 떨어지는 어떤 직관과도 흡사했다. 그녀는 거실 탁자 위에 놓인 자신의 휴대폰을 뚫어지게 바라보았다. 그것을 침착하게 잡아 뒤 덮개를 열고 배터리를 꺼냈다. 부엌칼 끄트머리로 안쪽 덮개의 나사를 풀었고, 그 안에 양면테이프로 고정된 콩알만 한 주황색 전자 칩 하나를 찾아내 핀셋으로 떼어냈다. 돋보기로 들여다보니 단어 하나와 숫자들로 이루어진 코드 같은 것이 보였다. SERV.0879. 그리고 조금 떨어진 곳에는 AH68- (REV 2.4)라고 새겨져 있었다.

몇 분 후, 구글은 미국의 한 전자용품 사이트 카탈로그 페이지의 일련번호 AH68 앞으로 코드화된 'GPS시그널'을 보내주었다.

"당신 도대체 어디 있었어?" 프란츠가 얼굴이 하얘져서 물었다. "네 시간 동안이나! 알아? 당신이 나간 지 네 시간이나 되었다고!" 그는 믿기지 않는다는 듯 이 말을 계속 되풀이했다.

네 시간……

이틀 전의 일이었다. 그 네 시간 동안 소피는 집을 나와 버스를 타고 18킬로미터 떨어진 빌프랑슈*에 가서 한 카페에 들어가 음료를 시키고, 화장실로 가서 자신의 휴대폰을 감춘 다음, 밖으로 나가 빌리에 장터에 있는 한 전망 좋은 레스토랑에 올라갔다. 거기선 도시 전체가 한눈에 들어왔고, 특히 아까 그 카페가 잘 내려다보였다. 그러고 있은 지 채 한 시간도 못 되었을 때, 프란츠가 오토바이를 타고 그 카페 앞에 도착했다. 그는 신중하면서도 불안한 빛이 역력한 기색으로 소피가 안에 있는지 보려고 그 앞을 연달아 두 번이나 지나갔던 것이다.

어젯밤에 소피가 들려준 이 모든 얘기들 가운데, 발레리의 머릿속에 남은 것은 단 한 가지다. 소피가 탈출하기 위해 결혼한 남자가 바로 소피를 괴롭히는 고문자였던 것이다. 그녀가 밤마다 몸을 맞대는 남자, 그녀 위로 몸을 눕히는 그 남자…… 이제 무엇으로도 막을 수 없게 된 발레리의 눈물이 소피의 머리카락 속으로 소리 없이 흘러내린다.

청색 일체형 작업복 차림의 오베르네 씨는 공사장용 장갑으로 무장하고 철제대문의 녹을 벗겨내는 중이다. 프란츠는 이틀 전부터 그의 일거수일투족을 관찰해왔지만, 비교할 수 있는 요소가 전혀 없기 때문에 그의 습관에 어떤 변화가 있는지는 전혀 알 수 없다. 어쨌든 프란츠는 그가 집을 비울 때 살아 있는 생명체의 기미가 나타나는지 보려고 매우 주의 깊게 관찰해왔다. 아무것도 움직이지 않았다. 적이도 겉보기로는 여기엔 저 사내 혼자인 듯했다. 프란츠는 그가 외출할 때 몇 번 따라가봤다. 그는 산 지 얼마 안 된 듯한 큼직한 은색 폴크스바겐을 몰고 다

---

* 프랑스 남부 지중해 연안의 레잘프마리팀 도에 위치한 인구 6천 정도의 소읍.

난다. 어제 그는 슈퍼마켓에 가서 장을 봤고, 차에 기름을 넣으러 가기도 했다. 오늘 오전에는 우체국에 들른 다음, 도청에 가서 거의 한 시간이나 머물렀다. 그러고는 집으로 돌아오는 길에 한 원예전문 매장을 거쳤는데, 거기서 사온 원예용 부식토 부대들이 아직도 차에 실려 있다. 차는 창고 앞에 세워져 있다. 차고로 쓰이고 있는 창고엔 커다란 문이 두 개 있는데, 그 중 하나만 열어도 차가 충분히 드나들 정도다. 프란츠는 밀려드는 회의감과 싸우지 않을 수 없다. 이런 식으로 꼬박 이틀을 보내고 나니, 더 이상 기다린다는 게 무의미하게만 느껴져 이제 전략을 바꿔야 하는 게 아닌가 하는 생각이 불쑥불쑥 치민다. 하지만 아무리 머리를 굴려봐도, 소피를 기다려야 할 곳은 오직 여기뿐, 다른 곳은 없다. 저녁 6시경, 오베르네는 연마제 용기의 뚜껑을 닫고, 바깥에 설치한 수도에 가서 손을 씻었다. 그리고 부식토 부대를 내리려고 차 트렁크를 열었지만, 너무 무거워서 생각을 바꾸었다. 그는 부대들을 내리기 위해 차를 창고에 들여놓는 편을 택한다.

프란츠는 하늘을 살핀다. 하늘이 청명하니 여기서 계속 관측하는 데 별 이상이 없을 듯하다.

차를 창고 안에 들이고 두 번째로 차 트렁크를 연 파트릭 오베르네는 다섯 시간 전부터 개처럼 팔다리와 머리를 바짝 오그리고 그 안에 누워 있는 자기 딸을 보았고, 하마터면 소리를 내어 말할 뻔했다. 하지만 소피는 그를 향해 손을 내밀며 엄한 눈짓을 했다. 그는 입을 다물었다. 트렁크에서 나온 그녀는 몸을 펴는 동작을 몇 차례 하지만, 벌써 눈은 창고 내부를 훑고 있었다. 그런 다음 아버지에게로 몸을 돌렸다. 아버지는 여전히 멋진 모습이었다. 하지만 아버지는 차마 딸에게 고백할 수 없었다. 그녀가 알아볼 수 없는 모습이 되어버렸다고. 바짝 말라 지친 몰골을 하고 있다고…… 번쩍거리는 눈 밑은 열병 환자처럼 퍼렇게 꺼져 있었으며, 얼굴은 누렇고 쪼글쪼글했다. 그는 얼굴이 새하얘졌고, 그녀는 그의 심정을 충분히 이해했다. 그녀는 눈을 감은 채 그에게 몸을 꼭 붙이고 조용히 흐느끼기 시작했다. 그들은 1,2분 동안 그렇게 서 있었다. 이윽고 소피는 그에게서 몸을 떼고 미소를 지어 보이며 손수건을 찾았다. 그는 자기 손수건을 내밀었다. 아버지는 여전히 강한 분이었다. 그녀가 입고 있는 청바지 뒷주머니에서 종이 한 장을 꺼냈다. 아버지는 셔츠 주머니에서 휴대용 돋보기를 꺼내 쓰고는 주의 깊게 읽기 시작했다. 그는 이따금 경악에 찬 눈으로 딸을 쳐다보곤 했다. 그녀의 손목에 둘린 붕대도 보았다. 가슴이 미어지는 듯했다. '이건 말도 안 돼!'라고 말하듯이 고개를 절레절레 흔들기도 했다. 다 읽고 나서는, 그 글이 요구하는 바대로 엄지손가락을 들어 신호를 했다. 부녀는 서로 미소 지었다. 그는 돋보기를 다시 집어넣고, 옷매무새를 가다듬고, 크게 심호흡을 하고는 창고를 나와 정원 한쪽에 자리 잡고 앉았다.

창고에서 나온 오베르네는 거기서 몇 미터 떨어진 그늘진 곳에 야외용 테이블 세트를 설치했고, 그러고 나서는 집으로 들어갔다. 프란츠는 쌍안경을 통해 그가 우선 부엌으로, 그다음에는 거실로 가는 것을 볼 수 있었다. 몇 분 후에 그는 노트북과 두툼한 자료가 든 서류철 두 개를 들고 나와 정원 테이블에 앉아 작업하기 시작했다. 그는 자신이 적어놓은 내용은 별로 참고하지 않은 채 빠른 속도로 자판을 두드렸다. 프란츠의 위치에서 그는 비스듬한 뒷모습으로 보였다. 이따금 오베르네는 도면을 꺼내 펼친 뒤, 규격을 확인하고, 때로는 서류 표지에 끼적거리며 뭔가를 빠르게 계산하기도 한다. 파트릭 오베르네는 진지한 남자다.

이 모든 광경이 지독히도 정적靜的이다. 어떤 감시자라도 방심할 수
있는 상황이지만, 프란츠만은 그렇지 않다. 몇 시가 됐든, 그는 집의 불
이 모두 꺼진 후에야 이 관측소를 떠날 것이다.

p.auverney@neuville.fr ―인터넷에 접속됐음.

― 너, 거기 있니???

소피는 아무 소리도 내지 않고 적당한 작업공간을 만들기 위해 거의
20여 분을 들여야 했다. 사각지대에 박스들을 벽처럼 쌓아놓는 일이었
다. 그 안에 꾸며놓은 임시탁자는 낡은 모포로 가렸다. 그런 다음 노트
북을 켜서 아버지 집의 와이파이 시스템에 접속했다.

Souris_verte@msn.fr ―인터넷에 접속됐음.

― 아빠, 나 여기 있어요.

― 휴우……!

― 아빠, 내가 한 말 제발 잊지 마요. 동작을 다양하게 하고, 기록한 것
　도 참고하는 척하고, 뭔가 '프로'다운 모습을 보여주라고요.

― 난 실제로 '프로'다!

― 그래요, 아빠는 프로예요.

― 건강은 어떠니?????

― 걱정 안 해도 돼요.

― 지금 농담하니?

― 내 말은, 이젠 더 이상 걱정 안 해도 된다는 뜻이에요. 난 회복될 거
　예요.

— 너 때문에 너무 겁이 나는구나.

— 나도 마찬가지에요. 나도 나 때문에 겁이 났었죠. 하지만 더 이상 걱정하지 마세요. 이젠 모든 게 잘될 테니까. 내가 보낸 이메일은 읽었어요?

— 읽고 있는 중이야. 다른 창에 열어놨단다. 소피야, 사랑한다. 네가 많이 그리웠어. 아주 많이.

— 나도 사랑해요. 아빠를 다시 만나게 돼서 너무 좋아요. 하지만 지금은 날 울리지 마요, 제발!

— 그래. 자세한 건 나중에 얘기하자, 나중에…… 그런데 말이야, 지금 우리가 하고 있는 행동이 정말 의미가 있는 거냐? 그렇지 않다면 우리 둘 다 약간 바보처럼 보이지 않겠니?

— 이메일을 잘 읽어보세요. 만일 그 사람이 여기에 있다면, 분명 아빠의 일거수일투족을 지켜보고 있을 거예요.

— 마치 우리가 텅 빈 극장에서 연기하는 기분이어서.

— 그렇다면 안심하세요. 아빠를 보고 있는 관객이 하나 있으니까! 그것도 아주 주의 깊은 관객이죠!

— 글쎄…… 그 사람이 정말로 여기에 있다면……

— 그 사람은 분명히 여기에 있어요.

— 그리고 그 사람은 무척이나 철두철미한 놈이고?

— 지금의 나 자신이 그 살아 있는 증거예요.

— 글쎄, 생각 좀 해보자.

— 뭐라고요?

— 아무것도 아니야……

— 여보세요?

―……

―아빠, 거기 있어요?

―응.

―이제 정리가 좀 돼요?

―다는 아니고……

―지금 뭐 해요?

―여러 가지 행동들을 하고 있지. 네 이메일도 다시 읽기 시작했어.

―잘했어요.

―정말이지 믿기지 않는 상황이지만 너무나 좋구나……!

―뭐가요?

―모두. 널 만난 것. 네가 이렇게 돌아온 것. 죽지 않고 살아서 말이야.

―……그리고 내가 그 일들을 하지 않았다는 걸 알게 돼서이기도 하
   겠죠. 솔직히 그렇죠?

―그래, 그것도 그렇지.

―날 의심했죠?

―……

―아빠?

―그래, 조금 의심했었어.

―아빠를 원망하진 않아요. 나 스스로도 그렇게 믿었으니까. 그러니
   아빠는 어땠겠어……

―……

―여보세요?

―네 이메일 거의 다 읽어가고 있어.

―……

— 그래, 이제 다 읽었다. 세상에, 믿을 수가 없구나!

— 물어보고 싶은 것 있어요?

— 수만 가지 있지.

— 안 믿어진다는 뜻이에요?

— 소피, 이런 식으로는……

— 안 믿어진다는 뜻이죠???

— 그래, 빌어먹을!

— 난 이런 아빠가 좋아요. 자, 그럼 궁금한 걸 물어봐요.

— 그 열쇠 말이다……

— 맞아요. 모든 게 그때부터 시작됐어요. 2000년 7월 초순, 오토바이를 탄 한 남자가 차에 있는 내 핸드백을 날치기해 갔어요. 그리고 핸드백은 이틀 후에 파출소를 통해 내게 돌아왔고요. 그가 모든 것의 사본을 만들기에 충분한 시간이었죠. 아파트 열쇠, 차 열쇠…… 그가 마음대로 할 수 있게 된 거예요. 우리 집에 드나들고, 물건들을 가져가고, 물건들의 위치를 바꿔놓고, 메일함을 들여다보고, 한마디로 모든 것을요!

— 그런데 너의 정신적 문제들 말이야…… 그 무렵에 시작된 거니?

— 일치해요. 그 무렵 숙면을 위해 생약 성분의 제품들을 복용했어요. 그가 거기에 뭘 집어넣었는지는 모르지만, 하여튼 그 이후로 내게 뭔가를 먹여 온 것 같아요. 뱅상이 죽은 뒤 난 제르베 부부의 집에서 일하게 됐어요. 내가 일을 시작한 지 며칠 만에 그 집 파출부가 열쇠 꾸러미를 분실했어요. 그녀는 그걸 찾기 위해 온갖 곳을 뒤졌지만 허사였어요. 겁이 나서 주인에겐 얘기도 못했죠. 그런데 기적적으로 주말에 다시 찾게 된 거예요. 똑같은 방식이죠. 난 그가 집에 들

어와 아이를 죽이기 위해 그 열쇠들을 사용했다고 생각해요. 당시 난 아파트가 안에서 잠겨 있었다고 생각했죠.

— 가능한 얘기야…… 그럼 그 오토바이를 탄 녀석은?

— 오토바이를 탄 녀석이 아니라 녀석들이에요. 수없이 많았지만, 결국은 동일 인물이었을 거예요. 내 열쇠를 날치기해 간 사람, 파출부의 열쇠 꾸러미를 훔쳐간 사람, 뱅상과 나를 따라오다가 우리 차에 부딪혀 넘어졌다가 도망쳐버린 사람, 그리고 내가 빌프랑슈의 카페 화장실에 내 핸드폰을 숨겨 덫에 걸리게 한 사람……

— 그래, 그렇게 연결해보면 분명 얘기가 돼. 그런데 왜 이 사실을 빨리 경찰에 알리지 않았니?

— ……

— 얘기할 근거도 충분히 있잖아. 안 그래?

— 그러고 싶지 않아요.

— 뭐가 더 필요한 거지?

— 이것들론 충분하지 않아요.

— ??

— 충분하지 않다고요.

— 그런 바보 같은 말이 어디 있어?

— 이건 내 인생이에요.

— 그럼 내가 대신 가서 알리마!

— 아빠! 난 소피 뒤게예요! 적어도 세 건의 살인혐의로 수배중인 사람이라고요! 지금 경찰이 날 찾아내면, 그 즉시 정신병원행이에요. 죽을 때까지 갇혀 있게 된다고요! 아직 확실한 증거들이 없는데, 경찰이 억지로 꾸민 듯한 이런 주장을 진지하게 받아들일 것 같아요?

— 하지만 지금도 증거들이 있잖아……

— 아니에요! 내가 가진 것은 일련의 의심스러운 정황들일 뿐이에요. 이 정황들은 특정한 가정하에서만 의미를 가질 수 있는데, 그 가정이라는 것도 개연성이 실낱같은데다, 6세 아동 살인 사건이 포함된 세 건의 살인 앞에선 큰 설득력을 가질 수 없어요.

— 그래, 지금으로선 그렇구나…… 그리고 또 한 가지. 그 녀석이 네 남편 프란츠라고 어떻게 확신할 수 있지?

— 그는 내가 마리안 르블랑이라는 이름(내가 산 출생 증명서에 적혀 있는 이름이죠)으로 등록한 결혼소개소를 통해 나를 알게 됐어요. 따라서 그는 그 이름밖에 몰라요.

— 그런데?

— 그런데 내가 정맥을 그은 걸 발견했을 때 놀라서 나를 '소피'라고 불렀어요. 이 사실을 어떻게 설명하죠?

— 그렇구나. 하지만 도대체 정맥은 왜 그은 거냐???

— 아빠, 나는 단 한 번 탈출하는 데 성공했어요. 그런데 그가 기차역으로 달려와 다시 날 붙잡아갔죠. 그날 이후로 그는 내 곁을 떠나지 않았어요. 외출할 때는 문을 잠가놨고요. 또 그가 내게 주는 약을 며칠 동안 먹지 않았더니, 두통이며 불안증 같은 게 차츰 사라지더라고요…… 어쨌든 내겐 다른 해결책이 없었어요. 출구를 찾아내야 했죠. 그런데 병원에선 그가 24시간 동안 날 감시할 수 없잖아요.

— 하지만 큰일 날 수도 있었잖아……

— 그렇지 않아요! 대단한 일처럼 보여도 사실은 별것 아니에요. 사람은 그런 식으로 죽진 않아요. 더욱이 그는 날 죽게 내버려둘 사람이 아니에요. 자기 손으로 죽이길 원하죠. 그가 원하는 게 바로 그거니

까요.

— ……

— 아빠, 거기 있어요?

— 그래, 여기 있다. 소피, 나도 차분하게 생각해보려고 해도, 화부터 나는구나! 마음속에서 분노가 사그라지질 않아. 견디기 힘들구나.

— 나도 마찬가지예요. 하지만 그에겐 화내는 것 가지고는 통하지 않아요. 완전히 다른 대처가 필요해요.

— 그게 뭔데?

— ……

— 그게 뭐냐고!!

— 그는 꽤 똑똑해요. 이 상황을 해결하기 위해서는 꾀가 필요해요.

— 대체 뭘 하려는 건데?

— 아직 정확히는 모르겠는데, 어쨌든 거기로 다시 돌아가야 할 것 같아요.

— 잠깐! 그건 미친 짓이야! 난 네가 거기로 돌아가게 내버려둘 수 없다. 그건 절대로 안 돼!

— 그렇게 말할 줄 알았어요.

— 네가 그놈하고 다시 떠나도록 내버려둘 순 없어! 더는 얘기하지 말자!

— 그럼 난 다시 혼자가 되는 건가요?

— 뭐?

— 내가 또다시 혼자가 되느냐고요! 아빠의 도움은 이것으로 끝나는 거예요? 아빠가 내게 줄 수 있는 게 그 알량한 동정과 분노뿐이냐고요? 내가 그동안 어떤 일들을 겪어왔는지 아빠 알아요? 아빠 상상

할 수 있어요? 아빠, 뱅상이 죽었어요! 그가 뱅상을 죽였다고요! 그는 내 인생을 죽였고, 또…… 모든 걸 죽여버렸어요!! 그런데 내가 또다시 혼자가 돼야 해요?

— 애야, 내 초록 생쥐야……

— 아, '초록 생쥐' 같은 말은 이제 집어치워요! 난 바로 여기에 있다고요!! 날 도와줄 거예요, 말 거예요??

— ……

— ……

— 소피, 나는 너를 사랑한다. 아빠가 도와줄게.

— 아빠…… 난 너무나 피곤해요……

— 여기서 좀 쉬었다 가거라.

— 다시 떠나야 해요. 그리고 아빠가 도와줘야 하고요. 도와줄 거죠?

— 물론이지. 그런데 정말로 이해 안 되는 점이 하나 있어……

— ??

— 대체 그놈은 왜 이런 짓을 꾸민 거지? 넌 알고 있니? 그놈을 전에도 알고 있었니?

— 아뇨.

— 놈은 돈도 있고, 시간도 있고, 병적인 원한도 있는 놈이야. 하지만 네게 왜 그러는지 알 수가 없구나.

— 아빠, 내가 여기에 온 건 바로 그것 때문이에요. 엄마의 자료들을 아빠가 가지고 있죠?

— ???

— 그때로 거슬러 올라가봐야 한다고 생각해요. 혹시 그는 엄마의 환자가 아니었을까요? 그 자신이 환자였거나 혹은 그와 가까운 누군

가가 엄마의 환자가 아니었을까요? 글쎄요, 나도 잘 모르겠어요.

— 그 자료라면 두세 뭉치 있을 거야. 박스 하나에 들어 있단다. 난 한 번도 펼쳐보지 않았지만.

— 이제 펼칠 때가 온 것 같아요.

프란츠는 렌터카 안에서 잠을 잤다. 첫째 날 밤에는 슈퍼마켓 주차장에서 네 시간을 잤고, 둘째 날 밤에는 기차역 주차장에서 또 네 시간을 잤다. 수도 없이 자신의 전략을 후회했고, 발길을 돌리자고 수도 없이 마음먹었지만, 그때마다 유혹을 이겨냈다. 오직 냉철함이 필요할 뿐이다. 소피는 다른 곳에 갈 수 없다. 그녀는 올 것이다. 반드시. 경찰에 쫓기는 범죄자이니 경찰을 찾아갈 리는 없었고, 집에 돌아가거나 이곳 아버지 집으로 오는 것 외에 다른 선택은 없었다. 허나 아무리 그렇다고는 해도 여기 이렇게 앉아서, 아무 일도 일어나지 않는 집을 몇 시간이고 쌍안경으로 들여다보노라면 아무래도 힘이 빠질 수밖에 없었다. 지난 4년에 걸친 작업과 확신이 아니었다면 스멀스멀 올라오는 회의감을 억누르기 힘들었을 것이다.

셋째 날이 끝나갈 즈음, 프란츠는 집에 다녀왔다. 샤워를 하고 옷을 갈아입었고, 네 시간 동안 잠을 청했다. 집에 들른 김에 필요한 물건들도 챙겼다(온도계, 사진기, 방한복, 스위스칼 등). 그리고 새벽의 뿌연 미명을 받으며 다시 그 자리로 돌아왔다.

오베르네의 집은 길쭉하게 이어진 이층 건물로, 이 지방에서 흔히 볼 수 있는 구조였다. 오른쪽 끝에는 세탁실과 겨울철에 정원용 가구들을 보관하는 헛간이 있었다. 왼쪽 끝, 즉 프란츠 쪽에서 정면으로 마주 보이는 위치에는 주차장으로도 쓰고 집주인의 DIY 도구들도 정돈해놓는 창고가 있었다. 차 두 대가 더 들어갈 만한 커다란 건물이었다. 집주인은 자신이 집에 있거나 차를 다시 꺼낼 일이 있을 때 창고 오른쪽 문을 열어두곤 했다.

그는 오늘 아침 정장 차림으로 집을 나섰다. 누군가와 약속이 있는 듯했다. 창고 문을 활짝 열더니, 윗도리를 벗어붙이고는 조그만 잔디깎기차 한 대를 정원까지 끌고 갔다. 골프장 잔디를 깎는 기계였는데, 엄청나게 무거워 보이는 그 물건을 끌고 밀면서 끙끙대는 폼을 보니 아마도 고장이 난 모양이었다. 그는 기계 위에 봉투 하나를 끼워놓았다. 낮 동안 누가 와서 가져가기로 약속한 모양이다. 프란츠는 창고 문이 두 개 다 열려 있는 기회를 이용해 창고 내부를 대략 훑어보고 사진도 몇 장 찍어놓았다. 공간의 거의 반은 높이 쌓인 박스며 부식토 부대, 그리고 열리지 않게끔 접착테이프를 감아놓은 트렁크 같은 것들로 채워져 있었다. 오베르네는 9시경에 집을 나섰다. 그러고는 다시 나타나지 않는다. 지금은 오후 2시가 다 됐다. 아무것도 움직이지 않는다.

진료카드

사라 베르크, 1944년 7월 22일 사라 바이스로 출생.

부모는 다하우 강제 수용소에서 사망. 사망일은 불명.

1964년 12월 4일 조니 베르크와 결혼.

1974년 8월 13일 아들 프란츠 탄생.

1982년 조울증 진단 (제3형태 : 불안우울증) 루이 파스퇴르 병원

1985년 뒤 파르크 병원 입원 (담당의 : 장 폴 루디에)

1987~1988년, 데 로지에 병원 입원 (담당의 : 카트린 오베르네)

1989년 아르망 브뤼시에르 병원 입원 (담당의 : 카트린 오베르네)
1989년 6월 4일 오베르네 박사와 상담 후 자신의 웨딩드레스를 입고
6층 창문에서 투신. 즉사.

아무리 돌덩어리 같은 사람이라 해도, 기다림은 결국 사람의 진을 빼
놓게 마련이다. 소피가 사라지고 벌써 사흘이 지났다…… 오베르네는
오후 4시 반경에 돌아왔다. 그는 잔디깎기차를 힐끗 한 번 보더니, 어깨
를 으쓱하고는 떠나기 전 거기에 꽂아둔 봉투를 다시 집어들었다.
바로 그때, 프란츠의 휴대폰이 울렸다.
먼저 긴 침묵이 흘렀다. 그는 물었다. "마리안……?" 흐느낌이 들렸
다. 그는 다시 물었다.
"마리안, 당신이야?"
이번에는 의심의 여지가 없었다. 그녀는 계속 흐느끼면서 띄엄띄엄
말했다.
"프란츠…… 당신 어디 있어?"
그리고 이어서 말했다.
"빨리 와."
그러고는 아까의 질문을 또다시 반복했다. "당신 어디 있어?" 마치
아무런 대답도 필요 없는 사람처럼.
"나 여기 있어."
프란츠가 말해보려 했다.
그런데, 그녀가 힘이 하나도 없는 팍 쉰 목소리로 말했다.
"나 돌아왔어. 집에 있어."
"그럼 꼼짝 말고 거기 있어…… 내가 여기 있으니까 걱정하지 말고.

금방 들어갈 거야."

"프란츠…… 제발 빨리 들어와요……"

"금방 들어갈게. 2시간쯤 걸릴 거야…… 휴대폰을 켜놓을게. 마리안, 나 여기 있으니까 걱정할 필요 없어. 만일 겁이 나면 나한테 전화해. 알았지?"

그녀는 대답이 없었다.

"알았지?"

잠시 침묵이 흘렀고, 다시 그녀가 말했다.

"빨리 와."

그리고 다시 울기 시작했다.

그는 휴대폰을 닫았다. 무한한 안도감이 밀려들었다. 그녀는 사흘이 넘게 약을 복용하지 않았지만, 목소리에서 무기력함이 느껴졌다. 다행스럽게도 이번 가출을 통해 다시 기운을 차린 것 같지는 않았고 약효도 여전한 듯했다. 하지만 정신을 바짝 차려야 한다. 그녀가 어디에 갔었는지 알아내야 한다. 프란츠는 벌써 철책에 와 있다. 그것을 기어올라 넘은 다음 뛰기 시작한다. 빨리 집에 들어가야 한다. 지금 확실한 건 아무것도 없다. 만일 그녀가 다시 나가버린다면? 집에 도착할 때까지 15분마다 한 번씩 전화를 걸어야 하리라. 막연한 불안감이 아주 없어진 건 아니지만, 지금 당장은 강한 안도감이 느껴진다.

이렇게 자동차를 향해 내달리자니 모든 긴장이 풀려버린다. 시동을 걸면서 프란츠는 어린아이처럼 울음을 터뜨렸다.

소피와 프란츠

그가 문을 열었을 때, 소피는 부엌 식탁에 앉아 있었다. 마치 수 세기 전부터 꼼짝 않고 거기에 앉아 있었던 사람 같다. 넘치도록 꽉 차 있는 재떨이 말고 식탁 위엔 아무것도 없다. 그녀는 두 손을 한데 모아 왁스 광택이 나는 식탁보 위에 올려놓고 있다. 그녀가 입은 옷들은 그가 한 번도 보지 못했던 것으로, 후줄근하고 서로 어울리지 않는 것이 어느 중고가게에서 사 입은 듯한 느낌이다. 머리칼은 더럽고, 눈은 새빨갛다. 그리고 끔찍이도 야위어 있다. 그녀는 그에게 천천히 고개를 돌린다. 극도의 노력이 필요한 동작이기라도 한 듯, 아주 천천히 돌린다. 그는 앞으로 나아간다. 그녀는 일어서려고 하지만 그러질 못한다. 그냥 고개만 옆으로 까딱하면서 말한다. "프란츠."

그는 그녀를 꽉 껴안는다. 그녀에게선 담배 냄새가 심하게 난다. 그가 묻는다.

"밥은 먹었어?"

그녀는 그에게 몸을 붙인 채로, 아니라고 고개를 젓는다. 그는 이제는 아무것도 묻지 않겠노라 마음먹었지만, 자신도 모르게 이렇게 묻고 있다.

"어디 갔었어?"

소피는 고개를 설레설레 흔들더니 흐릿한 눈으로 그에게서 몸을 뗀다.

"모르겠어." 그녀는 천천히 말한다. "히치하이킹을 했어……"

"별 일은 없었지……?"

그녀는 고개를 젓는다.

프란츠는 그녀를 품에 안고 오랫동안 서 있다. 그녀는 울음을 멈추고, 겁에 질린 작은 짐승처럼 그의 품 안에 몸을 웅크린다. 그녀는 완전히 몸을 내맡기고 있지만, 기댄 몸은 믿을 수 없을 정도로 가볍다. 너무도 야위었다…… 물론 지금 그에게는 그 긴 시간 동안 그녀가 어디를 갔는지, 대체 무얼 했는지 궁금한 마음도 있다. 하지만 결국 그녀 스스로 다 말하게 되리라. 이제 소피의 삶에게 그에게 비밀인 부분은 하나도 없으니까. 하지만 그들이 재회한 이 침묵의 순간을 지배하는 것은 아직도 진정되지 않고 뛰는 그의 심장이다.

아버지의 유산을 상속받은 뒤, 프란츠는 비로소 카트린 오베르네 박사에게 자신의 삶을 바칠 수 있으리라 확신했고, 그랬던 만큼 몇 개월 전 그녀가 이미 사망했다는 소식을 들었을 때 어쩐지 배신당한 것 같은 감정을 느꼈다. 삶에게 거칠게 뒤통수를 얻어맞은 기분이었다. 하지만 오늘, 그의 존재 구석구석을 채워오는 무언가가 있다. 그것은 그가 소피의 존재를 발견했던 그날, 그녀가 오베르네 박사를 대신할 수 있다는 것을, 그녀가 박사 대신 죽을 수 있다는 것을 깨달았을 때 느낀 것과 똑같은 안도감이다. 그런데 그는 지난 사흘 동안 하마터면 이 보물을 잃어버릴 뻔하지 않았는가……! 그는 그녀를 꼭 끌어안으면서 강한 행복감을 느낀다. 그는 고개를 살짝 숙여 그녀의 머리칼 냄새를 맡아본다. 그녀가 살짝 몸을 떼고 그를 쳐다본다. 눈꺼풀이 퉁퉁 부었고 얼굴은 지저분하다. 하지만 그녀는 아름다웠다. 의심할 바 없이. 그가 몸을 아래로 살짝 기울이는 순간, 갑자기 진실이 그 발가벗은 몸을, 전적인 실체를 드러냈다. 그렇다, 그는 그녀를 사랑하는 것이다! 하지만 그 순간 그를 놀라게 한 건 엄밀히 말해 그것이 아니었다. 사실 그는 벌써 오래전부터 그녀를 사랑해왔다. 아니, 지금 끔찍할 정도로 감동적인 것은 다른 것이다. 그것은 그가 그녀에게 온갖 정성을 쏟고, 그녀를 가공하고, 조종하고, 인도하고, 정성껏 빚어온 결과, 지금 그녀가 그의 어머니 사라와 똑같은 얼굴을 갖게 되었다는 사실이다. 생의 끝자락에 이른 사라 역시 이런 움푹한 뺨과 이런 잿빛 입술과 텅 빈 눈, 뼈만 남은 어깨, 금방 스러져버릴 듯 야윈 몸을 가지고 있었다. 지금의 소피와 마찬가지로 사라도 사랑을 담은 눈으로 그를 쳐다보았다. 마치 그가 세상의 모든 불행에서 벗어나게 해줄 유일한 출구이기라도 한 듯이. 언젠가 실낱같은 평온함을 되찾을 수 있게 해줄 유일한 약속이기라도 한 듯이. 그렇게 두 여인이 연결되는 것을 느끼며 그의 가슴은 감동으로 뒤흔들린다. 소피는 완벽하다. 그녀는 일종의 구마(驅魔)의식이며, 놀라운 죽음을 맞이할 것이다. 프란츠는 많이 울게 되리라. 그녀가 많이 그리우리라. 아주 많이. 그녀는 가고, 혼자 남은 그는 병이 치유된 삶이 무척이나 서글프게 느껴지리라……

소피는 아직도 그 얇은 눈물 막을 통해 프란츠를 보고 있지만, 누액의 효과가 오래 지속되지 않는다는 사실을 알고 있다. 그의 머릿속에 어떤 생각이 들어 있는지 가늠하기 힘들다. 그러므로 그냥 이대로 꼼짝 않고 서서 그가 하는 대로 몸을 맡기자…… 기다려보자. 그가 그녀의 양어깨를 손으로 잡는다. 그리고 자기 쪽으로 끌어당기는데, 바로 그 순간 그녀는 그의 내부에서 뭔가가 약해지는 것 같기도 하고, 횅해지는 것 같기도 하고, 녹아내리는 것 같기도 한, 뭔지 모를 움직임이 이는 것을 감지한다. 그는 그녀를 꽉 끌어안았고, 그녀는 그의 눈이 기이한 빛으로 고정된 것을 느끼며 두려움에 사로잡힌다. 지금 그의 머릿속에 어떤 생각들이 지나가고 있는 걸까. 그녀는 그를 꼼짝 못하게 하고 싶기라도 한 듯, 그에게서 시선을 떼지 않는다. 그녀는 꿀꺽 침을 삼킨 다음 그를 부른다. "프란츠……" 그리고 그녀는 입술을 내밀었고, 그는 즉시 그것을 취했다. 소극적이고 뻣뻣하면서도 약간 생각에 잠긴 듯한 키스가 이어지지만, 그에게는 왠지 게걸스러운 면이 없지 않다. 뭔가 맹렬한 것이 있다. 그리고 그의 단전 부근에선 뭔가 딱딱한 것도 느껴진다. 소피는 정신을 집중한다. 두려움은 조금도 개입할 수 없는 냉정한 계산만을 이어가고 싶지만, 그것은 불가능하다. 그의 손아귀에 꼼짝없이 쥐여 있는 느낌이다. 그는 육체적으로 강하다. 그녀는 죽을지도 모른다는 두려움에 사로잡힌다. 하여 그에게 몸을 밀착하며 골반을 그의 복부에 꼭 댔고, 그가 단단해지는 것을 느끼며 비로소 안도감을 느꼈다. 그녀는 볼을 그의 몸에 댄 채로 시선을 바닥으로 내린다. 이제 숨을 좀 쉴 수 있다. 머리에서 발끝까지 몸의 근육들을 하나하나 이완시킨 뒤, 그녀의 몸은 프란츠의 품 안에서 조금씩 풀려간다. 그는 그녀를 안아든다. 침실로 안고 가서 침대에 눕힌다. 이제 이렇게 잠들 수도 있을 것이다. 그녀는 그가 멀어져가고 주방에 들어가는 소리를 들으면서 잠깐 눈을 떴다가 다시 감는다. 이윽고 티스푼이 유리컵의 안벽에 부딪히는 소리가 들려온다. 다시 그가 그녀에게 돌아온다. 그는 말한다. "이제 잠좀 자는 게 좋겠어. 그래, 무엇보다도 좀 쉬어야 한다고." 그는 그녀의 머리를 받쳐 들고 천천히 그 액체를 먹인다. 맛을 감추기 위해 언제나 설탕을 듬뿍 넣어서 가져다주는 액체이다. 그런 다음 그는 다시 주방으로 간다. 그녀는 몸을 휙 옆으로 돌리며 이불을 젖혀버리고는, 손가락 두 개를 목구멍 깊숙이 밀어 넣는다. 위장이 펄떡하며 요동을 치는 순간, 그녀는 배 속이 그대로 뒤집혀버릴 듯한 고통을 느끼며 액체를 다시 삼켜버리고는, 이불을 끌어당기며 다시 드러눕는다. 그가 벌써 돌아온 것이다. 그가 그녀의 이마에 손을 댄다. 그는 "편히 자"라고 속삭이듯 말한다. 그러고는 그녀의 바짝 마른 입술에 입맞춘다. 그녀의 얼굴이 너무도 아름다워서 그는 속으로 탄성을 발한다. 이제 이 얼굴을 사랑하고 있다. 이 얼굴은 그의 소유물인 것이다. 그녀가 더 이상 여기 없게 될 때를 생각하니 벌써부터 두려워진다……

"군경들이 찾아왔었어……"

이건 소피가 미처 생각하지 못했던 일이다. 군경들……! 그녀의 시선이 대번에 불안감을 드러낸다. 프란츠는 소피가 군경들을 얼마나 두려워하는지 잘 알고 있다. 이 일은 교묘하게 처리해야 한다.

"어쩔 수 없는 일이었어." 그가 덧붙인다. "병원 측에선 그들에게 알릴 수밖에 없었으니까. 그래서 그들이 집에 찾아왔지."

그는 소피가 공황감에 사로잡히도록 잠시 놔두었다가, 그녀를 품에 안으면서 말한다.

"내가 알아서 잘 처리했으니까 걱정하지 않아도 돼. 경찰들이 당신을 수배하고 그러는 게 싫었거든. 난 당신이 돌아올 줄 알고 있었어."

지난 수년 동안, 소피는 한 번도 경찰과 마주치지 않고 살아왔다. 그런데 이렇게 그물에 걸려버린 것이다. 소피는 깊게 숨을 들이마시면서 생각을 해보려고 애쓴다. 프란츠가 그녀를 이 곤경에서 꺼내줄 것이다. 둘의 이해는 일치하니까. 이 일은 교묘하게 처리해야 한다.

"당신이 가서 서류에 서명을 해야 할 거야. 당신이 돌아왔다는 걸 알려야지. 난 당신이 브장송에 있는 친구 집에 갔다고 얘기했어. 이런 귀찮은 일은 빨리 처리하는 게 좋겠지."

소피는 고개를 설레설레 흔든다. '그런 곳에는 가고 싶지 않아'라는 뜻으로. 프란츠는 그녀를 조금 더 세게 안아준다.

군경대 사무실 벽은 확대 복사한 신분증들, 안전지침들을 알려주는 고지문들, 각종 상황을 위해 비상연락처를 적어놓은 빛바랜 게시문들로 도배되어 있다. 종드레트 군경이 호인 같은 느긋한 표정으로 소피를 쳐다본다. 그는 마누라로 이런 여자도 괜찮겠다고 생각한다. 금방이라도 쓰러질 듯 여릿여릿한 여자. 남자가 이런 여자와 함께 있으면 자신이 뭔가 쓸모 있는 존재라는 기분이 들지 않겠는가? 그의 시선은 소피에서 프란츠에게로 옮겨진다. 그러고는 앞의 탁자를 두드린다. 그의 굵직한 손가락들이 서식 위로 올라오더니 고정된다.

"자, 그래서 병원을 빠져나가셨다는 말씀인데……"

제 딴에는 양측의 입장을 생각해주는 두루뭉술한 화법인 모양이다. 자살을 기도한 여자가 앞에서 그가 할 수 있는 말이 고작 이 거다. 소피는 수컷의 힘에 대해 그가 품고 있는 관념에 맞장구쳐줄 필요가 있음을 본능적으로 느낀다. 그녀는 다소곳이 눈을 내리간다. 그러자 프란츠가 팔을 올려 그녀의 어깨를 감싼다. 예쁜 커플이다.

"그래서 부인께서 가신 곳이……"

"보르도예요."

소피는 모기 같은 소리로 대답한다.

"맞아요, 보르도에 가셨죠. 부군께서도 그렇게 말씀하셨어요. 친척 집에 계셨다고 하던데……"

소피는 전략을 바꾼다. 눈을 들어 종드레트를 똑바로 쳐다본다. 이 군경은 겉모습은 촌뜨기 같지만 제법 냄새를 맡을 줄 안다. 지금 그가 맡는 냄새는 이 베르크 부인이 성깔깨나 있다는 사실이다.

"네, 친척이 좋죠……" 그는 엉겁결에 내뱉는다. "그러니까 이런 경우엔 아주 좋다고요."

"서명만 하면 될 것 같은데요……"

그들이 꽤나 애매한 대화를 이어가는 가운데, 프란츠의 목소리가 약간의 현실성을 일깨워준다. 종드레트는 몸을 부르르 떨며 정신을 차린다.

"아, 그렇죠. 여기……"

그는 소피 쪽에서 바로 보이도록 서식을 돌려준다. 그녀가 필기구를 찾는다. 종드레트는 어느 카센터 마크가 새겨진 볼펜 한 자루를 내민다. 소피는 서명한다. 베르크.

"자, 이젠 다 잘될 거예요."

종드레트가 말한다.

이게 질문인지 아니면 단언인지 분간하기 힘들다.

"네, 괜찮을 거예요."

프란츠가 화답한다.

좋은 남편이다. 종드레트는 서로를 부축하며 군경대를 나서는 젊은 부부를 지켜본다. 저런 여자는 마누라로 괜찮을 것 같긴 한데, 엿 같은 일도 엄청나게 많을 것 같다.

잠자는 사람의 호흡을 습득하는 데는 오랜 인내심이 필요했다. 그
것은 매 순간 강한 집중과 노력을 요하지만, 이제 그녀는 아주 잘해내
고 있다. 20여 분 후, 침실에 돌아와 그녀가 자는 모습을 본 그가 완전
히 믿을 정도다. 그는 옷 위로 그녀의 몸을 쓰다듬은 뒤, 그녀 위에 몸
을 싣고 베개에 얼굴을 묻었다. 그녀는 몸을 온전히 내맡긴 채 살며시
눈을 뜬다. 그의 어깨가 보이는가 싶더니, 그가 몸속으로 파고들어오는
게 느껴진다. 그녀는 하마터면 미소 지을 뻔했다……

이제 소피는 한동안 잠을 잘 거고, 덕분에 그는 잠시 쉴 수 있게 되었
다. 이번에는 재회해서 너무 흥분하고 기쁜 나머지 수면제를 듬뿍, 지
나치게 듬뿍 부어주었다. 그녀는 침실에서 곤히 잠들어 있다. 그는 오
랫동안 그녀 곁에 앉아 그녀의 숨소리를 듣고 그녀의 얼굴에 움찔움찔
떠오르는 표정 같은 것들을 지켜보고 있다가, 이윽고 일어나서는 아파
트 문을 잠그고 지하실로 내려간다.

그는 상황을 판단해본다. 소피 아버지의 집에서 찍은 사진들은 이
제 아무 쓸모가 없어졌기에 파기하기로 결정한다. 빨리빨리 훑어보면
서 하나하나 삭제해나간다. 집, 창문들, 자동차, 그다음에는 집에서 걸
어 나오는 오베르네, 잔디깎기 차 위에 봉투를 꽂아 놓고, 정원 테이블
에서 작업하고, 원예용 부식토 부대들을 차에서 내리고, 철책 정문을
닦는 그의 모습들…… 새벽 두 시다. 그는 연결선을 꺼내 몇몇 사진을
컴퓨터로 전송한다. 완전히 파기해버리기 전에 화면으로 보고 싶기 때
문이다. 그렇게 고른 것은 단 네 장이다. 첫째 사진에는 정원을 걷는 오

베르네의 모습이 찍혀 있다. 이걸 고른 이유는 정면 얼굴이 잘 보이기 때문이다. 예순 살 먹은 남자치고는 상당히 활기차다. 각진 얼굴, 정력적인 용모, 반짝이는 눈빛. 프란츠는 그의 얼굴을 80퍼센트 확대해본다. 똑똑하게 생겼다. 다시 100퍼센트 확대해본다. 어딘가 음흉한 구석도 엿보인다. 150퍼센트. 이런 종류의 남자는 무서울 수도 있다. 바로 이런 성격적인(물론 유전적인) 특성 덕분에 소피가 지금까지 살아 있는 것이리라. 둘째 사진에는 정원 테이블에서 작업하고 있는 오베르네의 모습이 찍혀 있다. 등 쪽 45도 각도로 비스듬하게 보인다. 프란츠는 그의 노트북 화면이 보이는 부분을 100퍼센트 확대해본다. 하지만 그 부분은 여전히 흐릿하다. 이번에는 그 부분을 이미지처리 프로그램으로 옮긴 뒤, 보강필터를 사용하여 좀 더 선명하게 만들어본다. 워드프로세서 프로그램의 툴바 같은 것이 보이는 것 같기도 하지만, 전체적으로 흐릿한 상태다. 그는 사진을 끌어다 휴지통에 버린다. 셋째 사진은 마지막 날 찍은 것이다. 오베르네는 정장 차림이다. 그는 아마도 기계 수리공에게 전하려는 것인 듯한 봉투를 꽂아놓으려고 걸어가고 있다. 봉투의 글씨를 읽을 수는 없지만, 별로 중요한 건 아니다. 이 마지막 사진은 잠복생활이 끝나갈 즈음에 찍은 것이다. 오베르네는 창고 문을 활짝 열어놨고, 프란츠는 이미 쌍안경으로 들여다본 적이 있지만 다시 한 번 자세히 살펴본다. 커다란 원탁이 하나 있고, 그 위에는 둥그런 갓등이 상당히 아래까지 늘어져 있으며, 안쪽 구석에는 엄청난 양의 CD들이 쟁여진 서가에 하이파이 오디오세트 하나가 끼워져 있다. 프란츠는 사진을 휴지통으로 끌어간다. 그렇게 이미지처리 프로그램을 닫으려는 순간, 마지막 호기심이 언뜻 일어난다. 그는 창고를 찍은 사진을 휴지통에서 다시 꺼내 몇 번의 클릭을 통해 어둠 속에 어렴풋하게 보이는 부분을 확대해본다. 박스, 부식토 부대, 원예용 기구, 공구함, 트렁크…… 쌓아놓은 박스 더미 위로는 문의 빛 그림자가 비스듬히 지나가고 있다. 아래쪽 박스들은 부분적으로 밝게 찍혀 있고, 위쪽의 것들은 어스름 속에 잠겨 있다. 120퍼센트 140퍼센트 프란츠는 어느 박스의 단면에 매직펜으로 써놓은 글자들을 읽으려고 해본다. 선명도를 높이는 필터들을 입히고, 콘트라스트를 조정하고, 한층 확대해본다. 마침내 글자 몇 개를 어렴풋이 짐작해볼 수 있었다. 첫째 행에는 A자 하나, V자 하나, 그리고 마지막엔 S자인 것 같다. 그다음 행에는 D로 시작되고 C와 U가 포함된 단어가 있고, 그다음엔 AUV……로 시작되는 또 다른 단어가 보인다. 마지막 행에는 'H~L'이라는 글자가 분명하게 보인다. 이것은 가장 아래에 있는 박스이다. 그 위의 박스에는 빛 그림자가 걸쳐져 있어서 아랫부분은 환한 반면 윗부분은 보이지 않는다. 하지만 그는 자신이 본 그 얼마 안 되는 부분에 흠칫한다. 그 이미지, 그리고 그것이 자신에게 주는 의미 앞에서 프란츠는 한참 동안 정신이 명해진다. 그의 앞에 있는 것은 카트린 오베르네 박사의 개인문헌이 든 박스들이다.

그 박스들 중 하나에 그의 어머니의 의료기록이 들어 있다.

열쇠가 딸깍 돌아간다. 이제 그녀는 혼자다. 소피는 즉시 일어나 벽장으로 달려간다. 까치발을 하고 손을 뻗어 열쇠를 꺼낸 다음, 전신의 근육을 팽팽히 긴장시키고는 바로 문을 연다. 프란츠가 층계를 내려가는 소리가 또렷이 들린다. 그녀는 창문으로 달려가보지만, 그가 건물에서 나오는 모습이 보이지 않는다. 쓰레기장을 통해 나갈 수도 있겠지만, 셔츠 차림이었으니 외출했을 가능성은 거의 없다. 그렇다면 지금 건물 안 어딘가에 있다는 얘기다. 그녀는 재빨리 바닥이 편평한 신을 신고 문을 살며시 닫은 뒤 층계를 내려간다. 여기서는 텔레비전 소리도 들리지 않는다. 소피는 호흡을 가라앉히고 일층에서 잠시 멈추었다가 다시 나아간다. 여기서 현관문 말고 출구는 단 하나다. 그녀는 삐걱거리지 않기를 간절히 빌면서 문을 천천히 연다. 완전히 캄캄하지는 않다. 앞에 열린 층계의 아래쪽, 상당히 떨어진 저쪽 어딘가에서 희미한 빛이 감지된다. 귀를 기울여보지만, 들리는 건 자신의 심장과 관자놀이가 고동치는 소리뿐이다. 그녀는 천천히 내려간다. 빛이 그녀를 오른쪽으로 인도한다. 지하실이다. 저 끝 왼쪽에 문 하나가 조금 열려 있다. 더 이상 가는 것은 불필요하며, 심지어는 위험하기까지 하다. 프란츠의 오토바이 열쇠 꾸러미에는 열쇠 세 개가 달려 있다. 여기가 바로 마지막 열쇠를 사용하는 곳이다. 소피는 조용히 다시 올라간다. 기회를 엿봐야 한다.

맛이 평소보다 훨씬 쓴 것을 보니 함량을 엄청나게 늘린 모양이다. 다행히도 소피는 이제 대처할 수 있다. 휴지를 공처럼 뭉쳐 침대 곁에 두었다가 액체를 뱉은 다음, 화장실에 갈 때마다 다시 만들어오는 것이다. 이 방법이 항상 통하는 건 아니다. 그저께는 프란츠가 너무 오랫동안 옆에 앉아 있었다. 단 일 초도 그녀 옆을 떠나지 않았다. 그녀는 액체가 목구멍으로 조금씩 내려가는 걸 느꼈다. 하마터면 기침이 터질 뻔했다. 한 번도 그런 적이 없었으므로 그가 불안해할 수도 있었다. 결국 그녀는 잠자리가 사나워 몸을 뒤척이는 체하며 그냥 삼켜버리기로 마음먹었다. 몇 분 후, 몸이 마비되고 근육들이 축 늘어지는 게 느껴졌다. 수술 바로 전 마취전문의가 다섯까지 세어보라고 하던 때가 떠올랐다. 그때는 실패했지만, 이후 기술이 발전해서 지금은 적절한 조건들이 갖춰지면 아무런 문제가 없다. 그녀는 액체를 입속 한구석에 모아두고 대신 침을 삼키는 법을 배운 것이다. 프란츠가 몇 분 안에 자리를 뜨면, 그녀는 재빨리 옆으로 돌아누워 휴지 공을 집어 거기에 액체를 뱉어버린다. 하지만 액체를 입속에 너무 오래 담고 있는 경우 점막을 통해 흡수되기도 하고, 침과 섞이기도 한다. 또 어쩔 수 없이 약을 삼켜야 되는 경우에는 구역질을 해서 토해내는 방법이 있는데, 이것은 처음 몇 초 동안에만 가능하다. 어쨌든 이번엔 모든 게 순조로웠다. 액체를 뱉어내고 몇 분 뒤, 그녀는 깊은 잠에 빠져든 사람의 숨소리를 낸다. 프란츠가 몸을 굽히고 그녀를 쓰다듬으면서 얘기하기 시작하자, 마치 그의 말을 피해 달아나고 싶은 것처럼 고개를 흔든다. 처음에는 천천히 몸을 뒤척이다가, 점차 빠르게 손을 내치기도 하고, 몸을 비틀거나 뒤집기도 하다가, 악몽 중에 도달한 극도의 순간을 표현할 필요가 있을 때는 물고기처럼 펄떡 뛰어오르기까지 한다. 프란츠는 프란츠대로 자신의 의식儀式을 진행한다. 우선 그녀 위로 몸을 굽히고 차분하게 얘기하고, 그다음엔 손가락 끝으로 그녀의 머리칼, 입술, 가슴 등을 가볍게 매만지다가, 마침내는 그의 말 한마디 한마디에 모든 에너지가 주입된다.

프란츠는 말하며 그녀를 관찰한다. 때로는 그녀의 마음을 온통 뒤집어놓기도 하고, 때로는 진정시켜주기도 하는데, 그에 따라 어조를 달리한다. 그리고 항상 죽은 이들을 프로그램에 포함시킨다. 오늘 저녁은 베로니크 파브르이다. 소피는 아주 잘 기억하고 있다. 팔꿈치를 짚고 간신히 몸을 일으켰던 소피, 피 웅덩이 속에 누워 있던 그 여자의 시체. 프란츠가 자신의 손에 쥐여 주었을 그 식칼.

"소피, 무슨 일이 있었던 거야?" 프란츠가 묻는다. "화가 났던 거야? 그래, 넌 화가 났던 거야……"

소피는 그에게서 벗어나고자 돌아누우려 애쓴다.

"자, 그 여자가 보이지? 잘 생각해봐. 그녀는 우중충한 회색 투피스를 입고 있었어. 목 아랫부분의 칼라만 흰색이었지…… 자, 이제 그녀가 잘 보이지? 신발은 바닥이 편평한 것이었고……"

프란츠의 음성은 나직하고, 어조는 느릿느릿하다.

"소피, 난 말이야, 정말 불안했다고. 네가 그녀 집에 들어간 지 거의 두 시간이나 지났는데, 내려오질 않는 거야."

소피는 조그맣게 신음을 토해가며 불안스레 머리를 도리질한다. 두 손은 시트 위에서 어지러이 퍼덕인다.

"그리고 난 거리에서 그 여자가 약국으로 달려가는 걸 봤어. 네가 몸이 안 좋아졌다고 설명하더군…… 내 예쁜 천사, 그 말을 듣고 내가 얼마나 걱정했는지 알기나 해?"

소피는 그의 목소리에서 벗어나려고 맹렬한 힘으로 돌아눕는다. 프란츠는 일어나 침대를 한 바퀴 돌아가서는, 무릎을 꿇고 그녀의 귀에 바짝 입을 대고 말을 잇는다.

"난 그녀에게 널 보살필 시간을 주지 않았어. 그녀가 들어가자마자 초인종을 눌렀지. 그녀가 문을 열었는데, 약국에서 사온 약봉지가 아직 손에 들려 있더군. 그녀 뒤로 네가 보였어. 나의 천사, 나의 소피가. 소파 위에 누워 깊이 잠들어 있더군. 꼭 오늘처럼. 우리 예쁜 아기가…… 너를 본 순간 디 이상 불안하지 않았어. 알아? 넌 너무나 예뻤어. 너무나."

프란츠는 집게손가락으로 소피의 입술을 스치듯 매만지고, 소피는 자신도 모르게 흠칫하며 몸을 뺀다. 하지만 그를 속이기 위해 눈을 파르르 떨고, 입술엔 경련을 일으킨다.

"나의 소피, 난 네가 했었을 일을 그대로 했을 뿐이야…… 하지만 우선 그녀를 때려 눕혔지. 오, 별건 아니고, 잠시 무릎을 꿇고 있게 만들었어. 내가 식탁으로 몇 걸음 옮겨서 식칼을 잡을 수 있을 때까지 말이야. 그런 다음, 그녀가 다시 일어나길 기다렸지. 그녀는 놀란 눈빛이었어. 물론 겁에 질린 눈빛이기도 했지. 그녀로선 충격이 컸을 테니 이해해줘 야겠지. 나의 천사, 그렇게 버둥대지 마. 내가 여기 있으니까 너한텐 아무 일도 일어나지 않을 거야."

소피는 다시 한 번 물고기가 펄떡 뛰듯 돌아눕는다. 마치 귀를 막고 싶은 듯이 두 손을 목 쪽으로 올리는데, 그 방법을 잊어버린 것처럼 손들은 어지러이 헛된 움직임만 되풀이한다.

"난 너처럼 했어. 넌 가까이 다가갔겠지, 그렇지? 그리고 그녀의 눈을 똑바로 들여다봤겠지. 그녀의 시선을 기억해? 표정이 아주 풍부한 시선이었지. 넌 그녀가 대응할 시간을 주지 않았을 거야. 그녀를 꼼짝 못하게 만든 다음, 아주 세게 그대로 한 방 그녀의 배에 칼을 박아버렸을 거야. 소피, 젊은 여자의 배에 칼을 박을 때 어떤 느낌이 오는지 한 번 느껴봐. 자, 내가 보여줄게."

프란츠는 그녀 위로 몸을 굽히고, 살며시 그녀의 손목을 잡는다. 그녀는 저항하지만 그는 벌써 손목을 꽉 잡아버렸다. 그리고 그가 아까 했던 말을 되풀이하며 허공에 대고 동작을 취하는 순간, 강제로 조종되어 허공을 쑤시던 소피의 팔은 탄력성 있는 뭔가가 저항하는 감각마저 느낀다.

"자, 소피, 바로 이런 느낌이야. 칼을 이렇게 단번에 박아 깊숙이 넣은 다음 이렇게 돌리는 거야……"

소피는 비명을 지르기 시작한다.

"자, 베로니크의 얼굴을 봐. 그녀가 얼마나 괴로워하는지, 네가 그녀

를 얼마나 아프게 하는지 한번 보라고. 그녀의 배가 온통 타오르고 있
잖아. 부릅뜬 저 눈을, 고통으로 벌어진 저 입을 한번 보라고. 그리고 넌
그녀의 배 속 깊숙이 박은 칼을 여전히 꽉 쥐고 있어. 그래, 넌 무자비
한 여자야, 소피. 그녀는 울부짖기 시작하지. 넌 그녀의 입을 막아버리
기 위해 칼을 뺀 다음(벌써 그녀의 피로 흠뻑 젖어버린 칼이 얼마나 무
거운지 한번 느껴보라고) 다시 한 번 박아주는 거야. 소피, 이젠 그만
해야 해……!"

하지만 프란츠는 계속 소피의 손으로 허공을 푹푹 찔러댄다. 그녀가
다른 손으로 손목을 붙잡아보지만 프란츠의 완력은 너무나 강하다. 이
제 그녀는 비명을 지르고 버둥대면서 두 무릎을 굽혀 올려보려 하지만,
마치 아이가 어른과 맞서 싸우듯 소용없는 짓이다……

"그래 소피, 아무것도 널 멈추게 할 수 없어." 프란츠는 계속 말한다.
"한 번, 두 번, 그리고 또다시, 그리고 또다시, 넌 계속 그녀의 배를 칼로
찌르고 있어. 잠시 후에는 손에 칼을 쥔 채로 잠에서 깨어날 거야. 그리
고 네 옆엔 베로니크가 피 웅덩이 속에 누워 있는 거지. 소피, 어떻게
이런 짓을 할 수 있는 거지? 어떻게 이런 짓을 할 수 있는 인간이 아직
도 버젓이 살아 있냐고!"

새벽 두 시가 조금 넘었다. 며칠 전부터 소피는 비타민C, 카페인, 그
리고 글루쿠로나미드가 들어간 폭탄 같은 혼합물 덕분에 잠을 단 몇
시간으로 줄이는 데 성공하고 있다. 지금 이 시간은 프란츠가 가장 깊
이 잠드는 시간이다. 소피는 그를 바라본다. 이 남자는 고집스러운 얼
굴을 갖고 있으며, 자고 있을 때조차 모종의 에너지와 강력한 의지를
뿜어낸다. 지금까지는 아주 느렸던 그의 호흡이 이제 약간 불규칙해졌

다. 숨을 쉬는 데 불편한 점이라도 있는 걸까, 그는 자면서 뭐라고 불만스레 웅얼거린다. 소피는 벌거벗었고, 약간의 한기를 느낀다. 그녀는 팔짱을 끼고 그를 내려다본다. 서늘한 증오가 차오른다. 그녀는 부엌으로 간다. 거기에 있는 문을 하나 열면, 무슨 이유인지는 모르지만 이 건물 사람들이 '건조실'이라고 부르는 손바닥만 한 공간이 나온다. 2평방미터도 안 되는 넓이에 구멍 같은 천창이 하나 뚫려 있어서 여름에도 겨울만큼이나 추운 이곳에는 다른 곳에 두면 보기 흉한 것들이 배치되어 있는데, 그 중에는 쓰레기 배출구도 한자리를 차지하고 있다. 소피는 쓰레기 배출구의 문을 살며시 당기고 손을 그 안 깊숙이 집어넣는다. 그렇게 해서 꺼낸 것은 투명한 비닐봉지로, 그녀는 재빨리 그것을 열어 짤막한 주사기 하나와 조그만 약병 하나를 꺼내 탁자에 올려놓는다. 아직 약병들이 남아 있는 비닐봉지는 다시 쓰레기 배출구에 집어넣은 뒤, 신중을 기하기 위해 침실 쪽으로 가본다. 프란츠는 여전히 깊이 잠들어 있고, 가볍게 코까지 골고 있다. 소피는 냉장고를 열어 프란츠만 마시는 액상 요플레 네 개들이 한 팩을 꺼낸다. 주삿바늘은 유연한 플라스틱 용기를 뚫고 들어가고 나올 때는 미세한 구멍을 남기는데, 그마저 뚜껑에 가려진다. 소피는 용기마다 일정량씩 약을 주입한 뒤, 혼합을 촉진하기 위해 하나씩 흔든 다음 제자리에 돌려놓는다. 몇 분 후, 비닐봉지도 제자리로 돌아갔고, 그녀는 살그머니 이불 속으로 기어든다. 프란츠의 몸에 살짝 스치는 것만으로도 형언할 수 없는 욕지기가 치민다. 자고 있는 상태 그대로 죽여버리고 싶다. 이를테면 식칼 같은 것으로.

그의 계산으로 소피는 열 시간 정도 잘 것이다. 모든 게 순조롭다면 그 정도로도 충분하리라. 그렇지 않을 경우 이 일을 나중에 다시 시도해봐야겠지만, 지금 그는 너무 흥분해 있어서 그런 가능성은 생각하고 싶지도 않다. 지금은 한밤중이기 때문에 뇌빌생트마리까지 가는 데는 세 시간도 걸리지 않는다.

비가 쏟아질 것 같은 밤이다. 이상적인 조건이다. 그는 오토바이를 조그만 숲 언저리에, 오토바이로 최대한 근접할 수 있는 장소에 놓아두었다. 몇 분 후, 두 개의 희소식이 그를 맞아준다. 첫째, 오베르네의 집은 짙은 어둠에 잠겨 있고, 둘째, 빗방울이 투두둑 지면을 때리기 시작했다. 프란츠는 스포츠 가방을 발밑에 놓은 다음, 일체형 작업복을 재빨리 벗고 그 밑에 입은 가벼운 추리닝 차림이 된다. 빠르게 테니스화로 갈아 신고 다시 가방을 닫자마자, 숲과 오베르네의 정원 사이에 놓인 조그만 비탈길을 내려간다. 철책을 뛰어넘는다. 개가 없다는 건 잘 알고 있다. 손이 창고 문에 닿는 순간, 이층의 한 창문에 불이 들어온다. 오베르네의 침실이다. 프란츠는 문에 몸을 찰싹 붙인다. 일층으로 내려오거나 정원으로 나오지 않는 이상, 오베르네는 그의 존재를 알아챌 수 없다. 프란츠는 손목시계를 들여다본다. 새벽 2시가 다 돼간다. 아직 시간은 충분하지만 분별없는 조급함도 느껴진다. 멍청한 실수를 저지를 수 있는 정신상태 말이다. 깊게 심호흡을 한다. 침실 창문에서 투사된 빛의 사각형은 부슬비의 장막을 뚫고나가 잔디밭에 내려앉는다. 어떤 형체가 획 지나가는가 싶더니 사라져버린다. 그가 며칠 밤 지켜본 바에 따르면 오베르네는 불면증에 시달리는 사람은 아니었지만 누가 알겠는가…… 프란츠는 팔짱을 끼고 어둠을 철책처럼 두르는 빗줄기를 바라보며 오랜 기다림을 준비한다.

어렸을 때, 지금처럼 소나기가 쏟아지는 밤이면 그녀는 감전된 듯 전율하곤 했다. 지금도 창문들을 활짝 열고, 허파에 차갑게 와 닿는 서늘한 공기를 깊이 들이마신다. 그녀에겐 이것이 필요하다. 프란츠의 약을 모두 뱉어버리지 못한 탓에 머리가 무겁고 몸은 약간 휘청거린다. 이런 상태가 오래 가진 않겠지만, 지금은 수면제의 효력이 강해지는 단계에 있는데다 이번엔 프란츠가 함량을 몹시 높였다. 그가 이런 선택을 했다는 건 한참 동안 집을 비운다는 뜻이다. 그는 밤 11시에 나갔다. 새벽 서너 시 전에는 돌아오지 않을 것이다. 그러나 확실치는 않기 때문에 일단은 2시 30분을 기준선으로 잡는다. 그녀는 넘어지지 않기 위해 가구들을 짚으며 걸어가 욕실 문을 연다. 이제는 습관이 된 일이다. 티셔츠를 벗고 욕조에 들어가 숨을 크게 들이마신 후 냉수를 최대한으로 튼다. 목쉰 소리로, 하지만 결의에 찬 소리로 신음을 한 번 토한 그녀는 후, 후, 후, 호흡을 멈추지 않는다. 몇 초 만에 몸이 얼어붙자, 수건으로 몸을 박박 문지른 다음, 곧바로 수건을 건조실 천장 앞에 걸어놓는다. 아주 진한 차(커피와는 달리 입에 냄새가 남지 않는다)를 한 잔 만들고, 찻물이 우러날 때까지 피의 순환을 촉진하도록 팔굽혀펴기 같은 팔다리 운동을 해본다. 몸에 조금씩 생기가 도는 것이 느껴진다. 그녀는 델 듯이 뜨거운 차를 홀짝홀짝 마시고는, 그릇을 닦아 놓는다. 혹시 주방에 자신이 지나간 흔적이 남지나 않았는지 약간 떨어져서 살펴본다. 그런 다음 의자 위에 발을 딛고 올라가 천장의 슬레이트 하나를 떼어내고, 그 속에서 조그맣고 납작한 열쇠 하나를 꺼낸다. 지하실에 내려가기 전에는 고무장갑을 끼고 신발도 바꿔 신는다. 문을 아주 천천히 닫은 뒤, 내려가기 시작한다.

비가 잠시 멈췄다. 멀리 국도에서 트럭들이 지나가는 소리가 프란츠의 귀에 흐릿하게 들려온다. 그렇게 몇 평방센티미터 위에서 조용히 제자리걸음을 하고 있으니, 마침내 추워지기 시작한다. 처음으로 재채기를 한 순간, 침실의 불이 꺼진다. 정확히 1시 44분이다. 20분을 더 기다리기로 한다. 다시 대기상태로 들어가면서, 의사를 찾아가봐야 할지 생각해본다. 멀리서 최초의 뇌성이 들리는가 싶더니, 갈가리 찢어지는 하늘이 한순간 집 주위를 환히 밝힌다.

2시 5분 정각, 프란츠는 자신의 위치를 떠나 조용히 건물을 따라가서는 성인 눈높이에 나 있는 작은 창문의 창틀을 만져본다. 회중전등으로 비춰보니 유리창을 통해 내부가 훤히 들여다보인다. 창틀은 오래된 것으로, 숱한 겨울을 거치며 목재가 부풀어 올랐다. 공구함을 꺼내며 저항이 어느 정도인지 시험해보기 위해 창 가운데를 지그시 눌러보는 순간, 창이 홱 열리면서 벽에 쾅 하고 부딪힌다. 요란하게 쏟아지는 뇌우 덕분에 이 소리가 건물 반대편에 붙어 있는 이층 침실까지 올라갈 위험은 거의 없다. 그는 공구함을 다시 닫아 창턱에 조심스럽게 올려놓은 다음, 창문으로 몸을 끌어올려서는 반대편 바닥에 살며시 내려선다. 시멘트 바닥이다. 자국을 남기지 않기 위해 신발을 벗는다. 몇 초 후, 그는 회중전등을 손에 들고 오베르네 박사의 문헌 상자들을 향해 나아간다. 'A-G'라는 글자가 적힌 박스를 찾아내 빼내는 데는 5분도 걸리지 않았다. 자신도 모르게 자꾸만 흥분되고, 냉정함이 흔들린다. 그런 마음을 억누르기 위해서는 숨을 길게 내쉬고 두 팔은 힘을 빼고 죽 늘어뜨려야만 한다.

박스들은 몹시 무겁다. 넓적한 접착테이프를 붙여 간단하게 닫아놓았다. 프란츠는 관심이 있는 박스를 뒤집어본다. 바닥은 더 간단히, 접착제만으로 붙여놓았다. 틈새로 커터 날을 밀어 넣자, 골판지 박스날개 네 쪽이 투두둑 뜯긴다. 그리고 나타난 것은 엄청난 양의 종이 서류철 더미다. 아무거나 하나를 집어들어본다. '그라브티에'. 이 이름은 서류철 표지에 파란 매직펜으로 대문자로 적혀 있다. 그것을 다시 박스에 쑤셔 넣는다. 그런 식으로 여러 권의 서류철을 끄집어낸 그는 해방의 순간이 가까워지고 있음을 느낀다. 발랑, 바루크, 베나르, 벨레, 베르크! 서류철은 주황색이고, 글씨는 같은 필체로, 여전히 대문자로 적혀 있다. 아주 얄팍하다. 프란츠는 떨리는 손으로 펼쳐본다. 그 안에 든 자료는 달랑 세 개다. 첫째 것의 제목은 '병력서'로, 사라 베르크의 이름으로 되어 있다. 둘째 것은 단순한 메모로, 환자의 행정 및 신원 관련 사항들을 적어놓았다. 마지막 것은 약 처방이 적힌 종이 한 장인데, 대부분 알아보기 힘든 글씨로 휘갈겨져 있다. 프란츠는 병력서만 빼내 두 번 접어서는 가방 속 작업복 아래에 집어넣었다. 그런 다음 서류철을 제자리에 넣고, 박스를 뒤집어 초강력접착제를 몇 방울 찍어 날개들을 다시 붙인 다음 원래의 위치에 올려놓는다. 몇 분 후, 그는 다시 창문을 타고 넘어 정원에 내려선다. 그리고 15분 후에는 제한속도를 넘지 않으려 애쓰면서 고속도로를 달리고 있었다.

문턱을 넘어서는 순간, 소피는 공포에 사로잡혔다. 물론 그녀는 프란츠가 어떤 인간인지 잘 알고 있었다. 하지만 지금 지하실이 보여주는 이 광경이란…… 마치 그의 무의식 속으로 들어가는 기분이다. 벽은 한 치도 남김없이 사진들로 덮여 있다. 이내 눈물이 솟구친다. 뱅상의 잘생긴 얼굴, 하지만 너무나도 슬프게 변한 그 얼굴을 클로즈업해서 잡은 사진들과 눈길이 마주쳤을 때, 그녀는 끔찍한 절망감에 사로잡힌다. 4년 동안의 그녀의 삶이 여기 펼쳐져 있다. 걷고 있는 그녀의 모습(저게 어디였더라?), 그리스에서 찍은 커다란 칼라사진들, 무척이나 수

치스러운 상황 가운데 퍼시스 사를 떠나게 만들었던 사진들, 또 어떤 슈퍼마켓에서 나오는 그녀. 그래, 이건 2001년도였다. 그리고 이건 우아즈의 집…… 소피는 자신의 주먹을 물어뜯는다. 으아악 고함치고 싶다. 다 부숴버리고 싶다. 이 지하실을, 이 건물을, 이 땅 전체를. 다시 한 번 강간당하는 느낌이다. 사진에는 어느 작은 슈퍼마켓의 경비원에게 붙잡힌 소피의 모습이 보인다. 그녀는 어느 파출소에 들어가고 있는데, 예뻤던 시절의 그녀를 여러 장의 사진이 클로즈업해서 보여주고 있다. 하지만 여기, 우아즈에서 찍은 사진에서는 아주 추하게 변한 그녀가 발레리와 팔짱을 끼고 정원을 산책하고 있다. 빌써부터 너무나도 슬픈 얼굴이다. 그리고 여기…… 여기에서 소피는 어린 레오의 손을 잡고 있다…… 소피는 울기 시작한다. 걷잡을 수가 없다. 더 이상 차분하게 생각할 수가 없다. 아무 생각도 할 수 없고, 하염없이 울음만 흘러나온다. 이 되돌릴 수 없는 불행을 보면서, 다시 말해 여기 펼쳐진 그녀의 부서진 삶을 보면서 그녀는 머리를 절레절레 흔들릴 뿐이다. 그녀는 꺽꺽 울기 시작한다. 목구멍으로 오열이 치밀고, 눈물이 사진들과 지하실과 그녀의 삶을 뒤덮는다. 소피는 무릎을 꿇으며 눈을 들어 벽들을 둘러본다. 벌거벗고 그녀 위에 몸을 실은 뱅상의 모습이 벽 한쪽에서 그녀의 시선 속에 들어온다. 그들이 살던 아파트의 창을 통해 찍은 사진이다. 어떻게 이럴 수가 있단 말인가? 그리고 지갑, 핸드백, 약 꾸러미 등 그녀의 물건들을 클로즈업한 사진들, 그리고 여기 로르 뒤프렌과 함께 있는 그녀의 사진, 그리고 또 여기도…… 소피는 신음한다. 이마를 바닥에 대고 계속 흐느낀다. 이제 프란츠가 온다 해도 아무 상관없다. 그녀는 죽을 준비가 되어 있다.

하지만 소피는 죽지 않는다. 그녀는 마침내 다시 고개를 쳐든다. 맹

럴한 증오가 절망 대신 조금씩 그녀의 몸을 채워온다. 그녀는 벌떡 일어서서 두 볼을 닦는다. 그녀는 이글거리는 분노 그 자체이다. 이제 프란츠가 온다 해도 아무 상관 없다. 그녀는 죽일 준비가 되어 있다.

벽 어디를 둘러봐도 소피의 모습이 있지만, 오른쪽 벽만은 예외다. 거기에 있는 이미지는 달랑 세 종류이다. 단 세 장의 사진을 열 번, 스무 번, 아니, 어쩌면 서른 번을 프레임을 달리 하고, 다른 색을 입히고, 흑백 처리하고, 세피아 효과를 주어가며 고치고 다듬었다. 그 세 장의 사진의 주인공은 한 사람이다. 사라 베르크. 소피가 그녀의 모습을 보는 것은 이번이 처음이다. 프란츠와 닮은 모습이 놀라울 정도다. 그 눈, 그 입…… 사진 두 장에서 그녀는 젊은 모습이다. 아마 서른 살 정도 되었으리라. 예쁘다. 아니, 매우 예쁘다고까지 말할 수 있다. 셋째 사진은 좀 더 마지막에 가까워진 무렵일 것이다. 버드나무 한 그루만 외로이 서 있는 어느 잔디밭 벤치 위에 그녀가 멍한 눈으로 앉아 있다. 얼굴은 기계를 연상시킨다.

소피는 코를 풀고 테이블에 앉아서 노트북의 덮개를 열고 전원 버튼을 누른다. 몇 초 후, 패스워드 입력창이 깜박거린다. 소피는 시계를 보고 45분의 시한을 정한 다음, 가장 가능성 있는 것들부터 입력해본다. 소피, 사라, 엄마, 조나, 오베르네, 카트린……

45분 후, 그녀는 포기해야 했다.

그녀는 조심스레 노트북 덮개를 다시 닫고, 이번에는 서랍들을 뒤지기 시작한다. 그 안에서 자신의 물건들을 무더기로 발견한다. 때로는 여기 벽에 압정으로 붙여놓은 사진들에 나온 것들까지 보인다. 이제 정해놓은 시간에서 몇 분밖에 남지 않았다. 막 떠나려고 하던 순간, 모눈이 그어진 공책 한 권을 펼치게 된 그녀는 다음의 글을 읽기 시작했다.

2000년 5월 3일

방금 전에 그녀의 모습을 처음 보았다. 그녀의 이름은 소피이다. 자기 집에서 나오고 있었다. 난 그녀의 어렴풋한 실루엣만을 볼 수 있었다. 어떤 급한 용무가 있는 사람처럼 보인다. 그녀가 차에 오르자마자 곧바로 출발하는 통에 나는 오토바이로 쫓아가는 데 꽤나 애를 먹었다.

기밀자료

발신: 아르망 브뤼시에르 병원

Dr. 카트린 오베르네

수신: 아르망 브뤼시에르 병원장

Dr. 실뱅 레글

일자: 1999년 11월 16일

병력서

환자명: 사라 베르크(처녀명: 사라 바이스)

주소: (첨부자료 참고)

생년월일 및 출생지: 1944년 7월 22일 파리(11구)

식업: 무직

사망일 및 사망지: 1989년 6월 4일 뫼동

사라 베르크 부인이 처음으로 입원한 것은 1982년 9월이었다(파스퇴르 병원). 이때의 자료는 우리에게 전달되지 않았다. 사실 확인 결과,

이 입원은 환자의 남편 조나 베르크의 강력한 요청에 따른 담당의의 처방에 의한 것이지만, 환자 자신의 동의도 있었다. 응급치료기간 이상으로 입원이 연장되지는 않았던 것 같다.

사라 베르크 부인은 1985년 루디에 박사(뒤 파르크 병원)에 의해 두 번째로 입원 조치되었다. 당시 환자는 만성적인 중증 조울증을 앓고 있었는데, 증상이 처음 나타난 것은 훨씬 이전인 1960년대 중반이었다고 한다. 바르비투르산 복용에 의한 자살기도의 결과 행해진 이 입원은 그해 3월 11일부터 10월 26일까지 이어졌다.

나는 사라 베르크가 세 번째로 입원하게 된 1987년 6월에 그녀를 담당하게 되었다(1988년 2월 24일에 종료). 이후, 나는 이 입원 조치의 근거가 된 자살기도가 1985년에서 1987년 사이에 적어도 두 차례 더 있었다는 사실을 알게 되었다. 주로 약물에 기인하는 그런 식의 자살기도는 당시만 해도 재발의 소지가 큰 것으로 간주되었다. 이런 맥락에서 환자에 대한 강도 높은 집중치료를 하게 되었다. 그런 치료만이 반복적인 자살기도를 효과적으로 막을 수 있는 방법으로 판단되었기 때문이다. 이러한 집중치료 탓에 나는 1987년 7월 말까지 기다린 뒤에야 환자를 실제적으로 접촉할 수 있게 되었다.

우리가 마침내 대면했을 때, 당시 43세였던 사라 베르크는 예민하게 반응하는 지성, 풍부하면서도 복합적인 어휘, 그리고 부인할 수 없는 현실 가공 능력을 지닌 여성이었다. 그녀의 부모는 그녀가 태어난 지 얼마 안 되어 다하우 강제수용소에 끌려가 사망했는데, 이 사건은 그녀의 삶에 깊이 각인됐다. 정신착란성 우울증의 초기 증상들은 아마도 매우 어린 나이부터 그녀에게 발현됐을 것으로 짐작되며, 강한 죄책감(이런 경우 환자들에게서 흔히 나타나는 증상이다)과 심각한 자기애적 상처가 결합된 형태로 보인다. 이후에 이어진 상담들 중에 사라는 끊임없이 자신의 부모를 언급하고, 역사적 정당화에 관련된 질문('그들은 왜?'를 주제로)을 빈번히 제기했다. 이런 질문은 사랑의 상실과 자존감 상실에 관련된 보다 근원적인 정신적 측면을 숨기고 있다. 여기서 우리가 주목할 점은, 사라는 끊임없이 자신을 탓하는 성향이 있는데, 그런 자책이 지나치리만큼 절실하여 듣는 이는 마음이 아프다 못해 때로는 할 말을 잊을 정도였다는 사실이다. 그녀는 부모가 체포됐던 일, 혹은 그들의 죽음을 받아들이기를 거부했던 일(은밀하면서도 활발한 조사활동을 벌여 그들의 사망 사실을 곧바로 확인했음에도 불구하고) 등을 떠올리며 듣는 이의 가슴을 먹먹하게 만들곤 했다. 그녀는 자신에 대해 순진하면서도 냉철한 태도를 지닌, 한마디로 지극히 자학적인 감수성의 소유자로 보인다. 그녀의 유년기를 지배한 신경증에는 두 개의 모순적인 감정이 결합되어 있는데, 하나는 생존자의 죄책감, 다른 하나는 자신이 관심받을 만한 아이가 아니었기 때문에 부모에게 버림받았다고 무의식적으로 생각하는 많은 고아들에게서 발견되는 모욕감이다.

이 분석 전반에 적용할 수 있는 공통요소로서 지적해두고 싶은 점은 어떤 유전적 요인(물론 이 주제는 우리의 연구영역을 벗어나는 것이겠지만)이 사라 베르크의 질환에 영향을 미쳤을 수도 있다는 사실이다. 따라서 이 환자의 직계자손에게서도 병적인 집차과 강박적 심리및 행동들로 특징지어지는 각종 우울증의 발현이 심각하게 우려되는 바이며, 이에 대한 면밀한 관찰을 권고하는 바이다...

프란츠는 한밤중에 집에 돌아왔다. 문 열리는 소리에 잠을 깬 소피는

이제는 마음대로 조절할 수 있게 된 가짜 잠 속으로 다시 빠져들었다. 아파트 안을 지나는 발자국 소리와 냉장고문 여닫는 소리로 그가 매우 흥분해 있다는 걸 알 수 있었다. 평소에는 그렇게도 차분한 그가 말이다…… 침실 문틀에 그의 실루엣이 어른거렸다. 이어서 그는 침대로 다가와 무릎을 꿇고 그녀의 머리를 쓰다듬었다. 뭔가 생각에 잠긴 기색이었다. 밤이 꽤 깊었음에도 그는 침대에 눕지 않고 거실로 돌아갔고, 다시 주방으로 들어갔다. 무슨 봉투를 열기라도 하는 것일까, 종이 부스럭거리는 소리 같은 것이 들렸다. 그러고는 더 이상 아무 소리도 나지 않았다. 이날 밤, 그는 다시 잠자리에 들지 않았다. 그녀가 그를 다시 본 것은 다음 날 아침이었다. 그는 멍한 눈으로 주방 의자에 앉아 있었다. 이제 그는 더 절망에 찬 모습이긴 하나 사진 속의 사라와 끔찍할 정도로 닮아 있었다. 갑자기 십 년은 늙어버린 것 같았다. 그가 그녀를 향해 눈만 들어올렸다. 마치 그녀를 통해 다른 뭔가를 보는 듯한 시선이었다.

"몸이 안 좋아?"

소피가 물었다.

그녀는 걸치고 있던 실내가운 자락을 바짝 여몄다. 프란츠는 대답하지 않았다. 그들은 오랫동안 그런 상태로 있었다. 소피는 문득 기이한 느낌이 들었다. 너무나도 생소하고 너무나도 뜻밖인 이 침묵이 그들이 알게 된 후 처음으로 하는 실제적인 소통이라는 느낌…… 그 느낌이 어디서 기인하는지는 설명하기 힘들었다. 햇빛이 주방 창문을 뚫고 들어와 흙탕물로 더럽혀진 프란츠의 발들을 비췄다.

"어디 나갔다 왔어?"

소피가 물었다.

그는 진흙으로 얼룩진 자신의 발을 내려다보았다. 자신에게 속하지 않은 뭔가를 바라보는 듯한 눈이었다.

"그래…… 음, 아니……"

확실히 뭔가 문제가 있었다. 소피는 다가가서 프란츠의 목덜미에 손을 댔다. 그 감촉에 몸서리가 났지만 꾹 참았다. 그녀는 물을 데웠다.

"차 좀 들겠어요?"

"아니…… 음, 그래……"

기묘한 분위기였다. 그녀는 밤에서 빠져나오고 있는데, 그는 거기로 들어가는 것 같았다.

그의 얼굴이 밀랍처럼 하얗다. 하지만 그는 "몸이 별로 안 좋아"라고 말할 뿐이다. 이틀 전부터 음식을 거의 입에 대지 않았다. 그녀는 그에게 유제품을 권한다. 그는 그녀가 정성껏 준비한 요플레 세 병을 먹고 차를 마신다. 그러고는 방수천으로 된 식탁보를 내려다보며 식탁에 앉아 있다. 무언가를 곱씹고 있다. 그의 어두운 얼굴을 보자 소피는 겁이 난다. 그는 이렇게 알 수 없는 생각에 잠겨 한참 동안 앉아 있다. 그리고 울기 시작한다. 이유 없이 그냥 운다. 얼굴에는 슬픈 표정이 조금도 없는데, 눈물이 볼을 타고 흘러내려 방수천 식탁보에 떨어진다. 벌써 이틀 전부터 이러고 있다.

그는 서투른 동작으로 눈물을 훔치고는 말한다.

"몸이 안 좋아."

목소리가 떨린다. 아주 약한 목소리다.

"몸살인 것 같네……"

소피가 대꾸한다.

멍청하기 그지없는 말이다. 눈물을 몸살 탓으로 돌리다니…… 하지만 그가 눈물을 흘리는 것은 너무도 뜻밖의 일이라서……

"좀 누워요." 그녀가 다시 말한다. "따뜻한 차를 만들어 올게."

그가 뭐라고 웅얼거린다. "그래, 좋아……"처럼 들리긴 했지만 확실치는 않다. 정말이지 분위기가 이상하다. 그는 자리에서 일어나더니 몸을 돌려 침실로 들어가 옷을 입은 채로 침대에 드러눕는다. 그녀는 그를 위해 차를 준비한다. 절호의 기회다. 그녀는 그가 여전히 누워 있는지 확인한 다음, 쓰레기 배출구를 연다……

그녀는 미소 짓지는 않지만 깊은 안도감을 느낀다. 이제 전세가 역전되었다. 그가 이런 모습을 보여줄 줄은 꿈에도 생각하지 못했으니 천운이 작용한 셈이다. 사실 그녀는 그가 조금이라도 허점을 보이면 상황을 장악하기로 마음먹고 있었다. 이제는 절대로 그를 손아귀에서 놓아주지 않으리라. 그가 빠져나갈 수 있는 길은 오직 죽음뿐이다.

그녀가 다시 침실에 들어가자, 그는 그녀를 이상한 눈으로 쳐다보았다. 생각지 않았던 사람이 들어오기라도 한 듯이. 혹은 그녀에게 뭔가 심각한 얘기라도 하려는 듯이. 하지만 아무 말도 없다. 그는 입을 다물고 있다. 팔꿈치를 짚고 간신히 몸을 일으킬 뿐이다.

"자, 옷을 벗어야지……"

그녀는 짐짓 부산을 떨며 말한다.

그녀는 베개를 탁탁 쳐 면을 고르고, 시트를 잡아당겨 정돈한다. 프란츠는 일어나서 천천히 옷을 벗는다. 맥이 없는 모습이다. 그녀는 미소 짓는다. "벌써 자고 있는 것 같아……" 그는 다시 눕기 전에 그녀가 만들어온 차를 받아든다. "잠드는 데 도움이 될 거야……" "그래, 알아……" 프란츠는 그녀가 가져온 차를 마신다.

...1933년생인 사라 바이스는 1964년에 11살 연상인 조나 베르크와 결혼했다. 이 결혼은 그녀가 혈연관계의 부재를 조금이나마 메워줄 상징적 혈연관계를 찾고 있었다는 사실을 보여준다. 조나 베르크는 매우 활동적이고 상상력이 풍부한 인물로, 지칠 줄 모르는 일꾼이자 대단히 뛰어난 직관력을 지닌 사업가이기도 했다. 그는 전후戰後 경제번영기가 제공한 기회를 포착해 1959년에 프랑스 최초의 슈퍼레트 체인을 창립했다. 15년 후, 430개 이상의 점포를 거느린 프랜차이즈 브랜드로 성장한 이 기업은 베르크 가족에게 경제적 번영을 안겨주었고, 이러한 번영은 창립자의 신중한 경영 덕분에 1970년대의 경제위기 속에서도 유지되었을 뿐만 아니라, 임대건물 구입 등을 통해 한층 강화되었다. 그는 1999년에 사망한다.

조나 베르크는 흔들림 없는 자세와 성실한 감정으로 평생 동안 아내에게 없어서는 안 될 버팀목이 되어주었다. 하지만 이들의 결혼생활은 사라의 우울증 증세로 짙게 그늘져 있었던 듯하다. 이 우울증은 처음엔 분명치 않았지만 갈수록 점점 뚜렷해져서, 결국에는 심각한 질환의 단계에 이르게 된다.

1973년 2월, 사라는 첫 임신을 한다. 젊은 부부는 이 사건을 더없는 기쁨으로 받아들인다. 아마도 조나 베르크는 아들을 원했고, 사라는 딸이 태어나길 바랐을 것이다. 그녀에게 딸은 '이상적인 보상물補償物'인 동시에 자기애적 균열을 메워주는 완화물이 될 수 있었기 때문이다. 이러한 가설은 임신 첫 몇 달 동안 부부가 무척 행복감을 느꼈다는 점, 그리고 사라의 우울증이 일시적으로 깨끗이 사라졌다는 점 등에서 확인할 수 있다...

그런데 1973년 6월, 사라의 삶에서 두 번째의 결정적인 사건이(부모의 죽음이 첫 번째였다면) 발생했다. 그녀가 예정일에 앞서 여아를 사산한 것이다. 이 일로 인해 균열이 다시 벌어져 그녀의 내면에 치명적 손상을 초래하고, 두 번째 임신은 이 손상을 회복 불가능한 것으로 만들게 된다...

그가 잠든 것을 확인한 소피는 지하실로 내려갔다. 그리고 그의 일기가 담긴 노트를 가지고 다시 올라왔다. 그녀는 담배 한 대를 피워문 다음, 노트를 부엌 식탁에 펼쳐놓고 읽기 시작한다. 맨 첫줄들부터 모든 게 거기 적혀 있었다. 그녀가 상상했던 거의 그대로의 내용이 거기 적혀 있었다. 페이지를 넘길수록 소피의 숨결은 거세어지고, 마침내는 딴딴한 공이 되어 뱃속에 꽉 뭉친다. 프란츠의 노트에 적힌 글들은 그의 지하실 벽을 도배한 사진들과 상응하고 있다. 벽에 인물사진들이 줄줄이 붙어 있다면, 여기엔 사람들의 이름들이 차례로 등장한다. 먼저 뱅상과 발레리부터…… 소피는 이따금 눈을 들어 창밖을 보면서 담배를 짓눌러 끄고, 또 한 대에 불을 붙인다. 그에 대한 증오가 얼마나 맹렬한지, 만일 그가 잠에서 깨어 일어난다면 눈 하나 깜빡 않고 그의 배에 칼을 박아버릴 수 있을 것 같다. 잠든 채로 찔러 죽일 수도 있지만, 그건 너무 쉬울 것이다. 지금 그녀는 너무도 그를 증오하기 때문에 아무 일도 하지 않는다. 그녀에겐 여러 가지 방법이 있다. 그리고 아직 그중 하나를 선택하지 않았다.

그녀는 벽장에서 담요 하나를 꺼내 거실 소파에서 잠을 잔다.
프란츠는 잠든 지 열두 시간 만에 부스스한 모습으로 나타났지만, 아직도 잠에 취한 모습이다. 거동이 느릿느릿하고, 얼굴은 극도로 창백하다. 그는 소피가 담요를 얹어놓은 소파를 쳐다본다. 그는 아무 말도 안한다. 다만 그녀를 쳐다본다.

"배고파?" 그녀가 묻는다. "의사를 부를까?"

그는 고개를 저었지만, 그녀는 그게 배고프지 않다는 건지, 아니면 의사를 부르는 게 싫다는 건지 분간할 수 없다. 어쩌면 둘 다이리라.

"몸살이라면 지나가겠지."

그는 힘이 하나도 없는 목소리로 대답한다.

그러고는 그녀 맞은편에, 앉는다기보다는 허물어져 내린다.

그는 두 손을 마치 물건처럼 자기 앞에 올려놓는다.

"뭘 좀 먹어야겠어"

소피가 말한다.

프란츠는 그녀 마음대로 하라는 고갯짓을 한다. 그러고는 말한다.

"당신 마음대로 해……"

그녀는 일어나 주방으로 간다. 전자레인지에 냉동식품 하나를 밀어넣고, 종소리가 날 때를 기다리며 다시 담배를 피워문다. 비흡연자인 그는 평소엔 담배 연기에 싫은 기색을 보였다. 하지만 지금은 힘이 없는 탓에, 그녀가 담배를 피우고, 아침식사 때 쓰는 사발에 꽁초들을 짓눌러 끄고 있는 것조차 알아채지 못한다. 평소에는 그토록 꼼꼼하던 그가.

프란츠는 주방을 등지고 있다. 음식이 데워지자 그녀는 절반을 접시에 던다. 프란츠가 여전히 그 자리에 있는지 힐끗 확인한 다음, 토마토 소스에 수면제를 섞는다.

프란츠는 맛을 보고는 그녀를 올려다본다. 침묵이 그녀를 불안하게 만든다.

"좋네."

마침내 그가 말한다.

그는 라자냐를 조금 먹고 몇 초 동안 가만히 있다가 다시 소스를 맛본다.

"빵 좀 있어?"

그가 묻는다.

그녀는 다시 일어나 슬라이스 빵이 든 비닐봉지를 가져다준다. 그는 그것을 소스에 찍어먹기 시작한다. 그렇게 빵을 전혀 식욕이 없는 사람처럼 기계적으로, 하지만 차근차근 다 먹는다.

"정확히 어디가 문젠데?" 소피가 묻는다. "통증이라도 있는 거야?"

그는 애매한 동작으로 자신의 흉곽을 가리킨다. 눈가가 통통 부어 있다.

"뜨거운 걸 마시면 조금 나을 거야……"

그녀는 일어서서 그를 위해 차를 끓인다. 돌아와보니 그의 눈이 다시금 젖어 있다. 그는 아주 천천히 차를 마셔보지만 곧 포기하고 사발을 내려놓고는 힘겹게 몸을 편다. 그는 화장실에 갔다가, 다시 돌아가 침대에 눕는다. 그녀는 열린 문틀에 몸을 기대고 서서 그가 잠자리에 눕는 모습을 지켜본다. 오후 3시쯤 되었을 것이다.

"가서 장 좀 봐올게……"

그녀가 말해본다.

프란츠는 절대로 그녀가 밖에 나가도록 놔두지 않았었다. 그가 눈을 다시 뜨고 그녀를 응시하지만, 온몸에 혼곤한 기운이 밀려드는 모양이다. 소피가 옷을 입는 사이에 그는 잠 속으로 다시 빠져들었다.

…사라는 1974년 두 번째로 임신했다. 당시 깊은 우울상태에 빠져 있던 그녀에게 이 임신은 강력한 상징적 의미로 다가올 수밖에 없었다. 첫 번째 임신 후 정확히 거의 1년 만에 이 임신 소식을 섭한 사라는 미신적인 두려움(이 아이는 세상에 나오려고 그녀의 첫 번째 아이를 죽였다), 자책 섞인 불안감(그녀는 자기 어머니를 죽였듯 자기 딸도 죽였다), 그리고 자기비하감(그녀는 자신을 '자격이 없는 어머니', 즉 누군가에게 생명을 부여할 수 없는 존재로 간주한다)에 차례로 사로잡혔다.

우리가 부분적으로만 알 뿐인 수많은 불행한 사건들로 얼룩진 이 임신은 남편이나 사라에게 더없이 고통스러운 과정이었다. 사라는 여러 차례에 걸쳐 남편 몰래 인공유산을 시도한다. 당시 그녀가 사용한 과격한 방법들은 낙태에 대한 그녀의 욕구가 얼마나 맹렬했는지를 잘 보여준다…… 이 무렵 그녀는 자살도 두 차례 기도했는데, 그것 역시 임신거부의 또 다른 표현으로 간주된다. 사라 베르크는 태어날 아이에게 사악하고도 잔인한, 혹은 악마적인 양상들을 조금씩 부여하면서, 갈수록 그를 침입자, 즉 자신에게 낯선 존재로 보게 되었다. 이 임신은 1974년 8월 13일 프란츠라는 이름의 사내아이가 태어남에 따라 기적적으로 결실을 맺게 된다.

상징적 대리물인 이 아이가 태어나자, 부모에 대한 애도는 금세 뒷전으로 밀려나고, 사라의 공격성은 모두 아이를 통해 강화되어 명백한 증오의 형태들로 빈번하게 표출된다. 그 첫 번째 사례로는 아들이 태어나고 몇 달 동안 사라가 죽은 딸을 기리고자 작은 사당을 세워놓은 일을 들 수 있다. 이 시기에 그녀가 비밀리에 행했던(그녀 자신이 내게 직접 고백했다) 이 '검은 미사'의 마술적이고도 비의秘儀적인 성격은 그녀의 무의식적 요구를 은유적으로 보여주고 있다. 그녀 자신의 고백에 따르면, 그녀는 "하늘에 있는 죽은 딸"에게 살아 있는 아들을 "지옥불 속에" 떨어뜨려달라고 빌었다는 것이다...

소피는 몇 주일 만에 처음으로 장을 보러 내려갔다. 집을 나서기 전 거울로 본 자신의 몰골은 흉했지만, 거리를 걷는 것만으로도 기쁨이 차올랐다. 날 듯이 자유롭게 느껴졌다. 이대로 떠나버릴 수도 있다. 그래, 모든 것이 정리되면 그렇게 할 거야, 라고 그녀는 중얼거린다. 그녀는 음식물이 담긴 비닐봉지를 들고 다시 올라온다. 여러 날을 지낼 수 있는 양이다. 하지만 그녀는 그럴 필요가 없다는 것을 안다.

그는 잠들어 있다. 소피는 침대 옆의 의자에 앉는다. 그를 쳐다본다. 그는 읽지도, 말하지도, 움직이지도 않는다. 전세가 뒤집힌 상황이다. 소피는 믿기지 않는다. 이렇게 간단한 것일까? 왜 지금이지? 프란츠는 갑자기 왜 이렇게 쓰러진 걸까. 마치 부러져버린 사람 같다. 심란한 꿈을 꾸는지 몸을 뒤척이는 그를, 그녀는 곤충을 보듯 내려다본다. 그는 흐느낀다. 그에 대한 증오가 너무도 강렬하여 때로 그녀는 더 이상 아무것도 느끼지 못한다. 그럴 때 프란츠는 하나의 관념 같은 것이 된다. 어떤 개념. 그녀는 그를 죽일 것이다. 지금 그를 죽이고 있다.

'난 그를 죽이고 있어'라고 생각하는 바로 그 순간, 설명하기 힘든 일이지만 프란츠가 눈을 뜬다. 마치 스위치를 딸깍 켠 것처럼. 그는 소피를 응시한다. 내가 준 것을 먹고도 어떻게 이렇게 깨어날 수 있을까. 내가 뭔가 착오를 일으킨 게 틀림없어…… 그는 손을 내밀어 그녀의 손목을 꽉 붙잡는다. 그녀는 의자에 앉은 채로 뒤로 흠칫 물러난다. 그는 그녀를 뚫어지게 쳐다보면서, 여전히 아무 말 없이 손목을 잡고 있다.

그가 말한다. "거기 있었어?" 그녀는 침을 꿀꺽 삼킨다. "응" 하고 우물 거리듯 대답한다. 프란츠는 자다가 잠시 잠을 중단했던 사람처럼 다시 눈을 감는다. 하지만 그는 잠들지 않는다. 그는 울고 있다. 두 눈은 감겨 있지만 눈물이 천천히 흘러나와 목을 타고 내려간다. 소피는 조금 더 기다린다. 프란츠가 벽 쪽으로 돌아눕는다. 그의 어깨가 오열로 들썩인 다. 몇 분 후, 그의 호흡이 느려진다. 그러더니 부드럽게 코를 골기 시작 한다.

그녀는 일어나서 거실 테이블에 앉아 다시 노트를 펼친다.

모든 비밀들의 문을 여는 소름끼치는 열쇠. 프란츠의 노트는 그녀가 뱅상과 함께 살던 아파트 맞은편에 위치했던 그의 방을 상세히 묘사하 고 있다. 매 페이지가 강간이고, 매 페이지가 능욕이며, 매 페이지가 잔 혹행위이다. 그녀가 잃은 모든 것이 여기, 그녀 앞에 있다. 그녀가 도 둑맞은 모든 것들이, 그녀의 삶 전체가, 그녀의 사랑들이, 그녀의 젊음 이…… 그녀는 일어나서 잠든 프란츠를 보러 간다. 그의 위에서 담배를 피운다. 그녀는 살아오면서 단 한 번 사람을 죽였다. 패스트푸드점 점 장이었다. 그런데 그 일을 떠올려도 일말의 두려움이나 후회도 느껴지 지 않는다. 그건 아무 일도 아니었다. 그리고 이 침대에서 자고 있는 이 남자, 그녀가 이 남자를 죽이게 될 때는……

프린츠의 일기장에 앙드레의 뚱뚱한 실루엣이 나타난다. 그리고 몇 페이지 뒤에서는 소피가 혼수상태와도 같은 잠에 빠져 있는 동안 뱅상 의 어머니가 집 계단에서 굴러떨어진다. 즉사한 것이다…… 앙드레는 창문에서 떨어졌다…… 지금까지 소피는 목숨을 잃을까봐, 자신의 삶 을 잃을까봐 두려워했다. 하지만 자신의 삶이 그 이면의 그늘 속에 얼마나 소름끼치는 것들을 숨기고 있는지 전혀 상상하지 못했다. 소피는 숨이 콱 막힌다. 그녀는 노트를 덮어버린다.

...아들에 대한 사라의 증오가 한 번도 사고로 이어지지 않았던 것은 아마도 조나의 침착함과 정신적·육체적 강인함, 그리고 아내의 삶 가운데서 그가 차지한 능동적 역할 덕이 컸을 것이다. 그렇긴 하지만, 그 무렵 아이가 그녀의 은밀한 가혹행위 대상이었다는 사실은 지적해야 할 것이다. 그녀는 특히 꼬집고, 머리를 때리고, 팔다리를 비틀고, 뜨거운 것으로 지졌는데, 그 흔적이 겉으로는 절대 드러나지 않게끔 주의했다고 한다. 사라의 설명에 따르면, 당시 그녀는 삶에 대한 자신의 원한이 모두 압축된 그 아이를 살해하지 않기 위해 극도로 노력하며 자신과 싸워야 했다고 한다.

앞에서도 언급한 바 있지만, 아버지인 조나 베르크는 그 아이가 잠재적 영아살해자인 어머니의 위협으로부터 살아남을 수 있게 해준 최후의 보호막이었을 것이다. 조나의 시선은 사라로 하여금 일종의 정신분열증적 행동을 취하게 했다. 다시 말해 엄청난 정신적 에너지를 소모해가면서 이중 플레이를 하게 만들었다. 즉 속으로는 아이가 죽기를 바랐지만, 겉으로는 다정하고도 정성 어린 어머니의 모습을 보여주었던 것이다. 그녀의 이러한 은밀한 욕망은 예를 들어 아이가 다하우에서 조부모와 함께 있다거나, 아예 조부모 대신 거기에 갇혀 있는 등 다양한 꿈들의 형태로 나타났다. 또 다른 꿈에서 아이는 거세되고, 내장이 꺼내지고, 십자가에 매달리기도 했다. 또는 익사하거나 불에 타 죽거나 몸이 박살나 죽기도 했는데, 대부분의 경우 아이가 참혹한 고통을 느끼는 것을 보고 어머니는 위로를, 한마디로 해방감을 느꼈다.

사라 베르크는 주위 사람들과 아이를 속이기 위해 끊임없이 조심하고 긴장해야 했다. 아들에 대한 증오를 위장하고 감추고 억누르기 위한 그런 조심과 긴장이 그녀의 정신적 에너지를 갉아먹었고, 결국 그것이 중대 요인이 되어 그녀가 1980년대에 본격적인 우울증 단계에 이르렀다고 생각해볼 수 있다.

역설적인 사실은, 그녀의 아들이 (아무것도 모르는) 희생자의 위치에서 (본의 아닌) 사형집행인의 위치로 옮아가게 된다는 점이다. 왜냐하면 그의 존재는 그 자체로서, 그리고 그의 행태와는 관계없이, 그의 어머니의 죽음의 실질적인 촉발요인이 되었기 때문이다…

스무 시간 후, 프란츠는 일어났다. 그의 눈은 퉁퉁 부어 있다. 그는 자면서 많이 울었다. 소피가 창가에서 하늘을 쳐다보며 담배를 피우고 있을 때, 그가 방문 앞에 나타난다. 그가 삼킨 수면제들의 양을 감안한다면, 거기까지 걸어 나온 것은 순전히 의지의 결과라 할 수 있다. 소피가 결정적으로 우위에 선 것이다. 지난 24시간 동안 두 사람이 치열하게 벌여온 분자의 싸움에서 소피가 마침내 승리한 것이다. "그래, 당신 정말 대단해." 그가 비틀거리며 복도를 통해 화장실로 가는 모습을 보며 소피는 차갑게 내뱉는다. 그의 몸이 떨리고 있다. 별안간 엄습한 전율이 머리에서 발끝까지 몸 전체를 오르내리고 있었다. 지금 당장 그에게 칼을 꽂는 것은 손바닥 뒤집기보다 쉬울 것이다. 그녀는 화장실까지 걸어가 좌변기에 걸터앉은 그를 쳐다본다. 그는 너무나도 쇠약해 있어서 아무것으로나 머리통을 쉽게 박살낼 수 있을 것 같았다…… 그가 눈을 들어 그녀를 올려다본다.

"당신, 울고 있네."

그녀는 담배 연기를 내뿜으며 말한다.

그는 부자연스러운 미소로 대답을 대신하고는 벽을 짚으며 몸을 일으켰다. 그러고는 휘청거리며 침실 쪽으로 거실을 가로질렀다. 그들은 침실 문 앞에서 다시 한 번 마주친다. 그가 뭔가 머뭇거리듯 문틀을 잡으며 고개를 옆으로 살짝 기울인다. 하지만 얼음 같은 눈빛의 소피를 응시하면서 계속 머뭇거리기만 한다. 결국 고개를 떨어뜨리고, 아무 말도 없이 침대에 두 팔을 펴고 드러눕는다. 그는 눈을 감는다.

소피는 주방으로 돌아와, 첫 번째 서랍 속에 숨겨두었던 프란츠의 일기를 다시 꺼내 읽기 시작한다. 그녀는 병원에서 뱅상에게 일어난 사고와 뱅상의 죽음을 다시 체험한다…… 그녀는 이제 알게 되었다. 프란츠가 어떤 방법으로 병원에 숨어들어갔는지, 어떤 방법으로 식사시간 후에 휠체어를 밀며 간호사실을 피해 뱅상을 찾아갔는지, 그 어마어마한 높이의 계단으로 통하는 안전문을 어떻게 밀었는지. 소피는 공포에 질린 뱅상의 얼굴을 아주 짧은 순간 동안 상상해본다. 그의 절망적인 무력감이 자신의 살에까지 느껴지는 듯하다. 그녀는 일기의 나머지 부분에는 더 이상 관심 갖지 않기로 마음먹는다. 불쑥 취한 단호한 결정이었다. 그녀는 노트를 덮고, 일어나 창문을 활짝 연다. 그녀는 살아 있다.

그리고 그녀는 준비가 되었다.

프란츠는 다시 거의 여섯 시간을 잤다. 그렇게 먹지도 마시지도 않고 혼수상태에 가까운 잠의 늪에 빠진 지 벌써 서른 시간이 넘었다. 이러다가는 그냥 죽어버릴 수도 있겠다는 생각마저 든다. 자신의 총에 맞아서. 수면제 과다복용으로. 그가 삼킨 양이면 웬만한 사람은 벌써 죽었을 것이다. 그는 무수한 악몽을 꾸었고, 소피는 그가 자면서 흐느끼는 소리를 여러 차례 들었다. 그녀는 소파에서 잤다. 또 포도주도 한 병 땄다. 내려가서 담배도 사고, 필요한 것도 몇 가지 사왔다. 돌아와보니 프란츠는 침대 위에 앉아 있는데, 지탱하기조차 힘든지 머리가 좌우로 풀썩풀썩 꺾이고 있다. 소피는 미소를 지으며 그를 내려다본다.

"준비 됐네⋯⋯"

그녀가 말한다.

그는 대답 대신 굼뜬 미소를 짓지만, 눈은 좀처럼 떠지지 않는다. 그녀는 그에게 다가가 손등으로 밀어본다. 마치 어깨로 세게 밀어버린 것 같은 결과가 나타난다. 그는 간신히 침대 위에 앉아 있긴 하지만, 균형을 잡으려 애쓰는데도 몸 전체가 심하게 기우뚱거린다.

"그래, 준비가 됐어⋯⋯"

그녀는 그의 가슴팍에 한 손을 대고 아래로 누른다. 그는 그대로 쉽게 침대에 눕는다. 소피는 커다란 녹색 쓰레기봉지를 들고 아파트를 나선다.

다 끝났다. 이제 그녀의 동작은 차분하고, 간결하며, 단호하다. 그녀 삶의 한 부분이 종점에 이르렀다. 그녀는 마지막으로 사진들을 둘러 본 후, 하나씩 떼어내 봉지 하나에 담는다. 이 작업은 거의 한 시간이 걸린다. 이따금 그녀는 이 사진, 저 사진을 잠시 들여다보지만, 처음 봤을 때만큼의 고통은 더 이상 느껴지지 않는다. 마치 평범한 앨범을 뒤적이다가, 과거에 잊고 있던 어떤 이미지들을 우연히 발견한 것 같은 기분이다. 사진 속에서 로르 뒤프렌이 웃고 있다. 그녀의 딱딱하게 굳은 표정이 떠오른다. 프란츠가 만든 익명편지들을 소피 앞에 내려놓을 때였다. 모든 진실을 밝히고 바로잡은 후에 얼룩을 모두 씻어내야겠지만, 이제

이 삶은 그녀에게 너무도 멀게 느껴진다. 소피는 이제 지쳤다. 안도한 동시에, 초연한 느낌이다. 또 어떤 사진엔 발레리가 있다. 그녀에게 팔짱을 끼고 탐욕스러운 미소를 지으며 귀에 대고 뭔가를 속삭이고 있다. 소피는 앙드레의 얼굴을 잊고 있었다. 오늘 이전까지는 그녀의 삶에서 그 여자는 그다지 중요하지 않았다. 사진 속의 앙드레는 순박하고 성실한 모습이다. 그녀가 아파트 창문 밖으로 밀려 넘어가는 영상 앞에서 소피는 간신히 버틴다. 그러고 나서 소피는 더 이상 멈추지 않는다. 둘째 쓰레기봉지에 물건들을 죄다 쓸어 넣는다. 손목시계, 핸드백, 열쇠, 수첩, 다이어리…… 이 물건들을 하나하나 되찾자니 사진들을 볼 때보다 훨씬 더 억장이 무너진다…… 소피는 노트북을 집어 마지막 봉지에 넣는다. 커다란 녹색 컨테이너에 먼저 노트북을 던지고 그 위에 물건들을 싼 봉지를 얹는다. 그런 뒤 지하실로 돌아가 열쇠로 문을 잠그고, 사진들이 든 봉지를 들고 아파트로 올라간다.

프란츠는 여전히 자고 있지만, 비몽사몽한 상태인 듯하다. 그녀는 발코니에 큼직한 주물 솥 하나를 꺼내놓고는, 일기장을 한 장 한 장 뜯어내 태우고 사진들도 태운다. 때로는 불길이 거세어 뒤로 물러났다가 다시 시작하곤 한다. 그녀는 담배 한 대를 피워물고는, 불길 속에서 이리저리 뒤틀리는 사진들을 생각에 잠긴 눈으로 쳐다본다.

마지막으로 솥을 깨끗이 씻어서 제자리에 돌려놓는다. 그녀는 샤워를 하고 여행가방을 꾸리기 시작한다. 많은 걸 가져가지는 않을 것이다. 꼭 필요한 최소한의 것들만 챙긴다. 이제 모든 것이 그녀 뒤에 있어야 한다.

...의기소침, 고정된 시선, 슬픔과 근심, 때때로 나타나는 공포가 짙게 드리운 표정, 끊임없는 정신적 가공, 죽음에 대한 숙명적 태도, 뚜렷한 죄의식, 기묘한 사고, 징벌을 받고자 하는 욕구…… 이것이 1989년 사라가 재입원했을 때 보인 임상적 특징들 중 몇 가지이다.

지난번의 입원기간 중 사라와 나 사이에 형성된 신뢰감 덕분에, 다행히도 우리는 그녀가 아들을 향해 은밀히 키워온 반감과 혐오와 저주의 감정들, 표출될 때마다 완벽하게 위장되기에 더욱 진을 빼놓는 이 격렬한 감정들을 조금이나마 진정시킬 수 있는(그것이 우리의 최대 목표였다) 긍정적인 분위기를 조성할 수 있었다. 적어도 그녀가 자살을 기도해 또다시 감시대상이 되기 전까지는 그랬다. 당시 그녀는 아들에 대한 격렬한 증오와 살해욕구를 15년이 넘도록 상냥한 어머니의 외관 밑에 억누르고 있었던 것이다...

소피는 가방을 현관 근처에 두었다. 마치 호텔방에서 지내다 떠나는 사람처럼 아파트를 한 바퀴 돌면서 이곳을 바로잡고, 저곳을 정돈했다. 소파의 쿠션들을 탁탁 두드리고, 그 끔찍한 방수천 식탁보도 행주로 한 번 훔치고, 아직 널려 있는 그릇 몇 개를 제자리에 넣었다. 그러고 나서 벽장을 열어 박스 하나를 꺼내서는 거실 탁자 위에 올려놓았다. 그리고 자신의 여행가방에서 하늘색 캡슐들이 가득한 약병을 하나 끄집어냈다. 박스가 열리고, 거기서 사라의 웨딩드레스를 꺼낸 소피는 여전히 깊이 잠들어 있는 프란츠에게로 가서 그의 옷을 벗기기 시작했다. 힘든 작업이다. 이렇게 무거운 몸뚱이는 어딘가 시체 같다. 그녀는 그의 몸을 여러 차례 이쪽저쪽으로 굴려야만 했다. 마침내 그는 한 마리 벌레처럼 발가숭이가 됐고, 그녀는 그의 다리를 한 쪽씩 들어 올려 드레스에 집어넣은 다음, 몸을 다시 뒤집어 드레스를 당겨 엉덩이 위로 올렸다. 이때부터 작업이 훨씬 어려워졌다. 어깨까지 들어가기에는 프란츠의 덩치가 너무 큰 까닭이다.

"괜찮아." 그녀가 미소 짓는다. "걱정할 거 없어."

만족할 만한 결과를 얻기까지는 적어도 20분은 필요하다. 그녀는 양쪽 옆구리 재봉선을 뜯어야만 했다.

"그렇지?" 그녀는 속삭였다. "걱정할 필요 없었다고."

그녀는 한 걸음 물러서서 결과물을 바라보았다. 빛바랜 웨딩드레스를 입었다기보다는 드레스로 몸이 싸인 꼴이다. 프란츠는 의식이 없는 상태로 고개를 옆으로 꺾은 채, 벽에 등을 대고 침대 위에 앉아 있다. 둥글게 파진 네크라인 밖으로 가슴털이 삐져나와 있다. 충격적이고 너무나도 불쌍한 모습이다.

소피는 마지막으로 담배에 불을 붙이고는 문틀에 기대어 섰다.

"그러고 있으니까 아주 멋있는걸." 그녀는 미소 지으며 말했다. "사진이라도 찍고 싶을 정도야……"

하지만 이제 끝내야 할 시간이다. 그녀는 유리컵과 생수병 하나를 찾아오고, 바르비투르산 알약들을 꺼내 두 개씩, 때로는 세 개씩 프란츠의 입속에 집어넣은 다음 물을 마시게 했다.

"이러면 잘 내려갈 거야……"

프란츠는 기침을 하고, 때로는 뱉어내기도 하지만, 결국은 그럭저럭 삼켰다. 소피는 치사량의 열두 배를 주었다.

"시간은 좀 걸리지만, 그럴 만한 가치는 있어."

결국 침대는 물 범벅이 되었지만 프란츠는 알약들을 모두 삼켰다. 소피는 물러섰다. 눈앞의 그림은 펠리니 영화의 한 장면 그대로다.

"하나가 빠졌어……"

그녀는 자신의 여행가방에서 빨간 립스틱 하나를 찾아내 다시 돌아왔다.

"완전히 어울리는 색은 아니지만, 할 수 없지……"

그녀는 프란츠의 입술을 정성껏 그렸다. 위쪽, 아래쪽, 그리고 양옆의 경계선을 넘어 과도하게 칠해놓았다. 그리고 한 발짝 물러서서 결과를 살폈다. 웨딩드레스를 입고 잠들어 있는 어릿광대의 모습이다.

"완벽해."

프란츠는 불만스레 웅얼거리며 눈을 떠보려고 애쓰다가, 마침내 고통스럽게 눈을 열었다. 뭔가 말을 하려고 했지만 이내 포기하고 말았다. 그리고 불안스러운 손짓을 몇 번 해보이다가 이윽고 허물어졌다.

소피는 그에게 더 이상 눈길 한 번 주지 않고 여행가방을 집어든 뒤 아파트 문을 열었다.

…치료기간 중에 그녀는 주로 아들에 대해 얘기했다. 그 청년의 외관, 정신, 태도, 어휘, 취향…… 모든 것이 그녀에겐 혐오의 대상이었다. 그래서 그가 병원에 면회를 오는 데는 오랜 준비가 필요했다. 지난 몇 년 동안 겪은 시련 때문에 역시 큰 상처를 입은 아버지의 이해심 많은 도움이 필요했다.

하기야 1989년 6월 4일 그녀의 자살을 촉발한 직접적 요인이 된 것은 바로 아들의 면회였다. 그 전 며칠 동안, 그녀는 '더 이상 아들을 보고 싶지 않다'는 바람을 여러 차례 표시했다. 이 끔찍한 연극을 더는 일 초도 해나갈 힘이 없다는 것이었다. 그녀는 어쩌면 아들과의 완전한 결별만이 자신을 살릴 수 있을 거라고 설명했다. 그럼에도 사라는 제도적 압박과 죄책감, 그리고 조나 베르크의 간청을 이기지 못하고 결국 아들의 방문을 받아들였다. 하지만 아들이 병실을 떠난 직후, 그녀의 공격성이 갑자기 그녀 자신에게로 칼을 돌렸고, 그녀는 자신의 웨딩드레스(변함없이 의지가 되어준 남편에게 상징적 경의敬意를 표한 것이리라)를 입고 6층에서 투신했다.

뫼동 군경대 소속 J. 벨리브 경위가 1989년 6월 4일 14시 53분에 작성한 군경대 보고서가 사라 베르크 관련 행정파일에 일련번호 JB-GM 1807로 첨부되어 있다.

Dr. 카트린 오베르네

소피는 자신이 아주 오래전부터 날씨에 신경 쓰지 않고 살아왔다는 사실을 깨달았다. 그리고 지금, 날씨가 아주 화창하다. 건물 유리문을 통과한 그녀는 건물 현관에서 잠시 걸음을 멈추었다. 이제 다섯 계단만 내려가면 새로운 삶으로 들어가게 된다. 그리고 이 삶은 마지막이 될 것이다. 그녀는 가방을 다리 사이에 내려놓고 담배를 한 대 피워물었지만, 이내 포기하고 짓눌러 꺼버렸다. 그녀 앞에는 아스팔트가 30여 미터 펼쳐져 있고, 조금 더 떨어진 곳에는 주차창이 보였다. 그녀는 하늘을 한 번 쳐다본 후, 가방을 집어들고 계단을 내려와 건물에서 멀어져 갔다. 심장이 빠르게 뛰었다. 그녀는 아찔한 사고를 겪은 직후처럼 숨을 몰아쉬었다.

그렇게 열 걸음이나 떼었을까, 갑자기 위에서 자신의 이름을 부르는 소리가 들렸다.

"소피!"

그녀는 고개를 돌려 위를 쳐다보았다.

6층 창문에 프란츠가 보였다. 그는 웨딩드레스 차림으로 발코니에 서 있었다. 그는 다리를 크게 벌려 난간을 넘은 뒤 왼손으로 난간을 붙잡고 허공에 위태롭게 걸려 있었다.

마음을 정하지 않은 듯 그의 몸이 흔들흔들했다. 그가 그녀를 내려다보았다. 그리고 좀 더 낮은 소리로 불렀다.

"소피……"

그러고 나서 다이빙을 하듯, 사나운 결단과 함께 몸을 던졌다. 그의 두 팔이 활짝 펼쳐지는가 싶더니, 한마디 비명도 없이 그의 몸이 소피의 발밑에서 박살났다. 소름끼치는 불길한 소리와 함께.

사회면

31세의 남성 프란츠 베르크가 이틀 전 자택인 프티샹 아파트 건물 6층 창문에서 투신하여 즉사했다.

그는 자살에 앞서 어머니의 웨딩드레스를 갖춰 입었는데, 기묘한 점은 그 어머니 또한 1989년에 동일한 방법으로 자살했다는 사실이다.

만성우울증을 앓았던 베르크는 주말을 맞아 친정아버지를 방문하러 집을 나서던 아내가 보는 앞에서 창문 아래로 뛰어내렸다.

부검 결과, 수면제와 출처를 알 수 없는 다량의 바르비투르산 정제를 복용한 것으로 밝혀졌다.

그의 아내 마리안 베르크(30세, 처녀명 마리안 르블랑)는 베르크 가의 전 재산을 상속받게 되었다. 프란츠 베르크는 슈퍼레트 체인 푸앵 픽

스의 창립자 조나 베르크의 아들로, 몇 해 전 회사를 한 다국적기업에 매각한 바 있다.

S. T.

souris_verte@msn.fr —인터넷에 접속됐음.

Grand_manitou@neuville.fr* — 인터넷에 접속됐음.

— 아빠?

— 내 초록 생쥐…… 그래, 선택은 했니……?

— 네. 깊이 생각할 시간은 없었지만 후회하진 않아요. 난 마리안 베르크로 남을 거예요. 복잡한 절차들과 기자들, 설명하고 정당화하는 일은 피하고, 대신 돈을 갖기로 한 거죠. 난 완전히 새로운 삶을 살 거예요.

— 그래…… 그야 네가 알아서 할 일이지……

— 네……

— 그래, 우린 언제 볼 수 있는 거냐?

— 우선 형식적인 절차들을 끝내야 해요. 하루나 이틀 정도 더 필요하겠죠. 말했던 대로 노르망디에서 볼까요?

— 그래. 난 보르도를 통해서 갈 거야. 그게 가장 안전한 방법이거든. 공식적으로는 실종된 딸이 있으니, 이 나이에 어울리지 않는 곡예를 해야겠구나.

— 이 나이…… 아빠는 아빠가 정말 노인네인 것처럼 말하네요……?

---

* Grand manitou는 '위대한 마니투'라는 뜻이다. 마니투는 알곤킨 족을 비롯한 북미 인디언 부족들이 숭배했던 초자연적 신령으로, 만물을 창조하고 다스리는 존재로 여겨진다.

— 나를 유혹하려 하지 마라.

— 그 얘기라면 가장 큰 건수는 이미 끝났어요.

— 그렇지……

— 그런데 아빠, 한 가지 물어보고 싶은 게 있어요……

— 뭔데?

— 엄마의 자료요…… 아빠가 내게 준 게 다예요?

— 그래. 그건 이미 다 설명해주지 않았니.

— 네. 그리고요?

— 그리고…… '진료카드'라는 제목의 그 메모가 있었고, 다른 건 전혀 없었어. 내가 너에게 준 한 장뿐이었다. 더욱이 난 그게 우리 집에 있는지조차 몰랐고……

— 확실해요?

— ……

— 아빠?

— 그래, 확실해. 사실 그 진료카드는 여기에 있어서는 안 되는 거였어. 네 엄마는 마지막으로 입원하기 전에 며칠 동안 여기서 지내며 작업했고, 그때 자기가 항상 가지고 다니던 조그만 메모카드 상자를 여기에 놓고 간 거지. 네 엄마의 동료들에게 돌려줘야 했는데 깜빡 했단다. 그리고 나중엔 완전히 잊어버리게 된 거야. 네가 이번에 이 모든 일을 얘기해주기 전까지 말이야……

— 하지만 그 자료들, 환자 상담보고서 같은 그 진짜 자료들 말이에요, 그건 어디로 갔죠?

— ……

— 그건 어디로 갔느냐고요.

— 음, 그러니까······ 네 어머니가 죽은 후에 모두 동료들 손으로 넘어갔을 게다. 난 그것들이 정확히 어떻게 생겼는지도 잘 몰라······ 그런데 왜 그러니?

— 프란츠의 물건들 가운데서 뭔가 이상한 걸 발견했거든요. 엄마의 자료요.

— ······무엇에 대한 건데?

— 사라 베르크의 사례에 대해 기록한 자료였어요. 아주 상세히요. 그런데 이상했어요. 그건 간단한 업무상의 메모 정도가 아니라, 제대로 된 보고서였어요. 수신자는 실뱅 레글로 되어 있는데, 왜 그에게 그걸 보냈는지도 모르겠고요. 작성일자는 1989년 말로 되어 있었어요. 프란츠가 그걸 어떻게 입수했는지는 모르지만, 아무튼 몹시 괴로웠을 거예요······ 아니, 그 이상이었겠죠!

— ······

— 아빠, 정말 이것에 대해 전혀 몰라요?

— 그래, 전혀 모르겠어.

— 그 내용이 궁금하지 않으세요?

— 네가 방금 사라 베르크의 사례를 다루고 있다고 했잖니.

— 그런데 말이죠, 엄마가 그걸 썼다고 하기에는 이상해요.

— ······?

— 아주 주의 깊게 읽어봤는데, 전문가의 솜씨가 아니었어요. 제목은 '병력서'였어요. 아빠 그런 제목을 본 적이 있어요? 언뜻 보기엔 '전문가' 같은 냄새가 나고, 글도 제법 잘 썼다고 할 수 있지만, 자세히 들여다보니 말도 안 되는 내용이었어요······!

— ······?

— 그 보고서는 사라 베르크의 사례를 다룬다고 되어 있는데, 그 속에는 백과사전이나 대중교양서 등에서 차용한 것으로 보이는 용어나 표현들로 이루어진, 아주 이상한 정신의학적 주장들이 횡설수설 이어지고 있었어요. 그리고 환자의 삶에 대한 부분은 그녀의 남편에 대해 인터넷에서 찾을 수 있는 내용 말고는 너무도 기본적인 것들뿐이라서, 그녀를 한 번도 만나보지 못한 사람이라도 충분히 쓸 수 있을 것 같았어요. 그녀에 관련된 사실 두어 가지만 안다면 그런 짜깁기 식 심리학 보고서 따위는 얼마든지 만들어낼 수 있을 것 같다고요.

— 아……

— 그건 완전히 제멋대로 쓴 글이에요. 하지만 그 분야를 잘 모르는 사람에게는 그럴듯하게 보일 수도 있겠죠.

— ……

— 내 생각으로는(물론 내가 틀릴 수도 있겠죠!), 사라 베르크에 대한 전기적 내용은 완전히 꾸며낸 거예요.

— ……

— 자, 사랑하는 아빠, 아빠의 생각은 어때요?

— ……

— 아무 말도 안 할 거예요?

— 음, 그러니까 말이다…… 난 심리학자들의 언어에는 워낙 소질이 없었어. 난 건축과 토건 쪽이 전공이잖니……

— 그래서요?

— 그러니까 말이다, 초록 생쥐야…… 난 능력껏 해본 거야.

— 오, 아빠……!

—그래, 인정하마. 조금 어설펐다.

—자, 이제 제대로 설명해보세요!

—그 '진료카드'에서 우리가 발견한 내용은 많지는 않았지만 우리에게 핵심을 알려줬어. 프란츠는 네 어머니를 죽임으로써 자기 어머니의 죽음을 복수하기를 오랫동안 꿈꿔왔을 거야. 그런데 네 어머니가 세상에서 사라지자 자신의 증오를 모두 네게로 옮긴 거지.

—물론이죠.

—내 생각에는 그걸 지렛대로 사용할 수 있을 것 같았어. 그래서 그 보고서를 생각하게 된 거지. 그 친구의 기운을 조금 꺾어 보려고…… 넌 도움이 필요했으니까.

—그런데 프란츠는 그걸 어떻게 찾아냈죠?

—네가 말했지. 그는 나를 아주 주의 깊게 관찰하고 있다고. 그래서 난 박스들 속에 네 어머니의 자료가 들어 있는 것처럼 꾸며서 층층이 쌓아놨어. 그리고 차고 문을 충분히 열어놨지. 조금 애를 써서 약간 옛날 분위기가 나는 자료들을 만들었고, 그를 겨냥해 만든 자료를 이름이 B로 시작하는 환자들의 자료 사이에 끼워 넣었지. 그래, 인정하마. 내가 쓴 글이 꽤나 어설펐다는 걸……

—어설펐지만 아주 효과적이었죠! 그런 자료를 읽고 낙담하지 않을 자식이 어디 있겠어요? 특히 엄마에 대한 애착이 아주 강한 아들이라면! 그러니까 아빠는 그 사실을 이미 알고 있었군요!

—뭐, 논리적으로 그렇지 않겠니?

—믿어지지 않아요. 그걸 정말 아빠가 만들었어요?

—그래, 아주 어설펐지……

—아빠……

— 그런데 너 그걸 어떻게 했니? 경찰에 줬니?

— 아뇨, 아빠. 그걸 왜 남겨둬요? 난 미치지 않았다고요.

ROBE DE MARIÉ

웨딩드레스

초판 1쇄 발행 2012년 7월 25일
초판 2쇄 발행 2012년 10월 12일
개정판 발행 2013년 7월 17일

지은이 피에르 르메트르
옮긴이 임호경
펴낸이 김선식

Editing creator 유희성
크로스 교정 박여영
Design creator 조혜상

2nd Creative Story Dept. 김현정, 박여영, 최선혜, 유희성, 백상웅
Creative Design Dept. 최부돈, 김태수, 손은숙, 박효영, 이명애, 조혜상
Creative Marketing Dept. 이주화, 원종필, 백미숙
      Communication Team 서선행
      Online Team 김선준, 박혜원, 전아름
      Contents Rights Team 김미영
Creative Management Team 김성자, 송현주, 권송이, 윤이경, 김민아, 한선미

펴낸곳 다산북스
주소 경기도 파주시 회동길 37-14 3층
전화 02-702-1724(기획편집) 02-703-1725(마케팅) 02-704-1724(경영지원)
팩스 02-703-2219
이메일 dasanbooks@hanmail.net
홈페이지 www.dasanbooks.com
출판등록 2005년 12월 23일 제313-2005-00277호

필름 출력 스크린그래픽센타
종이 월드페이퍼(주)
인쇄 · 제본 (주)현문

ISBN 978-89-6370-766-2 (03860)